KEIGO HIGASHINO

東野圭吾

作品集——7

東野圭吾 劉子倩 譯

異變13秒

パラドックス13

1

聽完首席秘書官田上的報告，大月蹙起眉頭。此刻他在官邸內的辦公室，正忙著寫完講稿，內容和非洲政策有關。下週，他將在阿迪斯阿貝巴❶公開發表演說。

坐在黑檀木桌前的大月，猛然將椅子反轉過來。魁梧的田上站在他面前，有點駝背。

「堀越到底有什麼事？是核能發電又出了什麼問題嗎？」

堀越忠夫是科學技術政策大臣。大月想起前幾天，他出席了國際核能機構的總會。

「不，好像不是那種問題。與他一同前來的，是ＪＡＸＡ的人。」

「賈克沙？」

「Ｊ・Ａ・Ｘ・Ａ——宇宙航空研究開發機構（Japan Aerospace Exploration Agency）。」

「啊，這樣。那邊的人找我幹嘛？為了Ｈ２太空火箭❷嗎？」

「我本來也這麼以為，結果好像不是。」田上取出記事本。「據說是宇宙科學研究總部的高能量天文學研究組有事想向您報告。」

「那是什麼玩意？」大月不由苦笑。這些字眼的意義大大超過理解範圍，顯得滑稽。

「總而言之，對方說事態非常緊急。」

❶譯註：Addis Abeba，非洲國家衣索比亞的首都。

❷譯註：H-2 Launch Vehicle，日本的宇宙航空研究開發機構自行研發成功的大型火箭。

「你沒有先問問詳情嗎？」
「我問了，但那好像不是可以口頭轉達的事。他們說，想直接與總理見面，親自說明。」
「嗯……」
「事實上，」田上略帶躊躇地說。「堀越大臣自己，好像也沒有完全掌握事態。大臣說，雖然他大致已聽過說明，但是無法理解的地方太多，所以大臣想與總理一同再聽一次說明。」
「怎麼，他自己都沒搞清楚，卻要叫我去見那種人？」
「唯一能確定的是，事態非常緊急。據堀越大臣表示，這似乎不只是我國的問題，也牽涉到地球全體。」
聽到地球這個字眼，大月挑起一邊眉毛。
「如此說來，是地球暖化的問題嘍？」
若真是這樣就麻煩了，大月暗忖。美國在處理地球暖化，尤其是減少二氧化碳上，態度很消極。說到這個問題，美國完全是遭受孤立的。不過，大月的態度是：無論如何都不可與美國對立。
「我不知道，但就對話的氣氛看來，好像也不是那個問題。這次想向總理報告的內容，據說是在美日共同進行的某項研究過程中發現的。那發現相當重大，兩邊的負責人決定在公開發表之前。先各自向自己國家的政府首腦報告。換言之，同樣的報告也會在白宮進行。」
「白宮？你是說會直接向美國總統報告？」
「好像是。」
大月從椅子彈起。
「早說嘛。」

站在前面負責說明的男人叫作松山。據說是在宇宙科學研究總部負責高能量天文學的研究主幹。他是個年約四十歲的瘦小男人，看起來非常緊張，天氣明明不熱，但打從一開始，他的太陽穴就泛著汗水的光澤。

燈光熄滅，室內陷入昏暗。投影機同時打開了。設在牆上的銀幕，出現黑白照片。看起來像一團雲，周遭散佈著白色斑點。

「這張照片，是利用X光天文衛星成功觀測到的黑洞。正確說來其實並不是黑洞本身，應該說是四周空間受到黑洞影響後的模樣。」松山開始說明，他的聲音略帶顫抖。

他接下來的敘述，超乎大月的想像。與其說是意外，不如說他過去壓根不曾想過這種事。大月一再打斷他的敘述，提出「讓我整理一下思緒」的要求，還用力按著眼頭。彷彿不這麼做，就會失去現實感。

說明完畢後，松山呼出一口大氣。

「以上就是P-13現象的概要，此現象的發生機率為百分之九十九點九五，這是電腦運算出來的答案。美國與英國，還有中國，都做了相同的計算，最後做出的結論都一樣。」他如此總結，直到最後都保持著拘謹的口吻。

宇宙科學研究總部部長永野，把臉轉向保持沉默的大月。

「剛才的說明，您能夠理解嗎？」

大月托腮，低聲沉吟。之後，他看著坐在旁邊的田上。

「田上，你聽懂了嗎？」

田上眨巴著小眼睛。

「細節部分不太懂，但是將會發生什麼問題，應該大致還算明白。」

科學技術政策大臣堀越聽了，深有同感地拚命點頭。

「就是啊。專業的部分，老實說我也聽不懂。縱使告訴我按照數學推算會變成怎樣，我也毫無概念。」

大月在胸前交疊雙臂，仰望依舊站著的松山。

「那麼，結果到底會怎樣？如果發生那種現象，世界會有什麼變化？會導致事故或災害嗎？」

松山看著永野，像在徵詢是否可以回答這個問題。永野點頭後，他做了個深呼吸才開口說：

「我們的結論是，無法預測會發生什麼變化。這就跟我們無法預知未來一樣。」

「這樣豈不是無從擬定對策嗎？我又沒有要你預知未來。我只是叫你假設一下可能發生的情況。如果能針對那些情況預先擬定防範對策，到時就不用手忙腳亂了。」

「不，問題是，我們只知道可能會發生某種變化，但在邏輯數學上，要加以推斷是不可能的。」

「你說什麼？」大月皺起眉頭。在政治議題上，他既未用過也沒聽過邏輯數學這種字眼。

「比方說，」松山舔唇。「假設這個現象使得總理坐的位置移動十公尺，到那面牆附近的話。」

「然後我就會撞牆嗎？」

「不，牆壁也同樣會移動十公尺。同樣的，我們也在移動。一切都會同時移動，所以就結果而言誰也無法掌握變化。」

「你是說整個地球都一起移動嗎？」

「也許該說是整個宇宙。」
看著一本正經的松山，大月開始懷疑這些傢伙究竟是在說真的還是開玩笑了。畢竟，這番話實在太脫離現實了。
「不僅是空間，在時間上也會有同樣情形。假設總理的手錶慢了十三秒好了。如果別的鐘錶也都慢了十三秒，不僅如此，如果所有現象都慢了十三秒發生的話，想必誰也無法指出總理的手錶慢了。」
大月垂眼，看著自己的手錶。那是妻子贈送的歐米茄。
「如果一直這樣瞪著指針呢？應該看得出來吧？」
「鐘錶的指針不會出現變化。」松山回答。「因為我們並不是移動到未來或過去。」
「我不太懂。」大月側首不解。「到頭來，你是說並不會發生任何改變嗎？」
「不是不會發生，是我們無法掌握。」
大月抓抓頭，接著又用指尖按壓雙眼的眼頭。這是他整理思緒時的習慣動作。
他抬起頭，轉向田上。
「召集全體閣員。找個適當的名義，別讓媒體記者起疑。」
「知道了。」
「你們也一起出席。」大月來回看著松山與永野。「到時就像今天一樣說明就行了。不過，我想應該不會有人聽得懂。」
閣員們在三天後召開的臨時內閣會議上的反應和大月預料的相同。或許是有過向大月報告時的經驗了，ＪＡＸＡ的松山與永野這次準備了相當詳細淺顯的說明，但是，在場全員幾乎還是一臉茫然地聽完說明。
「用不著理解理論。」大月環視閣員，笑著說道。他覺得至少自己比他們多了一些預備知識，因此態度從容。「老實說，我也不太懂。所以，只要知道最近將會發生這麼一個現象就夠了。正如剛才的說明指出的，此現象並不會引起什麼變化。實際上是有，但是我們感覺不到。」
「可是總理，話雖如此，屆時社會上還是避免不了混亂。」說這句話的是國土交通大臣。「之前千禧年問題時也是如此。雖然就結果而言並未發生特別嚴重的問題，但是當時產業界還是陷入一片恐慌。」
大月蹺起腳，不停抖動那條腿。
「沒錯。當時媒體渲染其危險性，煽動輿論，做的程度超乎必要。甚至，連政治家和公務員也跟著推波助瀾。這次，我不希望再犯這種錯誤了。」
「要以什麼方式宣佈呢？這個問題本身就已夠難理解了。如果國民無法理解，只會讓他們陷入不安，最後恐怕會掀起一陣恐慌吧。」
「我想，應該會這樣吧。」
「應該會……？」國土交通大臣聽了，露出困惑的神色。
大月表情一沉，環視在座全體。
「如果公開宣佈，肯定會造成恐慌。想必也會因媒體炒作影響相關產業，也可預見會有人乘機犯罪。總之沒有任何好處。我認為，此事應該一切保密。事實上，昨晚我已跟美國方面談過了。對方也持同樣意見。我們一致認為，縱使要公開，也得等一切現象結束之後，在那之前必須徹底封鎖情報。今後雖然可能還要與別國針對此事進行協議，但我想這個方針應該不會改變。」
閣員之間並無驚訝表情。不只是這種問題，封鎖某些情報不讓國民得知，對他們來說是家常便飯。他們的腦中浮現的，是另一件事。

「可是，做得到嗎？」如此咕噥的是防衛大臣。「這種消息，會從哪裡外洩，根本無法預期。」

「所以，我希望做得徹底一點。」大月斷然表明。「在各部會內部，要讓哪個層級的人員知情，交由各位自行判斷。不過，我希望你們小心提防，絕對不可讓情報外洩。尤其必須提防的，是網際網路。消息一旦流竄到網路上，就難以收拾了。最好成立一個專案監視小組，只要一發現相關訊息，就立刻分析來源，當場刪除。剛才也說過了，這不只是我國的問題。如果消息從我們這邊洩露出去，極有可能會演變成國際問題。」

全體成員的臉上，閃過一陣緊張。

「在現階段，知道這個問題的，是什麼樣的人？」身為女性的文部科學大臣問道。

「只有JAXA的部分成員，以及在座各位，沒有其他人了。至少在我們國內是這樣。」閣員一同露出深思的表情。對主事者來說，資訊管理就某種角度而言是最艱難的工作。單從這點就可看出各人的手腕高低。

「總理，那件事最好也告訴大家吧……」坐在大月身旁的堀越附耳囁嚅。

我知道，大月小聲回答。他再次鄭重環視眾人。

「除了資訊管理之外，還有一件事也希望各位預做準備。P-13現象發生期間，為了避免重大案件或重大意外發生，請各位盡量提高警覺。正如我再三強調的，P-13現象造成的變化我們無從感知。不過，如果發生了會影響歷史的事件，我們無法預測會有何後果。所以請各位努力，別讓任何問題發生。」大月說完，把目光轉向國土交通大臣。「尤其是安西先生的部門特別重要。」

「那天要特別實施交通管制嗎？」國土交通大臣問。

「由你決定。還有，警視廳和防衛省，恐怕也有必要擬定特別方案。」

兩部會的首長一起抬頭。大月看著他們繼續說：

「美國那邊，好像也正在擬定P-13現象相關訊息被恐怖分子察覺時的因應方案。據說，他們將會採取最高規格的戒備。」

「那些恐怖分子會有何企圖？」防衛大臣問。

「不知道。不過，就算有人想讓P-13現象與核能爆炸同時發生，藉以改變世界，應也不足為奇吧？」

從大月的座位上就看得到防衛大臣的臉在抽搐。大月看了，不禁一笑。

「請你別看得那麼嚴重，只不過是短短十三秒啊。其間，世界只要靜止不動就行了。」

「呃，麻煩您再說一次。是幾時來著？」文部科學大臣一邊扶正老花眼鏡一邊問。

「日本時間，三月十三日十三點十三分十三秒。」大月看著備忘錄說。「接下來那十三秒，對地球來說將是決定命運的時間。」

2

久我誠哉的視線，不斷在三個螢幕之間擺盪。雖是三月，車中卻如梅雨季節般悶熱，他脫去外套，鬆開領帶，襯衫鈕釦也解開二顆，但是汗水還是沿著脖子流下。他很想開冷氣，卻又無法在引擎空轉的狀態下一直把車停在路邊。這輛車現在偽裝成宅急便的貨車了。

「沒有動靜吶。」和久我一起盯著螢幕的部下上野說。

「別焦急，再怎麼晚應該也會在二點前往交易地點。在那之前我們必須耐心等候。」久我目不轉睛地瞪著螢幕說。

三個螢幕映出的，是距離他們的車子約有二十公尺之處，某棟大樓的正面玄關、後門口、以及三樓窗口。

一週前，位於御徒町的某間珠寶店發生搶案。歹徒持槍作案，珠寶店的二名警衛當場遇害。被搶走的物件，包括金條和珠寶，進貨價格大約是一億五千萬日圓。

警方根據犯案手法研判，認為涉案者極可能有熟知珠寶店內情的人，於是徹底調查珠寶店的前任店員。結果發現，現場掉落的毛髮，屬於一年前任職該店的某名男子。追查之下，男子坦承犯行。

該名男子是日本人，但加入了以中國人為主的犯罪集團。襲擊珠寶店的，就是這個集團。據男子表示，這是他頭一次參與犯案，拿到分得的贓款後，就再也沒見過那些中國人。

根據男子的自白，警方查出了那些中國人的身分。但他們早已自潛伏地點消失。

對搜查小組來說幸運的是，日本男子知道金條交易的時間與地點。搜查一課的管理官久我，大膽鎖定犯人的可能落腳處，派出大量探員四處打聽。最後果真成功打聽出某棟大樓有符合描述的中國人出入。

久我凝視映出三樓窗口的那個螢幕。他知道那些人的房間在三樓，但是房間窗子終日窗簾緊閉。螢幕映現的是走廊上的窗子。

那條走廊出現一名男子，接著又有一人走來，二人開始站著交談。

「是曹漢方和周煇英。」上野用興奮的口吻說。

久我拿起麥克風。

「我是久我。敵人出來了，不過現在還不能行動。就像我一開始說的，除了我們掌握到的名單外，或許還有其他同黨。還有，最好視作對方全體持槍。就算對方現身，也不能立刻行動，等他們上車之際再包圍。」

不久，傳來「知道了」的答覆。

久我取出手機，聆聽報時。他取下手錶，調整指針。出任務對時間時，他習慣連秒都對。

他正要將手機放回口袋時，手機響了。他嘖了一聲。什麼時候不響，偏偏在這種緊要關頭——

他本想置之不理，但是一看來電顯示，立刻打消念頭了。是搜查一課課長打來的。課長應該清楚這邊的狀況，所以也許是有非常緊急的事態。

「喂，我是久我。」

「是我。打擾你辦案，不好意思。」

「有什麼事嗎？現在，我們正要動手逮捕那批強盜殺人犯。」久我看著監視器螢幕說。二名犯人，再次回到屋中。

「我就是知道，才趕緊打電話給你的。老實說，剛才我被刑事部長找去，接獲一個奇怪的指令。」

「怎麼說？」

「十三點至十三點二十分之間，盡量不要有動作。」

「啊？」久我不禁愕然張口。「這是什麼意思？」

「就是字面上的意思。說得更正確點，我接到的指令是，今天十三點整至十三點二十分之間，盡量不要讓警察同仁從事危險任務。」

這下子越聽越糊塗了。

「呃，是哪裡下達的指令？」

「想必是比警視廳更高層的指令吧，就連刑事部長好像也不是很清楚詳情。」

「從十三點到十三點二十分……是嗎？為什麼在那二十分鐘之內不能行動？」

「我也不太清楚。說不定，和那個恐怖行動預告事件有關。」

「聽說是美國那邊傳來的情報是吧，說什麼今天可能會有恐怖行動之類的。」

「那情報的來源，其實也不是很明確。你知道的，警方因此加強了鬧區和人潮聚集處的戒備。奇怪的是，那戒備行動也是在十三點三十分左右便可解除了。你很難不懷疑二者之間有某種關係。」

「預防恐怖行動和逮捕強盜殺人犯要怎麼扯上關係？」

「所以就跟你說我也不清楚啊。總之在那二十分鐘之間，好像要盡量避免危險行動。就算真有必要採取行動，也務必要避開十三點十三分前後，命令是這樣說的。」

「十三點十三分會發生什麼事嗎？」

「不知道。詳情好像要等改天再說明。」

「可是，我這邊不動起來不行呀。犯人馬上就要從巢穴出來了。如果放過這次機會，下次不知幾時才能逮捕他們。如果縱虎歸山，導致社會上繼續有人受害就糟了。」

「這個我知道。我也不是叫你別逮捕犯人。只是，如果有辦法緩個幾分鐘的話，希望你考慮一下。當然，逮捕犯人是第一優先。事後如果造成什麼問題，我會負起責任。」

「我知道了。行動時我會謹記在心。」

「抱歉在你出任務時打擾你。你就沉著冷靜地行動吧。」

「知道了。」久我掛斷電話，忍不住暗自納悶。從搜查一課課長的語氣聽起來，這事背後好像有相當大的政治力量在運作。不過話說回來，在短短二十分鐘之內，不，只要在十三點十三分前後避免採取行動，到底是為什麼？

上野似乎一直在旁聆聽他們對話，神色不安地轉過臉來。

「有問題？」

「不，沒什麼。」久我揮揮手，凝視監視器。「是搜查一課課長替我們打氣。對了今天是什麼日子？是有什麼特別意義的日子嗎？」

「今天嗎？三月十三日……明天是白色情人節。啊，對了今天是星期五。十三號星期五。」

「這樣啊。」

「有什麼不對嗎？」

不，久我邊說邊搖頭。怎麼想都不像跟白色情人節或十三號星期五有關。

久我的眼睛瞥向監視後門的螢幕。在那瞬間，他傾身向前了。

「喂，那傢伙在做什麼？」

「什麼東西？」上野也把臉湊近螢幕。

螢幕上有個年輕男子躲在停在門口的車子背後。身穿西裝，彎腰屈身。

「會是誰呢？好像不是我們的人。」

久我嘆氣。

「啊，如此說來是管理官您的……」

「那是轄區分局的巡查。在這件的案子裡，他應該是負責初步偵查的人員。」

「你去找個人把他帶過來。讓外行人待在那種地方，只會妨礙幹正事的人。」

「我知道了。」

上野用無線電和應該守在後門口附近的幹員聯絡。不久，從監視器畫面可以看到，躲藏的年輕男子被久我的部下帶走了。

「他大概只是想在哥哥面前好好表現一下吧。」上野替男子說好話。

「無聊。」久我不屑地說。

大月在首相官邸的某一個房間裡。他的面前放置著大型螢幕，螢幕上的圖表顯示出太陽系時空的數學變化，但是很遺憾，那些圖表幾乎完全沒有向他揭露什麼意義。不過，至少在相關人員的解說下，他多少理解某種可能引起「P-13現象」的東西已逐漸接近了。據他們所言，再過十分鐘左右，應該會發生歷史性的事件。不過，研究專家們指出，那個事件純屬數學上的，不可能遺留在歷史上。

大月仰望站在一旁的田上。

「該做的措施全都做了嗎？」

「應該是。」

「我總覺得遺漏了什麼，非常不安。」

「要我提醒各部會，現在再度確認一次嗎？」

「不，我不是在懷疑傳達有誤。況且，就算現在發現的確有疏失，恐怕也來不及了。現在我們只能祈求老天爺保佑。」

「關於因應對策，我們已根據美國提供的指南手冊完美執行了。」

「你之前說，高速公路方面怎麼樣？」

「國土交通省表示，目前好像正以路檢為由限制行車速度和車道。還有，機場的班機起降，應該也會避開那段時間。飛機只有在起降時才可能發生重大事故。」

大月點點頭，想像還有什麼情況可能發生重大事故。他的腦海浮現核能相關設施，但他立刻打消念頭。他決定不去想那個。

「各地的警備萬無一失吧？」

「關於這點警視廳應該已通知警視廳和各縣市警局了。」

大月頷首。他定下心來，反正事到如今就算慌亂也不能改變什麼了。

「剛好剩十分鐘嗎……」他看著螢幕咕噥。

貨車的車門拉開了，裡面有二名男子。其中一個是大哥誠哉，久我冬樹光看背影就知道。車內配有無線電和監視器螢幕，誠哉似乎正盯著那些器材。

「我把後門的巡查帶來了。」把冬樹拉到這裡來的刑警說。

誠哉的視線朝這邊一掃。

「找我幹嘛？」冬樹用不情願的聲音說。

誠哉的視線依舊凝注在監視器上，只有嘴巴在動：

「我當然沒有要找你幹麼。我只是不希望你妨礙我們工作。」

「我什麼時候妨礙到你們了？我只不過是在後門監視。」

「那樣就叫作妨礙。接下來的事交給專門人員就行了。如果隨便插手可能會受傷喔。」

「我也是刑警。」

「我知道。你們分局的功績值得肯定，所以接下來的事你用不著操心。你們的工作已經結束了。」

「還沒結束。不是還沒逮到犯人嗎。」

「你還聽不懂嗎？逮捕武裝犯人，和抓小毛賊是不一樣的。」

「我當然——」

知道——冬樹這下半句還沒說出口就被誠哉抬手制止。他順勢拿起無線對講機。

「那些人走出三樓房間了，總共五人。全體就定位，我現在也過去。」誠哉朝駕駛座下令。「先繞到前頭，開往指定地點。」

車子引擎發動了，同時誠哉的手也伸向車門。誠哉在拉上車門前看著弟弟的臉，表情像是要教誨他。

「你給我待在這裡。絕對不准動。」

冬樹瞪了兄長一眼，但誠哉視若無睹地關上車門。

目送車子駛離後，冬樹環視四周。剛才把他帶來這裡的刑警，不知何時已經消失了。他確定這點後，拔腿就跑。

他跑向可以清楚看見大樓正面玄關的地方。三名男子正要走出來。其中二人拎著大型旅行袋，想必是從珠寶店搶來的贓物吧。另一名光頭男子兩手空空，但是小心翼翼地以銳利視線掃視四周。

不對勁，冬樹暗想。剛才誠哉明明通知部下，離開房間的有五人。還有二人到哪去了？

他回到大樓後方。躲在建築物後面窺探情況。放眼望去，不見埋伏的探員。也許所有的人都繞到正面玄關去了。

後門口走出一名男子。他身上罩著黑色皮夾克，好像沒帶行李。

男人走近停在路旁的敞篷車。一邊做出提防四周的動作一邊上車。
那一瞬間，某樣東西自他的外套縫隙間露了出來。
是手槍——冬樹感到全身血液沸騰了。同時，男人發動引擎的聲音也傳入耳中。
無暇思考下一步行動了。冬樹衝上馬路，擋在正要駛離的車子前方。
「我是警察。熄掉引擎，舉起雙手。」
男人驚愕了一下，臉上表情立刻又消失了。他將車子熄火。
冬樹走近駕駛座，翻開男人的外套。確認他身上穿著插有手槍的肩掛式槍套。
「我要以違法槍炮管制法現行犯的罪名逮捕你。」
就在冬樹正欲掏出手銬之際，側腹傳來一陣劇痛。他不由得彎下身子。是電擊棒——閃過這個念頭時，車子已發動引擎。
別想逃——冬樹撲向車子尾部。

3

久我的視線投向十公尺外的停車場，那是蓋在建築物夾縫間的小型投幣式停車場。那裡停了一輛白色的賓士轎車。他們確認過了，那是中國人的車子。不久後，那些中國人應該會過來開車。
約有三十名探員守在四周待機行動，其中也包含了武裝特警小組。久我隔著外套，確認自己的手槍觸感。
他必須極力避免發生槍戰，但是誰也無法預測對方會採取什麼行動。

五名男子從大樓某一室走出。但是自大樓正面玄關現身的只有三人。剩下二人，想必是打算自後門離開了，他如此推測。前往交易地點時兵分兩路是那些人的慣用手法，所以他在後門口也留有探員駐守。

三名男子出現了。久我抓起麥克風。

「等他們一上車就出動，在那之前先別行動。」他向部下下達指令。

就在下一秒，部下的聲音竄入他的耳中。

「我是岡本。我守在後門口時，發現轄區刑警接近走出來的其中一人。」

「你說什麼？這是怎麼回事？」

「不知道。我們按照指示，要等二名犯人會合再行動……」

「結果怎樣了？」

結果——就在部下這麼說的時候，猛烈的引擎聲響起，巷口衝出一輛敞篷車。冬樹死命攀附在車子尾部。

「那小子，搞什麼鬼……」

「還有十秒。」負責人乾澀的聲音響起。

大月凝視大型螢幕。他雖然看不懂上面的圖表，但起碼知道斜下方出現的數字正在倒數。那個數字，正以009、008、007的方式不斷變換。

大月握緊雙手，暗自祈禱。他打從心底祈求，即使數字變成000，世界也不會有任何改變，繼續運作。他熱切盼望這個世界沒有任何地方出現異變，這個國家的秩序一如以往，自己仍和昨天一樣是國家首腦。

敞篷車在賓士旁邊停下。三名男子正要鑽進賓士時，光頭男子從副駕駛座鑽了出來。久我也知道他手上有槍，冬樹看來已虛脫無力了。

久我朝麥克風高叫：「圍捕！圍捕！」

接著他也從車中衝出，把手伸進外套的暗袋裡。

駕駛敞篷車的男子看到這一幕，再次踩油門。車子急速前進，但冬樹不肯鬆手。

埋伏在四周的探員一同現身。光頭男子露出狼狽的表情，扣下手槍扳機。

久我隨即受到全身衝擊，仰身往後翻倒。

聽到槍聲而回頭的冬樹，懷疑自己是不是看錯了。倒臥的誠哉，胸口染成一片血紅。哥哥中槍了，他立刻反應過來。

在衝擊與絕望造成的思緒混亂中，他將憎恨的雙眼轉向前方。擠出渾身力氣，試圖爬上座椅。

這時駕車的男子一手繼續握著方向盤，另一手持槍瞄準。他的嘴角浮現冷酷的笑容。

冬樹看到他的手指勾上手槍扳機了。

槍口噴出火花。

他覺得自己的身體穿越了某種東西。頭顱到胴體、雙腿，逐一貫穿某種看不見的薄膜。同時，他也感覺到某種東西貫穿了全身。那個東西甚至連每一個細胞都一一穿越。

下一瞬間，冬樹霍然回神。他依然攀附在車子尾部，車子依舊在奔馳。

不過他看到前方時，忍不住倒抽一口冷氣。方才開車的男子不見了。

車子似乎正徐徐減速，但是完全沒有停止的跡象。就在他打算設法爬到駕駛座之際，車子撞上了某種東西。但車子沒停，就這麼推著那樣東西前進。他聽見車子刮過柏油路面的聲音。最後車子撞上路邊護欄，終於停止下來了。

冬樹離開車子，繞到車前。車子的保險桿與護欄之間，夾著一輛壞掉的摩托車。起初撞到的，八成是這個。

為何摩托車會倒在馬路中央呢——

但這種疑問只能算是枝微末節。冬樹聽到猛烈的爆炸聲，轉身向後，眼前展現的情景令他愕然。

所有的車子都失控了，四處發生衝撞。卡車撞進大樓，公車撞上成排計程車，橫躺在地的摩托車不計其數。其中，有些車子的輪胎還在轉動，顯示前一刻尚在行駛。

一輛車猛然橫越人行道，剷平各種東西後衝向冬樹這邊。他慌忙扭身閃開。車子猛然撞上剛才還載著他的那輛敞篷車，駕駛座上空無一人。

一陣汽油味飄來。他慌忙跑開。數秒後，車子發出爆炸聲，隨即被大火包圍。

他甚至無暇撫胸慶幸撿回一命。汽油味自四面八方飄來了。路上看得到的地方都有車子相撞，所以這是理所當然的。

冬樹逃進附近的建築物，進去之後才發現那是百貨公司。店內明亮潔淨，彷彿沒發生任何事，化妝品賣場內，陳列商品的展示台兀自旋轉。

但是有個怪異到了極點的地方，那就是建築物內沒有半個人影。

冬樹繼續往裡面走。電扶梯在動，他搭上去，到二樓一探究竟。二樓是女裝賣場。沒有客人也沒有店員，但背景音樂還播放著。

他繼續往上走。每層樓都是同樣的狀況：空無一人，但機械類運作如常。

五樓有個家電用品區，冬樹朝那裡走去。

電視正在播映廣告，熟悉的藝人津津有味地暢飲啤酒。冬樹看了總算稍感安心了。雖是那只是影像，但至少可以確認除了自己以外還有別人存在。

但他拿起遙控器轉台後，那安心感頓時消失了。

那好像是個現場直播節目，畫面上映出攝影棚。理論上，某位以伶俐口齒廣受歡迎的名主持人會站在那，可是畫面上並沒有看見他。也看不到應該會坐在一旁的固定來賓。只有他們原本會坐的椅子排排放著。

冬樹不停轉台。有的頻道正播出和平時一樣的節目，也有的頻道畫面上空無一物。不管怎樣，想從電視節目推測發生了什麼事，恐怕是不可能了。

這到底是怎麼回事——

焦慮造成的冷汗流遍冬樹全身。他用手背抹去額上汗水，取出手機。他試著一一打電話給每個認識的人。嘟聲響起。可是，沒有人接起電話。

電話簿中有久我誠哉的名字。看到那個名字的瞬間，某個畫面在冬樹的腦海復甦。是誠哉中槍，胸口染血的那一幕。

後來，誠哉怎麼樣了呢？就狀況判斷，恐怕是沒救了。冬樹遲疑著該不該打電話，最後還是作罷。但他開始輸入簡訊了，內容如下：

「是誰都行。總之看到這個的人請和我聯絡。久我冬樹」

按下全部傳送後，他開始搭電扶梯下樓。他期待有人會回覆簡訊，左手一直緊握手機。但他抵達一樓，走出百貨公司後，依然沒收到任何回音。

外面的狀況比之前更加惡化了。

各種地方都有車子衝撞，冒出黑煙。也有些地方失火。濃煙密佈，無法看清周遭狀況。化學製品燃燒的臭味刺激鼻腔，刺痛眼睛和喉嚨。

人行道旁放著腳踏車。沒有上鎖，好像沒壞。冬樹跨上車，踩動踏板。

馬路上已沒有車輛行駛。幾乎所有的車子，都撞上某種東西停下來了。火勢猛烈的地方也不少。行道樹起火，咖啡店的遮陽棚熊熊燃燒。也許遲早會波及建築物，但冬樹無能為力。

他決定折返他們之前經過的路。他還是放不下誠哉。

投幣式停車場映入眼簾了。他想起那批中國人，當時就是坐上停在那裡的白色賓士。

賓士停在和剛才相同的位置。冬樹下了腳踏車，緩緩走近。沒看到那些中國人，他確認這點後才打開車門。

後座放著二個大型公事箱。打開一看，裡面裝了金條。一定是搶來的贓物。

冬樹離開賓士，四下張望。誠哉他們坐的貨車映入眼簾。但他沒看到本該倒在車旁的誠哉，地上也沒留下血跡。

冬樹束手無策，只能呆立原地。一切的一切都令他莫名其妙。所有的人都從世上消失了——從目前的狀況來看，他只能這麼判斷。

喂——他大喊。有沒有人在——他用盡全力大叫。可是沒有任何回應，只有周遭火災和車禍的聲音傳來。

冬樹再次騎上腳踏車。他邊叫邊踩踏板，可是到處都空無一人。在遭到破壞的無人街頭，只有他的聲音迴響著。

每個地方都如鬼城。然而，他覺得前一刻這些地方都還有人在。面向馬路的露天咖啡座，桌上還放著冰塊尚未溶解的可樂與三明治。

店內有煙飄出。湊近一看，好像是廚房有東西起火。也許是瓦斯爐的爐火引燃了什麼東西。他考慮了一下是否該去滅火，最後還是決定離開。同樣的火災，肯定正在各個角落發生。他覺得就算替這裡滅了火也沒有太大意義。

冬樹發現網咖店的招牌，立刻按下煞車。幸好，這間店好像沒有失火。沒有店員，所以他直接走進店內。這裡也同樣沒有客人。他立刻在最近一台電腦前面坐下。他想上網調查世界出了什麼問題，卻找不到能夠解除他疑惑的訊息。螢幕顯示的訊息，對現在的他來說只不過是無關緊要、不痛不癢的消息。

突然間，燈光熄滅了，電腦也無法繼續使用。原來是停電了。

冬樹急忙走到店外。他走進隔壁大樓的便利商店。燈光沒熄。看樣子，好像只有剛才那棟大樓停電。

冬樹陷入惶恐。街上到處是事故和火災，就算哪裡的電纜線斷掉也不足為奇。遲早各地都會停電。不僅如此，發電和輸電系統能維持多久也是個疑問。畢竟，人類消失了。不只是電，還有自來水和瓦斯，或許遲早也會無法供應。

冬樹暗忖，是不是自己的腦袋出了毛病？是不是這樣才看到幻覺？他如此懷疑。

他騎著腳踏車繼續前進。全身汗如雨下，汗水刺痛眼睛。

騎了又騎，還是沒有半個人影。他穿過皇居旁，繼續往南走。每條馬路上都塞滿壞掉的車子，他在那些車輛之間穿梭而行。

騎到芝公園時，冬樹按下煞車。東京鐵塔在他的視線前方，他將腳踏車掉頭轉向。

幸好東京鐵塔沒有停電，如果停電，剛才想到的點子就得放棄了。

他沒買票就直接走進去，一路筆直走向通往展望台的電梯，那裡也沒人。

搭上電梯，往展望台去。電梯上升的期間，他一直擔心機器會不會突然停止運作。最後他平安抵達了，電梯門開啟時，他不禁大嘆一口氣。

他從展望台俯瞰東京，愕然不止。放眼所及，到處都在燃燒。他想起從課本上學到的字眼，「空襲」。他也想起過去在某些地區發生的大地震。但是唯有一點和那些情形截然不同，那就是找不到受害者。

展望台有付費式望遠鏡，他投進硬幣。焦點首先鎖定的，是起火最嚴重的地區。緊靠高速公路的地方橫躺著某種巨大物體，火苗正從它上面竄出。

冬樹看清楚那是什麼後，不由得踉蹌後退。毀壞起火的是一架客機。雖然已燒得看不出原形，但應是機身部分上的那個商標圖案，每個日本人都知道。

4

冬樹放聲吶喊。那是野獸般的吼叫。縱使他想壓住這衝動，嘴巴也違反他的意志，大大張開，讓聲音自喉頭深處不斷冒出。當他吼完後，一陣劇烈的暈眩襲來，他當場蹲下，抱住腦袋。

這不是真的，這不是真實世界——

他戰戰兢兢地起身，望向外面的景色。和剛才一樣毫無改變，東京街頭滿目瘡痍。

他再次透過望遠鏡瞭望。無論把焦點鎖定何處，放大後景象都大同小異。濃煙滾滾，車輛與建築物遭到破壞。高速公路上，所見之處都在起火。

就在他茫然若失，準備將眼睛離開望遠鏡之際，他看到某個粉紅色的小東西在視野邊緣移動。

冬樹急忙把眼睛湊近望遠鏡。粉紅色的物體——那看起來的確像是衣服。換言之，那裡有人。

但是下一瞬間，他的視野遭到隔絕了。望遠鏡的使用時間結束了。他嘖了一聲，掏出皮夾。但是裡面沒有零錢。

他四下張望，尋找兌幣機。吸住他目光的是販賣部，那是專門出售紀念品的地方。

他連忙跑過去，繞到販賣部的收銀台裡面。幸好，收銀機是開著的，也有許多零錢。有一瞬間，他取出自己的皮夾想換錢，但他立刻打消念頭，直接抓起一把百圓銅板就走出商店。他回到剛才那架望遠鏡前。

他興奮地投入硬幣，透過望遠鏡觀望。他把焦點鎖定剛才看到粉紅色衣服的那一帶，緩緩移動望遠鏡。地點在麻布至六本木一帶。

就是那裡——冬樹的視線，捕捉到某棟建築物的樓頂。身穿粉紅色衣服的人，剛才的確就在那裡。

可是現在，那個人影不見了。他期待那人再次現身，等了半天，但那人沒有出現，視野再次被遮斷。

他本想再投錢進去，但立刻停手了。因為他想到，在這種地方就算再怎麼搜尋也不可能找得到。即使真的找到了，也無法呼喚對方或向對方比手勢。

直接過去看看吧，他想。就算去了，順利遇到對方的可能性或許也不高。不，說不定，那根本就只是眼睛的錯覺。但他還是認為非得親自去看看不可，反正待在這裡也無濟於事。不僅如此，一旦停電了還會被關在這裡。

他鑽進電梯，默默祈禱著按下按鍵。幸好，電梯並未中途停止。看來電力還沒問題。

來到戶外，他再次跨上腳踏車開始踩動。路上到處都是還插著鑰匙的汽車與摩托車，可惜全都出了車禍，沒有保證能夠安全駕駛的車輛。況且，光是看路上的混亂場面，就會看到連摩托車都無法通行的地方。

他專注地踩動踏板。周遭的異樣光景，他已不再在意。也許是因為這一連串事態實在太脫離現實，使他的神經麻痺了。

快到從望遠鏡看到的那個地區了。他停下腳踏車，放聲大喊：

「喂——有沒有人在！」

他的聲音在高樓大廈之間空虛迴響著。他稍微移動幾步路，再次大聲呼喚。他重複喊了幾次，但結果都一樣。

他在大樓的台階席地而坐，垂下腦袋。他連出聲的力氣都沒了。

到底發生了什麼事？其他的人都消失到哪去了？

他想起小時候與玩伴的惡作劇。一群人撇下其中一人，全都藏起來，然後在暗處嗤嗤偷笑，看著那個被扔下的人氣急敗壞地四處找人。

但不管為了什麼理由，要東京人一起行動，都是難以想像的。何況，連開車和騎摩托車的人都消失了。

唯一的可能，就是發生了某種天地異變。但那會是怎樣的異變呢？不，還有個更大的疑問：為何單單只有冬樹留在這裡？

他索性隨地躺下。上空有厚重的雲團飄移，看來快變天了，但是現在這種小事已無關緊要。

疲勞令身體非常癱軟無力，他閉上眼。睡意就要降臨了，也許是因為神經耗損過度。他想就此睡去，期待下次醒來時，世界已恢復原狀。

他正是在半夢半醒之際聽見的。由於意識混沌，他一時之間來不及反應。但冬樹再次聽見時，他倏然睜眼，坐起身子，環視四周。

他聽見的是哨音。是車站站務員吹的哨子。聲音每次間隔的時間並不一定，有時吹得長，有時吹得短。

冬樹站起來。有人在——

他憑著聲音騎腳踏車追尋。他祈求那個人繼續吹哨別停止。

彎過馬路，前方是禁止車子進入的步行者專用道。兩旁淨是年輕人喜歡的小店與速食店。賣可麗餅的店前有長椅，上面坐了一個五、六歲的小女孩。身穿粉紅色裙子。她正在拚命吹著哨子。

從望遠鏡看到的，肯定就是這孩子，冬樹想。

他下了腳踏車，緩緩靠近。

「小妹妹。」他朝她的背影出聲呼喚。

女童的身體像裝了彈簧，猛然彈起。她轉向冬樹，大眼睛瞪得更大了。那是個膚色白皙、很可愛的小女孩。

「就妳一個人？」

縱使冬樹問話，她也不回答。可看得出來，她的身體很僵硬。

「還有沒有別人在？大哥哥就一個人喔。」

女童眨眨眼，然後自長椅起身。她的右手指著旁邊的服飾大樓。

「這棟大樓怎麼了？」

女童依舊保持沉默，逕自走進那棟大樓。冬樹也尾隨在後。

電扶梯還在動，但女童往裡走。她來到電梯前站定，按下按鍵。電梯門靜靜開啟。
「幾樓？」冬樹問。
女童指著操作面板的上方。大樓共有五層。於是冬樹把手指靠近5這個按鍵，但女童拚命搖頭。又繼續往上指。5的上方只有R這個按鍵。也就是樓頂天台。
冬樹了解了。從望遠鏡看到的建築物，就是這棟大樓。女童想必一直待在這裡的樓頂天台，待到剛剛才下來吧。
大樓頂上的空間足以舉辦小型活動。不過這個時期似乎沒有任何活動，只有菸灰缸四周放了一些椅子。
女童指向後方。樓頂柵欄邊，有一名女性倒臥在那裡。
冬樹跑過去檢視女子的情況。她身穿開襟薄外套，俯臥在地。長度及肩的頭髮蓋住了臉。
他把手放在她的脖子上。有體溫，脈搏也很正常。
「這到底是怎麼回事？」冬樹轉頭問女童。
她在遠處駐足，不肯靠近。就只用漆黑的大眼睛望著倒臥的女子。
冬樹搖晃女子肩膀。
「請妳振作一點。妳還好嗎？」
不久女子有所反應了。她發出呻吟後，緩緩睜開雙眼。
「妳清醒了嗎？」
她沒回答他的呼喚，緩緩坐起身子，用無神的雙眼仰望他。
「我，到底是怎麼了……」
「妳暈倒在這裡。是那孩子把我帶來這裡的。」

女人看著女童。下一瞬間，她那雙本來半睜半閉的眼睛瞪得斗大，可以感覺到她倒抽了一口氣。

她站起來，搖搖晃晃地走近女童。屈膝跪在地上，抱緊女童。

對不起，對不起——冬樹聽到她這麼說。

他朝她們走去，遲疑地喊了一聲「請問」。

「妳們二位，在這裡做什麼？」

女人放開女童的身體，乾咳了一下。

「沒做什麼……我和女兒來逛街，有點累了所以只是在這兒休息。」

看來二人是母女。

「那麼，妳怎麼會暈倒？」

「這個，我也不太清楚……」她湊近女童的臉蛋。「媽媽是怎麼了？未央剛才在做什麼？」

女人喚作未央的女童不回答。她將掛在脖子上的哨子咬在嘴裡，用力吹了一聲。

「妳怎麼這樣，未央。妳為什麼不肯說話？」

「小妹妹會說話嗎？」

「對，當然會。妳是怎麼了，未央，妳到底怎麼了？」

她搖晃女兒的身體，但女童毫無反應。她就像洋娃娃一樣表情毫不改變。

「我想應該是受到的打擊太大了。眼前狀況都這麼古怪了，也難怪她會如此。就連我自己都快要瘋了。」

冬樹說完話，女人一臉困惑地轉頭看他。

「什麼這種狀況？」

「請妳過來這邊。」

冬樹帶她到柵欄邊，叫她從那裡俯瞰街景。到處都有車子相撞，建築物正在冒煙。

女人的面色發白，似乎是嚇得失去血色了。

「發生了什麼事？是地震嗎？」

「不是地震，也沒有發生戰爭。」

「那到底是什麼……」

冬樹搖頭。

「老實說，發生了什麼我自己也完全不明白。我清醒時就變成這樣了。」

她看著眼下的光景，皺起眉頭，滿心疑惑。

「都已經變成這樣了，政府到底在做什麼？也沒有出動消防車。」

「這點恐怕很難說明。」冬樹思索該如何轉達目前狀況。但是，他想不出適切的形容。無奈之下，他只好這麼說：「目前，這個世界上，好像只有我們三人。」

女人名叫白木榮美子。她說她已和丈夫離婚，目前與女兒未央相依為命。今天不用上班所以母女倆難得一同上街購物，結果就碰上這樣的災難。

不過關於災難的內容，冬樹無法做任何說明。他說出他到目前為止看到的情形，但榮美子似乎無法置信。她走出建築物，環視四周後，似乎才明白冬樹所言不虛。

三人走在宛如廢墟的街頭，到處都不見人影。

「好像世界末日。」榮美子咕噥。「該不會是遭到核子武器攻擊吧。」

「若是那樣，受害情形應該不止如此。況且沒有任何屍體未免太怪了。不，最不可思議的是，為何我們三個平安無事？總之，我們還是先找找看其他的人吧。找到其他人之後，應該就會打開一條生路了。」

說得也是。榮美子說著說著，歪起腦袋。

雖然冬樹和先前一樣，不明白發生了什麼事，但知道自己之外還有生存者後，他便找回了求生意志。同時，他也深刻感受到，能夠這樣與人接觸、說話是多麼幸福。

日頭逐漸西移。紅綠燈仍舊照常運作，可見應該還有供電。在沒有其他人的狀態下，水電瓦斯這些生活機能能夠維持到幾時，誰也無法預料。雖說一切步向自動化，但並不表示供應量是無限的。

「肚子餓不餓？」冬樹問榮美子。

「有一點……」她看著手裡牽的女兒。未央漠無感情的小臉蛋直視前方。

「那，我們先吃飯吧。」

「也好……」榮美子看著旁邊的便利商店。

「便利商店的便當雖也不錯，但是現在還是先吃點有營養的東西吧。對未央小妹妹來說也比較好。」

「所謂的有營養的東西是？」

「再走幾步路就到銀座了。無論是肉類或魚類，舉凡最高級的食材那裡一應俱全。而且，今天應該是隨人吃到飽。」

他開的玩笑總算讓榮美子露出微笑了，但未央毫無反應。

前往銀座的路，也因發生車禍的車子陷入毀滅狀態。三人一邊小心找尋沒有受損的地方，一邊往前走。途中，未央露出疲色，冬樹就背起了她。

平時總有大批人群來往的銀座街頭，如今是一片死寂。這裡雖也有車禍發生，但是似乎都很輕微，想必是因為馬路上本來就塞車了。

一棟有許多餐廳的大樓映入眼簾。冬樹正想往那邊走去時，突然停下了腳步。有人用紅色噴漆在人行道上畫出一個大箭頭，看起來好像還沒乾。

5

榮美子大概是注意到冬樹的視線了，她也低頭看向紅色箭頭，「這是什麼？」她咕噥。

「不知道。不過看來，應該才畫沒多久。」

趴在冬樹背上的未央指向遠方。

「怎麼了？」冬樹邊說邊將視線移向遠方，「啊」地叫了出來。因為十公尺外的地上，畫著同樣的紅色箭頭。

朝箭頭所指的方向看去，前方還有別的箭頭。顯然，某人正試圖傳達某種訊息。

「不管怎樣，先跟著箭頭往前走走看吧。」冬樹背著未央邁步走去。

他們循著箭頭指示往前走，最後抵達一棟大樓前。箭頭指向大樓入口，好像在指示他們進去。

大樓樓梯也畫了箭頭。他們戰戰兢兢地拾級而上。二樓是壽司店。店門口的前方畫著箭頭，指示他們入內。

冬樹拉開格子拉門。正面有個吧台，前方坐著一個男人。他的背部寬大渾圓，身上穿著格紋襯衫。

男人轉過身來了。他是個胖得像河豚的年輕男子，脖子堆滿脂肪，把下巴都埋起來了。他的嘴巴鼓起，應該是因為嘴裡塞滿食物吧。嘴角還沾著醬油。

男人拿著茶杯，用茶水將嘴裡的食物送進喉嚨。然後再次注視冬樹三人，愉快地眯起眼。

「啊太好了，總算遇到人了。之前還在擔心不知會怎樣呢。」

吧台上放著噴漆罐。畫出紅色箭頭的，似乎就是此人。

「你在做什麼？」冬樹問。

「還能做什麼，看了也知道吧？我正在吃壽司。我啊，老早就想來銀座吃一次壽司了，想吃這種一貫就要數千圓的高級玩意。」

男人手上抓著堆滿大量海膽的壽司。看來是他自己捏的。

冬樹把未央從背上放下來。

「就你一個人嗎？沒有別人在？」

「沒有，我清醒時就是一個人了。到處發生車禍，害我根本搞不清楚這是怎麼回事。」

「你當時在哪裡？」

「飯田橋。正在去醫院的路上，我本來要去帝都醫院接受檢查。」

「你生病了嗎？」

男人笑著搖頭，圓潤的臉頰跟著晃動。

「只是血液檢查。是我這次的打工地點，對方叫我去檢查，說我太胖了他們不放心。我都已經告訴他們我沒事了，真是多管閒事。」

「你從飯田橋是怎麼到這裡的？」

「前半段是開車。因為路上有插著鑰匙、引擎還沒熄火的車子。可是到處都是車禍，能走的路太少，開到一半只好丟下車用走的。累死我了。」男人大口吞下堆滿海膽的壽司。

冬樹把頭往旁邊一撇，內心不解。在場四人似乎有同樣的經歷——也就是自己周圍的人突然消失的體驗。為何會這樣？還有，為何只剩他們這幾個人存在？

「你要不要也來一個？銀座的壽司店，果然就是不一樣。這種機會千載難逢，不吃太可惜了。反正這些食材都是生的，放著不吃也會壞。」胖男人繞到吧台裡面，開始洗手。「小妹妹，妳肚子餓了吧？妳喜歡吃哪種壽司？」

未央沒回答。榮美子代為開口：

「這孩子，只要是壽司什麼都愛吃。啊，不過不要放芥末。」

「ＯＫ。那，先從這開始吧。」男人把一塊鮪魚肉放在砧板上，靈巧地用菜刀切片，再以熟練的手勢捏飯糰，把鮪魚片放在上頭。「來，鮪魚壽司好了。接著想吃什麼？儘管點菜別客氣。」

「你很有架式。」

聽到冬樹的讚美，胖男人嘿嘿笑開了。

「我以前在超市的廚房打過工，還得辛苦地把不怎麼樣的食材弄成很好吃的樣子，在這裡就不用那麼麻煩所以輕鬆多了。來吧，別客氣，多吃點。」男人愉快地捏出一個又一個壽司。

「那我們就開動吧。」冬樹對榮美子說。「他說得沒錯，反正不吃也會餿掉。」

好，榮美子說完點點頭，讓女兒在吧台前坐下，自己也往旁邊一坐。她吃下男人捏的壽司，低聲說了一句真好吃。未央看了，也朝鮪魚壽司伸手。

冬樹環視店內。目前看來，應該不用擔心失火。水電好像也沒問題。

大水槽放在座席區的旁邊。好像是用來養活魚的，但裡面一條魚也沒有。

說到這裡，他突然想到：來這裡的路上，不僅沒人，也沒看到野貓和烏鴉。難道說——他暗忖。

「這一帶，有沒有寵物店？」

「寵物店？不知道。」胖男子側過腦袋。

「我想百貨公司裡面應該有。」榮美子說。「我說的是中央大街對面的百貨公司。」

冬樹點點頭。

「我出去一下。」

「你要去哪裡？」

「當然是寵物店。我去確認一下消失的是否只有人類。」

冬樹走出壽司店，朝百貨公司走去。周遭狀況沒什麼變化，不過，冒煙的建築物似乎更多了。也許是餐飲店發生了小火災。

百貨公司幾乎完好無傷，電扶梯也運作如常。冬樹搭上電扶梯，直上寵物店所在的五樓。

寵物店也悄然無聲。養寵物的玻璃櫃成排並列，但全是空的。不過小碟內裝著飼料，也有看到排泄物。玻璃櫃上還標明了「美國短毛貓（雌）」。

冬樹深信：消失的不只是人，動物也消失了。

他離開寵物店，原本要走向電扶梯。半路上，他忽然靈光一閃，走向家電賣場。他想趁現在多拿一些便於攜帶的照明設備。誰也不知道何時會停電。如果在夜裡停電，恐怕哪裡也去不了。

他並沒有找一般手電筒，而是找照明度越高越好的。他選了有把手的探照燈，內藏防災用收音機。他拿了二個，再加上二個普通手電筒，還有一些乾電池，全都裝進袋中後才離開賣場。

回到壽司店，男人還在捏壽司，但母女倆不見蹤影。

「你回來啦。」男子嘴裡塞著壽司說。「怎麼樣？」
「寵物也消失了。」
「果然……這到底是怎麼回事？」
「不知道。不說那個了，女士們呢？」
「小女生在那邊，大概是肚子一填飽就睏了。」男子努努下巴朝座席區示意。未央睡在並排的椅子上，身上蓋的開襟外套是榮美子的。
「她媽媽呢？」
「說要去找找看有沒有別的食物就出門了。她還說什麼光吃生魚片會營養不均衡，我倒覺得這種時候用不著考慮什麼營養均衡的問題。」男子用湯匙舀起鮭魚子，放入口中。
碟子上裝了許多壽司，所以冬樹也坐下來，伸手去拿。的確，比起以前吃過的任何壽司都美味。
冬樹邊吃壽司，邊替拿回來的探照燈和手電筒裝上電池。他打開探照燈內藏收音機的電源，但是無論轉到哪個周波數都只會聽見雜音。
「既然人都不見了，當然也不可能還有廣播節目吧？」男子說。
「我只是想碰碰運氣。」冬樹把收音機往旁邊的桌上一放。
「不過話說回來，還有別人在真是太好了。我本來還擔心該怎麼辦呢。老實說，我都快哭了。」
「一邊急得快哭出來，一邊吃壽司嗎？」
「就因為快哭出來了，所以才要吃壽司。因為只要吃點好吃的東西，就能忘記不愉快了。就是這樣囉。」

男人叫作新藤太一。他太胖，從外表看不出年齡，但實際上比冬樹還小二歲。他說他來自靜岡縣，為了念大學才來到東京，但是念到大三就輟學了。他說目前四處打工，在葛飾區的公寓獨居。

「你有跟誰聯絡上嗎？」冬樹問。

「手機裡的名單我全都打了，可是誰也聯絡不上。發簡訊也沒人回覆。」

看來和冬樹的狀況一樣。

冬樹看著太一把甜蝦塞進嘴裡，忽然察覺一件事。水槽裡的活魚消失了，但是做壽司用的魚蝦類還在。兩者的差別在哪？當然，差別在於做壽司用的魚蝦已經死了。

這時榮美子回來了，手上還抱著一個紙箱。

「樓上是義大利餐廳。我拿了一些蔬菜和調味料回來。」

「這位太太，葡萄酒呢？」太一問。「有很多酒嗎？」

「好像有。」

「那太好了。吃壽司還是該配白葡萄酒才對，這間壽司店沒什麼像樣的葡萄酒。」太一走出吧台後，直接就走到店外了。大概是去拿葡萄酒。

他前腳剛走，榮美子就走進吧台內，開始清洗從紙箱取出的蔬菜，有番茄和小黃瓜之類的。

未央醒了，大概是聽見母親的聲音。

「醒了嗎？等一下喔。現在，媽媽正要做未央最愛吃的番茄起司沙拉。」榮美子用溫柔的語氣說。

未央依舊不發一語，看著桌上的內藏收音機式探照燈。

冬樹望著榮美子放在調理台上的蔬菜，一個新的疑問浮現心中。他正看著馬鈴薯。

買回來的馬鈴薯如果放久了有時會發芽。馬鈴薯若發芽，就代表該植物是活的。

冬樹想起外頭有行道樹。植物應該也是生物，可是活的動物不見了，活的植物還在。這個差別是打哪來的？

就在冬樹環抱雙臂沉思之際，未央把玩的內藏收音機式探照燈，突然傳來人聲。未央大概以為自己弄壞了什麼東西，慌忙關掉電源。

「剛才那是什麼？」冬樹從椅子上彈起。

「聽起來很像是人的聲音。」榮美子也說。「好像是女人……」

冬樹抓起收音機，打開電源。他把音量調大，緩緩移動調頻器。

太一從外頭回來了。

「全都是甜酒，真是傷腦筋啊。幸好總算勉強找到可以搭配壽司的酒了。」

「安靜點！」冬樹怒吼。

「到底是怎麼了？」

「剛才我們聽到人的聲音了。」榮美子向太一解釋。

「啊？真的嗎？那可不得了。」太一沒放下雙手拎的葡萄酒，就直接湊到冬樹身旁。

收音機傳來聲音。這次，比剛才更清晰了。

（有生存者嗎？聽到這個的人，請到東京車站八重洲地下中央口。有生存者嗎？聽到這個的人——）

「是女人的聲音。」太一說。「可是聽起來不像是收音機的播報員。」

「我想，應該是災害專用的廣播，大概是用公家機關的廣播設備吧。說話的不是專業播報員。」

「這表示除了我們之外還有生存者對吧？」榮美子兩眼發亮。
「東京車站……是嗎。我去看看情況，你們幾個先留在這裡。」
「你一個人去沒問題嗎？」太一問道。
「從這裡到東京車站還有一大段距離。你們要一起去也行，不過最後可能還是回到這裡。」
聽到冬樹這麼說，太一點了點頭，臉頰的肉跟著上下晃動。
「我等你。這對母女交給我。」
麻煩你了，冬樹說完就走到店外了。
他找到腳踏車，騎上去朝東京車站趕去。四周已暗了下來，不過幸好還有燈光。路燈似乎是以定時裝置控制開關的。
冬樹踩著踏板，從混雜各種氣味的空氣穿過，不久後便抵達東京車站了。他走樓梯到地下街。地下街的照明，目前為止也完好無恙。
到了八重洲地下中央口，卻不見半個人影。冬樹穿過剪票口，環視四周，還是沒人。
「有沒有人在？」他試著出聲，但無人應答。
他又去「銀鈴」這個出名的會合地點碰運氣，但那邊也沒人。
那個廣播是怎麼回事——就在他如此暗忖之際，某個東西抵上背部了。
「不許動。」那是一個女人的聲音。

6

從背部的觸感判斷，那應該是槍口。冬樹高舉雙手。

「妳是誰？」他問。

「問別人姓名時，應該先報上自己的姓名。學校沒這麼教過你嗎？」

女人的聲音很年輕。也許才十幾歲，和剛才在收音機聽到的聲音好像不太一樣。

「我是久我。」

「喂，你只有姓？」

「冬樹。久我冬樹。這樣行了吧？」他保持高舉雙手的姿勢說。

「還不許動。你身上有槍吧？」

他心頭一驚。的確被女人說中了。他之前聽說搜查一課要去逮捕那批中國人，所以先把槍帶在身上才離開警局的。但這個女人怎會知道自己身上有槍？

「我身上沒那種東西。」不管怎樣，他姑且這麼搪塞。

「說謊也沒用。因為我知道。」

「……妳怎麼知道？」

「我能透視。」

「少來了。」他想轉身向後。

「不許動！」聲音尖銳地飛來。「我可要先聲明，這是我頭一次拿手槍。如果你敢輕舉妄動，我說不定真的會開槍喔。」

「拜託妳千萬別那麼做。」冬樹嘆出一口氣。

小峰先生——身後的女人如此呼喚某人。

「把這個人的手槍拿出來。八成藏在他外套底下。」

腳步聲傳來，冬樹的背後出現一名男子。是個穿西裝的小矮子，戴著眼鏡，看起來有點畏縮。

「喂，你是小峰先生？」冬樹問。

「啊，對。」

「拜託你小心點。手槍雖然應該有安全裝置，但在我四處活動的情況下，說不定安全裝置已經解除了。」

小峰先生的表情變得更軟弱了。他膽戰心驚地翻開冬樹的外套，用顫抖的手取出他插在槍套裡的槍。

「ＯＫ，行了，慢慢轉向我這邊。」身後的女子說。

冬樹放下雙手，轉身向後。站在眼前的是個年輕女孩，身穿深藍色西裝外套和格子迷你裙。怎麼看都像是高中女生。

「就課外教學來說未免太過頭了吧。」冬樹有點輕浮地說。不管見面的形式為何，能夠見到其他人，心情總是會輕鬆點。

「再說廢話，小心我真的開槍喔。」高中女生像貓一樣的眼睛瞪了過來。

看來她手上抓的是真槍，和警察持有的手槍同型。是從警局偷來的嗎？冬樹思忖。

「我聽到廣播才來這裡的。你們居然這樣歡迎我，未免有點過分吧？」

「來這裡的只有我一人。」

「喂，就你一個人？」

「意思是說，還有別人在？」

「有，但是詳情不能告訴妳，除非妳先把你們的狀況告訴我。」

「嗯……」高中女生露出沉思的表情。「算了。你跟我來。」

「去哪裡？」

「就在前面不遠。你跟來就知道了。」高中女生別有意味地笑了。「小峰先生，你帶頭先走，我要跟在這個人後面。」

名叫小峰的男人邁開步伐，冬樹尾隨在後，高中女生也隨後跟上。

「可以問個問題嗎？」冬樹說。

「什麼問題？」

「為什麼會變成這樣？如果妳知道，請告訴我。」

可以聽見她嘆了一口氣。

「關於這個誰也不知道，但現在可不是思考那種問題的時候。」

「怎麼說？」

「哎，反正你馬上就知道了。」

小峰走出剪票口，進入旁邊的咖啡店。冬樹隨後跟上。

店內有一個身穿高級西裝、體型壯碩的男人，一對看似夫妻的老人，還有年齡應該在二十歲上下的女人。兩個老人隔桌對坐，另外兩人坐在稍遠的位子。

「我來介紹新人。」高中女生說。「這是久我冬樹先生。老大說得沒錯，他身上果然有槍。不過我已經沒收了。」

「老大？」

「不確定有誰在場的地方，不可獨自進入。不得不進入時，也得以背貼壁，步步為營——這點基本常識，你的刑警前輩沒有教過你嗎？」

店內深處傳來聲音，是冬樹熟悉的聲音。不久後，誠哉出現了。

「哥……不，管理官。」

誠哉搖頭。

「叫我哥就好，這裡已經沒有警察這種東西了。」誠哉從小峰手上接過冬樹的手槍，取出子彈後還給冬樹。「在場的人全都赤手空拳，所以不能讓你一個人帶槍。」

「可是，她不也有槍？」冬樹看著高中女生。

「是我請她替我保管我的槍，裡面沒子彈。」

高中女生左右揮舞手槍，露出笑容。

「啊，真痛快。我早就想試試拿槍的感覺了。」

冬樹再次轉身面對誠哉。

「我沒想到哥你還活著。」

「彼此彼此。我也不知道發生了什麼事，總之當我清醒時，街上只剩下我一個人。本來正在追捕的中國人和我的辦案同僚都不見了。周遭又不斷發生事故，老實說，我還以為是我瘋了。」

「我也一樣。」

「恐怕只能把這一切解釋成某種超自然現象了。對了，你之前是怎麼過的？」

「我到處亂跑。一下子登上東京鐵塔，一下子騎腳踏車逛六本木，也因此遇到三個人。」

冬樹把那三人待在銀座壽司店的事說了出來。

「最好把他們帶來這裡。在這種狀況下如果孤立無援是活不下去的。」

「我待會就帶他們過來。說到這裡，那個廣播是哥你弄的？」

誠哉點頭。

「我覺得不管怎樣應該先找人集合，所以騎摩托車去廣播電台。我先去使用中的錄音室碰運氣，可是工作人員和電台ＤＪ都不見蹤影。於是我就錄了那卷循環式錄音帶，讓它不斷播放。」

「可是，廣播裡的聲音是女人的聲音。」

「是她。」誠哉看著後方的年輕女人。「我去廣播電台的途中，湊巧發現她。於是就請她一起過來，替我錄製錄音帶。因為我想如果用女人的聲音，或許可以讓聽到的人比較安心。」

「後來呢？」

「就來這裡了。既然呼籲大家來東京車站，如果這裡沒人那可不像話。然後就在這間店裡，等待來會合的人。」

店面有一部分是整片玻璃，可以清楚看見剪票口的情況。大概就是這樣，誠哉才會發現冬樹來了。

「為什麼選擇東京車站做為集合地點？」

「這是我想了很久之後的決定。首先，對大部分的人來說，這個地點最好找。就算不知道該怎麼走，只要沿著山手線步行，遲早會走到。指定到地下街會合，是因為這裡不會受到車禍影響，食物和生活必需品應該也很充足。萬一停電了，自家發電系統應該也能發揮作用。」

「火車沒出事嗎？」

「多虧有ＡＴＣ❸，新幹線沒有發生重大事故。不過，應該到處都發生了衝撞意外。新幹線之外的一般列車雖也採用ＡＴＣ，但準備要停車時，司機通常會切斷ＡＴＣ，改以手動操作。如果司機不見了，火車當然會繼續走，直到撞車為止。」

「這種事你居然也知道。」

「是他告訴我的。」誠哉指著那個小峰。「他好像是技術人員。」

❸譯註：Automatic Train Control，火車自動控制系統。

「我只是湊巧知道，和技術人員無關。」小峰抓抓腦袋。

「大家都是聽到那個廣播才來集合的嗎？」冬樹環視全員。

「基本上是這樣沒錯，不過我們幾個打從一開始就在一起。」高中女生回答。

「從一開始？」

「對。當時我走在中野的人行道上，周遭忽然乒乒乓乓發生車禍，嚇了我一跳。那時在我身旁的，就是那對夫妻。」她說著指向的，是那對老夫婦。

老人用力點頭。

「那位小妹妹說的沒錯。我們當時只是走路經過，差一點就被捲入車禍了。」

「我看到每輛車上都沒人後，更吃驚了。只有一輛車上有人，那就是小峰先生他們的車。」

聽到高中女生這麼說，冬樹看向小峰。

「當時是你在開車？」

「是的。我和經理正要去見客戶。」

「你所謂的經理是？」

「就是我。」體型壯碩的男人發出低沉的聲音。他在喝咖啡，用咖啡托盤代替菸灰缸吞雲吐霧。

「大叔，這裡禁菸。」高中女生提出抗議。

「是誰規定的？」中年男人用咖啡托盤遮住桌上貼的禁菸標誌。

「在你之前聽到廣播趕來的，就只有這幾個人。」誠哉說。「或許還有其他的生存者，但我們沒有接觸的方法。」

「那個廣播，會播到什麼時候？」

「不知道。只要還有電力應該就會繼續播放吧。」
「不管怎樣，我先把銀座那三個人帶過來。」
冬樹走出東京車站，騎上腳踏車回銀座。太一與榮美子看到他出現後，臉上都浮現了安心的表情。大概是他回來得太晚，所以他們正在擔心他是否出事了。
冬樹把誠哉等人的事情說出來，二人頓時表情一亮。
「太好了，原來不只我們幾人。」
「妳聽到沒有，未央？叔叔說還有別人在。」榮美子對女兒說，但未央似乎依舊沒有感情。
「如果跟那邊的人談一談，說不定能打聽出什麼。」
太一滿懷期待地說，冬樹卻朝他歪起腦袋。
「這個還很難說。不過，和他們會合的確比較好。你們可能累了，不過還是出發吧。」
三人走出店外，冬樹背起未央。榮美子又拿繩子把二人的身體綁在一起。其間，太一不知從哪找了二台腳踏車過來。
就在三人正要騎車之際。上方響起低沉的爆破聲。冬樹抬頭一看，對面大樓的窗口噴出火燄。破裂的玻璃碎片，飛到他們身邊了。
「是屋裡彌漫的瓦斯爆炸了。待在這裡很危險，快走。」冬樹說完急忙踩下踏板。這時，冰涼的東西落到他臉上。
「真倒楣，居然還下雨了。」太一發出悲慘的哀嘆。
等他們抵達東京車站時，雨勢已經變成傾盆大雨了。他們慌忙逃進地下街，朝集合地點走去。
到了之前的咖啡店後，大家再次自我介紹。專搞技術的上班族叫作小峰義之，據說任職於大型建設公司。經理戶田正勝今年五十八歲，他說今天本來有一筆大交易。

「那筆交易如果順利，應該可以讓我們公司起死回生。」

聽到戶田這句話，女高中生中原明日香發出「噗哧」的響亮笑聲。

「都已經到了這個地步，你居然還對公司念念不忘。」

聽到她這麼說，戶田抿緊雙唇，不太高興的樣子。

老夫婦說他們的名字是山西繁雄和春子，在杉並區有一棟房子，兩人放不下心，很想知道房子現在的狀況。

「等我們能夠確定外出行走很安全時，一定會回去看看府上的情況。」誠哉對老夫婦說。

誠哉最先遇到的女人叫作富田菜菜美。她說她在帝都醫院當護士，她那黑色開襟外套底下的確是一身白衣。

「當時我去附近的便利商店買午餐，正要回醫院。等我回過神時，已經倒在路邊了。我跟各位一樣，完全不知道這一切是怎麼一回事。」

「啊，妳該不會就倒在工地旁邊吧？」太一問。

對，菜菜美點點頭。

「那，妳跟我一樣，我也在那裡。我完全沒發現有人倒在旁邊，早知道我應該再多找一下。」太一的聲音透出喜悅，大概是因為與自己有共通點的人物是位年輕貌美的小姐吧。

誠哉環視眾人。

「在座各位，都與別人處在同一地點，或者在彼此附近。但是，除此之外看不出還有其他共通點了。不過，我想一定會有什麼一致之處。這點，請大家再想想看。」

就在這時，整間店忽然猛烈晃動了起來。

7

晃動不久便停了。情急之下弓身躲在桌旁的冬樹，這時才緩緩抬起頭。其他人也都屈身蹲著。

誠哉開門，觀看店外情況。

「就我看來，外頭好像沒有太大的損害。不過可能還會有餘震。暫時就保持這樣不要動吧。」

「現在到底是怎樣？」太一以高亢的聲音說。「居然還來個地震。該不會是地球末日真的到了吧。」

無人應答。冬樹認為大家並非故意要忽視他，而是無法把他的話當作一個單純的惡劣玩笑。因為他自己就是這樣才選擇不搭話的。

「我去看看地面上的情況。」誠哉說。「冬樹，這裡交給你。小心餘震。」

聽到他回答「知道了」，誠哉才走出咖啡店。

冬樹在一旁的椅子坐下，他嘆了口氣。

「幸好有那個人在。否則光靠我們幾個，恐怕什麼辦法也沒有。」山西春子對丈夫說。

做丈夫的繁雄大大點頭。

「一點也沒錯，我們肯定只會慌得團團轉。」

春子溫柔的目光瞥向冬樹。

「聽說你們二位是兄弟。你也是警察嗎？」

「是的。不過，我哥在警視廳，我在轄區分局。」

春子搖搖頭，彷彿覺得這種瑣事不重要。

「雖然不知道發生了什麼事，不過有二位警官在真是太走運了。我們年紀大了，恐怕只會礙手礙腳，還要請你多多關照。」

「哪裡，彼此彼此。」冬樹低頭行禮。

小峰在角落那張桌子操作筆記型電腦，冬樹走到他身旁。

「你在做什麼？」

「啊？噢……我在上網。我想看看關於剛才的地震，會不會有什麼消息。」

「找到了嗎？」

小峰眼睛盯著螢幕搖頭。

「什麼也沒有。不僅如此，所有的資訊都沒有更新。我在各種留言版上都留言了，但是毫無回應。本來正在上網的人，彷彿都從這世上消失了。」

「是真的消失了吧？」說這話的是明日香。「交通工具裡的人和街上的人全部消失了。我個人倒是覺得，如果以為上網的人沒消失才不自然呢。」

「可是也有人沒消失，就像妳我。」冬樹說。「這種人或許會像小峰先生一樣，試圖上網。」

「我想應該有人正在嘗試。」小峰一邊點擊各種網頁一邊說。「只是，人數想必少得驚人。因此，他們發現我留下的足跡或我發現他們存在的機率變得非常低。說不定比『迷失在亞馬遜森林的二人，在漆黑的半夜偶然相遇』的機率還要低。」

「我明明聽說發生災害時還是可以上網……」冬樹嘟囔。

「到頭來，形成網際網路的不是電腦而是人。參加者越多，全世界的人就能共享越多資訊，可是一旦沒有參加者，那就只是電纜織成的網罷了。」

「不管怎樣，請你繼續嘗試好嗎？」

「不用你說，我也是這麼打算的，反正也沒別的事可做。」小峰如此說道，雖然語氣中夾著一絲灰心。

山西繁雄站起來，朝門口走去。

「你要去哪裡？」冬樹問。

「上廁所。呃，廁所在哪邊？」

「剪票口的前方，靠左邊。」

老人道聲謝便走出店，他的步伐有點蹣跚。

「那個……」富田菜菜美戰戰兢兢地開口。「各位想必都很擔心家人的安危，你們覺得消失的人究竟都在哪裡呢？」

這個問題聽起來不像在問某人，倒像是針對所有的人發問。

「要是知道就不用這麼辛苦了。」小聲回答的是戶田。「連自己置身的狀況都搞不清楚了，怎麼可能知道不在這裡的人跑去哪了。」

「……說得也是，對不起。」菜菜美細聲說完便垂下頭。

「其實妳也沒必要道歉吧，會擔心家人是理所當然。」明日香噘嘴說。

在尷尬的氣氛中，山西繁雄從廁所回來了。

「好像還有自來水。我安心多了。」

就在這時，猛烈的搖晃再度襲來。搖晃程度比剛才還劇烈，桌上的東西掉落地板發出聲響。

有人失聲驚叫。

冬樹抓住身旁的柱子，仰望天花板。照明燈具晃來晃去。

這個狀態大約持續了十秒。晃動停止後，冬樹仍然找不回身體的平衡感。他離開柱子，甩甩頭。腳步有點踉蹌。

「啊！不好了……」出聲的是榮美子。

冬樹一看，山西繁雄倒在店內一隅。榮美子蹲在他身旁。

山西春子大叫一聲「老伴」，站了起來。冬樹也急忙跑過去。

山西繁雄的臉孔扭曲，長褲右膝被鮮血染紅了。他的腳下有一盞立燈，玻璃燈罩破了。看來，他似乎是不巧倒臥在那上頭，玻璃碎片刺穿了膝蓋。

「幫他把褲子脫下吧。」冬樹說。

冬樹忙著和春子一起幫他脫長褲的時候，後方傳來一個嗓音：「你們在幹什麼？」不用轉頭也知道聲音的主人是誰。

「有人受傷了，是山西先生。」

「你說什麼？」誠哉湊過來。「怎麼會變成這樣？」

「對不起。剛才的晃動中，我一時沒站穩。」山西繁雄滿臉尷尬地仰望誠哉。「不過不要緊，只是一點小傷。」

「傷口看起來應該很深吧，不好好治療會很麻煩。」誠哉說著，呼喊富田小姐。「該妳出馬了，拜託妳。」

聽到兄長這麼說，冬樹才想起富田菜菜美是護士。

她從椅子站起來，走近山西繁雄。

「我現在什麼都沒帶，要是有消毒藥的話就好了……」

「前面不遠就有藥局。」明日香說。「另外還需要什麼？我過去拿。」

「不管怎樣先拿些紗布和繃帶，然後還要鑷子……吧。」說完菜菜美抬腰起身。「我自己去拿，這樣比較快。」

「知道了。」

「或許不要隨便搬動他比較好，也不要碰觸他的傷口。」

「那就麻煩妳了，我們該做什麼？」誠哉問。

「我也一起去。」太一跟在菜菜美後頭。

目送他們離去後，誠哉看著冬樹蹙起眉頭。

「我不是說過這裡交給你嗎，也特別提醒你要小心餘震。你在搞什麼！」

「難道要叫我不准他上廁所嗎？」

「搖晃時，你在做什麼？看到這個人站著，你有出聲警告他嗎？」

「那個……倒是沒有，因為我沒想到會發生這種事。」

誠哉冷哼一聲。

「隨時都要假想將來的危險——這是避免危機的基本守則。」

冬樹無話可說，只好保持緘默。

「您是久我先生吧？請不要責怪令弟，都是我不好。」山西繁雄痛得臉都歪了。「我已經不是小孩了，至少要想到餘震可能會發生啊。這是我活該。」

「就是啊。所以，你們兄弟別吵架了……好嗎？」山西春子對他們笑笑。

菜菜美回來了。她小心翼翼地挑去傷口的玻璃碎片，消毒之後，塗上防止化膿的軟膏，再以紗布和繃帶包裹。

「這下子，我想暫時應該沒問題了。」

「哎，多虧有妳。謝謝。有護士小姐在，真是太好了。」山西繁雄開懷地笑了，眼睛瞇成一條細線。

「對了，那個胖子呢？」誠哉問菜菜美。

「他說要去找找看有什麼食物……」

「那傢伙，這麼快又餓了嗎？」冬樹忍不住嘟囔。

這時太一回來了。他滿臉大汗，大概是跑步回來的，連氣都喘不過來。

「不好了，冒煙了。」

「在什麼地方？」誠哉問。

那一頭，太一邊說邊指。誠哉走出店外，冬樹見狀也尾隨在後。

來到店外後，兩人朝太一指的方向看去，地下街深處的確煙霧濛濛，好像還飄來一絲異臭。

「糟了，好像失火了。」誠哉說。「自動滅火系統也許壞了。」

「那我們得趕緊趁現在滅火。」

冬樹才剛邁出步子，他的手臂就被誠哉一把拽住。

「慢著。還不清楚火災規模，不能隨便接近。」

「可是，如果放著不管，火說不定會延燒過來。」

「確保全員安全是第一要務，在煙霧籠罩這裡之前先撤離吧。」誠哉對店內的眾人喊道。

「離開地下街！快點！」

戶田與小峰一馬當先衝了出來，白木母女也隨後跟上。山西繁雄在菜菜美與明日香的扶持下走出來。

「真是的，你們這些大叔都不管別人的死活嗎？」明日香瞪著戶田等人。

「讓我來吧。」冬樹接替明日香，讓老人扶著他的肩頭。

「不，不要緊，我可以自己走。」

「現在得加緊行動，你就別客氣了。」誠哉背起末央說。「各位，請朝日本橋方向走，千萬別繞道。」

這十一個人沿著地下街朝日本橋方向邁步走去。煙霧似乎越來越濃了。

「老大，應該先拿些食物帶在身邊比較好吧？」太一大聲問。他站在便當店前。店前放著全國便當大展的招牌，推車上放滿便當。

「別增加多餘負擔。走出去也有便利商店，還是先逃命要緊。」

被誠哉駁回，太一面露失望。

「扔下這麼好吃的東西，反倒吃超商的便當？」

他們在日本橋走出地下街。許多建築物正在燃燒，因此，他們在夜裡也能看清周遭情況。雨已停了，現在正吹起濕暖的強風。

從中央大街往銀座看去，一片濃煙密佈。也許是餐飲店多，所以較易失火。

冬樹朝誠哉邁步走出的背影發話：「你打算往哪裡走？」

「不管怎樣，先找個大家可以休息的場所。飯店當然也行，但是若有公寓會更理想，因為生活用品一應俱全。」

大路邊有一間辦公機器展示間。大概是正在改裝吧，外頭罩著藍色塑膠布，上面還有倒掉的腳架。誠哉駐足，撿起某樣東西。是電鑽。他確定電鑽仍可使用後，再次邁步。

眾人無言，肯定是在思考這異常狀況代表著什麼。但是他們和冬樹一樣，想也想不出答案，只感到茫然無助。

走了二十分鐘後，誠哉停下腳步，仰望身旁的建築物。好像是公寓，一樓是便利商店。

「這一帶好像沒失火，現在應該也還有電，總之，今晚就姑且先在這裡落腳吧。」

「既然要住，幹麼不選一棟更豪華的公寓。反正又不會因為非法侵入遭到逮捕。」說這話的是戶田。

「豪華公寓的防盜系統通常很複雜，使用特殊門鎖的可能性也極高，要闖進去很麻煩。如果湊巧有哪間屋子沒上鎖那自然另當別論，但是與其費神找那種屋子，還不如選個容易破壞門鎖的公寓更合理吧？」

戶田大概是覺得這番話有道理，所以沒再反駁，雖然他的臉還是很臭。

誠哉選的公寓的確沒有自動上鎖系統，要進到各間屋子輕而易舉。考慮到電梯可能會停擺，他們決定借住二樓的屋子。誠哉用電鑽在鑰匙孔下方鑽洞，再以彎曲的鐵絲開鎖。

誠哉進門後，冬樹也跨進屋內。這是一間二房一廳的屋子，看來住的是對小夫妻。客廳的矮櫃上，裝飾著婚禮的照片。嬌小的新娘與高大的新郎，他們消失到哪去了呢？

「這裡要住十個人太擠了，把隔壁屋子也打開來用吧。五個人跟我走。」誠哉拿著電鑽出去了。菜菜美和山西夫婦、白木母女跟著他。

戶田往沙發一坐，立刻點菸。太一立刻走進廚房。

「喂，大叔，這裡禁菸。」明日香一邊打開陽台的玻璃門，一邊惡狠狠地警告戶田。

「妳有什麼資格說這種話？」

「因為抽菸的只有你呀，少數服從多數。」

戶田冷哼一聲，把菸灰彈到地上。
「你幹麼啊你！」就在明日香瞪眼之際。
不知何處，傳來貓叫般的聲音。

8

霎時之間，所有人都停止動作，並且陷入沉默。這讓冬樹明白，自己剛才聽到的並非錯覺。但是，現在他們什麼也聽不到。
「那個……」太一欲言又止。
「等一下。」明日香以食指抵唇。
有風吹過的聲音。但在風聲之中，冬樹聽見微弱的哭聲夾雜其中。是貓嗎？不，不是。他與明日香面面相覷。
「是嬰兒！」
冬樹走出陽台，明日香也來到身旁。二人站在欄杆旁向外看。
「我想應該離這裡不遠。」明日香說。
「是啊……」
他豎耳靜聽，但什麼也沒聽見。
「怎麼了？」右鄰有人發話。是菜菜美從防火牆探出頭來了。看來，他們已順利進入隔壁人家。
「啊，菜菜美小姐，那邊的屋子怎麼樣？」太一自屋內露臉。

「我想，應該跟你們那間的格局一樣。」

「這樣啊。那我也過去你們那邊好了。」

「拜託你安靜一點！」

明日香的話聲方落，哭聲就傳來了。這次可以確定地點了，就在左邊屋子裡。

冬樹走到陽台底端，自欄杆探出身子試圖窺看鄰室。

「怎麼樣？」明日香問。

「看不見。進去檢查看看好了。」冬樹朝右鄰的菜菜美喊道：「請妳跟我哥說，叫他替我開另一邊的隔壁房間。裡面有嬰兒。」

啊？菜菜美瞠目結舌。

冬樹急忙走向玄關，明日香也隨後跟上。

他們走到室外時，隔壁門剛好開啟，拿著電鑽的誠哉出來了。

「你說有嬰兒？」

「應該沒錯。就在這邊的屋子。」

誠哉在冬樹指示的門前彎腰，像剛才一樣把電鑽頭抵住鑰匙孔下方。

打開門鎖後，明日香率先衝進屋內，冬樹也尾隨在後。

這間屋子的格局是一房一廳。靠近客廳的房間傳來了哭聲，明日香拉開拉門。

冬樹看到她呆立原地，便喊道：「怎麼了？」

他朝室內瞥去，發現房間中央鋪著厚毛巾，上面躺著一個嬰兒，身穿白色嬰兒服。是個大眼睛的寶寶，每次一哭，雪白的臉頰便發紅。

菜菜美不知何時也來到旁邊了。她走近嬰兒，四處打量像在做檢查，然後才以慎重的手勢抱起嬰兒。

「雖然有點瘦，但嬰兒很健康。我想應該有三個月大。」

「是女生？」明日香問。

菜菜美把嬰兒服下方略微打開，莞爾一笑。「是男生。」

誠哉走過來，在檢視嬰兒前先打量室內。

「看不出特別古怪之處。怎麼會只剩下一個嬰兒呢？」

「思考這問題毫無意義。」冬樹說。「因為我們連自己為何會留下都不知道了。」

誠哉不悅地蹙眉，但隨即微微頷首。「說得也是。」

不知不覺中，大家全來了，聚集在房間門口。

「請問……」小峰發言。「那個嬰兒，該怎麼辦？」

「還能怎麼辦。」誠哉回答。「難不成，你放著不管嗎？」

「不，我當然不是這個意思。」小峰抓抓腦袋。

嬰兒開始哭鬧了。菜菜美連忙哄他，但他哭個不停。

「好像是肚子餓了。」榮美子說。「說不定哪裡會有奶粉。」她說著走進廚房。

「看來這裡也許該交給當媽媽的人和護士小姐比較妥當。」誠哉說。「人太多只會礙事。其他的人，先去別的屋子吧。」

今晚的落腳地點是二〇三號室與二〇四號室。嬰兒所在的屋子是二〇二號室，其他人把菜菜美與榮美子、未央留在那裡，到二〇三號室的客廳集合。

「我想跟大家商量一下，從明天起該怎麼辦。」誠哉環視眾人。「雖不明白發生了什麼事，總之可以確定的是除了我們之外的人似乎都消失了。不過，再找找看也許還會發現生存者，像隔壁的嬰兒就被我們找到了。不過我個人認為，與其尋找生存者，不如先想想今後該怎麼生存下去。現在雖然還能用電，但大家最好有心理準備，我們遲早會面臨斷電的處境。瓦斯和自來水也一樣。屆時該怎麼辦，我們應該先想個對策。」

「電會斷啊。」明日香仰望天花板的頂燈咕噥。「或許該說，為何現在還有電呢？照理說，電力公司的人應該也都不見了。」

「因為發電系統或輸電系統，幾乎都是全自動的。」小峰回答高中女生的疑問。「只要燃料沒用光，就能繼續供電。不過萬一發生事故，就不知會怎樣了。」

「正如各位所知，到處都在發生事故。」誠哉說。「也有不少地方已經停電了。就連這棟公寓，不知幾時也會停電。或許該假想所有的電力遲早都會中斷吧。」

「那我們得先儲備食物。」太一發言。

誠哉淺笑著點頭。

「儲備食物的確很重要。至少，應該先掌握在哪裡有多少糧食。」

「你的意思是說，我們暫時要滯留此地？」冬樹問。

「我是這麼打算。」誠哉頷首，望向眾人。「我不知道這是否為最理想的場所，說不定還有更好的地方。但現在我們發現了嬰兒，也有人受傷。要集體移動並非易事。總之現在最重要的，就是打造一個能夠讓大家安全生存的環境。」

坐在餐椅上的山西繁雄把手放在受傷的膝上，滿臉歉疚地垂下眼。

「可以問個問題嗎？」坐在沙發上的戶田舉手發問。

「什麼問題？」

「不管今後要怎麼做，我們都必須要聽從你的指示，集體行動嗎？」

誠哉露出苦笑。

「是我用廣播集合各位的，我自然有這個責任，所以目前只是暫時先由我負責統合。如果有哪位願意出面發號施令，我當然樂意拱手相讓。」

「讓久我先生當領導者不就好了。你有什麼不滿？」明日香朝戶田投以非難的目光。

「我並未以領導者自居。」誠哉說著，看向戶田。「我也無意指使各位。我只是說出自己的意見，徵求各位的看法。如果有什麼更好的想法，我洗耳恭聽。」

「什麼事？」

「是不是更好的想法我不知道，但我認為在找食物之前，應該先做一件事才對。」

「當然是求救。」

「求救……嗎？」誠哉困惑地複述他的話。

戶田點點頭，然後說：

「我是現實主義者。我向來認為，人應該盡量理性地思考。」

「我也是。」

「誠如你所言，除了我們之外的人類的確好像都消失了。但我認為他們只是不在這裡，實際上應該還存在於某處。這樣的話，找出他們的下落應該才是當務之急吧。」

「光是日本人就超過一億。你認為那麼多的人，都在瞬間移動到別的地點嗎？」

「這個解釋至少比認定他們無端消失來得實際吧。」

不見得吧，明日香嘀咕了一句。戶田冷然瞪她一眼後，才繼續說道：

「況且，我們對其他地方的狀況根本就一無所知。也許只是看到東京市區的情況，就以為人類消失了。說不定別的地方根本什麼事也沒發生。」

「若是這樣，政府在做什麼？照你的說法豈不是等於政府明知這種狀況卻未採取任何行動嗎？」

「這點我也不知道。總之我認為，應該尋找有人的地方。我相信他們一定在某個地方。」

「具體來說，要怎麼找？」

「恐怕只能靠大家分頭尋找吧。交通機構已經停擺了，所以大概得騎腳踏車到處跑。」

誠哉沒有點頭同意，他環視眾人。

「其他人的看法呢？各位也贊同戶田先生嗎？」

無人應答。誠哉的目光射向冬樹。

「你認為呢？」

「我嗎……我覺得那樣做只是白費力氣。哥你自己應該也是這麼想吧？」

「怎麼會白費力氣？沒做之前誰知道。」戶田咆哮。

「就目前狀況來考量，答案不是很明顯嗎？就只剩下我們了。根本就沒有什麼別人。」冬樹喘口氣後，再次開口。「雖然不知道發生了什麼事，總之只有我們幾個得救。其他的人，八成已不在這世上了。他們全死了。」

眾人的表情似乎都僵住了，不過看來並非是因為聽到意外發言才嚇呆的。

冬樹確信，大家早已心知肚明了。他們都知道，只是刻意不去碰觸這個話題而已。

後方傳來東西掉落的聲音。冬樹轉身一看，菜菜美站在那裡。在她身後的，是抱著嬰兒的白木榮美子與未央。

菜菜美的腳邊掉了一個奶瓶。誠哉撿起奶瓶。

「嬰兒的情況如何？」

菜菜美沒吭聲。「很健康，非常健康。」榮美子只好代為開口。「也喝了很多奶。」
「那就好。查不出他的姓名嗎？」
「好像叫作勇人，屋裡有這三個月的體檢資料。是勇敢之人的勇人。」
「勇人嗎，好名字。」誠哉湊近看看睡在榮美子懷裡的嬰兒，瞇起眼睛。然後再次環視眾人。「發生了什麼事，今後會發生什麼事，我們毫無概念，所以還是不要再妄下斷語吧。我認為戶田先生的意見也有他的道理，所以明天或許可以派幾個人走遠一點查探情況，前提是狀況許可的話。剩下的人就負責保護、維持生活環境。這樣可以嗎？」
沒有反對意見，戶田似乎也很滿意。
眾人用便利商店的便當打發晚餐後，決定今晚先好好休息。二〇三號室，由山西繁雄之外的五名男性使用。山西夫婦和明日香、菜菜美四人住二〇四號室，白木母女和勇人住二〇二號室。戶田不知從哪找來白蘭地，和小峰二人開始淺斟慢酌。太一抱著從便利商店拿來的漫畫，邊吃洋芋片邊讀。
冬樹走出客廳，進入隔壁房間。室內放有書櫃、梳妝台、桌子等家具，似乎是夫妻共用的房間。
梳妝台上，放著蓋子打開的瓶子以及梳子等物，彷彿前一秒還有人在使用。
「你在做什麼？」身後有人說話了，是站在門口的誠哉。
「你看看這個。」冬樹指著梳妝台上。「這家的太太，應該是正在化妝時消失的吧。」
誠哉定定凝視梳妝台後，微微搖頭。
「我剛才不也說過了，不要妄下斷語。」
「可是……」

冬樹正想反駁時，門鈴響了。

走到玄關開門一看，門外站著明日香。她已換上全套運動服，不知是在哪找到的。

「妳怎麼來了？」冬樹問。

「菜菜美小姐不見了。不知什麼時候開始，忽然就不見了。」

在後方聽到這句話的誠哉衝過客廳，跑到陽台上。冬樹也跟隨其後。

「幹麼，到底又怎麼了？」戶田語帶驚慌。

冬樹與誠哉，一同俯視還在四處冒煙的馬路。他們看到人行道上有一輛腳踏車在奔馳。

「在那裡，我們得趕緊去追。」冬樹說。

「慢著，我去就好，你留下來照顧大家。」誠哉走向玄關。

9

誠哉一出門，立刻開始打量周遭。地上躺著好幾輛腳踏車，他扶起其中一輛。但在跨上車之前，某樣東西吸引他的目光。數公尺外躺著一輛摩托車。

他走過去，慎重觀察車身。是川崎牌的二五〇ＣＣ。看起來應該不用擔心機油或汽油外漏。車上還插著鑰匙，車主大概和其他的汽車的駕駛一樣，都是突然消失的。幸好，當時騎士似乎正在等紅綠燈，所以車子倒下時大概熄火了。汽油也還剩下很多。

但是扶起摩托車坐上去之後，才感到有點不對勁。少了一部分坐墊。正好是屁股和雙腿接觸車身的部分。不是被削去或磨掉的，而像是一開始就不存在似的，消失無蹤。

機車龍頭也有同樣的情形。他一握才發現，握把的部分有凹陷，形狀和手掌形狀相符。有時長年使用，的確會造成磨損，但這和那種情況顯然不同。

他一面覺得不可思議，一面試著發動車子。坐起來雖然不舒服，但並無異狀。他做出判斷後，就這麼騎了出去。馬路被出車禍的車子堵塞了，他只能走菜菜美騎腳踏車走過的人行道。

但要走人行道並不容易。地震和車禍在上頭留下無數障礙：有商店的招牌掉在地上，也有倒下的腳踏車。當然，也有失去駕駛的汽車衝上人行道，狠狠撞上店舖。

誠哉沿路閃躲障礙物，不時還得下摩托車移除障礙，再繼續追趕菜菜美。他心裡忐忑不安，有點懷疑這樣拖拖拉拉的能否追上人，但另一方面，他也猜測這種路況對她來說應該同樣不好走。

不久，他便證實自己的推測無誤。摩托車車燈照亮的前方，出現了菜菜美的背影。她正推著腳踏車，試圖越過某個東西。

她的動作忽然停止了，似乎是聽到了摩托車的引擎聲。她朝誠哉這邊轉身，呆然佇立。

誠哉緩緩靠近。旁邊的大樓傾頹，滿地瓦礫擋住人行道。車道上又有卡車和自用汽車連環相撞，毫無縫隙可過。

「要騎腳踏車過去，恐怕很困難吧。」誠哉下了摩托車，走近她說。

「為什麼？」菜菜美含淚問道。

「什麼為什麼？」

「為什麼非要追上來？你根本用不著管我。」

「那怎麼行。妳自己也沒有對那個嬰兒見死不救，不是嗎？」

「這是兩回事。我是依自己的意志採取行動的。」

「那麼，至少把妳的目的地告訴我。不然其他人會擔心，對吧？」

菜菜美握緊腳踏車把手，垂下頭。

「我想去看看醫院的情況。」

「醫院？妳任職的帝都醫院嗎？」

她點點頭。

「我想知道那邊變成怎樣了……還有好多住院病人需要照顧。」

「那些人，現在也消失了——我認為這是唯一的可能。」

「可是，為什麼會那樣……」菜菜美仰起臉，用憤怒的眼神凝視誠哉後，無力地搖頭。「久我先生也一樣不明白是吧。對不起。」

「遲早總會找到答案的。但是現在最重要的，不是找出那個答案，而是努力設法活下去。獨自行動很危險的。拜託，請妳跟我們一起行動。」

但菜菜美沒有點頭。

「請你別擔心我，讓我去醫院。」

「那裡想必沒有任何人。縱使有我們這樣的生存者，也不可能一直留在醫院吧。」

「就算是那樣……就算那樣我還是想去。」

「為什麼？」

菜菜美咬唇，再度低頭。

「我一定得告訴你嗎？」

看到她垂頭喪氣的模樣，誠哉也不好再繼續追問下去了。他想到自己並沒有權利限制她的行動，更沒有侵犯她個人隱私的正當理由。

「我知道了。那好，我也一起去。」他看著驚訝抬頭的菜菜美，繼續說道：「飯田橋並不遠，但要騎腳踏車去會很辛苦，而且妳不清楚路該怎麼走。如果妳知道，就不會在這種地方磨蹭，早就已經鑽進障礙物較少的小巷了，不是嗎？」

她搖搖頭。

「我不能給久我先生添麻煩。」

「妳擅自離開才麻煩。大家都很擔心妳，所以我們還是快去快回吧。」誠哉跨上摩托車。「妳坐後面。」

可是——菜菜美的嘴唇如此無聲囁嚅。

「快呀。」誠哉對她一笑，催她上車。「快點。」

菜菜美認命地點點頭，放開腳踏車龍頭。她走近摩托車，坐在誠哉後面。

「抱緊我的身體。路不好走，我想應該會很顛簸。」

小聲答了一句「好」後，菜菜美用雙臂環抱誠哉的身體。他確定她抱好後，才發動引擎。

誠哉一邊挑選障礙物較少的路徑一邊行駛。幸好，大部分的地方都還亮著路燈。

載著菜菜美騎了約二十分鐘後，誠哉的摩托車駛入帝都大學校園。醫院似乎沒發生明顯的事故，還有一些房間的窗口透出燈光。

「簡直像什麼事也沒發生。」菜菜美下車後說。「夜間的醫院總是散發出這種感覺。除非有急診病人送來，否則非常安靜。」

「進去看看吧。」誠哉朝正面玄關走去。

他們穿過正面玻璃門。室內昏暗，但開著燈。只不過候診室和掛號處窗口裡面，都不見人影。服務台前放了一輛輪椅，上面鋪著用舊的椅墊，椅背上掛著枴杖。

「就好像前一秒還有人坐在上頭。」菜菜美看著輪椅說。

「妳的工作地點在哪？」誠哉問。

「三樓的護理站。我可以上去一下嗎？」

「請便。不過，最好不要搭電梯。」

我知道，菜菜美說完便邁開腳步。

誠哉環視四周。不管往哪看，都留有其他人待過的濃厚氣息，就像菜菜美說的一樣。掛號處的櫃台上，甚至還放著寫到一半的門診掛號單。

原子筆放置一旁。誠哉拿起筆，不解地歪了歪頭。紙上面到處都有輕微的凹陷，不像是被物理壓力壓出來的，倒像是只有那個部分消失。他把筆拿在手中，不斷變換各種握筆姿勢。最後他發現，只有手碰到的部分才會消失，和剛才的摩托車一樣。

誠哉走近被孤零零丟下的輪椅。他拿起椅墊，發現中央出現一個大洞。那正好是坐著時，屁股會接觸的部分。不只是椅墊，輪椅的椅背，也只有背部可能接觸到的那一塊不見了，彷彿是被人工整地割掉了。

看著這一切，誠哉忽然心生一念。他走向樓梯。

二樓以上是病房區，他從走廊走進最近的病房檢視。那是六人房，每張病床各以簾幕區隔。

誠哉走近一張病床。床上當然沒人，但掀開被子一看，床上留有明確的異狀。床單有個洞，而且是人側躺時的形狀。病床本身也出現同樣的凹陷形狀，像是被人挖出來的。被子內側的中央部分也消失了。

誠哉又去檢查其他病床，每張都有相似的狀況。唯有一張病床沒有異狀，但那張床上的被子是掀開的。想必那張床的使用者，當時正好下床上廁所或幹別的去了。

誠哉這時深信：消失的，不只是人類與動物，他們當時接觸的物質也消失了。

為何會有這種情形，誠哉當然毫無頭緒。但是唯一能確定的，就是其他人顯然是「消失了」。他們不是依照自己的意願去了某處，這是意外。

這個超自然現象的發生範圍不知道有多大，但似乎不可能只發生在東京或日本這麼小的範圍內。連一點點異常氣象都會波及整個世界，這麼嚴重的超自然現象就更不可能只發生在局部地區了。

誠哉來到走廊。他拾級而上，前往三樓。

護理站不見菜菜美的身影。誠哉來到走廊上，一一檢視病房，因為他想到之前她很擔心病人。但他在每間病房裡都沒看到她。

說不定她已經下去一樓了，誠哉心想。就在他準備正要走向樓梯時，某種細微聲響傳來了。誠哉立刻回頭，緩緩邁開步伐。面向走廊的門有一扇是開著的，裡頭透出燈光，門口掛著醫療諮商室的牌子。

他悄悄探頭窺視，發現菜菜美的背影。她跪在地上，正在啜泣。旁邊有張小桌子，周遭圍了一圈椅子。

「菜菜美小姐。」誠哉向她喊話。

她停止背部的顫抖，微微扭過頭。

「妳怎麼了？」誠哉問。

菜菜美一再深呼吸，像是要把心靜下來。

「沒什麼。對不起。」

誠哉發現她手上拿著東西，仔細一看是褐色拖鞋。

「那隻拖鞋有什麼問題嗎？」誠哉問。

菜菜美略顯遲疑，然後才小聲說：「是他的拖鞋。」
「他的……」
「他每次說明病情時，總是習慣脫掉一隻拖鞋。我已經提醒過他很多次，說那樣看起來很不正經，應該要改掉。」
誠哉走進室內，他把桌上放的病歷表拿起來看。雖然看不懂上面寫的內容，但是至少知道主治醫師是松崎和彥。誠哉大概明白菜菜美是怎麼了。
「那隻拖鞋，是松崎醫師的嗎？」
菜菜美點點頭。
看來松崎醫師對她來說，肯定是特別的存在。誠哉終於理解她為何想來醫院了，原來她是想知道男友的下落。
「有個罹患胰臟炎的病人狀況很嚴重，他說必須盡快將真實病況轉述給病人聽，我想他當時應該就是在對病人說明。」
「妳是說，他在解說病情的時候消失了？」
「不是消失，是死掉了對吧。」菜菜美泣不成聲地說。「就像你弟弟說的。」
「現在還不能斷言，因為我們連發生了什麼事都不知道。」
「可是，不管怎樣都不可能改變他們已不存在的事實吧。那豈不是跟死掉一樣嗎？」
「關於這一點……我無法回答。」
菜菜美抱緊懷中的拖鞋。她的背又開始抖動了，她也開始發出嗚咽。
「我想拜託妳一件事。」誠哉說。「既然已來到醫院，我想帶一套急救醫療用品回去以防萬一。能不能請妳準備一些普通藥局難入手的藥品？」

但她緩緩搖頭。

「就算做那種事又能怎樣？反正我們這幾個人也不可能存活吧？」

「為什麼不可能？現在我們不就這樣活得好好的嗎？」

「現在是這樣沒錯，但世上已沒有其他人在了，城市又漸漸毀滅。在這種狀況下要怎麼活下去？你倒是說說看啊。」

「這一點還不清楚，重要的是努力活下去。只要這麼做，我想遲早一定能打開生路。」

「誰稀罕什麼生路……」她發出呻吟般的低喃。「他都不在了……」

「算我求妳，請妳幫幫我。」誠哉低頭行禮。「現在絕望還太早。妳男友究竟怎麼了，這誰也不知道。說不定你們還有重逢的一天。他既然突然消失了，說不定也有可能突然出現。拜託，請妳不要放棄希望。」

「突然出現……」菜菜美終於轉過頭來了，她的眼眶無比紅腫。「會嗎？」

「我們必須相信，別無選擇。」誠哉用力說。

10

他試著打手機找誠哉，但是打不通。他又試著打一一〇，但結果還是一樣。

冬樹走出陽台，俯瞰黑暗的馬路。誠哉是否平安無事地找到菜菜美了呢？

他回到屋裡，打算上床睡覺。正當他要關掉枕畔的床頭燈時，不經意朝門口望去，結果嚇了一跳。門開了十公分的縫，那縫隙之間露出一張臉，是未央。

冬樹坐起上半身。「怎麼了？」

但未央依舊不發一語。她面無表情地走進來，爬上床，把毯子蒙到頭上，像貓咪一樣蜷起身子。

冬樹湊近小女孩的臉蛋。「出了什麼事嗎？」

未央眨了幾下眼，然後緊緊閉上大眼睛。

看來她的失語症相當嚴重。這也難怪，冬樹想。大人置身在這種脫離現實的狀況都快發瘋了，神經敏感的小孩自然更不可能保持正常。

冬樹留下未央，走出房間。他往玄關走去時，門自己先開了。榮美子臉色慘白地探頭進來，她的雙眼充血。

「我現在本來正打算要去妳們那邊的。」冬樹說。

「未央她……」

對，他邊說邊點點頭。

「就在剛才，她跑來我房間。現在在床上睡著了。」

「是嗎。」榮美子如釋重負，呼出一口氣。但是，她並未立刻去房間看女兒，就只是垂首不語。

「她為什麼會來我這邊？出了什麼事嗎？」

「不，那倒不是。」榮美子似乎在猶豫什麼，最後她仰起臉。「對不起，今晚可以讓她睡在這裡嗎？說不定，人多一點會讓她比較安心。」

「那倒是無所謂。那麼，妳也要搬來這間屋子嗎？」

不，她搖搖頭。

「要照顧嬰兒，還是隔壁屋子比較方便。我就在隔壁，未央如果有什麼事請你喊我一聲好嗎？」

「知道了。呃，妳不用跟未央說一聲嗎？」

「啊……不了，沒關係。今晚，就讓她好好睡吧。」

拜託你了，榮美子說完便離去。

冬樹不解地歪了歪頭。母女倆在這種狀況下分開難道都不會感到不安嗎？他滿心疑惑。

他朝客廳看去。戶田躺在沙發上，桌上放著白蘭地酒瓶和杯子沒收拾；小峰坐在筆記型電腦前；太一不見蹤影。

「太一上哪去了？」冬樹問。

小峰從電腦前抬起頭。

「他說什麼肚子餓，然後就出去了。八成在樓下的便利商店吧。」

「你在做什麼？上網嗎？」

「不，我在玩遊戲。網路連不上。這下子，和其他生存者接觸的方法等於全都沒了。不過話說回來，是否有生存者在都還是個問題。」小峰在杯中注入白蘭地，淺啜一口後看向戶田，露出無力的笑容。「瞧他睡得一臉安詳。真不知道他的神經是怎麼長的？難道都不會擔心家人之類的嗎？」

「小峰先生，你家裡有哪些人？」

「老婆跟兒子。兒子下個月就要上小學了，今天說要去買入學典禮穿的衣服。平常買東西都是在附近的大賣場解決，不過今天可能去新宿那邊了吧。因為我老婆八成打算替她自己也買套衣服。」

小峰說話的口吻平板、話聲微弱，似乎蘊含著「不可能再見到家人」的絕望。

總有一天一定會重逢的——冬樹本想這麼說卻又作罷，他覺得這句話好像太不負責了。

「我去找太一。」

他走樓梯下到一樓。便利商店亮著燈。但他從店外看，並沒有看見太一的身影。

他走進去，環視店內。後方傳來某人吸鼻涕的聲音，就在食品類貨架的旁邊。冬樹走了過去。

太一癱坐在地上，正在吃便當。一邊吃，還一邊哭。面紙盒放在一旁，他一邊抹眼淚鼻涕，一邊狼吞虎嚥。

「你在哭什麼啊？」冬樹問。

太一把便當放到膝上，用面紙擤鼻涕。

「這裡的食物明天就全部到期了。食物過期一兩天也沒什麼大不了，問題是之後該怎麼辦？別家便利商店和超市的食物同樣會到期，要是全都壞了，以後我們要吃什麼才好？」

「你就是在哭這個？」

「對呀。不行嗎？我擔心食物有什麼不對嗎？」太一用哭腫的雙眼仰望冬樹。

「是沒什麼不對，不過現在就算擔心那個也沒用吧。」

「為什麼沒用？食物才是最重要的吧？要是沒了那個，我們就活不下去了。」

「總不至於立刻就沒東西吃吧？生鮮食品雖然會腐壞，但是還有可以保存的乾糧。比方說罐頭，或是真空包食品。」

「那些東西遲早也會吃光吧？不可能取用不盡吧？到時要怎麼辦？」

「你問我怎麼辦……」

這時，引擎聲傳來了，冬樹朝店外看去。誠哉正將摩托車停在公寓前，他的後座載著菜菜美，她拎著攜帶型冰桶。

誠哉大概是看到冬樹了，他走進便利商店，菜菜美也隨後跟來。
「你們在做什麼？」誠哉問。
冬樹說出他與太一之前的對話。誠哉點點頭，俯視太一。
「食物的確很重要，現在做打算也說不上是太早。」
你看吧，太一嘟起嘴說。
「不過，你哭哭啼啼也沒用。」誠哉不留情面地說。「人類是有智慧的，只要運用智慧一定可以確保食物。幸好，目前暫時不愁沒吃的，大家再好好想想吧。」
「智慧算什麼東西啊，那能填飽肚子嗎？」
「總之，今晚先去睡吧。明天還不知會發生什麼事，所以我們得儲備體力。」誠哉轉身，走向店門口。
「喂，你也趕快站起來吧。吃了那麼多應該滿足了吧。」冬樹猛拉太一的手臂，硬是拉他站起來。
這時，誠哉在店門口前倏然止步，他仰望天花板。
「怎麼了？」冬樹問。
「是防盜監視器。」
啊？冬樹朝誠哉的視線前方看去，那裡的確裝設了防盜監視器。
「那又怎樣？只要是便利商店都有裝啊。」
「錄影時間呢？通常每隔幾小時換帶子？」
「二十四小時。」回答的是太一。「以這種規模的店面而言，通常都是二十四小時換一次。我以前打過工所以我知道。」

「也就是說，」誠哉把臉轉向冬樹。「某種超自然現象發生時，應該有被錄下來。」

冬樹屏息，他明白哥哥的想法了。

「我們來找錄放影機和螢幕吧。」

「那個的話，我想應該在店後面。」太一大概明白他們想做什麼了，因此率先朝收銀台後面的門走去。

門後是約有二坪多的辦公室。中央有桌子，四周放著鐵製折疊椅，更外圍胡亂堆疊著紙箱。

「就是這個。」太一說。房間角落的電視櫃上放著十四吋的螢幕，黑白畫面映出店內情況。

菜菜美站在收銀台旁，正神色不安地朝辦公室張望。

「防盜監視器也架得太草率了吧，竟然只有一個畫面。難道他們以為只要盯著收銀台就夠了嗎？」太一說。

「因為搶劫犯多半都會襲擊收銀台嘛。」

太一聽到冬樹這句話，大大搖頭。

「哪來這麼多搶劫犯啊。這個監視器的目的，其實是監視店員啦。有些店員會偷拿營業金，或是在朋友光顧時不收錢。對準收銀台裝設的不是防盜監視器，是店員監視器，這點只要在便利商店打過工的人全都知道。」

「你果然內行。」

「我以前曾偷過店裡的錢，結果遭到開除。」

「原來如此。那就請你發揮當時的經驗，幫忙找出錄放影機吧。」

「我想，應該在這裡面吧。」太一想打開電視櫃下面的門。但是好像鎖住了，門打不開。

「我就知道。為了不讓店員碰，門是鎖住的。」

誠哉環視四周，拿起某樣東西。他把那個東西遞給冬樹。

「用這個撬撬看。」是扁頭的螺絲起子。

冬樹把螺絲起子的尖端插進櫃門縫隙，用力轉動。單薄的金屬門兩三下就變形了。打開電視櫃的門一看，裡面放著扁平的機器。

「你知道怎麼操作嗎？」誠哉問太一。

「這玩意簡單得很啦，就跟一般錄放影機一樣。」

太一按下開關，先把帶子倒帶。轉到最前頭後，再按下播放鍵。畫面出現影像了。左下角顯示著時間，好像是上午八點過後。這表示帶子應該是在那不久之前替換的吧。

當時店內很熱鬧。客人在收銀台前大排長龍，應該是來買早餐的吧。

「我忽然覺得，好像已經很久很久沒看過別人了。」太一咕噥。

「我也有同感，不過撇開這個不說，畫質也太差了吧。」冬樹說。

「那是沒辦法的事。畢竟是用兩小時長度的VHS帶子錄二十四小時的影像啊。這種VHS用三倍速錄影的畫質都很差了，更何況是十二倍速。」

原來如此，冬樹邊說邊點頭。他想起以前聽人說過，防盜監視器畫質太差了，所以很難藉助它找出犯人。

「不能快轉嗎？」誠哉問。

「當然可以。」太一操作錄放影機。

畫面開始加速跑過了。許許多多的人在櫃台結帳後離去，顯示時間的數字逐漸增加。就在那個數字的頭二位數變成「十三」時。

看著畫面的三人全都「啊」一聲叫了出來。太一立刻把播放速度調回正常。

人群自店內消失了。不只是客人，連店員也不見了。
「倒回去。」誠哉說。
太一按下倒轉鍵。不久後，畫面映出眾人。
「用慢速一格一格播放。」
知道了，太一說完就開始轉動旋轉鈕。三人目不轉睛地盯著畫面。
就是那裡！誠哉說。太一一按下停止鍵，畫面也靜止了。
「大家就是在這一瞬間消失的……」太一把旋轉鈕稍微前轉，又稍微後轉。現在可以確定其他人是在這瞬間消失的了，當時的時刻是十三點十三分。
「就是那時候，不會錯。」冬樹說。
「這是怎麼回事？人真的消失了。怎會有這種事……」太一臉色鐵青。
誠哉伸出手，開始操作旋轉鈕。
「仔細看。靠後方的食品賣場，站著一個女客人對吧。她的手上拎著購物籃，結果，下一個瞬間。」他轉動畫面到下一幕。「女客人消失了，籃子也掉到地上。不是監視器故障也不是別的問題，實際上，只有人消失了。」
太一雙手抱頭。
「現在到底是怎樣啊，我快要瘋了。」
誠哉走出辦公室，冬樹也跟上。
菜菜美不安地站在外面。
「怎麼樣？有拍到什麼嗎？」
但誠哉沒回答，逕自走到食品賣場，撿起掉在那裡的購物籃。那是錄影帶中女客人拿的籃子。

「你看看這個。」誠哉朝冬樹遞去。「看把手的部分，有手指抓握的痕跡。只有手碰到的部分，微微凹陷。」

「怎會有這種事……」冬樹看著那個部分說。

「同樣的事也有在其他地方發生。」誠哉說。「大家在消失瞬間碰觸的部分物體也跟著消失了——就是這樣。」

11

黎明即將來臨。晨光穿過蕾絲窗簾，射進屋內。

手拿週刊雜誌的小峰好一陣子沒吭聲了。那本雜誌是冬樹從便利商店拿來的，它掉在雜誌架前，到處都留有小洞，彷彿是被人用美工刀割的。仔細一檢查，才發現那是翻頁時手指會碰觸到的部分。換言之，應該是站著翻閱雜誌的人消失時，那部分跟著也消失了。

小峰把雜誌放到桌上，搖搖頭。

「這是怎麼回事呢？人碰觸的部分消失了，我同意這點，但是……」

「同樣的現象在各處都有發生。」誠哉說。「我檢查過好幾輛停在路上的車子，方向盤和座椅表面不見了。副駕駛座和後座如果有乘客，那些座位的椅墊也會有異狀。」

小峰皺起臉，低聲說了一句「真想不透」。

「不過，有一件事，我倒是想到了。」

什麼事？誠哉問。

「沒有衣服掉落。」

「衣服？」誠哉與冬樹面面相覷。「這是什麼意思？」

「人類在瞬間消失這現象，我們找不出任何解釋，也無法解釋我們幾人為何沒消失。但光是感到不可思議也沒用，所以我才認為不如想想其中有何規則。什麼消失了，什麼沒消失。一定有某種運作規則才是。」

「原來如此，然後呢？」誠哉催他說出下文。

「到目前為止能夠確定的，就是人類和貓狗都不見了，但是建築物與車子還在。如果說得更廣泛點，應該可以說，生物消失了，但非生物沒消失。」

「植物也是生物呀。」站在稍遠處旁聽的太一插嘴說道。

小峰點點頭。

「啊說的也是。消失的只有動物，植物和無生物還在。」

「壽司店雖有很多鮮魚，但那些都是死的，所以等於是非生物嗎？」太一恍然大悟地說。

「我想應該是這樣。只有動物消失，其他物質卻還在。總之，我想出了這樣的規則，但我發現這規則無法解釋一點：那就是衣服。衣服不是動物，是物質。」

對喔，誠哉說。

「如果那規則是對的，人類消失後衣服應該會留下，衣服會像他們搭乘的汽車和摩托車那樣留在原地。」

「沒錯。走在路上的人類應該只會有肉體消失，身上的衣服會留在原地。照理說，應該會滿地都是衣服才對，可是到處都看不到這種跡象。所以，我剛才就在想，我們顯然得重新思考規則。」

「人類碰觸到的東西也會一起消失，這就是正確答案嗎？」

小峰聽到誠哉這句話並未頷首贊同。他皺起眉頭，用指尖把眼鏡推高。

「我認為那個說法並不充分。如果光看這本雜誌，的確會以為發生的是你說的那種現象。但是，『碰觸到』這種說法不夠具體。拿衣服為例好了，大部分的人會在衣服裡穿內衣。穿在最外面的外套，通常不會直接接觸肌膚，但外套還是消失了，因此與人體碰觸到應該不是絕對條件。」

誠哉手摸下顎。「說得也是……」

「想必應該還有更複雜的規則吧。如果能知道那是什麼，說不定就能解釋這個怪現象了。」

小峰做出結論後，朝著裝有白蘭地的杯子伸出手。

那個玻璃杯，突然發出喀答喀答的聲音。是杯子在搖晃。

下一瞬間，晃動波及整間屋子。地板開始劇烈起伏，讓人連站都站不穩。

「又是地震！這次相當大喔！」誠哉高叫。「不要亂動！保護頭部！」

冬樹伸手抓旁邊的抱枕，拿來保護頭部。太一鑽進餐桌底下。

客廳矮櫃上的東西逐一掉落，廚房那邊也傳來餐具落地碎裂的聲響。

戶田跳起來。「哇！怎麼了？這是怎麼回事？」

牆壁與柱子發出彼此傾軋的聲響。冬樹走近陽台，想看看戶外的情況。

「冬樹！別靠近玻璃門！」誠哉的聲音飛來。

下一個瞬間，冬樹便看到玻璃門的門框大幅變形。他慌忙往後跳。

玻璃發出巨響，爆炸似的四分五裂，粉碎的玻璃碎片也噴到室內。

過了一會，晃動靜止了，但冬樹一時之間仍舊無法動彈，他的平衡感尚未恢復。他緩緩抬起頭，四下張望。

地上有物品散落，也遍佈玻璃碎片。牆上有巨大的裂縫，天花板有一部分掉落了。燈全都熄了，好像是停電。

戶田臉孔扭曲，按著手臂。血從他的指間滴落。

「怎麼搞的？」冬樹問。

「是玻璃，飛到我這邊來了。」戶田苦著臉回答。

誠哉站起來。

「先出去再說，別忘記拿東西保護頭部。」

緊接在誠哉之後，冬樹也拿著抱枕走出客廳。但在走向玄關之前，他想起未央了。

他打開隔壁房間的門一看，發現書架倒扣在床上。

未央！冬樹大吼。他慌忙扶起書架。

大量書籍散落在床上。底下的被子鼓起一小團。冬樹扯開被子。未央蜷縮手腳，動也不動。

「未央！妳沒事吧？」冬樹搖晃小女孩的身體。

未央緩緩睜眼，眨了眨眼睛。她的身體微微哆嗦，臉色蒼白。

「冬樹，怎麼樣？未央沒事嗎？」誠哉問道。

「好像沒事——走吧，未央。」冬樹抱起小女孩。

他們走出房間，發現抱著嬰兒的榮美子臉色慘白地站在外頭。

「沒有受傷吧？」誠哉問。

榮美子默默點頭。她看到與冬樹在一起的未央，才安心地吐出一口氣。

菜菜美與明日香也從隔壁屋子走出來了。

「嚇我一跳，我還以為公寓會垮掉呢。」明日香氣喘吁吁地說。

「菜菜美小姐，請妳看一下戶田先生的傷勢。好像是被玻璃割傷的。」誠哉說。
菜菜美讓戶田脫下外套，開始包紮。她拎著的冰桶中放了各式各樣的醫藥品和急救工具。
「兩位老人家都沒事嗎？」
她還沒回答，山西繁雄就在春子的扶持下走出來了。
「走得動嗎？」誠哉問山西。
「勉強可以。剛才我是躺著的，所以不會像昨天那樣摔倒，請別擔心。」
老人的玩笑話令誠哉露出笑意，之後他環視眾人。
「看來大家都平安無事。不管怎樣，先離開這棟公寓再說。我們換個更寬敞、更安全的地方落腳吧。」
大家走樓梯到一樓。
眼前景象，令冬樹幾乎要暈眩了起來。地面上有些地方隆起，有些地方凹陷。滿天塵沙飛揚，建築物冒出白煙，讓人幾乎看不見前方景物。人行道和馬路上散落無數玻璃碎片，在晨光下閃閃發光。
「簡直像戰爭電影的場景。」太一咕噥。
「比那個更嚴重，感覺上好像地球毀滅。」明日香的聲音失去了強悍的力道。
「去便利商店拿點水和食物吧。」誠哉說。「東西太多不好行動，所以只要先拿兩三天的分量就夠了。另外，最好也備妥最低限度的生活用品。」
停電讓便利商店陷入一片昏暗。冬樹與明日香二人將飲用水和三明治、飯糰、速食品一個接一個丟進購物籃。
走出店後，誠哉發給大家毛線帽。那也是便利商店的商品。

「請戴上這個。現在開始要走一段路，不僅要小心腳下，也得留心頭上。阪神大震災時，有很多人是在地震後被頭上掉落的物品砸死的。」

確認大家都戴上帽子後，誠哉說：「好，我們走吧。」

由誠哉帶領的十二人開始移動了。道路本身已很曲折，路上還有玻璃碎片得閃避，因此光是走路就費了大家不少力氣。

天空是灰色的。不是因為天候不佳，而是因為濃煙密佈。那場地震肯定引發了新的火災。

一行人走了二十多分鐘後抵達的地方，是中學體育館。

「犯不著選這種地方吧。」戶田不滿地說。「通常選這種地方做為避難場所，是因為可以容納很多人吧？現在就只有我們幾人，找個沒被破壞的住宅不就好了。」

「等我們能夠確定沒有餘震之虞，也不會發生二次災害之後，可以再找個適當的住處。現階段進入一般住宅很危險，況且，也不知幾時會發生火災。」

聽了誠哉的說明，戶田露出不服氣的表情。

「為什麼？比方說，那間屋子如何？」他指著馬路對面的某棟宅邸。「看起來沒有任何損壞，也不像有火災發生。像那種房子不是就能安心居住了嗎？」

但誠哉搖頭，指向遠方。

「請你看看那邊，正在冒煙吧？」

數十公尺外的建築物的確在冒煙，顯然有東西正在熊熊燃燒。

「我們絕對不能忘記的一點，就是我們無法滅火，本該趕來滅火的消防隊也不會出現。那場火會繼續燃燒，最後會延燒到隔壁建築，甚至有可能繼續蔓延到再隔壁那棟。此外，其他地方也很有可能會突然起火，現階段根本沒有所謂不危險的住處。」

「如果照你這麼說，體育館不也一樣危險嗎？」

「至少碰上二次災害的可能性極低。因為體育館與周遭的建築物隔絕，沒有延燒之虞。基本上建築物裡面空蕩蕩的，所以也不會有東西掉落或倒下。再加上裡面不生火，所以也不用擔心失火。選擇這種地方做為避難場所，並非只是因為空間寬敞。」

聽完誠哉的說明，戶田板著臉陷入沉默。他應該不可能就這樣被說服，但他似乎一時想不出反駁之詞。

體育館沒有明顯的損害。進去之後，男人們把墊子和跳箱排在一起，騰出全員可以休息的空間。

明日香把食物發給大家。領取三明治的太一噘起嘴。

「才這麼一點嗎？」

「忍耐一下，可以順便減肥不是很好嗎？」

太一發牢騷：吃東西可是我唯一的樂趣。

「照明大有問題呢。現在雖然光線很亮，但是到了傍晚，恐怕就會變得很暗。」小峰仰望天花板說。四面牆在靠近天花板的地方開了採光窗，此時有陽光從那邊照進來。

誠哉看手錶。

「才上午七點。距離傍晚，還有十個小時以上。」

「那又怎樣？」

「等天黑，什麼也看不見以後就去睡覺。夜晚原本就該這樣過。」

戶田冷哼一聲。

「那樣簡直像原始時代，至少該過江戶時代的生活吧。可以用油燈當照明，如果弄不到那個也可以點蠟燭。」

「我不會阻止各位使用，但我認為最好還是盡早習慣不依靠這種東西的生活。那些物資，遲早也會難以取得。」

「我比較擔心的是食物。」兩三下就解決三明治的太一幽幽說道。

事態的嚴重性似乎正分秒增加。冬樹在上廁所時深刻感受到這點，因為他發現馬桶無法沖水。換言之，水停止供應了。

「如果現在把水箱裡的水沖掉，那個馬桶就不能用了吧。」誠哉一邊思考一邊說。「男人不用馬桶也有辦法解決。那就規定能使用馬桶的，基本上只有女性吧。請各位女性也請想辦法盡量省水。」

「就算這麼說我們也沒辦法呀。」明日香一臉為難，與菜菜美面面相覷。

「喂，大事不好了！」從入口朝外張望的太一忽然大喊。

大家過去一看，發現學校對面那頭已陷入火海了。正如誠哉預言的，剛才那場火沒有熄滅，附近一帶都付之一炬。

「再這樣下去城市都會消失。」

太一這句話，無人應答。

12

之後，餘震一再發生，其中也有劇烈到無法行走的大地震。誠哉禁止大家外出，不過本來就沒有人想出去。

「為什麼地震會這麼頻繁呢？」小峰自言自語。他把跳箱當成椅子坐。

「應該是巧合吧。」冬樹回答。

「是這樣嗎？我倒覺得這和人群消失應該有某種關聯。」

「這話怎麼說？」

「沒有啦，其實我個人也沒有什麼明確的想法。」小峰抓抓頭，目光瞥向斜上方。「剛才太一不是說過嗎，再這樣下去城市會消失。聽到那句話時，我忽然想到，別說是城市了，恐怕連世界都會消失。」

「世界？怎麼可能。」

「不，世界這個說法或許並不貼切，也許該說是『人類世界』吧。」

除了誠哉與太一之外的人全都聚集在一起了。這兩人現在分別守在體育館前面和後面，觀察風向和附近火災的情況。不久之前大家決定，以每隔二小時換班的方式輪流監看周遭情勢。大家完全不知道發生了什麼事，眼前又無事可做，因此都專注地聆聽小峰說話。

「以前不就時常聽到這種說法嗎：人類對環境的破壞令人不忍卒睹，唯有人類消失才能讓地球恢復原本的美麗面貌。」

待在小峰身旁的戶田驚愕地晃動了一下身體。

「所以人類就在一瞬間統統消失了？太荒謬了。」

「我認為這也許是地球的報復。」小峰又說道。「當然，地球本身應該沒有意志，所以說不定是宇宙發揮自淨作用，保護一顆行星。首先要消滅人類這個天敵，其次再破壞人類打造出來的文明。我總覺得這場地震也是讓地球一切化為白紙的程序之一。」

「那麼荒唐的事絕不可能。」戶田大搖其頭。

「你憑什麼如此斷言？」
「沒有憑什麼。如果你所謂的自淨作用真的存在的話，人類為什麼會繁榮到今天這種地步？早在這個局面形成之前，自淨作用就該啟動了吧？」
「說不定是有什麼極限。說不定是因為人類跨越了容許範圍，不斷重演傲慢的愚行，所以地球才發怒了——我說錯了嗎？」
「不，我也這麼想。」山西繁雄發言。他和妻子春子，並肩坐在折疊起來的墊子上。「到目前為止，人類做了太多任性妄為的事。現在就算遭到天譴也不足為奇。」
一旁的春子也點頭同意。
「在我們鄉下也是。鑿山鑿壁，鋪馬路挖隧道，最後一場大雨就帶來土石流了。我早就在想，總有一天也許會發生更可怕的事。」
戶田露骨地做出厭倦的表情，站起身說：
「無聊，這怎能跟道路開發相提並論。」他一邊掏出香菸和打火機一邊走向出口。
戶田前腳才出去，誠哉與太一就回來了。
「外面情況如何？」冬樹問。
「附近的火災好像大致都平息了。」誠哉回答。「話雖如此，火並未完全熄滅，這只代表這一帶的住宅都燒光了。總之，應該不用擔心火勢會延燒到這裡了。現在太陽也下山了，今晚就姑且留在這裡過夜吧。」
「所有人都要在這裡睡嗎？」
「隔壁倉庫有幾條毯子和枕頭，大概是為了體育館充作緊急避難所時準備的。另外，也可以從保健室拿被子過來。」

「不能睡在教室嗎？這裡有點冷。」明日香問。

誠哉搖頭。

「教室不安全，因為不知幾時還會有餘震。我想應該可以在某個地方找到暖爐，就用那個將就一下吧。」

明日香看似不滿，但還是微微點頭。

「吃飯吧。我餓了，餓得快死了。」太一說著說著，就開始動手翻找裝食物的籃子。

吃完簡單的晚餐時，日落時分已過了，館內頓時陷入黑暗。冬樹等人急忙從倉庫搬來毯子與枕頭。誠哉和小峰二人從保健室抱來棉被，那是要給未央和嬰兒用的。

在體育館地上鋪上墊子，再把撿來的紙箱在墊子上攤開，躺在上面——這是山西繁雄的主意。

「簡直像遊民。」戶田不悅地說。

「但是很暖和，這是好主意。」

明日香的讚美讓山西高興得瞇起眼。

冬樹也躺下來，用毯子裹緊身體。雖才剛過晚間七點，但沒有燈光的體育館內一片漆黑。仔細想想，打從昨天到現在幾乎沒合過眼。他腦袋沉重、渾身乏力，但意識卻莫名清醒，因為一直保持在亢奮狀態。他很後悔沒在便利商店拿酒。

但是失眠的好像不只是他，周遭不斷傳來有窸窸窣窣、翻來覆去的聲響。他猜大家八成都被恐懼與不安籠罩了。

一片靜寂中，傳來某人的啜泣聲。冬樹吃了一驚，豎耳聆聽。這個哭聲很熟悉。

冬樹鑽出毯子，靠過去。

「太一，你怎麼又哭了。」他小聲勸誡。「現在你就算擔心食物的問題也沒用吧。」

但太一依舊蒙著毯子。「才不是那樣。」他哽咽著說。

「怎麼回事？」誠哉也起來了，開口問道。

眼睛習慣黑暗後，他們漸漸看清周遭情況了。幾乎所有的人都坐起了身子，想必每個人都注意到太一的哭聲了吧。

「那麼，你為什麼要哭？」冬樹問太一。

太一窩在毯子底下咕噥，聽不清楚他在說什麼。於是冬樹又問了一次。

完了啦，這次他這麼說。

「完了？什麼東西完了？」

「我們呀。不管怎麼想，都已經完了吧。停電了，也沒水，再加上沒人會來救我們。在這種情況下，自己一個人要怎麼活下去啊。」

「怎麼會是一個人。不是還有我們嗎？」

「是一個人啊，家人已經見不到了，也沒有朋友在。我真的受不了了。況且你們幾個又能做什麼？根本沒辦法吧？只剩下死路一條了。」

「你煩不煩啊！死胖子！」後方冒出明日香的聲音。「好好一個大男人哭什麼，其實大家都想哭啊。就連我也是，只要一想到家人或朋友，就快哭出來了。可我不也拚命忍住了？拜託你識相一點好嗎，豬頭。在這種節骨眼只要有一個人哭，就會讓大家都心情沮喪。要忍耐，你懂嗎？這點小事你要忍忍啊。」

明日香大罵太一，可是罵到一半她自己也哽咽了起來。大概是為了掩飾這點吧，她鑽出毯子，一陣凌亂的腳步聲隨後響起。她無視黑暗，跑到某個地方去了。

「冬樹。」誠哉喊道。「你帶著手電筒跟上去看看。」

冬樹默默點頭，伸手拿起放在枕邊的手電筒。

有人走近仍在哭哭啼啼的太一。是山西春子。

「對不起喔，太一。我什麼忙都幫不上。可是太一卻替我們搬行李，還守在外面瞭望。我真的覺得，能跟像你這樣的人在一起太好了。」說著她隔著毯子輕撫太一的背部。

太一不發一語，但是沒再傳出啜泣聲。

「說得也是，太一還年輕，會害怕是理所當然的。哪像我們，已經活到這把年紀了，早有不管將來結局如何都無所謂的心理準備。所以，如果真有什麼萬一，到時我願意代替你犧牲，所以你不要擔心。」

「算了，妳不要管我。」可以感到太一蜷縮身子。

冬樹看到山西春子回到自己原先在的位子後，便站了起來。他打開手電筒，走向門口。

明日香就在體育館前面的廣場抱膝而坐。

「待在那種地方會感冒喔。」

「別管我。我想一個人靜一靜。」

「想一個人獨處沒關係，可是弄壞身體就不好了。要是真的變成那樣，會給大家添麻煩，這妳應該也知道吧。」

附近正好有壞掉的椅子，冬樹將它搬過來，開始拆解。

「你想幹麼？」

「天氣這麼冷卻沒電也沒瓦斯。這種時候能做的事只有一件吧。」

他在壞掉的椅子空隙塞進報紙，用打火機點火。火立刻熊熊燒起，最後木頭也燒起來了。啪滋啪滋的細微炸裂聲接連傳來，火燄把四周照得通紅。

好溫暖啊，明日香呢喃。「已經多少年沒這樣生過火了。」

「妳在學校沒做過嗎？比方說營火晚會之類的。」

「沒有。我們學校在市中心，操場也很小，大概是因為這樣才禁止生火吧。」

原來如此，冬樹點點頭。

「剛才對不起。」明日香凝視著火堆說。「我本來是想警告太一的，結果我自己反而失態了。真糗。」

「妳用不著放在心上，想哭的時候就哭吧。就算勉強硬撐也於事無補。」

明日香搖頭。

「我絕對不會再哭了。如果真的要哭，也得在我們克服這個危機後才哭。到時，我也許會喜極而泣吧。」

「危機嗎？這的確是個危機。」

「別看我這樣，我可是室內五人制足球（Futsal）的選手喔。」

噢？冬樹看著她的臉，視線快速掃過她全身。她的體型乍看之下頗為纖細，但是肌肉似乎的確很結實。

「我說啊，提腳射門固然很愉快，但是拚命死守球門不讓勁敵攻入的滋味倒也意外地好。隊友們雖然都笑我有受虐狂，但我其實是有理由的。只要能熬過猛烈的攻擊，對手的士氣一定會有些許受挫。那就是我的目的。到時我們就可以反守為攻，一口氣射門得分。爽快的地方就在這裡。」

所以說啊——說到這裡她伸展了一下背部，像是要藉此轉換心情。

「我決定把現在當作最大的危機。只要熬過這一關後，一定會有好運降臨的。」明日香的聲音相當有力，連冬樹也能感覺到，她正拚命激勵自己振作。反過來說，這也表示她已被逼入絕境了。

冬樹不知道該跟她說什麼才好，於是默默注視火堆。他發現火燄不時猛烈晃動。

「討厭的風吹來了。」他環視四周咕噥。「我們也該進去了。」

不祥的風，直到翌晨仍未停止。天空覆蓋著厚重雲層，似乎隨時都會下雨。

「至少也該讓天氣放晴吧。」山西繁雄仰望天空，為之嘆息。

戶田走近誠哉。

「你到底打算在這裡待多久？火災好像已經平息了，我們也差不多該重新過過像人的生活吧。」

但誠哉不肯點頭。

「請你再忍耐一天就好。我們必須先掌握周邊狀況。現在還不確定哪裡才安全。」

「邊走邊找安全的場所不就行了，就像來這裡時那樣。」

「當時我們本就有體育館這個目的地，可是現在什麼都沒有。漫無目標地移動太危險了，況且我們之中還有傷患和嬰兒。」

「耐震設計完善的建築隨便找都有一大堆，我們公司就是了。只要以那種建築物為目標就行了。」

「我現在強調的是，在抵達那類建築物之前的移動過程是很危險的，我們現在連道路變成怎樣了都不知道啊。算我拜託你，請你再等今天一天就好。」誠哉低頭懇求。

戶田看似不滿，但他終究還是刻意地嘆了口大氣，不再吭聲。

「我們派幾個人分頭去調查周遭狀況吧。確認一下哪裡有食物，有沒有危險的地方，以及可以居住的場所。」誠哉主要針對男性如此宣佈。

最後大家決定讓誠哉、冬樹、太一、小峰四人外出。不過道路全毀了，別說摩托車，連騎腳踏車都很困難，大家只好徒步離開體育館。

冬樹走出去沒多久，身後便有腳步聲接近。他轉身一看，是明日香小跑步追來了。

「我也跟你一起去。我對腳力很有自信。」

冬樹點點頭，回以微笑，和她並肩邁步。就在這時，遠處天空轟然響起雷鳴。

13

誠哉騎著腳踏車，這是離開體育館後發現的第二輛腳踏車。第一輛車騎了一公里就被他扔了，因為馬路大範圍塌陷，他只好徒步走過那裡，之後再重新找一輛腳踏車。

他吩咐過其他人最好別騎腳踏車和摩托車，因為那太危險了。但誠哉有前往遠處的迫切需要。

他沿著晴海路往西走。神秘的超自然現象發生還不到二天，東京街頭已化為廢墟。有些地方似乎還在燃燒，煙霧和塵埃遮蔽視野。那些細小的煙塵紛紛落下，使得路上報廢的汽車快速蒙上一層煤灰色。

朦朧的視野前方，出現眼熟的建築物。那是一棟尖頂的氣派建築——國會議事堂。極目遠眺之下，看不出地震是否有造成損害。

誠哉停下腳踏車，仰望一旁的建築。

那是警視廳總部，就外觀看來似乎也安然無恙。他依循往常的路線走入。然而，平日總是守在門旁的警員不見蹤影。

電梯停擺，燈也全熄了。拿著手電筒的誠哉開始步上樓梯。幸好，看起來應該沒有失火。

他首先前往的是自己工作的地方，也就是搜查一課的辦公室。他進去一看，大吃一驚。原本排得整整齊齊的桌子變得歪七扭八，椅子也亂七八糟，地上散落著本來應該是放在桌上的文件和文具用品。

誠哉朝自己的位子看去，自己桌上也沒有任何東西。桌上原本放了有個專門收納未處理公文的盒子，但是他在周圍沒找到。看來這棟建築物之前也搖晃得相當厲害。

他朝搜查一課課長的位子走去，那裡也如狂風過境一片狼藉。

一支手機掉落在地。誠哉確認還有電後，查閱了撥號記錄。螢幕上顯示的是誠哉的電話號碼。

他想起自己正要逮捕那票中國人之前，搜查一課課長打過電話來。看來還留著那時的紀錄。誠哉至今還記得搜查一課課長的突兀指令。內容如下：

十三點到一點二十分之間，盡量避免危險行動。就算真有那個必要，也絕對要避開十三點十三分前後——

這項指令好像是刑事部長下達的，但搜查一課課長表示，刑事部長自己好像也不是很清楚箇中詳情。

十三點十三分這個時刻令誠哉心生狐疑。便利商店的監視器，錄下了眾人在瞬間消失的那一刻，那時正好就是十三點十三分。他實在無法相信這只是巧合。

那項指令與超自然現象之間必然有某種關係，想必是預先知道現象會發生才做出的指令。換言之，高層早已預料到一切。

可是話說回來——

那項指令的用意何在？早就料到超自然現象會發生的政府首腦，又消失到哪去了？話說回來，超自然現象究竟是什麼？

為了找出這些問題的答案，誠哉才特地來到警視廳總部。

誠哉把搜查一課課長的手機放在桌上，轉身離去。他接著去的地方，是刑事部長的辦公室。

一開門就發現一座獎盃倒在腳邊，那是刑事部長在高爾夫球賽贏得的冠軍獎盃。誠哉記得，它本來放在牆邊的檔案櫃上。

從書架掉出來的書落在地上，但除此之外似乎沒有太大變化。書架本就是防震的，刑事部長的辦公桌也是特製的，頗有噸位，不像幹員們用的不鏽鋼桌子可以輕易搬動。

誠哉坐上皮椅，拉開桌子抽屜。一張公文突然映入他的眼簾，好像是警視廳發來傳閱的。看到標題，他不禁蹙眉。上面寫的是「P-13現象對應之道」。

這是什麼？他暗自納悶。當然，誠哉既未見過也沒聽過「P-13現象」這個字眼。

至於內容，和誠哉自搜查一課課長那裡接獲的指令差不多。三月十三日的十三點整開始的二十分鐘內，不得讓警員從事危險任務。事務員及技術人員，也不得從事具有危險性的工作，縱使有不得已的理由，也務必要避開十三點十三分前後——

另一方面，這份公文也提到人潮聚集場所的恐怖行動防範，要求的層級比平時更高。此外，它也要求交通部門掌控車禍發生率較高的場所，予以密切監視。這些指令都明確指定出時間，那就是十三點開始的二十分鐘內。

誠哉不解地側首，警視廳顯然預料到某事將會發生了。「P-13現象」，八成就是那現象的名稱吧。但那究竟是什麼樣的現象呢？誠哉找不到任何相關記載。

他考慮去警視廳一探究竟。若是警視廳長官，應該會了解較多詳情吧。

誠哉一邊想一邊看著公文，目光忽然定在一篇文章上。上面是這麼寫的：

又，當日十三時，總理官邸將會成立P-13現象應變總部，一旦發生緊急狀況，請與應變總部商討因應之道——

乍看之下看不出那棟建築本來的樣貌了，因為正面玄關被煙燻得漆黑。一旁就是通往地下的樓梯，煙似乎是從那裡竄出的。也許是地下的餐廳或某處失火了。看建築物上層架設的招牌，這才知道是飯店。

「這裡的窗戶玻璃好像沒事。」冬樹仰望建築物說。「距離體育館不遠，一旦出狀況，只要睡在這裡就行了。」

「至少應該不愁沒床鋪，可惜不能沖澡。」明日香說。

「那倒是。現在停水了，沒辦法。」

「難道就沒有哪裡還有水嗎？如果有熱水，那就更好了。」明日香撇嘴，環視四周。「我已經很久沒有這麼多天沒洗過臉了。我還想洗頭。」她把手指伸進栗色髮絲之間，毫不客氣地抓癢。

「的確，我也想泡澡。」冬樹也嗅聞自己衣服的臭味。有股混合塵埃與汗水的味道。

明日香「啊」地叫出聲來，豎起指頭。

「台場呢？那邊有天然溫泉。」

冬樹聳肩。

「雖說是溫泉，但並非是天然湧出的溫泉，那是利用幫浦或機器從地下一千幾百公尺的深處抽上來的，現在機器肯定停擺了。」

「那可不一定。去了才知道。」

「怎麼去？百合海鷗號電車也停駛了。」

「那就走路去。」

冬樹嗤之以鼻。

「隨便妳。就算可以泡溫泉洗個清爽，等妳再走回來，不就又滿身大汗了嗎？別說這種無聊話了，還是繼續調查吧。」

不知不覺二人已來到銀座。但是街頭的風貌改變極大，他們甚至沒有立刻發現自己到了銀座。行道樹和路燈倒下了，地面高低起伏，人行道和馬路上散落滿地玻璃碎片。

「到處都找不到看似安全的地方耶。」明日香看著腳下說。

「就是啊。一想到人如果沒消失會在這裡發生什麼事，我就毛骨悚然。這一帶會化為一片血海的。」

「的確。」說完後，明日香忍不住噗哧一笑。

「笑什麼？有什麼好笑的？」

「因為不久之前，你發現周遭的人突然不見了還很驚慌失措。可是現在，你卻把大家消失說得像是一件好事。」

噢，冬樹也不禁笑了。「說得也是。」

他想，自己或許已漸漸習慣這個異常事態了。抑或，接二連三發生太多脫離現實的事，神經已經麻痺了。

二人在百貨公司前面駐足。乍看之下，損害並不嚴重。只是燈熄了，裡面一片漆黑。

「去檢查一下地下樓的食品賣場情況如何吧。」冬樹邊說邊走進去。

他穿過入口時，忍不住嘟囔了一句「太慘了吧」。商品散落滿地幾乎無處落腳。鞋子賣場的貨架上，沒有任何商品，因為全都掉到地上了。

明日香發出細微尖叫，冬樹轉身。「怎麼了？」

但她立刻露出不好意思的笑容，吐吐舌頭。

「沒什麼。只是看到那個，有點嚇到。」

冬樹望向她指的前方，在第一時間也嚇了一跳。因為那裡看起來像是有人倒在地上。但那是假人，它的頭部脫落，掉在一旁。

「看來我們好像都開始懷念有人的感覺了。說到這裡，我要去看看地下樓的情況。妳呢？」

「嗯……我就在這附近隨便逛逛，反正我也想找乾洗洗髮精。」

「知道了。」冬樹邁步走向停擺的電扶梯。

到了地下樓，由於陽光照不進來，顯得更昏暗了。他一邊用手電筒照亮腳下一邊前進。四周瀰漫臭味，好像是從生鮮食品賣場傳來的。停電之後，不用說冷藏食品了，就連冷凍食品可能也開始腐壞了。

熟食小菜和便當散落一地。看著那些，冬樹心中萌生強烈的焦躁感。他想起前天夜裡太一的哭泣。太一的憂心並非無的放矢，食物正分分秒秒在減少，而減少的量很龐大。

他尋找罐頭、乾貨、飲料的賣場。找到後，把那些食品的種類和數量仔細抄寫下來。

把地下食品賣場巡視一圈後，他回到一樓。不見明日香的人影，她也不在化妝品賣場。

他一邊暗自納悶，一邊試著上二樓。那裡也是一片漆黑。

就在他踩上電扶梯的第一層階梯，準備上三樓時，一小團光暈映入眼簾，是從女裝賣場後方投來的。

冬樹過去一看，明日香站在鏡前。她已換上一襲白色迷你連身裙，脖子上還掛著看起來就很昂貴的項鍊。

手電筒放在台子上，用來照亮她的身影。

「時裝秀嗎？」

聽到冬樹的聲音，明日香的身體痙攣似的抖動了一下。她轉過身，表情尷尬，嘿嘿乾笑。

「這件衣服，我之前就看上了。幸好沒被賣掉。」

冬樹打量她全身。鞋子好像也是不知從哪拿來的，是新鞋。

「這條項鍊要價六十萬耶。還有，這枚戒指要一百二十萬。」明日香來回翻轉戴了戒指的手。

「我現在心情比較愉快了。衣服鞋子和首飾，全都可以任意取用。」

冬樹嘆了一口氣。「那樣做，又能怎樣？」

明日香聽他這麼說，很不高興地噘起嘴。

「有什麼關係，高興就好。」

「我是在問妳，現在是做這種事的時候嗎？在這種生死關頭，香奈兒和古馳能派上什麼用場？」

「你少管我。至少可以讓我振奮精神。做這種事會覺得很幸福。」

「嗯……」冬樹不置可否地聳聳肩。「那好吧，隨便妳。」說完他轉身向後。

就在他準備步向電扶梯時，背後傳來聲響。他轉頭一看，明日香蹲在地上。

「喂，妳怎麼了？」冬樹慌忙跑過去。「是不是不舒服？」

明日香垂首搖頭，她的背部在抖動。冬樹這才發現，她在哭。

「對不起，我明明已經決定不再哭的……」她細聲呢喃。

「妳怎麼了？」

明日香再次搖頭。她仰起臉，用指尖抹拭眼眶下方。

「你說得對，做這種事的確毫無意義。我本來想，這種時候不如享受一下過去享受不到的奢華，好好打扮一下，可是這麼做只覺得空虛。畢竟，又沒有人欣賞呀。就算再高級的首飾，再漂亮的衣服，都無法幫助我活下去，這樣和破銅爛鐵根本沒兩樣嘛，就算帶回去也只會礙手礙腳。」

「奢華享受本來就是生活寬裕的人做的事。」

明日香微微點頭。

「這種破銅爛鐵，我以前想買得要命。明明無法幫自己活下去，卻打從心底憧憬。真傻。」

「這表示妳以前日子過得寬裕。換言之，妳以前很幸福。」

明日香揉著眼角站起來。

「我要換件方便行動又耐穿的衣服，不是名牌貨也沒關係。」

「這樣最好。等妳換好再去地下樓吧，有一大堆能夠幫助我們活下去的必需品沉睡在那裡。」

14

誠哉抵達位於永田町的總理大臣官邸時，天色已相當昏暗。並不是時間晚了，而是天氣正在逐漸惡化，什麼時候下起大雨都不足為奇。

平日，警視廳警備部的機動隊和官邸警備隊會在官邸周遭和庭院站崗，但是現在空無一人。誠哉自西邊入口走進院子。

五層樓的方形建築穩固無比、毫無損害。誠哉想起以前曾聽說過，蓋這棟官邸時，充分做過防震設計。地下室設置了危機管理中心，一旦發生大規模災害，也可以做為災害應變總部。

建築物內部亮著燈。換言之，這裡有電。既然都考慮要在這裡設置災害應變總部了，不可能無法應付大規模停電的。這裡想必有獨立發電裝置，而且是不愁能源枯竭的太陽能發電或風力發電系統。

不過誠哉還是避免使用電梯，他開始拾階而上。他曾聽說總理大臣的辦公室位於頂樓。他猜想只要去那裡，應該會有一些資料告訴他「P-13現象」究竟是什麼。

但是才到二樓，誠哉便止步了。他從口袋掏出一張公文，那是他在刑事部長的桌上找到的，上面寫著「總理官邸P-13現象應變總部成立預定書」。

他敲敲自己的額頭，邁步下樓。

這次的超自然現象如此嚴重，不可能將應變總部設在一般會議室或辦公室。當然會利用地下室的管理中心了。

地下室的走廊上亮著緊急照明燈，空調似乎也在運轉。他覺得自己很久沒吸到這樣不帶焦臭的空氣了。

有一扇門上貼著紙，上面寫著「非相關人員禁止進入」。誠哉打開門。

首先竄入眼簾的，是放在牆邊的大型液晶螢幕。電源還開著，映出奇妙圖形。上面也顯示出各種數字，但那些數字代表什麼，誠哉完全不知道。

為了方便與會者看螢幕，會議桌排成ㄇ字形，桌上放著小冊子。雖說是應變總部，但連出席者自己都消失了，豈不毫無意義嗎？誠哉暗忖。

他走近可以正面直視螢幕的座位。上面放著標明座次的紙牌，寫的是：首相。

誠哉沒有當面見過總理大臣大月，只在電視上看過。此人雖然成功地將滔滔雄辯、積極推動政策的形象廣植民間，但在誠哉看來，他只不過是善於宣傳、懂得利用時勢造英雄罷了。

大月的位子上也放著手冊，誠哉將它拿起來。製作這本手冊的，好像是在宇宙科學研究總部負責高能量天文學的主要研究人員。

上面寫滿了誠哉看不懂的艱深字眼。黑洞、蟲洞、超弦理論❹——誠哉雖然聽說過，卻無法解釋那是什麼。出席這個會議的眾人想必也和他一樣。

但手冊編寫者似乎早就知道他們必須向外行人說明，所以在後半部附上非常淺顯易懂的說明。誠哉朝那個部分瞥去。

那篇文章的確淺顯易懂，但即便如此，他還是反覆看了好幾遍。因為內容實在太脫離現實，難以憑感覺去理解。

手冊的最後一項，是「P-13現象可能引發的問題」。誠哉逐字掃過那個項目，視線忽然在一個地方停住。最後，他感到自己的體溫在上升。

他拿著手冊，彎身蹲下。他就這麼蜷縮著身體，雙手抱頭。

即將抵達體育館時，他們忽然聽見雷鳴。冬樹與明日香面面相覷，豆大的雨滴在下一秒落到二人臉上。

❹譯註：Superstring theory，科學家為了統一理解基本粒子的四種作用力而想出的最新理論。

冬樹啐舌，加快腳步。他的肩上背著登山背包，是從百貨公司的休閒用品賣場弄來的。
「就差那麼一點路了。」
「所以我才說要快點啊。你只顧拚命往背包東塞西塞，所以才會拖到這麼晚。」
「是妳玩那個無聊的時裝秀害的吧。」
冬樹這話一說，明日香倏然止步。她嘟起嘴，抬眼瞪視冬樹。
「抱歉，我不會再說了。」他連忙道歉。「這樣會淋濕，快走吧。」
這時明日香不發一語，指向冬樹背後。冬樹轉頭一看，發現一棟搖搖欲墜的民宅，玄關已徹底毀壞了。
「那棟屋子怎麼了？」
明日香把背上的背包就地一放，默默走近那間屋子。冬樹慌忙追上。
「妳想幹麼？這樣很危險。」
但她不肯停下，直接從壞掉的玄關走進屋內。不久後她出來了，雙手拿著雨傘。拿去，她邊說邊把其中一把傘遞給冬樹。
「我們也真笨。下雨的話，撐傘不就好了。也不用買傘了，區區一把傘，到處都有。」
「的確。」冬樹將傘撐開，是一把黑色大傘。
回到體育館一看，居然飄著淡煙。冬樹以為失火了，當下心頭一驚，結果並不是他想的那樣。眾人圍在一塊兒，中央冒出裊裊青煙。
「啊！你們回來了！」太一先發現冬樹二人，朝他們喊道。
「你們在做什麼？」
太一嘿嘿笑，搓搓鼻子下方。

「我去一棟倒塌的建築物巡視，結果發現那是間燒烤店，而且是炭火燒烤。所以我就拿了網子和木炭回來，疊起磚頭，在這裡做了一個烤肉架。」

「噢？好像很好玩。」明日香兩眼發亮。

山西春子和白木榮美子正把肉片和蔬菜放到網上烤。

「來，請吃。你們一定累了吧？」榮美子朝冬樹和明日香遞上盤子。

「食材也是從燒烤店偷來的嗎？」冬樹問太一。

「很遺憾，那間店的肉和蔬菜，都被壓在建築物下面，根本不能吃。現在烤的東西是我從別家超市拿回來的。」太一說著說著，臉色一沉。「那場地震，恐怕對食物造成相當大的損失。現在停電了，冷藏櫃和冷凍櫃裡的東西想必也會全部壞掉。」

「百貨公司食品賣場的狀況，就像你說的那樣。我拿了一些罐頭和乾貨之類的保久食品回來。」冬樹俯視自己的背包。

「有可以生活的地方嗎？」菜菜美問。

「前往銀座的途中有飯店，看起來受害情況應該不算嚴重。如果只是要在那裡睡覺，我想還算堪用。」

「不過，八成不能沖澡。」明日香從旁插嘴。「但我拿到了乾洗洗髮精，想要的人可以跟我說。」

冬樹檢視全員的面孔，少了一個人。

「我哥還沒回來嗎？」他問菜菜美。

「對，他還沒回來。」

「是嗎。」

哥哥跑到哪去了呢？他不解地歪了歪頭。

冬樹和明日香也開始用餐了。走了那麼多路後，東西吃起來特別香。冬樹發覺自己已經很久沒吃到熱呼呼的食物了。

「喂，這玩意已經沒了嗎？」拿跳箱當椅子坐的戶田，對旁邊的小峰說。他的手上抓著啤酒罐。

「還有啊。我想稍微涼一下可能比較好喝，所以放在外面。」

「那，你去拿兩罐過來。」戶田說著把空罐子捏扁往旁一放，又開始吃起盤中的烤肉。

小峰欲言又止地看著戶田。

「幹麼？我臉上沾了東西嗎？」戶田說。

「不，沒什麼。我去拿啤酒。」小峰放下盤子，站起身。

冬樹與明日香面面相覷。她不悅地皺眉，他也嘟起嘴唇。

晚餐都快吃完了，誠哉仍未歸來。大家開始收拾善後。

看到山西繁雄跛著一條腿搬東西，冬樹連忙跑過去。

「你休息吧。我來做。」

山西搖手。

「這點小事讓我自己來好嗎。我不僅年紀大，腿還受了傷，給大家添了不少麻煩。如果再不讓我幫點忙我會很愧疚。」

「可是，萬一傷到腰就不好了。」

「我會充分小心的，因為我不能再給大家添更多麻煩了。」山西笑著繼續工作。

「你不要太過分了！」明日香的聲音突然響起。

冬樹一看，發現她站在戶田面前。戶田依舊坐在跳箱上，他的手裡也依舊抓著啤酒。

「大家都在工作，你至少也該幫點忙吧。」

「妳這是什麼語氣，這是對長輩該有的態度嗎？」戶田瞪直了眼。

「明日香小姐，算了啦。」一旁的小峰安撫她。

冬樹走近三人。

「怎麼回事？」

「這個臭老頭完全不肯工作，所以我在警告他。」明日香回答。

戶田站起來。

「妳在跟誰說話？」

「就是你。我是拜託你刷洗烤肉網，你怎麼可以推給小峰先生做。那太奇怪了吧。」

「我是看這傢伙正好閒著。」

「你自己不也閒著沒事幹？要喝啤酒，隨時都能喝。難道你平常上班也一直在喝酒嗎？那你日子過得可真悠哉。」

戶田氣得臉都歪了。

「小小年紀跩什麼！」他用力一推明日香肩膀。

「好痛！你幹什麼！」

冬樹伸臂攔住想撲上去的她，然後朝戶田看去。

「對女孩子動粗不好。」

「是那小鬼先侮辱我。」

「是這樣嗎。我倒是一點也聽不出她有侮辱你。不如說，侮辱人的是你才對吧。」

「趁這機會我必須聲明，我們之間沒有地位高低之分，大家一律平等。因此，不管做什麼事都得公平。小峰先生以前或許的確是你的部下，你的地位在公司或許的確很高，但那階級已經不存在了。小峰先生現在不是你的部下，你也不是任何人的上司。這點請你牢記在心。」

「你說什麼？」

「那種事……我當然知道。」

「不，你不知道，所以你才會把麻煩事推給小峰先生，還命令他替你去拿啤酒。在我們之中，只有你還不肯接受現實，不肯接受自己已失去地位和名聲的現實。」

戶田的臉孔通紅，似乎不是因為酒精。

「怎樣？你還有什麼不滿嗎？」明日香說。

戶田臉上浮現不甘的表情，隨即默默拿起放在一旁的網子。

「啊！我來洗。」小峰慌忙說。

「少囉唆！」戶田甩開小峰的手，拿著網子朝出口走去。

明日香看著冬樹，吐吐舌頭。

「好像有點做得太過火了。」

「甭理他。今後，情況說不定會越來越糟，他如果不早點認清現狀，只會給我們添麻煩。」冬樹說完轉向小峰。「或許會很為難，但我希望小峰先生也別給戶田先生特別待遇。現在，已經沒有地位高低之分了。」

但小峰露出複雜的表情。

「你怎麼了？我說你已經不用在意他了。有什麼問題嗎？」

於是小峰仰起臉，舔舐嘴唇。

「可是，這一切也許會恢復原狀吧？」
「恢復原狀？」
「雖然完全不知道原因，但除了我們幾個，其他的人全都突然消失了對吧？那麼，難保不會發生相反的情形。說不定哪天，一切突然就復原了，這也不是不可能。如果真的那樣，原來的人際關係一定會復原。如果現在的現象只是暫時的，我不會想破壞人際關係。」
大概是聽到他的話了，菜菜美湊過來。
「你認為消失的人還會回來嗎？」她問小峰。
因為——小峰邊說邊用力搓揉臉頰。
「如果不這樣想，我怕我會瘋掉。」

15

日落之後誠哉仍未歸來。
「會不會出了什麼事？」菜菜美點亮鐵皮製的提燈。
「我哥的話，應該是不會出什麼事……」
「你哥是往哪個方向走？」
不知道，冬樹將腦袋歪向一邊。
「我們起先是一起走，後來我和明日香小妹就轉往銀座了。」
「別喊我小妹好嗎？」一旁的明日香說。「好像把我當成小孩了，感覺很討厭耶。直接喊我明日香就行了。」

「是嗎。好吧，我知道了。」

「那，我喊你小弟。」

「光喊久我，誰知道是喊哥哥還是弟弟，所以分別喊你們老大和小弟就行了。」

「小弟？」

「我叫久我冬樹。如果嫌名字太長，就直接喊我冬樹。」

冬樹說這話時，拿著手電筒的太一從外面走進來了。

「嘿，那位大叔不見了喲。」

「大叔？」

「就是當公司主管的大叔嘛。我在外面巡視，結果只發現這個。」太一遞來的，是烤肉用的網子。「他好像用清潔劑和刷子洗過，但大概洗到一半就扔下了。」

明日香大聲啐舌。「真拿那個老頭子沒辦法。」

「到處都找不到他嗎？」冬樹問太一。

「我在四周大致看過，沒見到人。」

「反正一定躲在哪裡生悶氣吧？別理他就沒事了。」明日香說。

小峰默默步向出口，冬樹看了也隨後跟上。

外面，雨越下越大了。路邊排水溝流淌的水勢也很洶湧。

洗潔劑和刷子放在地上，他大概就是用那個刷洗網子的吧。小峰四下張望後，撿起掉在地上的紙。

「那是什麼？」冬樹問。

「這一帶的地圖。剛才，我看到經理從教職員辦公室拿來研究。」

「他幹麼要看那種東西？」

小峰沉默不語了一陣子，最後猛然抬頭，似乎明白了什麼。

「說不定……」

「怎麼了？」

但小峰眨著眼，似乎在遲疑是否該回答。

「我出去一下。」他說完便抓起並排放在入口旁的其中一把雨傘。

「請等一下。你要去哪裡？你知道戶田先生會去哪裡嗎？」

「也許我會猜錯。所以，我先一個人過去看看。」

小峰想要邁開步伐，卻被冬樹抓住手臂。

「雨這麼大，你打算一個人去？風勢恐怕也會越來越強，單獨行動太危險了。」

「不要緊，路程並不遠。」

「所以你到底打算去哪裡？如果你不告訴我，我就不能放你走。」

小峰嘆了口氣。他的面孔痛苦地擠成一團，吐出「公司」兩個字。

「公司？你們公司？」

小峰微微點頭。

「總公司在茅場町，從這裡走路就能到。」

「請等一下。為什麼都到了這關頭，戶田先生還要去公司呢？」

「這個我也不知道，我只是這麼猜想。」

凝視小峰垂頭如此訴說的側臉後，冬樹轉過頭。身後站著太一與明日香。

冬樹抓抓腦袋，拿起雨傘。

「我也去。」他對小峰說完，看著明日香二人。「拜託你們留守。」

明日香上前一步。

「我也要去，最先向那位大叔抗議的人是我。」

「妳並沒有錯，我也不是因為覺得自己有錯才要去找他的。我只是覺得，讓小峰先生一個人去太危險了。強風也許會吹來什麼東西，馬路也不知道變成什麼狀況了。不過話說回來，太多人去只會礙事，妳還是留在這裡吧。」

明日香雖然噘起嘴但還是點頭了。「好吧。」

「那麼，我們走吧。」

冬樹和小峰一同出發。

果如預料，風勢似乎越來越強了。他們拚命撐傘前進，但傘都快被吹壞了。

派出所映入眼簾，沒有倒塌。冬樹大聲說：「我們去一下那邊。」

「做什麼？」

「應該會有警察用的雨衣，就拿來穿吧。」

他們衝進派出所，打開後方的門。那裡是間起居室，行李和日常用品散落一地。找到塑膠雨衣後，他們套上雨衣，又戴上安全帽才走出派出所。風好像更強了。

「不要慌，慢慢走過去。」冬樹說。

地震震垮的建築物碎片，不時從天而降。搖搖欲墜的招牌，發出啪噹啪噹的聲音。如果被直接命中，恐怕難逃重傷。

馬路到處都有裂縫，雨水沿著那些裂縫流過。冬樹覺得，這裡簡直不像是東京。

他用手電筒照亮手錶，他們離開體育館已超過三十分鐘了。

「走這條路沒錯吧？」

「應該沒錯，馬上就到了。」

可能是大雨的關係，往四周看去已經看不到起火的建築了。濃煙和粉塵似乎也已消散。

「就是那棟建築。」小峰指著前方說。

令人聯想到巨大墓碑的細長大樓，聳立在薄暮中。

他們一邊照亮腳下一邊小心靠近，因為也許會有玻璃碎片掉落。不過幸好，破碎的窗戶玻璃似乎並不多。

「下雨讓腳下變得濕滑，走路千萬要小心。」小峰說著走在前頭。

建築物看起來並未因地震受到太大損害。冬樹想起戶田說過，這家公司做了完善的耐震設計。

他們從正面玄關進大樓，裡面一片漆黑。停電後，緊急照明燈應該短暫亮起過，但是現在似乎也熄滅了。沒有失火的跡象。

「戶田先生的工作地點在哪裡？」冬樹問。

「三樓，是主管辦公室。」

他們走樓梯往三樓去。在二樓的走廊有一堆紙箱滾落滿地，它們本來應該是靠牆高高疊起的吧。

「這棟大樓，之前好像搖晃得很厲害。」小峰說。「大樓的地基裝設了巨大的軸承器，可以吸收震動，那是我們公司的招牌產品。都有這樣的設計了，居然還晃得這麼厲害，一般建築想必更承受不住。」

他們繼續往上走，終於抵達了三樓。冬樹照亮腳下，同時立刻停下腳步。走廊上有濕腳印。

「是經理。」小峰也看著腳印說。「他果然來這裡了。」

「他的辦公室在這前面嗎？」

是的，小峰邊說邊邁步走去。

走廊前方有一扇敞開的門，可以清楚看見腳印到那扇門前就消失了。

冬樹尾隨小峰，探頭往室內瞧。大窗前有個黑色人影，他好像是面朝窗戶，坐在椅子上。

經理，小峰喊道。人影頓時大幅晃動了一下。冬樹拿手電筒照過去，戶田的背影在光圈中浮現。

「經理……你怎會來這裡？」小峰邊走近邊問。

「我還想問你們，來這裡做什麼？」

「廢話，當然是來找你。」冬樹說，遣辭用字粗魯了起來。「你擅自消失，會給我們添麻煩。」

「就算少了我應該也不痛不癢吧。你少管我，讓我一個人待在這裡。」

「你在鬧什麼彆扭？就算回到這種地方，也不能怎樣吧？會聽你話的部下和美女秘書全都消失無蹤了。若想活下去，只能跟我們一起努力。你為什麼就是不明白呢？」

「你這種——」大聲咆哮後，戶田頹然垂落肩膀。「你這種毛頭小子懂什麼？你可知道我到底吃了多少苦，才爬到今天這個地位。結果，我的一切就在這種情況下被奪走了……像你這種人，怎麼可能了解我的心情。」

「為了工作吃苦受罪的人多的是，並不是努力就一定會有收穫。辛苦成果化為泡影，是常有的。以你來說，你不是已當上了經理嗎？這表示你的辛苦有了收穫，這不就好了？你還有什麼好不滿的？你還想繼續威嚇別人嗎？」

戶田轉過臉來，瞪視冬樹。

「怎樣？你有什麼意見嗎？」

戶田不發一語，又把頭轉向窗戶。他的雙手用力握緊了椅子扶手。

「簡直像小鬼頭鬧彆扭。」冬樹不屑地說。

「經理，跟我們回去吧。你一個人待在這裡太危險了。」

「我不是叫你們別管我嗎，你們自己回去吧。」

「那怎麼行呢。拜託，請你回去吧。」

小峰低聲下氣的懇求，令冬樹的心情更加不悅。

「你這樣任性妄為已經給我們造成麻煩了。你如果不肯走，我只好用蠻力把你拖回去。」

就在冬樹打算朝戶田背後邁步的時候，他的右臂忽然被某人從後方拉住。

他赫然一驚，轉過身，發現誠哉臉色陰沉地站在那裡。他身穿登山服，頭上戴著有燈的安全帽。

「哥，你怎會在這裡……」

「明日香他們都告訴我了。我想到你的脾氣，知道結果一定會變成這樣，所以才趕來看看情況。」

「你這話是什麼意思？」

「你難道都沒有尊敬人生前輩的一點敬意嗎？」

冬樹回視兄長的臉，蹙起眉頭。

「人生前輩？那是什麼鬼玩意？那種像老古董一樣的字眼能有什麼用處？現在都變成這種狀況了，哪還有什麼前輩晚輩、年長年幼之分。」

誠哉聽了露出被打敗的表情，嘆了口氣。
「難道你真以為，只要眾人消失就可以一切重來嗎？」
「不是嗎？現在已經沒有學校公司組織政府了。如果還留著身分階級，未免太奇怪了吧。」
「那我問你，你沒有歷史嗎？你這個人，從來都沒跟人扯上關係，也沒受過誰的照顧，就變成現在的樣子嗎？不是吧？應該有很多人支持你、照顧你吧？」
「是這樣沒錯。但是，這位老爹可沒有照顧過我。」
「那你沒有接受過任何行政服務嗎？沒有使用過文明利器嗎？沒有享受過文化娛樂嗎？有那些比你先出生、先步入社會的人納稅，對科學和文化發展做出貢獻，才有你現在這個人不是嗎？難不成，你想說那些東西已經統統消滅了，所以你也不用再感恩了？」
誠哉的怒喝令冬樹手足無措，他一時之間竟然想不出該說什麼。兄長剛才說的這種想法，他從來沒有想過。從小到大，父母和老師一直耳提面命要「尊敬長輩」，對他來說那只是道德規範之一罷了。
誠哉走近戶田。
「我們先去別的房間，等你整理好心情再出來。總之，我帶了一餐的食物來，放在這裡。」他從肩上背包中取出塑膠袋，放在桌上。「外面滿目瘡痍，情況非常糟。就算要回去，恐怕也得等早上再走比較好。」
誠哉轉向小峰。
「那麼，我們先離開吧。」
小峰不安地看著戶田，最後微微點頭。
「走吧。」誠哉也招呼冬樹一聲，才開門出去。小峰尾隨在後，冬樹也跟在他們後頭。

隔壁是間小會議室。一走進去，冬樹連雨衣都沒脫就直接往椅子一坐。

「每個人活在世上各有所依。對有些人來說那可能是家庭，但就算有人依賴的是公司，也不足為奇。」誠哉一邊脫下登山服一邊說。「每個人會因為不同的事情產生悵然若失的感覺，沒有任何人有資格去過問，過問這點是絕對不可原諒的。」

「我已經……懂了啦。」冬樹說。

雨打在玻璃窗上的聲音越來越猛烈，簡直像灑水車在噴水。狂風呼嘯的聲音也很驚人，幾乎撼動大地。

「在這種狀況下，要是再來個地震……這下真的不妙了。」誠哉低語。

16

冬樹感覺到身體被人搖晃，醒轉過來。誠哉他在身旁。

「天亮了。差不多該出發了。」

冬樹坐起上半身，他睡在會議室的地板上。小峰靠在牆邊，也是一臉無神的樣子。

誠哉從背包取出方形盒子和罐子，放在冬樹面前。是餅乾狀的戰備口糧和烏龍茶。

「補充營養吧，因為可能會消耗大量體力。」

雖然沒什麼胃口，冬樹還是打開盒子，開始吃口糧。其實並不難吃，只是太乾了，要是沒有烏龍茶恐怕難以下咽。

「接下來，大概只能吃這種東西了吧。」小峰似乎有同感，如此說道。

「先作好這樣的心理準備比較好吧。」冬樹回應。「因為生鮮類的東西將會全毀。不過，罐頭和真空包速食今後應該也吃得到。」
本來看著窗外的誠哉轉過頭來。
「戰備口糧和乾糧也是有限的，最好多為將來做打算。」
「你指的將來是？」
「我是說，我們應該找出方法，穩定地獲取食物。」
「會有那種方法嗎？」冬樹側首思量。
「那我問你，等到營養餅乾和速食麵都吃光了，難道就只能等著活活餓死嗎？」
「我又沒那麼說……」
就在冬樹吃完戰備口糧時，門開了。戶田神情尷尬地站在門口。
經理，小峰喊道。
「你已經沒事了嗎？」誠哉問。
「嗯。給你們添了這麼多麻煩真不好意思，是我一時糊塗。」
「昨晚睡得還好嗎？如果一夜都沒睡，我們可以等你，你最好先打個盹。」
「不了，我不要緊。我大概淺睡了二個小時。況且，我也不想再拖累你們。現在天氣好像也稍有好轉，我想還是盡早出發比較妥當吧。」
窗外的確很亮，也沒聽見雨聲。
好，誠哉說著，俯視另外三人。
「我們出發吧。」
走出會議室，眾人步向樓梯。冬樹半路叫住戶田。
「昨晚，我說話有冒犯之處，還請見諒。」他低頭道歉。

「不，這話該我說才對，對不起。今後，我會盡量配合的。」
走在前面的小峰也停下腳。戶田看著他。
「還有你，也不用再對我客氣，現在沒有上司和部下之分了。」
小峰露出笑容，點點頭。
「好了，快走吧。」誠哉出聲吆喝。
然而，這四個人一出建築物立刻呆立原地。龜裂的馬路上，有大量泥水滾滾流過。
「馬路喪失排水功能了……」戶田低語。
「這下子，要回體育館可麻煩了。我想經理也有點累了。要暫時觀察一下狀況嗎？」小峰對誠哉說。
「不，回去吧。你們不用擔心我。」戶田語氣堅定地說。「現在我更擔心的是體育館，那邊缺少男人。況且，不知幾時天氣又會轉壞。看這樣子，恐怕是不可能突然放晴了。」
冬樹仰望天空。戶田說得沒錯，雨雖然停了，但厚重的雲層依舊覆蓋天空。溫暖潮濕的風吹個不停，這點也令人毛骨悚然。
「你真的可以嗎？」誠哉向戶田確認。
「沒事。別看我這樣，我對腳力可是很有自信的。」
「那好吧，我們回去。先找找看有沒有什麼東西可以當手杖。大家一邊注意腳下一邊前進。因為滿地泥濘，誰也不知道地面是什麼狀態。」
聽誠哉這麼說，冬樹開始環視四周，但沒發現可以當手杖的東西。
「等一下，我倒是想到一個好東西。」戶田又折返大樓。
他很快就出來了，手上拿的是高爾夫球袋。

「在現在的狀況下，這本來是最無用的東西，沒想到這下派上用場了。」

每人各拿一根球桿，跨入泥水中。

才上路沒多久，眾人便發現準備手杖是明智之舉。因為泥水底下有時藏著瓦礫，有時有小凹洞。如果不小心隨便跨出腳，有可能會受重傷。

「你哥哥太厲害了。」緊靠冬樹身旁行走的小峰說。「他不僅能夠保持冷靜，又有行動力，隨機應變的判斷力也很出色。最重要的是，他為別人著想的態度令人崇敬。老實說，我自己也覺得到這種地步應該沒有什麼上司與部下之分了，但是我沒有直接表現出來，因為我怕將來萬一真的恢復原狀後該怎麼辦。真是丟人。」

冬樹就只是一邊走，一邊默默聽著小峰對哥哥的讚美。他早已習慣聽別人讚美誠哉了，甚至可以說是聽到膩了。

這時誠哉停下腳步了，他大聲喊停。

「我們換條路，前面再走過去很危險。」

冬樹走到誠哉那邊，往前一看不禁愕然。路面大範圍塌陷。泥水以驚人之勢流入缺口，那情景足以用滔滔濁流來形容。

「真不敢相信這是東京。」

「東京已經死了。」聽到小峰的呢喃後，戶田如此回答。「如果死的只是東京，那倒還好……」

他們繞過塌陷的馬路，再次出發。在泥水中行動困難至極，有時膝蓋以下全都泡在水中。走幾十公尺就得休息一下再走，這樣的過程再三重複。他們看見體育館時，已經是出發時間的三個小時後了。

體育館周遭也是一片汪洋，瀰漫污水的惡臭。

「這實在太慘了……」冬樹窺看體育館內，不禁發出呻吟。

地板翹起，到處都有扭曲的地方。看樣子是因為泡過水。

「女孩子們到哪去了？」小峰東張西望。

冬樹走出體育館，朝校舍走去。

某人喊「喂」的聲音傳來。抬頭一看，明日香正從二樓窗口揮手。

「在那裡。」冬樹通知誠哉等人。

大家朝校舍入口走去，但戶田忽然在門口停下腳步。

「小峰，你覺得這棟校舍如何？」

「相當老舊了呢，而且水泥也龜裂了。大概是最近地震的影響吧。」

「可能會出問題嗎？」誠哉問。

小峰面色凝重地歪起腦袋。

「狀況不算好。龜裂幾時產生的我不知道，但昨晚的大雨恐怕讓內部大量滲水了，鋼筋極有可能已經生鏽了。」

原來如此，誠哉也表情凝重地點點頭。

進去一看，內側牆壁也有多條裂縫。有些地方甚至在滲水。

他們走樓梯上二樓。明日香正在掛著二年三班這塊牌子的教室前等候。

「太好了。看來你們全都平安無事。」明日香先主動招呼。

「你們這邊呢？看起來好像是從體育館逃過來的。」冬樹問。

「因為地板快要淹水，所以我們就慌忙搬過來了。可是，老奶奶受傷了。」

「老奶奶……妳是說，山西太太嗎？」

走進教室一看，課桌都被推到後方。山西春子躺在鋪在地上的墊子上，遠遠看也看得出她的臉色蒼白，菜菜美與山西繁雄守在她身旁。白木榮美子抱著勇人，未央和太一一起坐在稍遠的椅子上。

「出了什麼事？」誠哉問菜菜美。

她悲傷的目光瞥向他。

「逃出體育館時，她跌倒撞到頭，結果就昏迷不醒了……」

「撞到頭的哪裡？」

「後腦部。沒有外傷。這點令我很擔心。」

「妳是說腦內有損傷？」

菜菜美點頭。

「我想本來應該是不能搬動她的。就算要搬移，也得先牢牢固定住再搬。可是當時已經沒辦法做那麼多處理了，所以大家就一起把她抬了過來。」

冬樹也湊近看著春子的臉。她雖然好像有在呼吸，但一動也不動。即便是缺乏醫學知識的冬樹也知道，春子的狀態很危險。

「像她這種情況，醫院通常會怎麼處置？」誠哉問。

「當然會先照X光。確定受傷狀態後，再予以適當治療……以她這種情況，我想應該是要開刀。」

誠哉皺起雙眉，低聲說：「開刀嗎？」

在場眾人陷入沉默。菜菜美只是個護士，不可能操刀動手術。但如果不那樣做，山西春子沒有康復的希望。

「哥，怎麼辦？」冬樹看著誠哉。

誠哉嘆口氣後開口說：

「老實說，我打算去總理官邸避難。」

「去官邸？」

「是的。昨天，我去勘查過，那裡幾乎毫髮無傷，也有妥善的發電設備以及存糧。我想做為今後的生活據點應是最佳地點。」

「那我們要怎麼去那裡？」

「當然只能靠走路了。」

「在這種狀態下？光是從戶田先生他們公司走回這裡，就已經費盡千辛萬苦了。」

「只要多花點時間，大家團結合作，應該會有辦法吧。」

「那老奶奶怎麼辦？用擔架抬嗎？」

誠哉沒回答冬樹這個問題。他臉色沉痛，撇開目光。在那一瞬間，冬樹猜到了兄長的想法。

「要拋下她不管？你這樣還算是人嗎？」

「不是要拋棄她，只是，我想恐怕是無法搬運她了。」

「那不是一樣嗎？在這種狀態下把她丟在這裡，她絕對活不了。」

於是誠哉看向菜菜美。

「如果把山西太太抬到官邸，有希望救活她嗎？」

菜菜美低頭，默默無語地搖頭。

冬樹瞪著誠哉。

「反正都一樣救不活，所以就乾脆扔下她嗎？再怎麼說，這也太過分了吧。昨晚你自己跟我說的話你都忘了嗎？你不是說要尊敬長輩！」

誠哉銳利的目光射向冬樹。

「你知道怎麼去官邸吧？你替我帶大家過去。」

「那哥你呢？」

「我留在這裡。我要親眼看著山西太太嚥下最後一口氣。既然無法治療也不能開刀，除此之外別無選擇。」

誠哉這句話令冬樹心慌意亂，他想不出該說什麼話才好。

「久我先生，那可不行。」山西繁雄以平穩的語氣說。「那不能讓你來做，那是我的職責。」

「不，我能體會你的心情，但我不能讓你一個人留在這裡。」誠哉說。

「那大家都留下呢？」說這話的是明日香。「我看就這麼辦吧。這段日子我們都是一起走過來的。」

「我也覺得這樣比較好。」冬樹看著誠哉說。

誠哉咬唇，陷入深思。這時，「我可以插嘴嗎？」戶田發話了。

「我和小峰檢查過這棟建築，狀況相當危險。下次如果再發生大地震，絕對撐不住。說得明白點，恐怕會倒塌。」

「換句話說，你是說我們應該越快離開越好？」

「沒錯。」戶田如此回答誠哉的問題。

「大叔，你不要因為自己不想留下來，就故意胡亂找碴好嗎？」明日香蹙眉說。

「這不是故意找碴。別看我這樣，我好歹也有建築師資格，這棟建築是危樓。」

在冬樹看來，戶田實在不像是危言聳聽。誠哉似乎也有同感，眉間的皺紋更深了。

山西繁雄弓腰，握住春子的右手。他仔細打量老妻的面容。

「她的手很暖，也有呼吸，看起來就像只是在睡覺。」

然後他對菜菜美說：

「小姐，妳有很多藥吧。那些藥，統統都只能用來治病嗎？」

菜菜美側首不解。「這話是什麼意思？」

「簡單說，」山西繁雄繼續說，「我是在問妳，有沒有可以讓她安樂死的藥？」

17

老人的發言霎時令眾人悄然無聲，大家只聽得見詭異的風聲呼呼吹過。

冬樹上前一步。

「你在胡說什麼，當然不能那麼做呀。」

山西聽了，緩緩把臉轉向冬樹。冬樹看見他的表情，內心一驚。老人的眼中蘊藏的光芒甚至可用冷酷來形容。

「你這句話，意思是指沒有方法做到？還是在道德上做不到？」

「當然是後者。」

「若是這樣，那我倒想問你，道德是什麼？」

山西身體散發出的無形壓力，冬樹連忙後退。他看著誠哉，像是要徵詢誠哉的意見，但誠哉一直低著頭。

「你啊，根本不懂你哥哥那個提議真正的意義。」山西說。

「這話是什麼意思？」

「你真以為，你哥哥打算在這裡待到春子斷氣嗎？」

冬樹用訝異的眼神看向哥哥。「難道不是嗎？」

但誠哉沒回答，他就只是撇開臉。

「你哥哥總是先做好最壞的打算。」山西繼續說，「他認為不該為了沒救的人，犧牲任何一個人。其實我也知道春子遲早會斷氣，但那到底是什麼時候？誰也不知道，你哥哥想必也不知道。假設她還會拖上整整一天，那會有何後果？其間如果有人一直留下陪她會非常危險，因為地震和暴風雨不知幾時還會來襲。也就是說，所有人拋下春子一起出發，恐怕才是最正確的選擇。」

「山西先生……」

「可是那樣做很痛苦，大家都會很痛心，像你剛剛就生氣了。所以你哥哥只好想出一個辦法。他宣稱自己要留下，先緩和大家在良心上的痛楚。但就像我剛才說過的，如果真的靜待春子斷氣會很危險。那麼，這下子該怎麼辦呢？眼前只剩下兩個選擇。一個是丟下還活著的春子，逕自離開這裡；再不然就是強迫她斷氣後再離開。不管怎樣，他都會向我們這樣報告：山西春子女士在大家出發之後，不久便過世了。」

聽到老人這麼說，冬樹感到全身發熱。「不會吧，那怎麼可能……」

「我想你哥哥大概打算採取後面那個方法。因為春子雖說失去意識，但畢竟還沒死，丟下她一個人實在太可憐了。所以剛才我才會對你哥哥說那種事不能讓他做，那是我的職責。」

冬樹看著誠哉。

「是這樣嗎？哥。你打算殺死山西太太嗎？」

誠哉沒回答，但那等於是默認。

「殺死這個字眼並不適切。」山西說。「既然已經沒救了，只能選擇對春子最幸福的方法。在我們以前居住的世界，安樂死是個爭議性的話題，但在此時此地，應該沒有什麼反對的理由了吧。」

「可是……」說到這裡，冬樹再也說不下去了。

他覺得過去自己深信不疑的理念正逐一瓦解。無論在任何情況下都不能見死不救，縱使某人已沒有救活的希望，他人也無法代為決定生死——他從來不認為這樣的想法有錯。不，一定沒錯，至今也仍是正確的。但在某些情況下，是不能實踐正確想法的。即使正確的想法不在實踐的選項之內，也不能斷定其他的方法就是錯的。

寂靜中，建築物隱約發出聲響。下一瞬間，地板微微搖了一下。雖然搖晃立刻就息了，但足以讓眾人緊張起來。

大事不妙，小峰咕噥。

「的確，不趕緊離開不行了。」戶田也說。

山西再次看著菜菜美。

「沒有藥嗎？能夠令春子解脫的藥。」

不僅是他，所有的人都緊盯菜菜美。冬樹也看著她。

菜菜美站起來，打開放在旁邊的冰桶。她從中取出的，是針筒和小玻璃瓶。

「這種藥劑綽號叫作沙克辛（Succin），是開刀做全身麻醉時用的。」

「只要注射那個，春子就可以解脫了嗎？」
菜菜美的臉上浮現了遲疑的表情，但還是點頭了。
「說穿了也就是所謂的肌肉鬆弛劑，是厚生勞動省核定的毒藥。」
「會很痛苦嗎？」
「我想應該不會，因為獸醫都是用這個替寵物安樂死的。」
「原來如此。」山西一臉滿足，轉向冬樹。「你看如何？我想用這個讓春子早點解脫。」
老人頻頻使用「想讓她解脫」這樣的說法。
冬樹答不上任何話。他試圖尋找別的選擇，但是完全想不出來。無奈之下，他瞥向誠哉。
誠哉吐出一口氣，露出痛下某種決定的眼神。
「我們來表決好了。除了未央和小寶寶、以及山西春子女士之外的九人來表決，只要有一個人反對就否決提案。不過，反對者必須提出替代方案。做不到的人就沒資格反對。這樣可以吧？」
眾人對誠哉的意見皆無異議，冬樹也保持沉默。
不知幾時，白木榮美子和太一等人也已來到旁邊了。大家圍著山西春子站成一圈。
「那麼，現在開始表決。」誠哉的聲音響起。「贊成山西春子女士安樂死的人請舉手。」如此說完時，他自己已舉起手。
山西繁雄率先舉手。接著是明日香，然後太一也舉了。
躊躇不決的小峰，面色沉痛的戶田，眼神悲傷的榮美子也紛紛舉手。未央似乎聽不懂大人們在說什麼，不可思議地望著大家的臉孔。
菜菜美看著誠哉。「我可以問個問題嗎？」

「什麼問題?」

「由誰來打針?」

她的問題讓眾人臉上浮現赫然一驚的表情。他們不僅得決定要不要讓春子安樂死,也得決定由誰來執行。

「你說呢?山西先生。」誠哉保持舉手的姿勢問。

山西面向菜菜美報以微笑。

「妳放心,由我動手。或許該說,我不想讓我以外的任何人做這件事。」

「可是,那並不容易。」

「那麼這樣呢?如果先麻煩妳把針刺進去,之後再由我來接手,這樣可以嗎?還是說,那種藥的毒性很強烈,只要針一戳進去就會死?」

「不,我想光是把針戳進去,應該不會產生任何作用。」

「那麼,就麻煩妳這麼做吧。只是還得借用妳的手,真不好意思。」

聽山西這麼一說,菜菜美低下頭,然後默默舉起手。

現在只剩下冬樹了。他雖然低著頭,卻可感覺到眾人的視線。這段時間有如惡夢。

「如果反對,請提出替代方案。」誠哉以冰冷的語氣說。

冬樹咬唇。他衷心盼望春子奇蹟地恢復意識,但她依舊安靜沉睡。

「我要先聲明,就算你不舉手,在場也沒有任何人會怪你。」誠哉說。「誰都不想決定這種事。如果容我代替大家說出心聲,我會說其實大家都對你抱持期待,期待沒舉手的你能提出替代方案。大家都是因為自己想不出替代方案,只好忍痛舉手的。就連我也不想做這種事,就連我也一樣對你抱著期待,雖然這樣說很窩囊。」

聽到誠哉的聲音漸漸顫抖，冬樹抬起頭，他看到兄長的臉時嚇了一跳。兄長的眼睛通紅，淚水奪眶而出。

環視四周，其他的人也哭了，他們邊哭邊保持舉手的姿勢。

這讓冬樹明白了一點：自己的德道觀其實非常膚淺。自己拘泥於「生而為人就該做正確的事」這個觀念，但其他人不同。他們是打從心底為了與山西春子訣別而傷心，不得不選擇這條路令他們絕望。

自己其實只是不想受傷罷了——冬樹不得不承認。

當他緩緩舉起手，大家的哭聲變得更大了。

「表決通過，請大家把手放下。」誠哉的聲音像是勉強擠出，但他的語調依舊鎮定。他做個深呼吸後，看著山西。「那麼，接下來呢？」

山西應聲點頭，朝菜菜美微微鞠躬。

「可以麻煩妳照剛才說的程序進行嗎？」

知道了，菜菜美小聲回答。

「不好意思。」山西看著誠哉。「能不能讓我們單獨相處？我不想讓別人看到。」

「可是……」

「不要緊。」老人露出笑容。「我並不打算跟她一起死，這點你不用擔心。」

誠哉微微點頭。

「知道了，這樣或許也比較好——那，我們先去隔壁教室吧。」

冬樹等人留下山西與菜菜美，往隔壁教室移動。其中幾人在被地震震亂的椅子上坐下，冬樹和誠哉依舊站著。

「那種藥，不知還有沒有。」戶田突然說。「那叫作沙克辛是吧？那種毒藥，不知還有沒有剩的。」

「為什麼這樣說？」小峰問。

「你想想，今後說不定還會有這種事發生。看看外面的狀況，誰敢保證不會再有人受傷或生病？如果確定不治療就沒救時，恐怕還是會做出跟這次相同的結論吧。」戶田望看向誠哉，像是要徵詢他的意見。

凝視窗外的誠哉搖頭。

「要做出什麼結論，應該視每次的情況而定。在那之前，我們必須先盡最大努力，不讓大家受傷或生病。」

話是沒錯啦——戶田說到一半就打住，因為菜菜美進來了。

「結束了嗎？」誠哉問。

「我把針刺進去之後就交給山西先生了。我離開房間時，他應該還沒把藥注射進去。」

「是嗎。」誠哉嘆息。

冬樹的腦海中浮現山西手持針筒的模樣。凝視著刺進妻子身體的針，以及即將奪走她生命的藥，那一刻他在想什麼呢？也許在回顧二人攜手走過的漫長人生，也許正在向妻子道歉，說自己無法救活妻子。

戶田拋出的疑問猶在耳畔。今後發生同樣情況的可能性極高，沒有什麼可以保證將來發生意外或遭到病魔襲擊的不會是冬樹自己。過去他想得很簡單，總覺得那種時候只要去醫院就能解決問題，但是今後不同了。為了讓其他的人活下去，自己說不定必須選擇死亡。這麼一想，他覺得自己好像走在漫長無盡的隧道中。

入口的門開了，山西繁雄站在那裡。他的表情沉穩，彷彿是要來道早安的，但他的臉孔像白磁一樣毫無血色。

「結束了。所以，呃，我們可以出發嘍。」

連冬樹也感覺得出來，山西試圖以輕快的語調表示這沒什麼大不了的。他想不出該對山西說什麼話。

「是嗎。」誠哉回應。「可以瞻仰一下夫人的遺容嗎？」

「那當然沒關係……」山西垂落視線。

誠哉大步走出教室，冬樹尾隨在後。

山西春子的臉上罩著白毛巾，她的雙手在胸前交疊。這大概是山西弄的。

誠哉跪下，合掌膜拜。冬樹看了也跪在地上，雙手合十，閉上雙眼。

大家大概都在做同樣的動作吧，啜泣聲傳入耳中。

「告別式就到此為止吧。」

聽到誠哉的聲音後，冬樹睜開眼。誠哉已拿起背包了。

「請各自拿好行李，我們現在就要離開這裡。」

眾人開始默默收拾行李，動作比起以往更俐落。冬樹也和大家一樣，想把心思集中在收拾行李上。

「那麼，我們出發吧。」誠哉說完後走出教室，其他人也跟在他後面。

山西在出口駐足，轉身回顧。他眨眨眼，搖了二次頭，但僅止於此。他不發一語地追上前行的人們。

就在他們離開校舍，才走幾十公尺遠的時候。震撼體內的低音突然傳來，下一秒，地面就開始劇烈地上下起伏。

「大家快趴下！保護頭部！」誠哉大叫。

這次搖晃極度猛烈，就算沒有聽從指示趴下，也難以站穩。冬樹四肢著地，趴在水還沒退的地上。

某種劇烈撞擊的聲音立刻傳來。冬樹抬頭一看，他們剛剛還待過的校舍已傾頹瓦解了，像是被某種東西壓扁的。

他們甚至無暇失聲驚叫。

18

東京街頭已沒有所謂的「道路」了。原本的道路扭曲、龜裂、斷成一截一截的。馬路上，壞掉的車輛和瓦礫層層堆疊，泥水四處流淌。

冬樹他們的目的地是總理官邸，大概還有十公里的路要走。如果走平整的柏油大馬路，大約三個小時就能抵達。但是出發一個小時後，冬樹已陷入絕望。這段路程的險峻程度超乎他的想像，簡直就像在叢林中披荊斬棘，幾乎找不到一處路面是平坦的，有時甚至還得用上繩索，拉較無體力的人前進。他們也常碰到馬路上的巨大裂縫，不得不多繞一大圈路。和叢林唯一不同的地方，就是不用擔心野獸的攻擊，但是相對的，必須隨時提防頭上掉落的物體。

走過以前的鍛冶橋街，來到日比谷公園附近，已經是出發後六個多小時的事了。過程中雖然一再短暫休息，但大家的疲憊都已到達頂點。尤其是帶著腿傷的山西繁雄，已經一步也走不動了。

「哥，休息一下吧。」冬樹對走在前面的誠哉說。

背負未央的誠哉，環視精疲力竭的眾人後，瞥向手錶。接著，他仰望天空，咬著嘴唇，似乎覺得很不甘心。但他還是點了點頭。

「說得也是。沒辦法了，今晚就在這裡過夜吧。」他對大家說。

「在這裡露宿嗎？」戶田四下張望。

也難怪他會這麼說。如果是在以往那鋪著大片柔軟草皮的日比谷公園，露宿一晚或許不算什麼，可現在公園的狀況非常悽慘。大雨過後，地面到處都是濕的。

誠哉環視四周建築。

「以戶田先生你們的眼光看來，這裡有還算安全的建築物嗎？」

戶田和小峰聽他這麼一問，開始放眼眺望。二人討論了一番後，戶田對誠哉說：「從這裡看不出所以然，我們兩個過去看看。」

「拜託你們了。我知道你們也累了，對不起。」

「想到搞不好得在這裡露宿，也顧不得疲勞了。」

目送二人邁步走遠後，誠哉轉向冬樹。

「不管怎樣，先整理出一塊能坐的地方吧。否則現在這樣，想休息都沒辦法。」

「那倒是。」

旁邊有幾棵倒下的樹，冬樹和誠哉合力抬了過來。

「抱歉，我已經動不了了。」太一愧疚地說。

「你好好休息吧。不過，待會你可得負責扛行李。」

冬樹的玩笑話，讓太一露出自覺丟臉的表情。

大家在橫倒的樹幹坐下，山西連屈膝都很吃力。

「你還好嗎？」冬樹對山西說。

「目前還可以。不過，我覺得很對不起大家。要是沒有我，你們可能早就抵達官邸了。」

「沒那回事，其他人其實也都累了。」

「不，就算是那樣，我還是越想越覺得丟臉。我從不覺得年老是可恥的，但是我沒想到居然會變得這麼不中用。」老人轉了轉脖子。「雖然成天嚷著什麼高齡化社會，但那其實是虛假的世界，是唬人的。那違反了大自然的運作。」

冬樹聽不懂山西想說什麼，只好保持沉默。於是老人繼續說：

「說來理所當然，在自然的土地上不可能有什麼無障礙空間，也沒有裝設電扶梯和電梯。無論何處，都必須靠自己的雙腳跨越。可是社會長期浸淫文明產物後，即便是腿力不佳的老年人，也有了隨意外出的能力。於是我們誤以為靠著自己的雙腳真的可以行遍天下。不，應該說是被迫產生這種錯覺吧。所以，那樣的文明一旦被剝奪後，立刻就會陷入這種窘境了。」

「隨著高齡人口增加，必須調整社會機能，讓這些人也能舒適生活，站在國家的立場是理所當然的。」

聽到冬樹這麼說，山西大大點頭。

「對。雖然大家都批評日本的福利政策不過爾爾，但是畢竟也做了不少事。我們也經常向公家單位陳情。比方說希望在哪邊加上扶手，哪裡的台階應該打掉之類的。可是，當那些措施消失後，誰也不會負起責任。所以地震或颱風的時候，老年人會頭一個死掉，政府官員大概覺得那也無可奈何吧。」

「那麼，到底該怎麼做才好？」冬樹問。

山西呼出一口大氣。

「我現在好不容易勉強苟活到這個地步。我不僅年紀大又沒體力而且還受了傷，可是我卻能來到這裡，理由無他，全拜各位所賜。要是沒有各位撐著我的身體、伸手攙扶我，我絕對做不到。所以我就在想：真正的老人福利，並不在於裝設扶手或打造無障礙空間。腿力不佳的老人需要的，不是那種東西，而是願意伸手相助的人。願意伸手相助的人如果是家人，當然是最理想的，是鄰居也可以。可是政府卻把這個國家搞成『一家人必須各分東西才活得下去』的國家，把這個世界搞成『不與他人扯上關係比較有利』的世界。結果，必須獨自生活的老人增加了，國家再以文明利器來應付這樣的事態。於是，老人依賴那些東西，以為一個人也能活下去。我也是產生那種錯覺的人之一。」說著他看向誠哉。「內人的事，給你添麻煩了。」

哪裡，誠哉簡短回答。他的臉上有困惑。他大概和冬樹一樣，不懂山西為何在這時忽然談起妻子吧。

「那樣處置春子，我一點也不後悔。我認為那只不過是遵從大自然法則做的決定。所以說了，我希望你們處置我時也不要猶豫。」

「這話怎麼說？」誠哉問。

「我剛才也說過了，拜各位所賜我才能來到這裡。因此，我絕對不想成為各位的包袱。就算不幸出了什麼差錯，我也絕對不希望有誰為我犧牲。到了逼不得已的關頭，請你們一定要作出決定。這是我主動的要求，畢竟這樣才合乎大自然的法則。」

冬樹啞口無言。山西的意思是：萬一他無法動彈，就把他扔下。

就連誠哉似乎也不知如何應答，只見他低頭咬唇。其他的人，應該也都聽到山西的話了，卻保持緘默。

這時戶田與小峰回來了。

「有一家最近才剛開幕的飯店，受損情況不嚴重，耐震設備似乎也很完善。如果只是今晚過一晚應該不成問題。」戶田說。

「是嗎，太好了。」誠哉站起來。「那麼，大家再加把勁，努力走到那家飯店吧。」最後他對山西招呼：「我們走吧。」

山西點點頭，吃力地站起來。

那間飯店蓋在離幹線道路有一些些距離的地方，大概是這樣才得以避開車禍的損害。附近似乎也沒失火。玄關前雖然散佈瓦礫與碎片，但那似乎並不是這棟大樓的，而是從其他地方飛過來的。

玄關處有大片玻璃牆。因此，雖然停電了，大廳依然很明亮。不過，等到天黑後，這裡想必也會是一片漆黑。

「好久沒坐這種椅子了。」明日香窩進皮革沙發，興奮地說。

「榮美子小姐，請妳找個地方讓寶寶休息。太一，該你出馬了。你去找找看有沒有食物。」太一聽到誠哉的指示後，活力十足地喊聲「遵命」，立刻走向樓梯。

山西也在沙發坐下，仰望寬闊的天花板。

「自從某次參加親戚婚禮後，就沒來過這種飯店了。以前，我一直想在這種地方住住看呢。」

誠哉聽到他這麼說，露出尷尬的笑容。

「不好意思請忍耐一下，別去睡客房。萬一有地震，被關在房間裡就糟了。」

「啊，我知道。我的意思是說，只要能享受這種氣氛就已夠幸福了。」山西笑了。

太一回來了，他的臉色不太好。
「那個，請你來一下好嗎。」
「怎麼了？找到食物了嗎？」冬樹問。
「罐頭之類的東西倒是很多，那還好。問題是，有一樁怪事。」
「怪事？」
「總之你先跟我來就對了。」
太一帶他去的，是位於一樓開放空間的餐廳。那裡排放著鋪有雪白桌布的桌子，歪七扭八應是地震造成的吧。原本應該放在桌上的鹽和胡椒瓶也滾落地上。
「哪裡怪了？」冬樹問太一。
「就是這個。這裡，你自己看。」太一指著地板的某一處。從冬樹站的位置看去，那裡正好被桌子擋住看不見。
冬樹走到旁邊一看，地板上散落著盤子、叉子、破碎的玻璃杯，還有高級香檳的酒瓶。
「這有什麼不對嗎？應該是某人用餐剩下的吧。」冬樹說。
「這個我知道，但你不覺得奇怪嗎？」
「哪裡奇怪？」
太一蹲下，撿起某樣東西。看起來是空罐。
「這個，是魚子醬耶。」
「好像是吧。那又怎樣？這麼大的飯店就算有魚子醬也不足為奇。」
「那我知道。可是，這裡怎麼會有空罐頭？天底下應該沒有哪家餐廳會在客人點了魚子醬後，連罐頭一起端上來吧？」

冬樹失聲驚叫。的確沒錯。

太一指著破碎的玻璃杯。

「還有，有香檳酒瓶，卻沒有香檳酒杯。這個杯子說穿了，只是個普通的杯子。」

這一點，太一的確也沒說錯。略做思考後，冬樹內心一驚。如果要解釋眼前這個狀況，答案只有一個，但是冬樹沒有勇氣說出來。太一似乎也一樣，所以他默然不語。

「怎麼了？」誠哉過來了。「出了什麼事？」

太一又重複一遍剛才的說明，誠哉的表情漸漸嚴肅起來。

「其他人消失是在十三點十三分，當時這間餐廳應該也照常在營業。」誠哉說。「說不定，其中有客人大白天便吃起魚子醬配香檳。」

「但是，不會有客人直接捧著罐頭吃魚子醬、拿普通杯子喝香檳吧？」太一接著他的話說。

「如果那樣做，肯定會被飯店趕出去的。這人沒有遭到這種待遇，表示他吃東西時，飯店已經空無一人了。」

「你是說那個人是在十三點十三分之後吃這些東西的？換句話說，除了我們還有別的生存者？」

誠哉點頭同意冬樹的推論。

「除此之外別無可能。」

冬樹頓時感到背脊一冷。除了他們幾人之外絕對可能有其他生存者，但不知不覺中，他已深信世界上沒有其他人在了。所以說，這時出現身分不明的生存者，總讓他覺得心裡毛毛的。

好像有人逐漸接近了。冬樹心頭一驚，猛然轉身，只見榮美子面帶不安地站在面前。

「請問……你們有沒有看到未央？」

「未央？她不見了嗎？」冬樹問。

「我哄寶寶睡覺的時候，她好像自己一個人跑掉了。我想應該沒跑出去……」

「那可糟了。」誠哉低語。「東西散落滿地，又有崩塌之處，如果擅自亂跑因此受傷就麻煩了，快去找找看。」接著他又看向冬樹和太一，小聲說：「生存者的事待會再說。」

冬樹對地上的香檳酒瓶投以一瞥後，微微點頭。

就在大家分頭找人不久之後，某處傳來了哨音。那是冬樹耳熟的聲音。

「是未央的哨子！」他大喊。

聲音似乎是從樓上傳來的，冬樹衝上旁邊的樓梯。二樓有幾個宴會廳，其中一扇門開著。

哨音再次傳來，是來自門敞開的宴會廳。冬樹走進去廳內。裡面一片漆黑，看不清楚。

「未央？」他一邊呼喊，一邊緩緩往前走。

黑暗中有黑色的團塊，冬樹打開手電筒。

未央趴在地上，大大的眼睛裡浮現恐懼。她的嘴裡咬著哨子。

而她的腳邊，倒著一名男人。男人抓住未央的腳踝不放。

19

冬樹背後，傳來一陣雜沓的腳步聲。轉身一看，是誠哉他們正要進來。

明日香看到倒臥的男人，發出小聲的尖叫。

「那個男人是誰？」

戶田發問。當然，沒有人回答他。

未央！榮美子想走過去，但遭到誠哉制止。

冬樹小心翼翼地接近。男人緊閉雙眼，他還有呼吸，應該沒死。未央畏怯的小臉轉向冬樹。

他把小女孩腳踝上的男人之手掰開。男人似乎昏迷了，手已失去力氣。

恢復自由的未央，筆直奔向母親。榮美子緊緊抱住女兒。

「這會是什麼人呢？」不知幾時已來到旁邊的誠哉說。

「不知道。我來的時候，就已經是這樣了。」

男人的臉孔骯髒所以無法確認，但是看起來應有三十幾歲到四十出頭。蓄著短髮，滿臉鬍碴，身上的襯衫也沾滿泥垢。

「他的臉很紅……」誠哉轉向站在遠處圍觀的眾人。「菜菜美小姐，可以請妳幫他檢查一下嗎？」

菜菜美帶著略略不安的表情走近。她彎下腰，把手放在男人脖子上，表情頓時一沉。

「他在發高燒，我想應該超過三十九度。」

誠哉的臉色也變了。

「那可不妙，先把他抬到亮處吧，在這裡無法照顧病人。」

「要抬到一樓交誼廳嗎？」冬樹問。

「那樣應該比較好吧。太一，你來幫忙。」

在大家的圍觀下，太一在內的三個人合力抬起男人。男人依舊昏迷，但臉孔痛苦扭曲。

就在要下樓之際，抬男人腿的太一不慎手滑。「啊！糟了！」

支撐男人背部的冬樹，情急之下把一隻手伸向男人的屁股下方。雖然因此阻止男人身體跌落，但也讓男人的身體順勢轉了半圈，襯衫的背面掀起。

那一瞬間，冬樹不禁屏住了呼吸，因為男人的背上有鮮豔的刺青。

他與誠哉四目相接。其他人似乎也看到了，空氣中的緊繃感十分清楚。

但是誠哉什麼也沒說。

「小心地抬，如果讓他受傷了會更麻煩。」他只對太一這麼叮嚀。

他們把男人抬到交誼廳後，讓他躺在三人沙發上，菜菜美立刻把溫度計塞到他的腋下。接著又打開冰桶，開始檢視裡面的藥品。

「是感冒嗎？」誠哉俯視男人說。

「如果只是感冒就好了……」菜菜美的語氣有點吞吞吐吐。

「怎麼了？」

菜菜美遲疑地開口：

「也許是新流感，剛才那間屋子有嘔吐的痕跡。」

聽到她這句話的瞬間，冬樹自動退後一步。但是這麼做的不只有他，榮美子甚至抱著未央，躲到遠處的沙發。

「檢查得出來嗎？」誠哉問。

菜菜美搖頭。

「我沒帶檢查工具來，因為我壓根沒想到會有這種事。」

「那麼治療藥品也……」

「克流感（Tamiflu）很有效，可惜我手邊沒有。」

「退燒藥呢？」

「那倒是有，但如果只是一般病毒性的感冒，恐怕會造成反效果。我認為應該再觀望一下情況比較好。」

誠哉大大吐出一口氣。他把手伸進髮間，苦惱地抓頭，以那姿勢環視眾人。

「在症狀確定之前，請各位盡量不要靠近。菜菜美小姐也請離開。」

「可是他的病情也許會惡化……」

「我會守在他旁邊。當然，我會保持距離避免遭到感染。」

「既然如此，那我也一起留下。」菜菜美用斬釘截鐵的口吻說。

「好吧——冬樹，大家交給你了。」

冬樹點點頭，原本打算帶大家去別的地方，但已經沒那個必要了。其他的人早已開始移動。除了誠哉和菜菜美之外的九人聚集在之前那間餐廳。太一與明日香從廚房找來罐頭和真空包食品，和餐具一起擺在桌上。

「說是大飯店的餐廳，結果也是用這種速食品。真令人失望。」明日香一邊打開罐頭蓋子一邊抱怨。

「任何東西都有表面文章和私底下的真相。反正我們因此得以填飽肚子，所以就別計較了吧。」山西用沉穩的聲音說。

「不過話說回來，不能用火真痛苦。」戶田把叉子伸進真空包，直接吃裡面的東西，他的表情扭曲。「簡直像是太空餐。」

「這鵝肝醬冷的也很好吃喔，如果能配蘇打餅乾吃就太棒了。另外也有魚子醬。」太一邊吃邊說。

「至少要痛快享用一頓豪華大餐嗎？我很能體會那個男人的想法。」戶田把叉子指向交誼廳那邊。

「關於那件事，你哥哥到底有何打算？」小峰表情凝重地轉向冬樹。

「你是指什麼？」

「那個男人。你不也看到了嗎？那傢伙是黑道流氓呢。」

聽到小峰這句話，所有人都停下手邊動作了。每張臉都在試探現場的氛圍。

「好像是吧。」冬樹回應。「所以你想怎樣？」

小峰不滿地搖頭。

「不能對病人見死不救，這個我明白。此外，在這種狀況下，多一個夥伴好歹會比較安心，這也是事實。但這些道理都是以『對方是普通人』做前提的，那男人可不是普通人。」

冬樹抿嘴不語，他很明白小峰的言外之意。

這時明日香插嘴了：

「你憑什麼可以斷定？現在又不知道他是怎樣的人。」

小峰微微挺胸後仰。

「他是流氓啊。妳沒看到刺青嗎？」

「只因為是流氓就斷定他是壞人，這樣太奇怪了。」

「拜託別再發表幼稚的意見了。如果不是壞蛋，怎麼會去當什麼流氓？」

明日香眼中燃起怒火，大概是因為「幼稚」一詞對她來說是禁句。

「你怎麼知道是壞蛋才會去當流氓？也有人是迫於環境，不得不去做的。最後後悔，決定從此洗心革面的人在這世上多得很。像我的國中學長也是，他以前是飆車族，可是後來改過自新還當了老師。」

小峰聳聳肩。

「別把飆車族和黑道流氓相提並論好嗎？年輕時做壞事沒有改過向善的人就會變成流氓。那種人就算洗心革面，還是不會有一般人的道德操守。那段過去一定會對他造成某些不良影響的。何況，那個人還有刺青，這證明他已徹底浸淫在黑社會了。他絕對不可能與我們相安無事的。」

「我倒覺得那是你的偏見。」明日香噘起嘴，瞪著小峰。「不然要怎樣？對他見死不救嗎？」

「我沒那樣說，我只是無法同意讓他加入。」

「那還不是一樣。如果把他就這麼扔下不管，那個人會死掉的。」

「我認為──」山西慢吞吞地發言。「那樣做是莫可奈何之舉。」

「老爺爺……」明日香面露啞然。

不不不，老人搖手。

「我不是說他有刺青所以死了也無所謂，那是另一回事。我覺得重要的是，那個人罹患的也許是新流感。如果只是小感冒，就算不管他也不會死。會死，就表示是特別難纏的疾病。把那樣的病人擺在身邊，等於是將我們所有人的生命置於險境。我要說的是避免讓所有人涉險是必要的。」

雖然山西的語氣平淡，但他才在幾小時前將妻子安樂死，所以他發言帶有令人窒息的分量。小峰和明日香都陷入沉默。

才剛日落，四周便急速暗了下來。誠哉點燃事先準備的蠟燭。

刺青男子依舊昏睡不醒。男人數公尺外的地方坐著菜菜美，她用指尖按壓眼頭。

「累了吧？妳也回大家那邊去吧。」

但誠哉的話還沒講完，她已開始搖頭。

「我沒事。」

「但逞強不是好事。流感在疲勞的時候特別容易感染吧？」

「我真的沒事。況且老實說，跟大家在一起會有點難受。」

「有什麼不愉快的事嗎？」

「不是的，是看著大家漸漸衰弱會讓我難受。山西太太最後也沒救活，一想到這種事今後還會繼續發生我就好痛苦……所以，至少這種時候我想稍微保持距離。」

誠哉默默頷首。他覺得好像能體會菜菜美的心情，自己也快被這種無力感壓垮了。

「久我先生才累吧？」菜菜美問。

「不會，我無所謂，我對體力還滿有自信的。」

她用混合了憐憫與羨慕的奇妙眼神望向誠哉。

「久我先生，為什麼你能這麼堅強呢？難道你都不會灰心絕望，或是失意沮喪嗎？」

她這個問題令誠哉苦笑。

「我一點也不堅強，我是非常軟弱的人。為了掩飾軟弱，才稍微虛張聲勢罷了。」

菜菜美搖頭。

「你看起來一點也不像是那樣，我還以為當警察的人果然不一樣呢。」

「即便是警察也分很多種，會做壞事的人也不是完全沒有。」

「或許是這樣沒錯……你弟弟也是警察吧。我想，他一定是很崇拜哥哥才會效法你。」

「不，妳猜錯了。」誠哉恢復一本正經。「我們兄弟的父親就是警察，是父親的影響。」

「原來是這樣。那，令尊一定很高興吧？」

「很遺憾，他早已過世了。」

「啊……對不起。」菜菜美惶恐地縮肩，垂下腦袋。

「妳用不著道歉，那已經是好幾年前的事了。」

誠哉用燭光照亮手錶，快要六點了。

「我們輪流休息吧，沒必要二人一起熬夜。妳先去休息，過二個小時我再叫妳起來。」

「不，可是我——」

「為了應付緊要關頭，我希望妳能夠先養精蓄銳。拜託妳了。」

菜菜美露出迷惘的神色，但最後好像被說服了，她點點頭。

「那麼，我就睡一會。」語畢，她在沙發上躺平。

大概是真的很累了吧，菜菜美立刻發出鼾聲。誠哉邊聽邊凝視燭火，他的腦海被總理官邸發現的「P-13現象」報告所占據。無論做什麼，都揮不去那個念頭。

是否該告訴大家呢——這點令他很苦惱。他知道遲早必須說出來，但是現在單是想活下去就已夠困難了，他實在說不出口。因為那個內容太令人絕望了。

蠟燭變短了。正當他想換根新蠟燭的時候，之前文風不動的男人忽然發出呻吟。即便在昏暗中，也能看出男人睜開了雙眼。他和正在凝視他的誠哉四目相接了。

片刻沉默後，男人呻吟著說：「真令人驚訝……」

「你好像清醒了。」

「我夢到自己遇見一個小女孩，沒想到真的能見到人。」

「那不是夢。那個小女孩，是我們的同伴。你抓著那孩子的腳不放，就這麼暈過去了。」誠哉從冰桶取出寶特瓶裝礦泉水，靠近男人。「要喝水嗎？」

男人的眼中帶著戒備，但維持臥姿的他還是伸出手了。誠哉把寶特瓶送到那隻手上。

男人默默喝水。看來他相當渴，一口氣就喝掉一半以上。

男人吐了口大氣後，望向誠哉。

「告訴我，到底發生了什麼事？」

「人類消失了。現在能說的，只有這個。」

男人嘴角一撇。

「別開玩笑了，人類怎麼可能消失。」他試圖坐起。但是下一瞬間，男人就重心不穩地倒下。

20

男人並未失去意識，誠哉讓他重新在沙發躺好。雖然他虛弱無神，但眼睛是睜開的。

「你還好嗎？」誠哉問。

「……你是誰？」

「以後慢慢再說明。倒是你，身體情況怎樣？」

「不太好，忽然發燒，全身關節也很痛。」

菜菜美醒來了。她雖然滿臉畏怯，但還是靠了過來，拿毛巾替男人擦汗。

接著她又想把溫度計塞進男人的腋下，但男人抓住她的手腕。

「妳幹什麼！」

她發出小小的尖叫，手上的溫度計掉落在地。

誠哉撿起溫度計，把男人的手從菜菜美的手腕上掰開。

「你在緊張什麼，只不過是量個體溫。這位小姐是護士。」

「護士……是嗎。」男人臉上的戒意消失。

「可以量一下體溫嗎？」

「可以，不過溫度應該很高。」

男人目不轉睛地看著菜菜美塞溫度計，他的目光轉向誠哉。

「現在到底怎麼了，我一頭霧水。這是怎麼回事？」

「我說過了，這我們也不知道。唯一確定的，就是其他人全都突然消失了。你自己應該也知道這點吧？」

「我原先待在事務所，眼前忽然半個人也不剩，連本來在我旁邊下將棋的傢伙也不見了。我還以為是自己的腦袋有毛病……」

「我想那是正常反應，因為我們也一樣。」

男人吐出灼熱的呼吸。「你們兩個，是夫妻？」

「我和她毫無關係。」誠哉苦笑著說。「倖存者不多，所以大家一起行動。在別的房間還有九個人，被你抓住腳的小女孩也是其中一人。」

誠哉不由得與菜菜美面面相覷，她有點尷尬地垂下頭。

「是嗎，還有這麼多人。那真是太好了，我還以為人類已經滅亡了。」

男人淺笑後閉上眼，似乎撐不下去了。大概因為是腦袋還昏昏沉沉的吧。

「在你睡著前，請先回答我的問題。」

「……什麼？」

「你周遭最近有人罹患新流感嗎？」

「新流感？啊，對了，阿哲那小子好像這麼說過。」
「阿哲？是你身邊的人嗎？」
「他是負責接電話的。發高燒，請了病假。照理說冬天都已經過去了……」
「是幾時的事？」
但男人沒回答這個問題，他已開始打呼了。
菜菜美抽出溫度計。一看數字，蹙起眉頭。
「怎麼樣？」誠哉問。
「三十九度三。和剛剛差不多，沒有退燒。」
誠哉離開男人身旁，在沙發坐下。
「妳最好也離他遠一點。妳剛剛也聽到了吧，極有可能是新流感。」
「好像是。」菜菜美拎起冰桶，來到誠哉這邊。
傷腦筋，他忍不住如此嘀咕。
「如果不用藥物治療，要多久才會自然痊癒？」
菜菜美略略偏過腦袋。
「自發病算起大概要四、五天吧。事實上就算用藥物治療，據說也只能縮短一天。當然，那是指病人體力充足的情況。」
「體力的話，這男人看起來是有的。」
「我也這麼想。如果就這樣讓他靜養，應該兩、三天後就會康復吧。」
「問題是，大家能否等到他康復為止。」
誠哉看著昏睡的男人，想起男人背上的刺青。

冬樹睜開眼時，明日香正在他身旁拿毛巾擦拭濕髮。她看起來一臉清爽。

「妳洗澡了嗎？」冬樹一邊坐起一邊問道。他們已經確認過飯店的水龍頭還有水流出，大概是水塔裡剩下的水。

「我才不會那麼浪費呢。水要留著沖馬桶，因為誰也不知道還能再用幾次沖水馬桶啊。」

「那妳在哪洗的？」

「外面。」明日香莞爾一笑。

「外面？」

「嗯，雨好大呢。我乘機洗了個痛快的天然澡。真是太過癮了。」

冬樹站起來，發現自己睡得滿身大汗。氣候溫暖得不像三月，甚至可用悶熱來形容。

他走進廚房，又繼續往深處走。昨天他已確認過了，那裡有後門。

走近後門時，雨聲傳來了。他打開門後，愣在原地。外面的停車場上，大水如河川洶湧流過，下個不停的豪雨發出嘩啦啦的聲音。

他關上門，回到餐廳。有幾人已陸續起床了。

「雨很大吧？」明日香問。

冬樹點頭。

「簡直不像日本的氣候，倒像是東南亞。」

「那一瞬間，或許有什麼改變了。」說這話的是小峰。「我是說人類消失的那一瞬間。地殼變動加上天候異常。想到接下來還會發生什麼我就害怕。」

這時誠哉與菜菜美走進來了，二人的神情都很疲憊。

「那個男人怎麼樣了？」冬樹問。
「我就是來跟大家商量這件事的——各位，可以聽我說句話嗎？」
誠哉發出呼喚後，全員開始聚集了。誠哉連忙伸出手。
「請你們不要再靠近我倆。這是為了預防萬一。」
「什麼萬一？」
誠哉躊躇了一下才回答冬樹的問題：
「那男人罹患新流感的機率極高，因此，整晚照顧他的我倆也有感染之虞。幸好，今天濕度很高，菜菜美小姐認為這樣應該會抑制病毒活動，但現在大家都累了，又缺乏治療藥物，所以我希望盡量減低感染的風險。」
「原來如此。」戶田說完話，在距離二人稍遠的椅子坐下。其他人也紛紛效法。抱著寶寶的榮美子，和未央一起坐在最遠的位子。
「他現在還在睡，不過昨晚他醒過一次。」誠哉環視眾人一邊說道。「得知我們的存在，似乎令他大為振奮。如果讓他繼續那樣靜養，再給予充足的飲水和營養，應該在兩、三天之內就會康復。所以，我想跟大家商量今後的事。」
「我可以插句話嗎？」山西舉起手。
「請說。」
「你剛才那番話好像可以解釋成『在那個人康復之前都要留在這裡』，是這樣嗎？」
「是有那個意思。」誠哉說。「我還希望大家決定一下今後該怎麼辦。」
「很抱歉，我反對。」小峰立刻做出反應。「我認為，這些天來大家能勉強熬到現在，都是因為彼此都是普通人。如果加入那種不尋常的人，我們之間的關係一定會瓦解，至少我就不想跟他一起行動。」

坐在小峰旁邊的戶田點點頭。

「我也有同感，就是無法適應一般社會才會變成流氓不是嗎。我不認為那樣的人在這麼特殊的環境裡能夠配合別人。」

誠哉聽完二人的發言後，面色沒有改變。大概是多少已預料到會有這種答案了。

「其他人的意見呢？」誠哉看向榮美子。「妳覺得呢？」

突然被點名的榮美子眨著眼。

「我一切聽從大家的意見……」

「這樣不好喔，太太。」戶田說。「妳應該說出自己的意見。如果現在不說，事後才抱怨，到時可不會有人理睬妳。」

戶田的語氣雖然無禮，但冬樹也覺得他說得很有道理。在這種生死關頭，不能把命運交到他人手上。

「沒必要考慮別人，只要說出妳自己想怎樣就好。」誠哉再次對榮美子說。

她為難地低下頭，最後才仰起臉，似乎是下定了決心。

「坦白說，我很害怕。我不想跟那個人扯上關係。」

「那是當然，」戶田說。「如果跟那種人在一起，誰知道會遭到何種對待。」

但是——榮美子又接著說道：

「如果他硬要跟來怎麼辦？總不能跟他說不行吧？」

「直說就好啦，就叫他不准跟來。」

「那樣做不會令他懷恨在心嗎？」

小峰立刻大動作轉向榮美子。

「就算他懷恨在心，又有什麼關係？」

「可是……」

「當然，如果在以前的世界的確會有這種顧慮，因為那種人會立刻報復。可是現在已經沒有害怕的必要了。那些傢伙能夠耀武揚威是因為背後有同夥，單靠他一個人根本沒戲唱，沒什麼好怕的。況且，他都已經病成那樣了。就算我們自行出發，他應該也無法跟來。」

「你是說要扔下他不管？」

「我只是說不要跟他一起行動，那傢伙自己去想辦法就行了。既然只要休養個兩、三天就會康復，應該用不著替他擔心吧。」

「那個……」菜菜美開口了。「那是在充分攝取飲水和營養的前提下。如果只是躺著，不僅康復得慢，說不定還會變得更糟……」

小峰不耐煩地搖頭。

「如果想活命，就自己想辦法，飯店裡就有飲水和糧食。總之對方是流氓，根本沒必要同情他。」

即使聽到這麼強硬的意見，榮美子似乎還是無法釋然。請讓我再考慮一下，她說完再次低頭。

「冬樹，你覺得呢？」誠哉問。

冬樹舔了舔嘴唇。他打從剛才就一直拚命思考，卻還是想不出能讓他自信滿滿說出口的好意見，但他還是開口了：

「如果不先跟他本人談談，恐怕難以做出任何定論吧。」

「有什麼好談的？」戶田馬上質疑。
「當然是要向他確認是否有意跟我們一起行動，如果願意的話，再確認他能否配合大家。還不了解他是怎樣的人，就判斷要不要讓他加入，我認為未免有點操之過急。」
「那還用問嗎，他肯定只會說好聽話。」小峰有點激動地說。「他肯定只會說他會認真配合、跟大家好好相處這種敷衍我們的場面話。那種話根本無法信任。」
「所以我認為這點有必要再詳加觀察。如果覺得他是在說謊，到時再做討論，不知各位覺得如何？」
「要觀察出一個人的善惡，是非常困難的。」說這話的是山西。「就算有人生經驗也沒什麼意義。被詐欺集團騙去匯款的多半是老人，這就是最好的證明。而且做壞事的人在這方面的演技特別好。」
戶田與小峰不約而同地點頭，似乎深有同感。
冬樹想不出反駁之詞，只能緘默。剛剛那番話原本就不是帶著堅決信念發表的。
「久我先生，不，我不是喊弟弟，而是喊做哥哥的。」戶田轉向誠哉。「我倒想聽聽你的意見。前幾天你曾說，縱使世界一切重來，也不可能連過去的生活方式都一筆勾銷。老實說我很佩服你，但若照你這個想法，豈不表示我們也不必對那個流氓的過去寬容以待嗎？當然，他有什麼樣的過去還不清楚，但至少可以確定他過的應該不是正經生活。這點你是怎麼想的呢？」
誠哉聽了，定睛回視戶田的臉。然後他站起來，呼出一口氣。
「在我發表自己的意見之前，我有個提議，是關於今後生活方式的提議。」
「什麼提議？」戶田問。
「遊戲規則。」誠哉說。「今後我們完全無法預期會發生什麼事，現階段只能靠我們幾人活下去是不爭的事實。如此一來，就有必要制定我們必須遵守的規範。過去的法律已不管用了。就連是非善惡，都得靠我們自己決定。如果不先決定規範，只憑當時心情來解決重大問題，事後必然會出問題。」

「你的意思我了解，但我認為：無論事態如何，善惡的定義應該都不會改變。」

「不見得吧。就我記憶所及，以前的世界並不認可安樂死，法律上那是錯的。可是現在不同。我們全體一致將之視為最佳手段，我們早已開始制定新規則了。因此──」誠哉繼續說，「假設現在睡覺的人做過什麼事好了。就算那在以前的世界被視為罪惡，現階段我們也無法斷定那在此時此地算是罪惡。」

21

「你說的意思我懂，但是未免有點極端吧。」小峰說。

「極端？」誠哉挑起一邊眉毛。

「有時善惡的定義的確會隨狀況改變，但是把我們的安全擺在第一優先的前提應該是不可動搖的吧？我認為那是先於規則之前的問題。」

「不，我認為，無論何事都得先訂出規則。比方說，今後我們或許還會遇到他以外的人，如果沒有先規定什麼樣的人可以允許加入，什麼樣的人要排除在外，恐怕會招致混亂，因為到時恐怕或許無暇再開會討論了。」

「如果是擔心這點，那很簡單。只要接受能夠與我們配合的人不就行了。」戶田說。

但誠哉一臉不以為然地搖頭。

「我從剛才聽到現在，你似乎早已認定他是無法配合大家的人。」
「不行嗎？那種人都會以暴力脅迫別人，要不就是暴力分子的同黨。」
「重點就在這裡，即便是那種人也有同黨。基於職業關係，我認為自己比各位稍微更了解幫派分子。他們的團結力量非常穩固，上下關係嚴明，絕對不容背叛的，這氛圍中自有其獨特之處。那不是不懂配合別人的人待得住的世界。」
「那是因為他們都是流氓，我們可不是流氓。」
「那麼，你認為流氓之間為何就能團結呢？」
「那是……」
「是因為利害關係一致吧。」眼看戶田答不上來，小峰從旁插嘴相助。「還有，因為他們的目標一致。從一般人身上奪取金錢，再分配給同夥，地位高的就可以分到比較多，所以大家都想往上爬。應該是這樣吧。」
「你說得沒錯。」誠哉滿意地點頭。「就跟一般企業一樣，差別只在於是否採用正當手段來賺錢。」
不見得吧，小峰邊說邊歪了歪腦袋。
誠哉繼續說：
「利害關係和目標一致是團結力量的來源，這點我也同意。就好像現在我們這樣集體行動，也是基於彼此合作更容易解決問題這個好處，以及努力活下去這個一致的目標。」
「我可幫不上任何忙，大家只是礙於情面才收留我。」
山西自虐地說，誠哉回以微笑。
「不見得只有肉眼看得到的才算是貢獻，也有精神層面上的。和較多人在一起，對每個人來說都會更安心。」

「就這個意義而言，那個男人應該是負面的存在吧。」戶田說。「剛才你也聽到白木小姐的意見了。她很怕那個男人，這點很明顯。換言之，他不會帶來『在一起較安心』的好處。不僅沒好處，甚至可以說有壞處。」

「白木小姐的心情我也能理解，但怕或不怕純屬個人印象。我認為那種東西無法適用於規則。說到好處壞處，我倒是推測他能帶來幾個好處。首先，他或許擁有我們不知道的某些資訊。其次，他強壯的身體也有利用價值。對於這些好處，各位又怎麼看待呢？」

誠哉的話令戶田與小峰噤口不語，代為發言的是山西。

「簡而言之，你是想說在判明那個男人有害之前，不能把他排除在外。」

「我們也必須定義何謂有害。」

「原來如此。照我的想法，『有害』指的應該是『威脅到我們的安全』吧。我們通力合作試圖活下去，對此有妨礙的顯然就是有害。對我們造成危害的，也算是有害。不是嗎？」

誠哉大大點頭。

「沒錯，正是如此。」

「可是，他也可能故作乖巧。」小峰說。「剛才山西先生不也說過，那種人最會演戲了。」

「他要演戲就隨他去演無所謂。是這樣吧？刑警先生。」

被山西這麼一喊，誠哉皺起臉猛搖手。

「拜託別喊我刑警，是什麼職業都已不相干了。不過，你說的的確沒錯。他想演戲就讓他去演。在我們面前的面目，不一定得是他的真面目。」

「真有這麼容易看得開嗎？」戶田咕噥。

山西低聲笑了。

「用不著擔心。應該說，事到如今還擔心那個只會顯得滑稽，因為在座各位現在也不見得都表現出真面目了。你們或許以為我只是個平凡的老頭子，但我說不定以前也是流氓，又或許是小偷。但你們還是接納了我，只因為我的背上沒有刺青。」

老人的發言讓兩個前任上班族完全陷入沉默，冬樹也找不出反駁的理由。

「重要的是，這個規則也適用於我們自己。」誠哉環視眾人。「一旦有人威脅到我們的安全，對我們之中的某人造成危害，就得立刻將他排除在外。從現在起，請各位將這項規則銘記在心。」

刺青男子再次醒來時，已是午後了。那時菜菜美想替他量體溫，他的身體卻忽然一動，雙眼也睜開了。菜菜美驚慌後退，大概是想起昨晚被扣住手腕的事。

「看來你已經醒了。」誠哉俯視男人。

男人茫然的視線轉向他，最後微微點頭。

「太好了，原來不是夢。還有別人在。」

「你說了跟昨晚同樣的話。」

「是嗎？啊，也許吧。畢竟，我一直都只有一個人。」男人用右手手指搓揉雙眼。「我已經問過你是誰了吧？」

「不，我還沒說。我姓久我。」

「久我先生嗎。我是——」男人按壓眼睛的手伸向胸口，然後露出淺笑。「駕照和名片不曉得都到哪去了。」

「現在兩者都不需要了。不過，不知道名字倒是不太方便。」

「我姓河瀨。」

「ㄏㄜˊㄌㄞˋ……是人可何嗎？」

「是三點水的河。」

「賴呢？」

「瀨戶內海的瀨。那重要嗎？」

「不，我只是想知道你的頭腦清醒到什麼程度。」

「應該算是相當清醒喔。我還沒請教那位美女的芳名。」河瀨把頭轉向菜菜美。「之前如果不是作夢，妳應該是護士小姐吧？」

「我姓富田。」她小聲回答。

「富田小姐嗎。那好，我想直接問妳，我的病情如何？稍有起色嗎？」

「我現在正要幫你量體溫。」

「是嗎。體溫我自己會量，把溫度計給我。」

菜菜美遞上溫度計，河瀨夾到腋下。

「我忽然覺得好渴，真想來杯啤酒。」

「啤酒最好不要喝，水倒是有。」誠哉拿起放在旁邊的寶特瓶。

「我想喝啤酒。」

「我是為你好才這麼說。你不想早點康復嗎？況且，不冰的啤酒一點也不好喝啊。」

河瀨驀地咧嘴笑了。

「這話或許沒錯。溫熱的香檳王也很難喝。」

河瀨接下誠哉遞來的寶特瓶，大口牛飲。突出的喉結上下蠕動。

「周遭的人消失時，你說正在你們幫派的事務所。地點在哪？」

「九段下。」河瀨語畢，碰了碰襯衫領子，冷冷撇嘴一笑。「怎麼？我的身分露餡了啊，我可不記得我用過幫派這個字眼。」

「你以前是做什麼的現在已無關緊要了，你背上的招搖裝飾也毫無力量。你必須先理解這點。」

河瀨把水喝光，冷冷仰視誠哉。

「喂，你是什麼人？你那種大膽的眼神，不像普通老百姓。」

「別亂說，我是普通人。重點是，現在已沒有老百姓或流氓之分。你我就只是『人』，沒有其他身分。別談這個了，從你離開事務所到今天為止你都在哪？做了些什麼？」

「四處跑來跑去。到處都聯絡不上，也見不到人。各地發生爆炸，一下地震，一下又有暴風雨來襲，搞得我半死不活。然後我就逃來這裡了。」

「你是幾時開始發燒的？」

「不知道。來到這裡，吃吃喝喝之後，忽然覺得不舒服……之後我就不太記得了。」

河瀨露出沉思的表情後，從腋下抽出溫度計，遞給菜菜美。她接過來，看著數字刻度。

「怎麼樣？」誠哉問。

「三十八度九……燒退了一點，但是也許還會再上升。」

「傷腦筋，偏偏在這種時候感冒。」河瀨痛苦地撫摸脖子。大概是喉嚨痛吧。

太一用托盤端著餐具送來。

「白木小姐煮了稀飯。」

「可以生火？」菜菜美的眼睛睜得大大的。

「有攜帶式小瓦斯爐，是我找到的。還有醃梅子。」

「知道了。被傳染就糟了，你把托盤放在那邊，立刻回去。」

聽到誠哉這麼說，太一點點頭，把托盤往桌上一放，就轉身回餐廳去了。

「新面孔喔。」河瀨說。

「等你的病完全康復再介紹大家給你認識。不過前提是，你肯接受我們的條件。」誠哉說完後，把托盤端到河瀨身旁的桌上。

河瀨吃力地坐起身子。「什麼條件？」

「昨晚我也說過，我們這些倖存者是靠著互助合作活下來的。如果你希望和我們一起行動，我們不會拒絕你一起。這碗粥，你也可以吃掉不用客氣。不過這樣一來，你就必須遵守我們定下的規矩。」

「難道還要繳交會費？」

「我們不收錢，但要請你提供勞力。或許還有你的智慧。」

「若是要提供壞點子，我倒是略有自信。」

「只要能幫我們活下去，就算是壞點子也歡迎。但你如果破壞了合作關係，或者做出威脅大家安全的行動，我們會立刻將你除名。之後，你必須一個人，在這莫名其妙的世界活下去。」

誠哉說完時，河瀨已變得一臉嚴肅，眼神銳利的他點了點頭。

「知道了。你說得非常合情合理，我總算安心了，我本來還以為有更苛刻的條件呢。對了，你們之中地位最高的是誰？果然還是你嗎？」

「我們之間沒有地位高低之分，任何事都會尊重全體意見作決定。你如果要一起行動，我們也會尊重你。但相對的，希望你也能尊重大家。我想不用我說你也知道，大部分的人對你並沒有好印象。但我們還是決定接納你，因為我們對你的人性抱以期待。你還有什麼疑問嗎？」

河瀨聳肩。「沒有。」

「如果你肯保證遵守我們的規定，我們不介意讓你加入一起行動。如何？」

「在這種狀況下，獨自一人根本無法活命。我加入你們。」

「遵守規定的事，你能保證嗎？」

「對，我保證。」

「很好。」誠哉把托盤推到河瀨面前。「歡迎你加入。這份餐點是我們誠心的款待。」

「那真是感激不盡，可惜我沒什麼胃口，你們的好意我心領了。」

「就算硬塞也得吃一點。既然要與我們同行，如果不趕快康復會造成我們的麻煩。我們有目的地。之所以拖延行程留在這裡，是因為你臥病在床。請你不要忘記自己已經拖累我們了。」

河瀨露出有話想說的表情，最後卻默默拿起湯匙。他舀起稀飯放入口中。

「喂，三月十三日這天，是什麼特別的日子嗎？」河瀨問。

「那是其他人消失的日子。」

「這個我知道。我想問的是，是不是有人早就知道會發生這種事了。」

「你這話是什麼意思？」

「有奇怪的傳聞，說三月十三日最好不要外出，我們幫派裡的幹部本來要去打高爾夫球，結果也取消了。有人說會有大地震，也有人說是隕石會從天而降，說法很多，但詳情誰也不知道。我那時沒當一回事，現在變成這樣才感到不對勁。」

聽著河瀨的敘述，誠哉不禁握緊拳頭。「P-13現象」之事，原來早已傳遍地下社會了，可是誠哉他們卻沒接到任何通知。

結果，他們這些人就置身此地了——

22

傾盆大雨連續下了一整天。冬樹隔著餐廳玻璃向外眺望，搖了搖頭。天空一直陰陰的，一點要放晴的跡象也沒有。

明日香走過來了，她也看著窗外。冬樹聽見她嘆氣。

「好像水中飯店。」

「的確。」

飯店四周已完全泡在水中了，看不見地面。再這樣下去，地板浸水恐怕是早晚的問題。

「雨真的可以這樣無止盡地下個不停嗎？雨雲難道都不會用光嗎？」

「雨雲是在海上生成的。只要海水沒乾涸，應該永遠不愁缺貨吧。」

「是嗎。對手是大海，那就只好認輸了。」明日香把手上的東西朝冬樹遞上。「來，這個給你。」

是罐裝番茄汁。冬樹道聲謝接下。

「不曉得有多少年沒喝過番茄汁了。」他邊搖罐子，邊說。

「我也是。不過，我本來就不怎麼愛喝。」

「可是妳現在卻想喝了？」

「那是因為如果不喝點這種東西，就完全攝取不到蔬菜。」明日香拉開拉環，大口喝下。從她品嘗的表情看來，她的確不覺得那好喝。

她說這果汁是從飯店客房裡的小冰箱拿來的。除了番茄汁，好像還有啤酒和罐裝咖啡、礦泉水等等。

冬樹也試著喝了番茄汁。雖然一點也不冰，但舌頭感受到蔬果類特有的菜味後，感覺還是很舒服。不需明日香提醒，他也早就覺得欠缺蔬菜攝取了。光靠真空包食品和罐頭，無法攝取到足夠的分量。

「我們還會有吃到新鮮蔬菜的那天嗎？還有生魚片之類的。」

「植物還在生長，只要去哪找找看，一定能發現蔬菜。」

「生魚片呢？」

「生魚片嘛……恐怕就不可能了吧。」冬樹垂眼望向罐子。

明日香在旁邊的椅子坐下，搖搖頭。

「人類和動物從地表消失了，所以魚類也從海中消失了嗎？」

「壽司店養在水槽裡的活魚就消失了。」

「真不敢相信。」明日香喝著番茄汁，凝視罐身。「就跟我居然在喝番茄汁一樣難以置信。」

冬樹想，這種時候虧她還有心情開玩笑，邊想邊在她身旁坐下。

「不知道我們這些人會變成怎樣。食物遲早會吃光，也沒住的地方，更沒有交通工具。不管怎麼想，狀況都令人絕望。」

「我還沒有放棄喔。」明日香說。「雖說大家消失了，但又不是死了。他們一定在別的地方。而且，我認為他們正在找我們。」

「但願如此。」

「你別這麼愁眉苦臉嘛。我為了鼓舞士氣，可是拚命往好處想耶。」明日香皺起臉。「之前我不也說過嗎。最大的危機之後，一定會有最棒的轉機來臨。我就是在等那個。」

冬樹點點頭，咧開嘴角。

「說得也是，也只能往好處想了。」他一邊喝著番茄汁，一邊暗想：要靠高中女生鼓勵未免太沒用了。

「那兩個人，不會有事吧？」明日香問。

「哪兩個人？」

「你哥和菜菜美小姐呀。他們不會感染新流感吧？」

誠哉和菜菜美現在也還待在交誼廳，好像在照顧那個男人，但詳情不明。據說太一送食物過去時，誠哉要他不要待太久。

「要真是那樣，他應該會有什麼消息傳過來吧。我哥他們應該也會小心提防。」

說得也是，明日香說完話，撩起劉海。

「你哥……他真的好厲害喔。」

「是嗎。」又是讚美老哥嗎？冬樹邊想邊應聲。

「他自己雖然說他不是什麼領導人物，可是如果沒有他在，我想我們可能早就死在哪裡了。說不定，也無法這樣相遇。」

「那種事，誰也不知道……」

「像這種時候，的確需要有個人帶領大家。能夠有他在，我覺得真是太好了。如果大家各持己見恐怕什麼事也決定不了，氣氛可能也會變得很糟。幸好有他在，我們才能暫時活下來。像他那樣的人，如果是我們學校的老師該多好。」

「這種話，妳該對他本人說。他一定會告訴妳他不是當老師的料。」

「那個人，還是適合當警察嗎。」明日香皺起鼻子。「不過話說回來，他好像層級很高，該怎麼說……他是地位很高的人吧？」

「他是警視廳搜查一課的管理官，階級是警視❺。」

雖然不確定明日香是否了解這些官銜，但她還是驚呼好厲害。接著，她又歪著小腦袋問：

「那冬樹你是什麼階級？」

「巡查。」他悶聲回答。「轄區分局的小刑警。」

明日香毫不客氣地噗哧一笑。

「原來是這樣。要爬到誠哉先生的位子，得費很大的力氣吧。」

「我哪爬得到啊。人家是高學歷高出身的名牌精英，我是沒學歷沒出身。從起跑點就不一樣。」

「那是怎麼不一樣？什麼出身不出身？」

「通過國家公務員考試被警視廳錄用的人就是高級出身，只通過一般縣市警員考試的人是沒出身。簡而言之我哥是國家公務員，我們是地方公務員。就算順利升遷好了，以我們這樣的背景爬到我哥現在的地位時，也快要退休了。」

「啊？差別那麼大啊。既然如此，你一開始也走精英路線去報考那個不就好了？」

「哪有妳說的那麼簡單。國家公務員考試也分很多種，必須考取最高級的考試才行。能夠考

❺譯註：按日本的警察法規定，階級自上而下依序為警視總監、警視監、警視長、警視正、警視、警部、警部補、巡查部長、巡查長、巡查。警視以上的人數僅占全體警察的百分之三。

取的，都是東大畢業的那種人。」

「那，誠哉先生也是東大的？」

「對呀。」

「好厲害喔。」明日香目瞪口呆。「居然有人都念到東大了，還想當警察。我頭一次知道。」

「這一點也不稀奇。況且，我哥當警察是家裡的教育方針。我們的老爸就是警察，他好像很希望兒子繼承衣缽。我哥從小就聰明，他心想，既然要當警察不如立志走精英路線，所以就用功念書。」

「嗯……可是冬樹，你卻不想那樣努力用功是吧。」

「我啊，」他遲疑著，在想該不該說，最後還是開了口。「我根本不想當什麼警察。上大學時，我也毫無那個打算。我當時另有夢想。」

「你本來想當什麼？」

「這個嘛……沒什麼好說的啦。」

「你怎麼這樣，很討厭耶。既然都說到一半了，就全部說出來嘛。」

說呀說呀，明日香拚命催促。冬樹皺起臉，搓搓鼻子底下。

「我想當老師，體育老師。」

「啊？學校老師？啊——」明日香的表情顯示出她打從心底感到驚訝。

「真是抱歉喔，想當老師的不是我哥而是我。」他來回滾動桌上的果汁空罐。

「我只是有點意外所以嚇了一跳嘛。嘿，原來是這樣啊。嗯，冬樹當老師或許也滿不錯的。但你後來為什麼轉換方向？因為太崇拜你哥嗎？」

「才不是，是別人要求的。」

「誰要求你？你爸？」

「是我媽。」冬樹回答。「老實告訴妳吧，我跟我哥是同父異母。我哥的母親年輕時就過世了，我媽是續弦。當然，並沒有因此就有什麼差別待遇。我爸算是很疼我媽，也從來不會拿我哥和我做比較，但是我想我媽可能還是感到心虛。」

「為什麼？因為她是後母？」

「應該說，是因為我的表現不佳吧。」冬樹抓抓頭。「我哥從小品學兼優，從來沒讓家裡花過什麼錢。他靠自己的本領考取東大，又順利通過國家考試。讓父母傷透腦筋的是我。我大學重考，最後念的是學費很貴的二流大學，大三時又留級。我媽覺得無地自容。前妻的小孩一帆風順地走上精英之路，自己生的小兒子卻是沒出息的敗家子，她當然很沒面子。」

「那是她想太多了吧？周遭的人根本不會在意那種事。」

「實際如何的確不得而知，但是當事人自己就是會在意。比方說我媽和我。於是，有一天，我媽對我說：『兒子，你想不想當警察？』我能理解我媽的心情。她大概是覺得，我爸希望我也能當警察，所以至少該滿足他這個心願吧。我當場就回答：『好啊，當警察也可以。』」

明日香不置可否地哼了一聲，然後莞爾一笑。

「你也有好的一面嘛。」

冬樹皺起眉頭。

「那有什麼了不起，我和我哥的差距還是一樣大得離譜。這麼無聊的話題，一講就講了這麼久，妳聽聽就忘了吧。」

「才不無聊呢，很有意思。現在我終於懂了。你們兄弟之間的氣氛實在太不自然、太尷尬了，我本來還想，在這種狀況下你們居然還有心思吵架。」
「從小我們一直就是這樣相處的。」
「那種相處模式最好趁早改掉喔，否則會讓周遭都變得很悶。」明日香喝完番茄汁，站起身來。她的視線瞥向遠處，「咦」了一聲。「是未央。」
冬樹也轉過身，發現未央在餐廳角落抱膝而坐。
「那孩子，實在很可憐，竟然發不出聲音。」明日香說。「也難怪她會那樣，就連我們這些大人都快要瘋了。」
「不過話說回來，妳不覺得那對母女，有點怪怪的嗎？」
「我也早就有同樣的疑問了。你們兄弟固然古怪，那對母女更不正常。因為未央很少待在榮美子身邊，榮美子好像也對她有所顧忌。我甚至懷疑她們不是親生母女。」
「怎麼可能。妳想想，她們長得一模一樣。」
「這點我當然也知道……」
這時，太一從廚房出來。「請你來一下。」
「怎麼了？」
「我想跟你商量食物的事。」
「又是為了食物？你怎麼滿腦子就只有那個。」
一進廚房，巨大的調理台上堆滿罐頭和真空包食品。榮美子站在一旁。
「我找遍整間飯店，只搜集到這點食物。我想能吃的恐怕只有這些。」太一說。「不用我說你應該也知道，冰箱裡的東西全壞了。」
冬樹望著台子上堆的東西。分量足以開一家小型乾貨店。但如果要供十二人天天吃會怎樣呢

「這樣可以吃幾天？」冬樹並沒有針對誰提出這個問題。
「就算可以勉強單吃蟹肉罐頭和魚子醬好了，藍莓果醬總不能當飯吃吧。」太一面露不悅。
「如果有白飯，我想應該可以勉強撐個一星期。」榮美子低語。
「白飯？沒有米嗎？」
「米倒是有，問題是沒工具煮。」太一回答。「唯一能仰賴的小瓦斯，只剩下三罐。如果煮飯和炒菜各用一罐，接下來就只能再吃三次熱食了。」
「不能煮飯這可是嚴重問題。麵包呢？」
太一向後仰，動作誇張。「天氣這麼悶熱，早就發霉了啦。」
「是嗎。」冬樹交抱雙臂。「那就只能用別的方法生火了。比方說，拿東西來燒。」
「換言之，又得搭個烤肉架了。而且，這次可不像上次有木炭那種方便的工具喔。」
「去找些木材吧，把家具拆開也行。叫其他人也一起幫忙吧。話說回來，怎麼沒看到小峰先生和戶田先生？」
「他們兩個正在後面製作收集雨水的器具。」
「收集雨水？」
「因為水就算有再多也不夠，就連煮飯也總得先洗米吧。」
「對喔……」
他深深體會到，大家等於是置身無人島了。而且，這是個沒有清澈的河川流淌、也沒有樹木結果的孤島。釣不到魚，更不會有野兔。
「喂，不好了！」明日香衝過來。

「這次又怎麼了？」

「未央她……」說到這裡，她忽然打住。

榮美子不發一語地走出廚房，冬樹等人也跟在她後頭。

未央還待在剛才那個地方。她環抱雙膝，把臉埋在其間。

「未央！」榮美子跑過去，抬起女兒的頭。連冬樹也看得出來，未央渾身無力。榮美子把手放在她額頭。

「怎麼樣？」冬樹問。

榮美子滿臉絕望地說：

「好燙……她在發高燒。」

23

「只有發燒嗎？有沒有其他症狀？」誠哉從交誼廳高聲發問。

「不時還會咳嗽，肚子好像也不舒服，有嘔吐的跡象。」冬樹回答。「其他詳情還不清楚。因為她發不出聲音，又渾身無力，連回應我們的呼喚都有困難。」

誠哉與菜菜美商量了一下後，朝冬樹走近，但他在三公尺外就停下腳步了。

「知道了。立刻把她抱來這裡吧。」

「抱來這裡？」

「不然你以為我們為什麼要待在這裡？如果讓未央繼續留在那邊，其他人也有感染之虞。」

「未央也要由哥你們兩人照顧嗎？」

「沒錯。你有什麼不滿嗎？」

「我沒有不滿。只是，我認為應該輪班照顧病人比較好。況且菜菜美小姐想必也累了。」

但誠哉搖頭。

「就算你們當中的某人要來這裡照顧病人好了，那也得等到我或菜菜美小姐一個人發病的時候。在那之前，你們最好不要靠近這邊。」

「可是——」

「冷靜點。」誠哉打斷冬樹的話繼續說，「現在必須優先考慮的，是如何不讓發病者增加。如果輪班照顧病人，所有的人都會有發病的危險性。無論是我或菜菜美小姐的確都已累了，但你們應該也一樣。你要就現實情況去考量。」

冬樹陷入沉默，因為他開始覺得誠哉說的是對的。另一方面，他又感到惱怒：自己的意見為何每次都遭到駁回？剛才和明日香的對話又在他腦海浮現。

「如果同意我的話，就回餐廳去。未央現在情況怎樣？」

「我們讓她躺下來了。榮美子小姐應該在旁邊照顧。」

誠哉的臉色一沉。

「你在搞什麼，立刻叫榮美子小姐也離開未央身邊。如果她倒下了，事態會相當麻煩。煮飯就別提了，能夠照顧寶寶的只有她。你連這點小事都不懂嗎？」

「話是這麼說沒錯，但她畢竟是未央的母親。」

「對我們來說也是很重要的女性。你快點回去。一分鐘之後，我會去餐廳。在那之前你要讓未央一個人留在那裡，不准任何人接近。知道嗎？」

「知道了。」冬樹轉身邁步。

回到餐廳，不僅榮美子連明日香和太一、還有小峰及戶田都聚集在未央身邊。坐在遠處的只有抱著寶寶的山西。

這樣的確很危險，冬樹思忖。

他把誠哉的指令告訴大家。他本以為多少會遭到反對，沒想到大家都很順服地離開未央，就連榮美子也沒有任何意見。他深切感覺到大家是多麼信賴誠哉。

不久後，誠哉進來了。在大家的圍觀下，他抱起未央，朝榮美子說道：

「未央小妹妹請交給我們照顧，我會全神貫注地盯著她。」

拜託你了，榮美子說完行了一個禮。

誠哉抱著未央走向出口。但是在走出餐廳前，他轉過身。

「冬樹，去客房拿些乾淨的毛巾和毯子過來，越多越好。」

「知道了。」冬樹回答。

「還有，」誠哉環視眾人。「只要稍感身體不適，就要立刻報告。請各位千萬不要硬撐。這不只是為了你們自己，也是為了保護大家。」

所有人都朝誠哉點了點頭，他也滿意地點點頭才走出餐廳。

冬樹決定帶明日香和太一去客房收集毛巾和毯子。但是電梯停擺了，只能走緊急逃生梯，而且五樓以上才是客房。

「累死了。這家飯店到底有幾層樓？」太一皺起臉。

「據說到十八樓都是客房。」明日香回答。

「天啊，這哪能走樓梯。」

「現在沒時間抱怨了。萬一我們準備的飲料喝光了，還得去客房搜括冰箱裡的飲料呢。」冬樹說。

「在那之前一定要想辦法離開這裡，我想趕快去總理官邸。」

冬樹聽著太一發牢騷，同時感到不安。去了總理官邸，事態真的會好轉嗎？他完全沒把握。雖然聽說那邊有存糧，但究竟有多少存糧也不清楚。況且發電設備是否正常也是疑問。如果隨便搬遷，搞不好處境只會變得更艱苦吧，他暗想。至少，如果待在這裡，生活必需品一應俱全。

但是拿手電筒照亮蜿蜒不絕的樓梯後，他發現那是錯覺。在現階段的確不愁吃穿住，但那不可能永遠持續下去，遲早所有的食物和飲料都會耗盡。就連不甘願爬五樓的太一，最後想必也得爬上十八樓吧。

冬樹想起自己以前曾在電視上看過一個動物生態報導節目，那集的主題是過集體生活的北美馴鹿。北美馴鹿在春秋兩季為了覓食，會長距離遷徙。到達野草茂密的地方後，便在那裡暫時停留，等到草吃光了再開始遷移。

現在大家就跟北美馴鹿一樣，他想。不，被吃掉的草過一段日子還會再長出來，可是他們吃掉的罐頭和乾麵，可不會再次重現。看來，他們的處境比北美馴鹿還惡劣。

縱使平安抵達總理官邸，並且在那裡找到豐富食糧，那也絕非終點。那些食糧早晚也會吃光，到時又該怎麼辦？為了覓食，繼續流浪嗎？

不惜做到那種地步，究竟有何意義？冬樹思忖。如果在全國各地不斷遷徙，或許真的可以不愁缺糧。也許可以存活好幾年。但是這樣做，最後究竟能得到什麼？這簡直是只為了活而活的人生。

至少該有個目標，他想。如果活下去能夠得到什麼的話，他會想知道那到底是什麼。

過了傍晚六點，大家開始準備就寢了。大家都已明白，天明即起、日落而眠，才是最不浪費能量的生活方式。

冬樹在餐廳地板鋪上毯子，席地躺下。他已習慣不在睡前換衣服，也習慣了硬邦邦的地板。不過，他還是會脫下鞋子。現在，唯有睡眠是至高享受。

但是這晚，他遲遲無法入眠。今後前途未卜的不安，令他的腦海產生種種不祥的想像。在這之前，他甚至無暇去思考那種事，也沒有多餘的體力繼續思考。可是現在滯留在某個定點，讓他有胡思亂想的餘裕了。

就在他一再翻來覆去之際，某種細微聲響傳入耳中。是拖東西的聲音。他睜開眼。黑暗中，有人拿著迷你手電筒走動。

大概要去廁所吧，他猜想。但是那人前進的方向和廁所是反方向。

不放心的冬樹坐了起來。他身旁躺著二個男人，是小峰和戶田。看不出其他人睡在哪裡，因為周遭太暗了。

冬樹穿上鞋，拿起放在身旁的手電筒。他怕在那裡按下開關也許會驚醒小峰二人，所以沒按。他靠雙手摸索著一邊確認桌椅位置，一邊邁步前進。

拿迷你手電筒的人依舊以跛足拖行的方式往前走，冬樹緊追著那個腳步聲和燈光。看來，拿迷你手電筒的人，正朝緊急逃生門前進。

看到對方鑽過逃生門出去後，冬樹才打開手電筒。光暈中出現的是山西的背影。

山西驚愕轉身。他皺臉瞇眼，似乎覺得燈光炫目。

「你怎麼出來了？」冬樹一邊照亮腳下，一邊走近。

「是你啊……你還沒睡嗎？」

「你要去哪裡？雨雖然好像停了，但是積水還沒退。」
「嗯，這個我知道。我只是……想出去走一下。你別緊張，回去睡你的覺吧。」
山西雖然露出笑容，但冬樹覺得他的表情很不自然。
「可是外面很危險，大家不是說好夜間絕對不能單獨行動嗎？」
「你別這麼說，就當作是老年人一時興起，別管我好嗎？」
可是——冬樹說到一半便打住了，因為他發現山西在發抖。
「你怎麼了？會冷嗎？」冬樹試圖靠近他。
「你別過來！」山西扯高嗓門，然後尷尬地垂下頭。「不是，那個，總之我希望你別管我。」
但冬樹不理會山西的請求，繼續走到他面前。他抓住山西的手。果然，山西的手熱度非比尋常。
「你感染了新流感吧。那你為什麼……」
「冬樹老弟，算我求你，你能不能讓我照自己的意思去做？我無所謂的，請你別管我，我不想麻煩你們。」
「那怎麼可能。總之你還是先進去再說，待在這種地方只會讓病情惡化。」
冬樹抓起他的手想把他拉回去，山西卻一把甩開。
「算我求你，請你別靠近我，萬一傳染給你就糟了。」
「你為什麼不肯進屋？你跑到外面，到底想怎樣？」
就在冬樹的質問令山西陷入沉默之際，身後傳來了聲音。「你們在幹麼？」是明日香。
冬樹一轉身，她又問了一次。「怎麼回事？」

「山西先生感染新流感了。」

啊？她瞪大雙眼驚叫出聲。

「那為什麼要站在這種地方？」

冬樹搖頭。

「不知道。我看到山西先生往外走，所以叫住他。」

「兩位，我拜託你們別管我好嗎。我不想給你們添麻煩。」山西說完，突然身體一彎，頹坐在地。

冬樹與明日香慌忙跑過去，把他扶起來。

「不能靠近我。你們不能這麼做。」

山西激烈抵抗。他甩開二人的手，再次癱坐在地。他弓起背，開始啜泣。

「為什麼？」明日香輕聲問。

「這個冬天，與我關係親近的人死了。他跟我同年。那人就是罹患新流感，後來轉為肺炎。今年的流感很可怕，一旦感染，老年人就沒救了。」

「誰敢說老年人感染就會沒救啊？。」

「我敢說。我知道就在我們這樣說話的同時，我的病情也正逐漸惡化——」才剛說完，老人便猛烈咳嗽。

「妳站遠一點，我來扶他。」冬樹如此吩咐明日香，然後拉起山西的手臂。他讓山西的手臂繞過自己脖子，幫助山西站起來。這次，山西沒有抗拒。

回到屋內後，他立刻讓山西躺下。

「我們得通知誠哉先生。」明日香說。

「等一下。」山西虛弱地抬起手。「他們已經在照顧兩個病人了，我不想再增加他們的負擔。」

「現在說這個也沒用。如果再這樣下去，老爺爺你的病不會好。」

「沒關係，別管我了。反正把我救活了也幫不上大家的忙，既然如此還不如乾脆……」說到這裡山西打住了，但他仍然張著嘴。他像哮喘發作般呼吸著。如他所言，他的病情似乎正快速惡化。

冬樹明白老人的想法了。發現自己感染新流感後，他認為如果待在飯店大家就必須照顧他，所以他決定離開。當然，最後的結果，將是病情惡化、就此喪命。這點他想必也早有心理準備了。

「喂，怎麼辦？」明日香問。

「不管怎樣，我先去拿毯子來，不能這樣放任不管。妳幫我看著他。」

「知道了。」

把山西交給明日香，冬樹跑向餐廳。他抓起幾條多餘的毯子，又跑回來。

「老爺爺雖然睡著了，可是他看起來好痛苦。熱度好像也比剛才更高了。」明日香的表情都快哭了。

替山西蓋上毯子，冬樹陷入沉思。他也想過是否該找誠哉商量。但是就算是誠哉也救不了山西。再這樣下去，山西極有可能送命。

冬樹起身，走出室外。他用手電筒照亮四周。雖然有些地方還泡在水中，但是看起來並非完全走不出去。

回到屋內後，他對明日香說：「我要出去一下。」

明日香瞪大眼睛。「真的嗎？你想做什麼？」

「去找新流感的治療藥物。否則再這樣下去大家全完了。」

24

「那種治療藥物哪裡會有？藥房有賣嗎？」明日香問。

「我想一般藥房應該沒有，大概得去醫院，或是有資格根據醫師處方開藥的處方藥局吧。我記得那種藥好像叫作克流感。」

「那個我聽過。可是學校告訴我們，最好盡量不要服用。」

「那是因為十幾歲的青少年吃了可能引發暫時性的精神錯亂吧，之前就發生了好幾起跳樓意外。不過現在沒時間管那個了。」冬樹走向逃生門。

「等一下。」明日香追上來。「我也要去。」

冬樹搖頭。「別鬧了。」

「你不也一樣胡鬧。你忘記夜間不得單獨行動這個規定了嗎？」

「那要看時間和情況。誰也不能保證我馬上就能找到醫院或藥局，外面到處淹水，能不能走都是問題。」

「就是因為這樣，我才更不能讓你一個人去呀。假使讓你一個人去，掉進哪個洞裡不就完了？我在的話也許救不了你，但我起碼可以跑回來求救。我說的難道不對嗎？」

「不，妳說的道理我當然懂……」

「如果你不帶我去，你也別想走。因為我會馬上通知你哥。」

冬樹皺起臉。如果誠哉知道了，想必會更反對他出去。

「會淋成落湯雞喔。」

「沒關係，我這條褲子不怕水。」明日香用手拎起身上的褲子，塑膠材質似乎可以防水。

「好吧。我們走。」

「要走之前先等一下。」

明日香進屋，拿了兩頂安全帽回來，而且也換上了雨鞋。

「遇到災害時要戴安全帽，這是基本常識喔。」話說完，她把其中一頂遞給冬樹。

謝了，他回答之後戴上。

「還有這個。」明日香從懷中取出小本子，是小型地圖。「做為搭檔，我還挺靈光的吧。」

「的確。我對妳刮目相看了。」

用手電筒照亮地圖，找醫院的所在。然而，日比谷附近連一家大型醫院也沒有。最近的是位於築地的醫院，距離此地約有五公里。

「築地嗎。」冬樹咕噥。「很遠呢。」

「藥局呢？」

「用這種小地圖無法找藥局，漫無目標地四處亂找會很累。」

明日香大大發出「嘖」一聲。

「要是能用手機，這種小事一通電話就搞定了。」

「現在講這個也沒用吧。」

「那要怎麼辦？」

「不管怎樣，只能先朝築地走。醫院旁邊通常有很多處方藥局，說不定在路上會發現。」

二人走出飯店。雨已停了，但他們還是拿著傘，當手杖用。他們打開手電筒照亮前方，一邊以傘尖確認腳下地面狀況，一邊前進。地面龜裂了，有些地方甚至往上高起幾十公分。相對的，也有些地方凹陷很深。過去被稱為晴海大道的馬路，現在只是被黑暗籠罩的崎嶇險路。

有人走動的動靜驚醒誠哉，迷你手電筒的燈光在移動。是菜菜美坐在躺臥沙發上的未央身旁，好像正在檢視溫度計的數字。

「怎麼樣？」誠哉一邊靠近一邊問道。

「三十九度出頭。比起剛才，好像又上升了一點。」菜菜美碰觸放在未央額上的毛巾。「已經這麼乾了。」

她把毛巾浸在身旁的洗臉盆水中，稍微扭乾後，再放到未央額頭上。

「要是冰塊就好了……如果能稍微冷卻，她應該會舒服多了。」

未央表情痛苦地閉著眼，半開的小嘴發出的鼾聲也很微弱。

「我去找找看。」誠哉站起來。

「找？找什麼？」

「能夠降低體溫的東西。這裡是飯店，我想應該有房客突然發燒時的應急用品，比方說退燒用的貼布或凝膠之類。」

菜菜美點頭。

「如果有那種東西或許會好很多，河瀨先生也還在發高燒。」

「我去找找看。」

誠哉拿著手電筒走出交誼廳。他去了服務台，打開櫃台後面那扇門。用手電筒一照，看見桌子和櫃子排放在一起。
誠哉把桌子抽屜和櫃子仔仔細細摸找過一遍，結果從櫃子裡翻出一個寫了「醫療用品」四個字的箱子。裡面有急救箱和口罩、紗布、運動貼布、拋棄式暖暖包、保冷劑等東西，偏偏找不到最重要的退燒貼布。急救箱中，只有市售的一般感冒藥和腸胃藥。
誠哉嘆口氣，再次用手電筒照亮室內。後方有門，打開一看外面是走廊，旁邊就是緊急出口。這門大概是為了讓飯店員工不經過服務台便可出入辦公室才設置的。
誠哉不經意將光線轉向館內。突然，他看到某人倒臥在地。他愣了一下，慌忙跑過去。
那是山西。但是從他身上蓋著毯子可以看出，他不是倒地不起，是在別人的安置下躺平的。但誠哉不懂為何會有人讓他躺在這種地方。
誠哉抓住山西的肩膀，「山西先生。」他邊喊邊輕輕搖晃山西，但山西沒醒。
就在誠哉打算再喊一次時，他發覺自己抓住的肩頭異常溫熱。他不禁凝視自己的手。
他站起來，走向餐廳。進去之後，用手電筒朝睡覺的眾人照去。
太一正袒露肚子呼呼大睡，誠哉輕踢他的腿。太一緩緩扭動了幾下，最後終於睜開眼。
「啊……已經天亮了？」
「還是晚上。重點是，冬樹在哪裡？」
「冬樹先生？我不知道。」太一睡眼惺忪地回答。
誠哉轉身，走出餐廳。他回到山西身旁，再次試著搖晃山西的身體。用的力氣比剛才稍微大一點。
「山西先生，山西先生。」
埋在皺紋中的眼皮一動。迅速眨了幾下後，老人微微睜眼。

「山西先生，你還好嗎？」

也許是連說話的力氣都沒有了，山西只是微微點頭。

「我沒看到冬樹和明日香，他們倆到哪去了？」

但山西沒回答，就只是低聲呻吟。

誠哉走向逃生口。出了玻璃門，便用手電筒照亮四周。

飯店周圍淹水，到處都還淤積泥水。上面留有清晰的腳印。

「混蛋……」誠哉朝黑暗唾罵。

他把手電筒往上照，燈光了照亮築地四丁目的路牌。冬樹停下腳步，嘆了一口氣。

「總算走到這裡了。再加把勁就到了。」

落在後頭的明日香只簡短地「嗯」了一聲，她的聲音中帶有疲勞。這是當然的，光是走到這裡就已耗費近三個小時。他們一路拚命走來，腳都快被泥濘吞噬了。

「要休息嗎？」

明日香搖頭。「如果現在休息，恐怕就再也走不動了。」

「好吧。那，我們一鼓作氣繼續走。馬上就到了，真的。」冬樹再次邁步。

晴海大道是橫切過銀座的主要幹道，他們沿著那條路筆直前進。過程中，他們見證了東京這個大都市的毀滅程度：數寄屋橋的行人保護時相❻路口，現在堆滿了變成破銅爛鐵的車輛，連走過去都有困難。華麗的購物大街變成鬼城，只剩下燒毀的大樓和瓦礫，歌舞伎座劇場也倒塌了。

所謂的大都會，原來只要少了人群就會瓦解。這裡如果本是人煙稀少的鄉下小鎮，肯定不會有如此巨大的變化吧。冬樹再次深切感受到，這個城市其實是由許多人以微妙的平衡支撐起來的。

在下一個十字路口左轉。鞋子底下，喀啦喀啦地傳來玻璃破裂的聲音。

「小心點，地上到處都是大樓的玻璃窗碎片。」

嗯，明日香答腔。

又走了一段路後，他照亮前方。灰色建築物出現了，旁邊停著一輛救護車。的確是醫院沒錯。

他們從急診出入口進去。看來醫院建造得很堅固，放眼所及，並沒有哪個地方因地震受損。

藥劑部位於一樓。走進去後，冬樹做了個深呼吸。他完全看不出想找的藥物藏在成排櫃子的何處。

「看來只能從頭到尾逐一檢查了。幸好有妳一起來，否則我一個人找，肯定很慘。」

聽到冬樹這麼說，明日香微笑點頭。「你看吧。」

「克流感的英文拼法是T、A、M、I、F、L對吧？」

「應該是吧。我記得好像是黃白兩色的膠囊。」

「真的嗎？」

「嗯。學校宣導如何預防新流感時，給我們看過藥品照片。」

「那真是太好了。」冬樹靠近櫃子。

但是藥品似乎不是單純按照字母順序排列的。櫃子上標了一些記號，醫院人員想必能夠輕易理解它們的意思吧，但冬樹完全看不懂。看來只能根據黃白雙色膠囊這個線索，一個一個地慢慢找了。

❻譯註：scramble crossing，設於十字路口的行人穿越號誌系統。號誌令所有車輛暫停的期間，行人可從各個方向直行或斜角穿越馬路。

「手電筒的燈光很礙事。這樣一照，藥是什麼顏色都看不出來了。」冬樹皺起臉說。

但明日香沒回應。他覺得奇怪往旁一看，發現她蹲在地上。

「妳怎麼了？」

「嗯……沒什麼。」她邊說邊站起來，但是好像很吃力。

「喂，妳該不會──」冬樹衝過去，想摸她額頭。

「就跟你說沒什麼嘛。」明日香甩開他的手。「我只是有點累。」

「少騙人！」冬樹強硬地把手放在她額前。果然，溫度相當高。

他默默凝視明日香的雙眼。她的表情看起來快哭了。

「我真的沒關係……」

「那怎麼行。妳什麼時候開始不舒服的？」

「抵達醫院不久之前。不過我覺得還好，你別擔心。」

冬樹搖頭，拉住她的手臂。

「不管怎樣，妳先躺下。」

他一邊推著她的背，一邊往外走。外面放著長椅，他讓她在那裡躺下。

「看來我得趕緊找出克流感才行了。」冬樹拚命抓頭。「我去病房，拿個被子之類的東西過來。」

「沒關係，我不冷。倒是你，快去找藥吧。」

冬樹咬唇。

「看來只能這樣了。」

「對不起。我還是不該跟來的，我沒想到會這樣給你添麻煩。離開飯店時我明明還好好的……」明日香的淚水奪眶而出。

「事到如今說這種話也沒用。況且，我也一樣有發病的可能。如果是我一個人時遇上這種情形，那才真的是要命。」

所以我們根本不該離開飯店——這點冬樹也知道，但是他實在無法眼睜睜看著大家陸續病倒，自己卻什麼也不能做。

冬樹回到藥劑部，重新搜尋克流感。他打算一找到就先讓明日香服用。也許會引起精神錯亂，但是到時他只要用力抱緊她，別讓她亂動就行了。

大約一個小時後，冬樹終於找到克流感了。那玩意放在和他之前找的櫃子完全不相干的另一個保管箱。正確的拼法，應該是「TAMIFLU」。

「找到了。」冬樹一走出去，就對明日香喊道。

她雖然目光渙散，嘴角還是浮現了笑意。她的嘴巴動著，彷彿在說：太好了。

「我也找到瓶裝蒸餾水了，妳馬上吃藥。」冬樹把克流感的膠囊遞上。

明日香坐起上半身，把膠囊放進口中，和水一起吞下，然後立刻又躺下。

「暫時先觀察一下情況吧。雖然會令我哥他們擔心，但也沒辦法了。」

可是明日香緩緩搖頭。

「那可不行。好不容易找到藥，應該趕緊拿回去。」

「話是這麼說沒錯，但妳現在身體這樣根本不能走。」

「嗯。如果帶我一起走，我也覺得不可能。所以冬樹，你自己回去吧。」

「妳說什麼傻話。我怎麼可能做那種事。」

「你不用擔心我，我已經吃了藥，我想只要在這兒睡一下就會好多了。等我好一點了，我再自己回去。反正我知道怎麼走。」

「那怎麼行——」

「拜託……」明日香閉上眼，囈語般喃喃重複著這句話。「我拜託你。」

25

誠哉聽到嬰兒的哭聲後睜開眼，但是之前他其實也沒睡著。

佇立在飯店正面玄關前的，是懷抱嬰兒的榮美子。誠哉能夠清楚看見她，是因為外面已天色大亮了。他看看錶，時間已過清晨六點。

他站起來，朝她走近，但還是保持了幾公尺距離，因為他認為自己有可能已感染新流感。不過，這種顧慮或許也已失去意義了。既然未央和山西已發病，所有人可能都已經感染了。

「妳起得真早。」

他從後方出聲招呼，榮美子嚇了一跳，轉過身來。

「啊……早安。是勇人的聲音把你吵醒了嗎？」榮美子一邊輕拍嬰兒背部一邊說道。

「不，我早就醒了。妳呢？昨晚睡得還好嗎？」

榮美子淺笑搖頭。「不太好……」

「是嗎。身體怎麼樣？」

「目前為止都還好。別提我了，倒是沒看到明日香小姐。」

誠哉的嘴角沉了下來。

「我知道她在哪。應該是跟我弟在一起吧。」

「你弟弟也不見了嗎？」

「好像趁半夜出去了。」

「怎麼會呢？」

「這個嘛，說來話長。」

他正想著該怎麼解釋時，菜菜美走過來了。

「冬樹先生他們回來了嗎？」

「還沒。我正在跟榮美子小姐講這件事。」

「到底出了什麼事？」榮美子來回審視著誠哉與菜菜美。

「事實上山西先生發病了。」誠哉回答。「是新流感。」

可以感到榮美子為之屏息。她悲傷地垂下眉尾。「他還好嗎？」

「他本來倒在緊急出口旁，是我和菜菜美小姐合力把他搬到沙發上。坦白說，狀況相當不樂觀。」

「連山西先生都……」榮美子垂下眼，然後看向菜菜美。「請問，未央的情況怎麼樣了？」

「還是一樣發高燒。未央有什麼宿疾嗎？」

「應該沒有。」

「那麼，我想暫時只能靠她自己的抵抗力了。至少我一直都有給她補充水分。」

榮美子蹙眉。

「菜菜美小姐妳也累了吧？我可以跟妳換班。」

「妳的心意我懂，但是不能讓妳也跟著病倒。」誠哉插入二人的對話。

「可是，我想我應該不會得流感。」

「為什麼？」

「去年我得過了，所以我想我應該有抗體。」

「原來如此。」誠哉點頭。「這是個好消息。但是，誰也不能保證妳不會得病，畢竟流感也分很多種。」

「但是，把事情全都推給你和菜菜美小姐我實在過意不去，未央畢竟是我的女兒。」

「誰跟誰是一家人在此時此地已毫無意義。這個世界只有我們，不分家族與外人。妳只需要思考怎樣才能讓大家都活下去就好了。」

誠哉不確定這番話是否說服了榮美子，但她默默垂首了。她的手繼續溫柔地輕拍嬰兒背部。嬰兒大概因此感到安心了，他不再哭泣，墜入夢鄉。

「謝謝妳，榮美子小姐。」菜菜美說。「但我不要緊。基本上，我已打過預防針了，所以和其他人相比，感染的機率應該較低。」

況且——誠哉接著說：

「妳還肩負著照顧勇人這個重責大任。這件事，即便是身為護士的菜菜美小姐，恐怕也不會做得比妳好。畢竟當過母親的，這裡只有妳。」

但她依舊垂首搖頭。

「請不要高估我，我根本不是個好母親。」

「這話怎麼說？」

「因為，」榮美子抬起頭，但立刻又垂落視線。「沒什麼。」

「總之，這邊交給我們就好。」

榮美子微微點頭，然後仰起臉。

「請問，明日香小姐和令弟到哪去了？」

「不知道，但我猜應該是去醫院或藥局了。病倒的山西先生身上蓋著毯子，那八成是他們兩個蓋的吧。我想是因為山西先生發病了，他們才決定賭一把。」

「賭什麼？」

「藥。」誠哉說。「他們應該是去尋找治療流感的藥了。想必是我弟提議的吧。真是的，這傢伙就是這麼沒腦子。」

「可是，如果有克流感的話會很有幫助。」菜菜美說。「我想山西先生應該是被末央傳染的。其他的人極有可能只是還處於潛伏期，所以才沒發病。」

「這個我知道，但是半夜外出實在不像話。至少可以等到天亮再出發吧。」誠哉咬唇。「而且還帶著明日香，他簡直瘋了。要去也該一個人去。」

「可是，那是因為我們規定不能半夜獨自行動。」

「就算兩人同行，也不可以出遠門。那條規定的意思是，不得不走出建築物時也不可單獨行動。」

「即便如此，他們可能覺得兩人同行至少總比單獨出門安全吧。」

菜菜美拚命替冬樹說情，但誠哉還是在胸前交疊雙臂。

「這種情況正好相反。縱使要賭命，也該讓我弟弟一個人去。」

「為什麼？」

「都預料到會有危險了，當然要讓他自己去。正如妳所說的，他們兩個說不定也已感染。誰也無法保證不會在找藥的途中發病。」

菜菜美與榮美子同時驚愕地張口。

「萬一其中一人發病了，另一人的行動也會受到牽制。事實上，恐怕會寸步難行。那樣不僅無法找藥，就算找到了，也不能把藥送回來。最後連另一個人也有感染之虞。兩人同行，就表示引起這種事態的機率會變成二倍。」

兩名女性似乎從沒這麼想到這些，此時啞然失聲。

「但是，如果只有一個人去，不是更危險嗎？」菜菜美反駁。「因為沒有人會來救援，也無法動彈。」

「但是至少只有一個人。」

「什麼意思？」

「我們損失的人數只有一個人。兩人同行，危險度會倍增，損失的人數也變成二倍。哪個比較划算，稍作思考就明白。」

「你說這叫損失……」菜菜美不悅地垂下頭。

「為了別人而賭命沒關係，但是如果沒有隨時預作最壞的打算，那只不過是在譁眾取寵。我弟弟應該只拿他自己的性命去賭。如果沒有先想好碰上最壞的情形發生時，該如何極力減少倖存者的損失，那賭命就毫無意義了。」

兩名女性陷入沉默時，誠哉發現眼角餘光有東西在動。定睛一看，是小峰站在那裡。

「有什麼問題嗎？」誠哉問。

小峰目不轉睛地盯著誠哉，咳了一聲。下一秒，他臉孔扭曲，就地蹲下了。

「小峰先生！」

菜菜美想衝過去，卻被小峰伸手制止。

「妳最好別靠近，我被傳染了。」他喘息著說。

誰來看都知道小峰病了。誠哉雖然絕望，還是緩緩走近他。「有發燒嗎？」

「有……我想熱度應該很高。」小峰想要就地躺平。

「不能睡在那種地方。至少要去沙發……」

在菜菜美的扶持下，小峰移往旁邊的沙發。坐下後，他狠狠瞪視誠哉。

「我不是早就說了嗎。只要跟那種流氓扯上關係，一定會變成這樣。他是個瘟神。再這樣下去我們統統都會完蛋。你說怎麼辦？」

「對不起，小峰先生。」榮美子道歉。「把病傳染給小峰先生的，應該是未央。所以，就算沒有救那個刺青的人，我想最後還是會變成這樣。久我先生並沒有錯。」

小峰的嘴角冷冷一撇。

「那麼未央又是被誰傳染的？不就是那個流氓嗎？久我先生，我記得你說過，凡是威脅我們生存的人都要排除在外。那你打從一開始，就該先排除那個男人才對。」

「可是生病也不是他願意的吧？」菜菜美打圓場說。

「各位，我看你們好像都很同情那個流氓。」

「才沒有……」菜菜美說到這裡時，目光射向誠哉的後方。

誠哉轉身。站在那裡的是河瀨。

「你還好嗎？」誠哉問。

「舒服一點了。我口渴，想找點東西喝。」

「啊，那，我去拿茶來。」榮美子抱著嬰兒，走向餐廳。

河瀨看著小峰，小峰避開目光。河瀨哼了一聲。

「冬樹先生他們現在已經去找藥了。」菜菜美對小峰說。「只要拿到藥，一定會立刻好起來的。只要再忍耐一下就好。」

小峰默默搖頭，在沙發上躺平。

榮美子拿著寶特瓶裝的日本茶回來。

「我拿給他。妳最好還是不要靠近。」誠哉接過寶特瓶，拿去給河瀨。「喝了這個，你立刻去休息。」

河瀨握緊寶特瓶，看著榮美子。

「有小嬰兒啊。此外，好像也有老先生生病。」

「雖然我們本來彼此都不認識，但是現在互助共生。」

河瀨不置可否地哼了一聲，打開寶特瓶喝茶。

「那個寶特瓶你要負責收好。」誠哉說。「千萬要小心，絕對不能讓其他人誤飲。」

「噢，我知道。」河瀨轉身，朝交誼廳後方邁步走去。但他立刻止步，轉過身來。「如果我離開比較好，你們可以直說，我可不想被人當成眼中釘，還死皮賴臉地巴著你們。」

誠哉想了一下才回答：

「當然，如果到了那種時候我會毫不客氣地直說。」

河瀨冷哼一聲，對小峰投以一瞥後再次邁步。而小峰，早已在沙發上陷入昏睡。

「呃，那我要去準備早餐了。」榮美子說。

「等一下，我也去幫忙。」

「可是……」

誠哉微微搖頭。

「現在堅持隔離我們兩個，讓我們兩個照顧病人已失去意義了。餐廳那邊既然已有三人發病，表示大家都有可能發病。現在只能一起分擔煮飯、看護病人的工作——菜菜美小姐，妳看這樣行嗎？」

「我也覺得這樣比較好。」

「那麼，我們走吧。」誠哉催促榮美子，走向餐廳。

他把原委也告訴太一和戶田。早已知道小峰發病的兩人，很怕接下來就會輪到自己。

「我們那個學年停課時，我在隔天病倒了。通常自以為已經沒事的時候最危險。」太一揉著肚子說。「我忽然覺得肚子有點疼。」

「你弟弟他們幾時回來？」戶田問。

「不知道。連他們去哪都不清楚。」

「是不是該去找他們？」太一說。

「那可不行，萬一派去找人的人半路發燒怎麼辦。」

「啊，對喔。」

傷腦筋，戶田一邊說一邊猛搔頭。

榮美子開始準備早餐了，所以誠哉也去幫忙。病人多，因此必須烹煮大量的粥。他們有水也有米，但瓦斯所剩無幾，沒生病的人只好吃未加熱的真空包食品和罐頭當早餐。

餐後，誠哉在太一與戶田的協助下，在飯店的玄關前搭起簡易爐灶。無法烹煮食物，已漸漸成為攸關生死的問題。

「他們兩個會跑到哪去呢？」太一看著遠處說。「該不會，已經死在哪裡了吧……」說完，他連忙捂住自己的嘴。

這時菜菜美來了。「那個，久我先生。」

「怎麼了？」

「河瀨先生不見了。還有，小峰先生的鞋子也消失了。」

「妳說什麼？」誠哉咬唇。

26

誠哉站在逃生門外，俯視地面。又多了一個新腳印。

「我不認為他的體力已恢復到可以四處走動了。」菜菜美在旁邊說。

「該不會是覺得無地自容，所以索性離開了吧。」太一自後面發話。「他害大家陸續病倒，所以他會感到內疚也是應該的。」

戶田嗤之以鼻。

「如果他有那種廉恥心，就不會在背上雕龍刺鳳了。我看他大概只是自己病況比較好了，看到病人增加嫌礙眼，所以才出去散步，順便察看情況吧。用不著擔心他。如果真的沒回來，到時再看著辦。先別管他了，還是開始工作吧。不趕緊搭個爐灶的話，別說午飯，說不定連晚飯都趕不上。」

「也對，我們如果沒來這裡也不會遇到他。」

戶田與太一回去了。

「其他病人的情況如何？」誠哉問菜菜美。

「還是一樣。」

「山西先生呢？」

菜菜美突然垂眼，然後仰望誠哉。

「不太樂觀。他咳得越來越厲害，再加上高燒不退……對心臟應該是很大的負擔，我也擔心會有併發症。」

「是嗎。不好意思，能否請妳繼續觀察他？」

「我知道了。」

誠哉再次瞥向室外，這次是為了確認天氣。濕暖的風吹來，有如髒棉花的烏雲開始急速移動。

又要下雨了嗎，他暗自啐舌。

爐灶搭造得很順利。他們把應該用不到的木製家具徹底解體，拿來當木柴燒。外面雖然也散落許多倒塌房屋的碎片，但是豪雨不斷，使得那些碎片飽含水分，恐怕很難拿來生火。

「能夠確保火源雖然很好，但不能在室內使用就有點痛苦了。」太一看著啪嚓作響的火燄，如此說道。

「那可沒辦法。如果在室內做這種事，肯定立刻濃煙密佈。」戶田苦笑。「不過，光是能吃到熱呼呼的食物就該感激不盡了。冰涼的真空包裝食品真的很難吃。」

榮美子架上大鍋，開始注入寶特瓶中的水，將五百毫升的寶特瓶逐一清空。

誠哉一邊旁觀一邊暗想，不管現在有多少存糧，再這樣下去，食物和水很快都會見底。到時，只能再遷往別處。他打算等大家都康復後就前往總理官邸，但是也得先盤算一下如果無法抵達時該怎麼辦。這一帶還有其他大型飯店，如果受損情況不嚴重，也許可以跟這裡一樣，保障他們數日生活。

但是——他又轉念。

在這個世界，不管活多久，都不會出現任何奇蹟。這件事只有誠哉知道。

看著拚命工作的榮美子等人，他很心痛。他開始遲疑是否該說出真相了。大家親眼目睹驚人的超自然現象後，都陷入了混亂，不安與恐懼顯然正侵蝕眾人的心靈。但大家還是在絕望之中，拚命試圖振作。因為大家深信只要能活下去，一定會有什麼奇蹟。「也許能找回自己失去之物」的微渺希望，是眾人唯一的生存支柱。

該不該告訴他們根本沒那種希望呢？誠哉暗忖。隱瞞這個真相究竟是不是正確抉擇呢？

雷鳴將誠哉的心思拉回現實。正在往火堆添木柴的太一，露出厭煩的表情。

「又有暴風雨要來嗎。」

「糟了。」戶田轉身。「撇開流氓姑且不論，我很擔心那兩個人。如果他們日落還沒回來一定會大事不妙的，我不是在開玩笑。該怎麼辦？」

「現在也只能繼續等待了，我們不可能去找他們。就算他倆出了什麼事，我們也無能為力。」

「這話，也許是這樣沒錯啦……但你都不擔心你弟弟的安危嗎？」

「當然擔心。不僅是我弟，我也擔心明日香和刺青男。可是現在，我們只能做自己做得到的。」

「你的意思我當然明白……」戶田交抱雙臂，眼神不安地瞥向天際。

鍋中熱水開始沸騰了。榮美子一放入柴魚片，頓時瀰漫起高湯的香味。

好香，太一說著露出幸福的表情。

到了下午，天空急速變暗。接著，水滴開始落下，不久後便下起滂沱大雨，風勢也很強勁，辛苦搭造的爐灶差點泡在水裡。誠哉在太一等人的協助下，替爐灶罩上了塑膠布。

「真的不妙耶。這種情況下，冬樹他們根本回不來。」太一說。
「你就別說了。正如久我先生所言，那是我們無能為力的事。」戶田不耐煩地數落他。
誠哉四處巡視病人的情況。小峰罩著毯子蒙頭大睡，午餐他幾乎一口也沒吃。嘔吐的情況好像很嚴重。為了防止脫水，只能讓他大量飲水。
榮美子坐在未央身旁，正在替未央擦拭頭上的汗。
「怎麼樣？」誠哉問。
「還沒退燒，呼吸也很吃力……真想幫她做點什麼。」
「妳的心情我能體會，但妳最好休息一下，妳操勞過度了。拜託，請妳不要逞強。」
「謝謝你的關心。不過，這樣做最能讓我安心下來。」
對於她的說法，誠哉只能點頭同意。身為母親，這應是理所當然。
「這孩子，不知把哨子弄到哪去了。」榮美子咕噥。
「哨子？」
「本來應該是掛在她脖子上的，可是現在不見了，該不會弄丟了吧。」
「如果弄丟了，我再幫她找個替代品。」誠哉說。
病情最嚴重的是山西。他的臉痛苦扭曲，乾涸的雙唇之間，發出低微呻吟，其間還不時咳嗽。每咳一次，身體就會像痙攣般抖動。
菜菜美坐在略遠之處，她戴著口罩大概是為了預防感染。
「退燒了嗎？」
她臉色黯淡地搖頭。
「完全沒退燒。雖然也可以給他服用強迫退燒的藥，但是後果無法保證。」

「還是需要克流感嗎？」

「而且，如果今晚之內未服用，恐怕無法指望它會順利生效。這種藥如果不在發病後的四十八小時內服用，就沒多大用處。小峰先生體力較佳所以應該不要緊，但我擔心山西先生和未央。尤其是山西先生，縱使救回一命，或許也會留下某些後遺症。」

誠哉不發一語微微搖頭，就這麼離開。

「久我先生。」菜菜美喊住他。誠哉駐足轉身，她眼神認真地繼續說：「我已經受夠那個了。」

「妳指的那個是？」

「沙克辛。」她說。「要用那個，我絕對不幹。」

誠哉明白了，她指的是安樂死。他朝她一笑。

「我知道。其實我自己也不想再做那種事了。」

「那就好。」菜菜美低下頭。

誠哉再次邁步，同時感到某種苦澀的滋味在口中彌漫。用不著她說，他也不願再去想什麼安樂死。但是假使山西先生臥床不起，屆時他還能說得那麼好聽嗎？他們光是為了活下去就已費盡力氣了。就現狀而言，如果不四處遷徙覓食，必然難以生存。要帶著一個臥病在床的老人一起行動，就現實考量根本不可能。

但是就算把拖累大家的人逐一捨棄，最後又能剩下什麼呢？剩下最後一個人時，能夠說他從中得到了什麼嗎？

這是他不願去想的事，但總有一天他一定得去面對。想到那一刻可能會來臨，絕望感就令他眼前發黑。

戶田在餐廳喝紅葡萄酒。他已喝光一瓶，又開了第二瓶。太一邊喝罐裝可樂，一邊吃餅乾。是這家飯店內販售的餅乾。

誠哉站在戶田面前。

「我記得已經拜託過大家，要喝酒必須在就寢一小時前喝。」

戶田手持玻璃杯，冷然瞪視誠哉。

「這點小事有什麼關係，反正也沒別的娛樂。」

「所以我才說睡前可以喝。但是在那之前，如果喝醉了會很麻煩。因為我們無法預料大家必須在何時採取何種行動。」

「我還能喝，我沒醉。」

「不，請你到此為止。」誠哉拿起還有葡萄酒的酒瓶。

「你幹什麼！」戶田面紅耳赤，噴出酒氣。

「你已經夠醉了。」

「就跟你說我沒醉！」戶田站起來，腳步踉蹌地撲向誠哉。

「喝光那瓶我就不喝了嘛。」

「規定就是規定，請你遵守。」誠哉甩開他的手。也許是力道太大了，戶田重心不穩，狠狠撞上旁邊的桌子，摔倒了。

啊！誠哉連忙衝過去。「你沒事吧？」

但戶田沒吭聲。誠哉怕他也許受了傷，連忙喊道：「戶田先生？」

戶田在發抖，接著他哭了。他斷續吸氣的聲音傳來。

「反正，遲早都會死吧？」他低聲說。

「啊？」

「我是說我們。這種狀態不可能永遠持續下去。區區一個流感，就搞成這樣了。食物也是遲早會吃光的。不管怎麼想，我們都不可能活下去。不管怎樣，都是死路一條。大家都會死。既然如此，規定還有何意義？還不如讓我隨心所欲地享受一下再死。」

「戶田先生……」

「所以把酒給我，不喝酒我怕我會瘋掉。」戶田纏著誠哉不放。

「不行。請你適可而止！」

就在誠哉怒吼之際，耳熟的聲音傳來。

「是哨子。」太一說。「是未央哨子的聲音，從外面傳來的。」

誠哉放開戶田，走向逃生門。太一也隨後跟上。

外面依然下著滂沱大雨，彷彿在雨中穿梭而來的哨音的確正漸漸逼近。

最後人影出現了，從體型看得出是河瀨。他披著雨衣，膝蓋以下沾滿泥濘，慢慢走來。他的身上纏了繩子，正在拖著什麼東西。

誠哉朝繩子末端一看，大驚失色。看起來像是被河瀨拖著走的冬樹現身了，冬樹身上纏著繩子，那繩子還繼續往後延伸。

最後出現的是明日香。她幾乎連站都站不住了，全靠走在前頭的二人拉著繩子，她才能勉強邁步向前。

誠哉與太一冒雨衝出去。他們奔向明日香，二人合力撐著她的身體。喊她也不見她回應，連她有沒有聽見都不確定。

「她在發高燒！」太一高喊。

他們回到飯店才解開三人身上的繩索。
「太一，你去叫菜菜美小姐來。順便拿些毛巾。」
知道了，太一說完拔腿就跑。
河瀨在地板上躺成大字形。明日香癱坐在地，低著頭，一動也不動。
誠哉走近趴跪在地上的冬樹。
「冬樹，這是怎麼回事？你為什麼擅自行動？你都沒想到會有這種後果嗎？」
對不起，冬樹小聲回答。
「這不是道歉就能解決的問題。你的行為已嚴重違反規定，這可是攸關人命的問題。」
誠哉的話才說完，他的衣角就被拉了一下。他轉身一看，是明日香在拉他的衣角。
「別罵他，是我不好，都是我吵著非要跟去。所以，請你別罵冬樹。」她說完，便猛然倒在地上。

27

誠哉與太一幫明日香換上乾衣服後，合力將她抬到交誼廳的沙發。等她躺平後，菜菜美替她蓋上毯子。鑽進毯子的過程中，明日香一直閉著眼。她似乎渾身發冷，一直微微顫抖。
「據說她已經吃了克流感，所以接下來只能讓她靜臥休養。」
誠哉點頭同意菜菜美的說法。
「也該給其他病人服用克流感吧？」
「我也認為該這麼做。但未央服藥後，一定要讓榮美子小姐守在她身邊。因為曾有報告指出小孩子服藥後引發精神錯亂的個案。」
「那麼，可以由妳負責下達指示嗎？」
「知道了。」
誠哉離開交誼廳，前往餐廳。已換好衣服的冬樹，伸長手腳坐在椅子上。
「身體怎麼樣？」誠哉站在弟弟面前。
「……馬馬虎虎吧。」
冬樹的臉色很糟，還有黑眼圈。剛回來的時候看起來連動都有困難，不過他沒發病，這是不幸中的大幸。
「那我們就來偵訊吧。」誠哉拉來椅子，一屁股坐下。「我重新問你，這到底是怎麼回事？」
冬樹滿臉疲憊，深深吸了一口氣。
「沒什麼了不起的理由。我覺得這樣下去大家都會垮掉，必須想辦法解決。就這樣。」
「你為什麼不跟我商量？」
「如果找你商量，你會贊成嗎？你會同意讓我半夜出門？」
「……應該不會同意吧。我應該會叫你至少先等到天亮再說。」
「那樣就太遲了。哥你知道嗎，山西先生本來打算偷偷離開。你知道為什麼嗎？因為他發現自己感染新流感，他覺得這樣下去只會拖累大家。看到山西先生這樣，卻幫不上任何忙，我真的很不甘心。我覺得一定要想辦法救他。我曾聽說新流感的治療藥物如果不盡早服用就不會見效，所以我決定了。現在，立刻就得出門。我唯一的誤算是明日香也跟來了。」
「她是在哪發病的？」

「好像是在去醫院的路上，但我開始找藥時她才承認。老實說，我當時慌了。我不知道該怎麼辦。」

「所以你決定先觀望情況再說嗎？」

「不對。」冬樹搖頭。「找到克流感後，我立刻從醫院出發。帶著她。」

「在那時候，她還有足夠的力氣可以行動嗎？」

「不。那時她已經連走路都很困難了。所以，走到一半我只好背她。」

誠哉嘆了口氣。

「你就沒想過先把明日香留在醫院，自己帶著克流感回來嗎？」

「明日香也叫我這麼做。她懇求我，拜託我這麼做。她還說，如果是哥你一定會這樣做。但是，我做不到。把一個發燒生病的人，留在那麼陰暗的醫院，這種事我做不到。你想想看，沒有吃的，也不知幾時會有人來救援，再加上高燒。如果是我在那種狀態下被丟下不管，我一定會瘋掉的。所以，我跟她說我們要一起回去。我跟她說，如果她走不動我會背她。」

冬樹凹陷的雙眼轉向他。

「哥想說什麼我都知道。你一定會說那樣做如果二人都垮了豈非毫無意義。實際上，我們的確走到一半就進退兩難了。明日香走不動了，我也沒力氣再繼續背她走。這時又下起大雨，雙腳被滾滾濁流帶著走，我以為我們已經完了。要不是有那個人來救我們，說不定到天黑還回不了這裡。如果把明日香留在醫院我自己先回來，也許早就已經讓大家服下克流感，這時候也能趕回去救明日香了。但在那種時候，我就是無法像哥你一樣冷靜行動。就算理智上知道該怎麼做，我還是做不到。」

冬樹懊惱地咬唇，垂下頭。從他眼中掉出的淚水，落在他的腳邊。

誠哉默默起身。

「哥……」冬樹仰起臉。

「夠了，我都明白了。你好好休息。」

誠哉走出餐廳。交誼廳裡，換好衣服的河瀨敞開雙腿，大剌剌坐著。他穿的好像是這家飯店的制服，大概是找不到別的衣服可換吧。

河瀨本來閉著眼，誠哉站到他面前後，他似乎察覺到動靜，便睜開了眼。

「你是為了救他們兩個，才離開這裡嗎？」誠哉問。

河瀨聳肩。

「我沒那麼好心。只是，我聽到你們的對話了。」

「我們的什麼對話？」

「說某某人去找藥之類的。然後，人好像一直沒回來，所以你們擔心對方不知怎麼了。我就去看看情況囉，反正我身體也好多了。」

「你在哪找到他們兩人的？」

「到處都亂七八糟所以我也不是很確定，應該是在歌舞伎座附近吧。馬路整個陷下去了。我不經意探頭一看，他倆就蹲在底下。我還以為已經死了，結果一喊他們，男的就抬起頭了。感覺他們好像已經精疲力盡了，所以我就丟繩子給他。」

「虧你想得到事先準備繩子。」

「數寄屋橋的十字路口不是有個派出所嗎？我經過那裡時順手借來的。因為我看到處都很不好走，我想一定會派上用場。那綑繩索，大概是用來隔離案件現場圍觀群眾的吧。」

「想到要用繩子綁在三人身上，還真有你的。」

誠哉這麼一說，河瀨淺笑。

「沒什麼啦。只是拉他們上來時綁在身上，後來就這麼一路拉回來了。我倒覺得，那個小伙子挺厲害的。因為路上，好幾次都是靠他扛著女孩。他自己都已經那麼累了，真是不簡單。」

「你也是。」誠哉說。「不過下次如果要出去，希望你先打聲招呼。」

「好啦，知道了。你就是要說這個嗎？沒事的話我想睡一下。雖然我的身體已經好多了，但是還是很累。」

「我想也是。你好好睡一覺吧。」誠哉離開河瀨面前。

不久之後，日落了。建築物內急速變暗，幾乎所有的人都睡了。他們的鼾聲被風雨聲掩蓋。

誠哉坐在交誼廳的沙發，與菜菜美一同凝視燭火。不知哪裡有風吹入，火燄正微微晃動。

「也許我錯了。」誠哉低語。

「你是指什麼？」

「我是說，自己的思考方式。我一直深信在這種極限狀態中要生存，唯一需要的就是冷靜客觀的判斷。我以為一旦出問題時，任憑感情左右行動是大忌。況且在警界，我也是這樣被教育的。」

「我想應該沒有人能夠否定久我先生你的做法。大家都很清楚，多虧有你那種做法，我們才能活到現在。」

「可是如果照我這種做法，可能到現在也拿不到克流感。」誠哉交握十指。「據說山西先生發現自己發病後，本來想獨自離開這裡，因為他不想給大家添麻煩。」

菜菜美的眉線往下傾斜，表情悲傷。「原來是這樣啊。」

「在我看來，那毫無道理可言。到了早上，大家發現山西先生不見以後，就必須到處找他。

在那過程中，誰也不知道會發生什麼問題。就結果而言，這樣反而對大家造成更大的麻煩。沒想到就連山西先生那麼睿智的人，都沒考慮到這點。」

菜菜美緘默不語。即便能夠理解誠哉的意見，想必也無法同意他對一個生病老人的指責吧。

「但我弟看到那樣的山西先生，卻被打動了。他立刻衝上沒有燈光、滿目瘡痍的街頭。不只是冬樹，明日香也跟去了。他們完全沒想過，也許某一方會在半路發病。雖然他們最後找到了藥，其中一人卻發病了。發病的人要求另一人撇下自己先走，另一人卻做不到，還有勇無謀地決定要背病人走回來。果然，他們在半路上就陷入絕境，但是這時伸出援手的，竟是不顧自己病情尚未完全康復，便擅自出門的頭號病人。」誠哉搖頭。「我看傻了，這些全是我無法理解的行動。每個人都衝動行事，只能說他們已喪失理性。」

「我認為這時候不能講道理，凡人不就是這樣嗎？」菜菜美心虛地低下頭。「對不起。我說這種話太自大了……」

「不，妳說得一點也沒錯，我也覺得這就是人的本性。過去，我把生存視為第一優先，只想著怎樣才能讓大家都活下去，想著如何在『無法讓所有人活下來』的情況下，把犧牲減至最低限度——我滿腦子只有那種想法。可是人生在世，並不只是維繫生命這麼簡單。無論在何種狀況下，可能還是必須思考各自的人生吧。」

「人生……」

「對，就是人生。要讓大家都有無悔的人生，就不能忽視各人的價值觀與自尊。人或許會覺得別人行為不合理，但只要那行為對他的人生來說如果很重要，也許就不該插嘴干涉。」誠哉的目光自燭燄移開，倚靠沙發。他的影子在天花板晃動。

「我並不認為你的做法有錯。現在最重要的，就是找出活下去的辦法。我一點也不想在這種地方結束人生。」

她的語氣變得前所未有地強硬，誠哉不禁凝視菜菜美。

因為——她又繼續說：

「久我先生你不是說過嗎：只要能活著，遲早會打開生路。我對你這句話深信不疑。」

「菜菜美小姐……」

「你這句話，還是可以相信吧？」她投以真摯眼神。

「對，那當然。」誠哉點頭。

旁邊傳來聲響。定睛一看，是榮美子站在那裡，她手上還拎著熱水壺。

「我是不是……打擾你們了？」

「怎麼會。那是什麼？」

「白天事先泡好的茶。要喝嗎？」

誠哉與菜菜美對看了一會兒後，對榮美子說：「那就來一杯吧。」

榮美子打開壺蓋，注入紙杯。日本茶的香氣瀰漫開來。

「未央的情況怎麼樣？」

「託各位的福，吃了藥後，她看起來好像舒服一點了。不過藥效應該沒有那麼快。」

「也許是吃了藥，讓病人感到安心吧。這就是所謂的安慰劑效果❼。」誠哉啜飲日本茶，不由深深嘆息。「我從沒想過茶這麼好喝。」

「謝謝你們兩位。」榮美子鞠躬行禮。

❼譯註：Placebo effect，透過服藥伴隨的心理暗示作用，本來不具藥效的藥物也能令病人的病情好轉。

「不，謝謝菜菜美小姐還有道理，我可是什麼也沒做。就連拿藥回來，也是我弟自作主張。撇開這個不談，倒是我該向妳道謝。有妳掌廚，不知幫了我們多大的忙。」

榮美子看著地面。「像我這種人，一點用處也沒有。」

「沒那回事。有妳這樣的媽媽，未央一定很幸福。」

她立刻猛烈搖頭。「才沒有！」

她的語氣意外激動，誠哉聽了感到困惑。榮美子像是被自己的聲音嚇到了，她捂住嘴。「對不起。我不是故意要大聲說話的。」

「哪裡，那倒是沒關係……」

榮美子用雙手包覆紙杯。

「我根本不是什麼好母親，根本沒讓那孩子幸福。那孩子會變成那樣，也是我害的。」

「變成那樣？妳是說發不出聲音？她那個毛病不是這次的異變造成的嗎？」

榮美子沒有回答誠哉的問題，但是這等於默認異變並非原因了。這倒是很意外，他咕噥。

「我想這也許是報應。」榮美子說。

「報應？」

「事情演變成這樣，是對我的懲罰。身為母親，我沒有讓那孩子幸福，所以才會遭到報應吧。因為我是個很糟糕的母親，就算遭到老天爺責罰也無話可說。」

「妳這樣想是不對的。」菜菜美說。「照妳這麼說，難道我們也是該遭到報應的罪人嗎？」

榮美子微微苦笑。

「也對，說你們遭到報應太奇怪了。」

「過去的妳姑且不論，但是我認為現在的妳對未央來說是個好母親。這點我們可以保證，所以請妳不要那樣想。」

「……謝謝。」

榮美子的唇角浮現笑意。她把剩下的茶注入誠哉的紙杯時，笑意也沒有消散。

28

醒來時，冬樹倚靠牆壁，蹲在地上。他的背上披著毯子，睡覺過程中出了一身大汗。他摸摸脖子，發現滿手濕黏。

好像已經天亮了，四周很亮。他揉搓臉頰，腦袋昏沉。現在自己身在何處，處於何種狀況，一時之間他竟然想不起來。好像是在餐廳中，周遭沒半個人。

啊對了！我回來了——他的記憶終於復甦了。

冬樹站起來。身體異常笨重，想邁開步伐，卻險些站不住。

他走出餐廳，先到了大廳看看狀況。榮美子在玄關前，將鍋子架在火上。濃煙滾滾。冬樹因此得知，在自己艱苦奮戰之際，爐灶已搭好了。

「早。」冬樹朝榮美子的背影喊道。

「啊，你早。疲勞的感覺消失了嗎？」她含笑問道。

「稍微好些了。」冬樹回答。

「那就好。」

太一從爐灶的另一頭探出臉。

「大家都快擔心死了，怕你們會不會死在某個地方的路邊。」

「對不起。」
「不過也多虧你們，我女兒才有希望痊癒。」榮美子行以一禮。「謝謝你。」
「哪裡，這沒什麼，用不著道謝。」冬樹連忙搖手。「經理呢？」
「戶田先生的話，他正在幫我照顧勇人。他把勇人抱在懷裡，一直在附近走來走去。」
「噢？他也會那樣？」
「聽說戶田先生有個女兒。去年剛結婚，還沒生小孩。所以他對照顧小嬰兒好像本來就有點嚮往。」
「原來如此。」
每個人原本其實各有不同的人生——這是理所當然的，但此刻的冬樹再次深刻體會到了這點。大家各自有包含昨天的過去，有今天，也深信會有明天，以及明天之後的未來。這個深信不疑的時間之河，為什麼會突然中斷呢？雖然找不到對策，但他想知道究竟發生了什麼事。
他走進建築物，去交誼廳看看狀況。套著飯店制服外套的男人，正敞腿坐在沙發上抽菸。他袒露襯衫前襟，所以看起來不像真正的飯店員工。
嗨，男人主動先打了招呼。「身體怎麼樣？」
「還算馬馬虎虎吧。」冬樹回答。
他記得自己是被這個男人所救的。當他們滑落地面凹陷之處，動彈不得時，上面忽然拋來繩子。他本來已經絕望，以為不可能獲救了，所以當時覺得那簡直是奇蹟。
之後的事，他不太記得。與其說他是太專心在移動雙腿，不如說他更像是夢遊症的病人。他是在回到這家飯店之後，意識才清醒的。他記得誠哉問了他很多問題。
「多虧有你才能獲救，感激不盡。」

冬樹這麼一說，男人搖搖夾菸的那隻手。

「這算是禮尚往來吧。反正今後也要靠你們照顧。哎，就當是見面禮吧。」

男人自稱河瀨。

「託你的福才能拿藥回來，我想生病的人也都很感謝你。」

「能拿到藥就好。」河瀨笑了。

「承你好意，但我可不想感激那個男人。」某處傳來聲音。

冬樹轉頭一看，臉色慘白的小峰杵在那裡。

「歸根究底，要是沒有這個男的，誰都不會生病，也不會需要什麼藥。冬樹先生，我也覺得連你沒必要感激他。」小峰說話時還不斷咳嗽，邊咳邊走回自己休息的沙發。

河瀨把臉別開，逕自抽菸。他的嘴角綳著淺笑。

「你用不著在意。」冬樹對他說。「他在生病所以心情不太好。」

「沒關係。他講的是事實。」河瀨把菸往地上一扔，用鞋子踩熄後，站起來朝餐廳走去。

冬樹繼續往交誼廳後方走，經過再次躺下的小峰身旁。

明日香用毯子蒙著頭，正在睡覺。冬樹是看到她腳邊放著眼熟的泥濘雨鞋，才知道睡覺的人是她。

他用指尖捏住毯子邊緣，緩緩拉起。他看到了明日香的睡臉。但是下一瞬間，她突然睜開眼睛了，眨幾下眼後，她狠狠瞪他。

「你居然偷窺別人睡覺，真不敢相信。」她用沙啞的嗓音說。

「感覺怎麼樣？」

明日香皺起眉頭，歪了歪頭。

「好像還在發燒。不過，可能已經算是好多了。」

「喉嚨呢？」

「很痛。」說完話，她拿毯子摀嘴，咳了一聲。

「今天一整天，妳最好都躺著。」

「我會的。」

冬樹點點頭便想離去，但明日香忽然喊住他。

「我必須向你道歉。」

「如果是為了妳跟著去醫院的事，那就別提了。」

「不是的。」

「要不然，是為了妳生病道歉嗎？那也不能怪妳，又不是妳的錯。況且生病的也可能是我。」

明日香又大大搖了搖頭。

「那個雖然也得道歉，但是還有更嚴重的事。」

冬樹納悶不解。「有發生什麼事嗎？」

明日香用毯子纏裹身體，像貓一樣蜷起身子才開口。

「從醫院回來的途中，我們兩個，不是掉進馬路的缺口嗎？」

「沒錯。路面下陷，我們不小心失足滑倒，結果一起掉下去了。」

「那時，老實說，我已經放棄了。我以為我們沒救了，將會死在那裡。」

「……不會吧。」

「我的腦袋一片空白，身體笨重，兩腿更是一步也動不了。掉進那種宛如螞蟻地獄❽的地方，我以為絕對爬不上去了。那時我心想，算了。」

「明日香……」

「對不起。我明明答應過你不管怎樣絕對不放棄。虧我還逞強說什麼危機之後必有機會來臨，真是丟臉。」

明日香把毯子往上拉到嘴巴，眨眨眼後，朝冬樹凝視。

「我也……好不到哪去。」他抓抓腦袋，報以苦笑。「人家不是說冬天爬山發生山難，會很想睡覺，什麼都懶得做。當時的我，就有那種感覺。其實我也有點自暴自棄的想法。」

「原來那時你也疲弱了。」

「換句話說，我們兩個當時都很危險。」

「能夠這樣迎接早晨的太陽，簡直像作夢呀。能活著太好了。」

在冬樹聽來，明日香似乎是發自內心說這句話的。他感到胸臆之間微微發熱。

「榮美子小姐正在替我們煮早餐。妳要好好攝取營養，趕緊恢復健康。」冬樹說完，便離開了。

未央也在睡。發燒時通紅的小臉蛋，現在已恢復成淺粉色了，呼吸也很平靜。看來榮美子說得沒錯，照這樣看來，未央應該很快就會康復。

幸好自己還是硬著頭皮去拿藥了，冬樹覺得很高興。但這種開朗的心情，在他走進建築物更深處後，便消失無蹤。菜菜美屈膝跪地，正替山西把脈。她的側臉看起來異常凝重，冬樹甚至不敢出聲喊她。山西不斷低聲咳嗽，每次一咳身體就痙攣般抖動。

❽譯註：獅蟻的幼蟲會將乾燥的泥土挖成擂缽狀築巢，捕食掉落洞底爬不上去的螞蟻。

誠哉坐在稍遠處，他也面色陰沉。

「山西先生的情況，不樂觀嗎？」冬樹問。

誠哉大大嘆氣。

「高燒不退，咳嗽也止不住，體力消耗得很嚴重。」

「不是讓他服藥了嗎？」

「已經跟新流感無關了。菜菜美小姐說恐怕是併發了肺炎。」

「肺炎……」

「我已經請菜菜美小姐盡力而為。但是，最後還是要看他自己的體力。」

「他的狀況真的這麼糟嗎？」冬樹的臉孔扭曲。「那時，我不該讓山西先生直接躺在地上嗎？」

「我想應該與那個無關。再說，事情已經過去就別再多想了。你去榮美子小姐那邊，拿鍋子裝點熱開水回來，我要放在山西先生身邊。盡量增加濕度可能比較好。」

「知道了。」

榮美子正在玄關前把義大利麵裝進幾個餐具中，太一早已開始吃了。給病人吃的粥好像也煮好了。

冬樹在鍋中倒入熱水，回到誠哉他們那邊。

「早餐好像煮好了，你們要不要先去吃？山西先生有我看著。」

聽到冬樹這麼說，誠哉點頭起身，朝菜菜美望去。

「走吧，菜菜美小姐。能吃的時候就得吃一點。」

也好，她說完便離開山西身旁。她的表情沉鬱。

二人離開後，冬樹在山西身旁坐下。山西痛苦地蹙眉，不時發出咳嗽聲。明明應該在發高燒，臉色卻蒼白如蠟。他的嘴角紅腫潰爛，像是痰液的東西在唇旁乾涸，留下痕跡。

在罹患新流感之前，山西雖然腳受傷了，但還算是老當益壯。他說出的話有時能鼓舞大家，有時會讓大家的想法大大改變。

冬樹尤其難忘山西提議將妻子安樂死時的情景。那本該是個苦澀的決定，但山西不慌不忙，淡然陳述自己的想法。最後大家都接受了他的提議，所以就某種角度而言，在當時，他可說比任何人都冷靜。

冬樹再次覺得，他們不能失去這樣的人物。活到一把年紀的人，自有其相應的人生智慧。那是對生存極有用處的智慧。

冬樹稍微瞇了一下眼睛。把他自淺眠中拉回來的，是一陣奇妙的聲音。那個聲音發自山西之口，但顯然和之前的咳嗽聲不同。他週期性地擺動頭部，好像也配合那節奏喘著氣。他的臉色慘白。

冬樹連忙跳起來，衝出交誼廳。大廳中，誠哉正與菜菜美對坐，吃著義大利麵。

「怎麼了？」誠哉問。

「山西先生的情況不對勁。」

菜菜美聽到冬樹這麼說，不發一語地放下盤子，走向交誼廳。

山西半張著嘴，幾乎已沒有動靜。菜菜美坐在他身旁，大聲喊他的名字。但山西沒回應，也沒睜眼。

她替他量脈搏，表情一暗。「越來越弱……」

菜菜美開始按壓心臟，她的背影散發出前所未有的急切感。

「換我來。」誠哉說著接手。「妳繼續量脈搏。」

不知幾時，太一和榮美子也來到冬樹身後。明日香也撐起身體，憂心地望著。

在大家的圍觀下，誠哉一邊拚命按壓心臟一邊喊山西的名字。菜菜美抓著他的手腕，替他量脈搏。

最後菜菜美看向誠哉，誠哉停下了動作。

菜菜美搖頭，放開山西的手。誠哉看了，頹然垂首。

冬樹立刻明白發生了什麼事，但他不願相信。他壓根沒預料到，與重要人物的訣別竟會如此輕易降臨。

「哇！」榮美子大叫，蹲坐在地。站在一旁的太一開始哭了，他的臉上很快就涕泗縱橫、一塌糊塗。在他後方的明日香也把臉埋進沙發。

飯店的中庭有土。本來好像種著花，現在當然已無跡可尋。冬樹和太一兩人拿鏟子在那裡挖洞。泥土泡過水後很軟，沒費太多時間就挖了一公尺深。

誠哉與菜菜美將毯子包裹起來的山西遺體搬過來，二人慎重地將遺體放入墓穴。

「好了，蓋上土吧。」誠哉說。

大家用兩把鏟子輪流覆上泥土。未央缺席，明日香與小峰堅持參加。二人覆上泥土後，也不肯先進屋。

冬樹把鏟子遞給河瀨。

「我也可以參加嗎？」河瀨問。

「那當然。」誠哉回答。「你也參加。」

河瀨接下鏟子，小峰把臉撇開。

最後冬樹和太一把剩下的土鏟進去。一切結束後，榮美子把花放在上面。是飯店內裝飾的假花。

太一插上一根棍子，那是山西生前經常當作手杖使用的棍子。

誠哉率先合掌膜拜，眾人也雙手合十。

「這是最後一次了。」誠哉拜完後說。「意外之死不會再發生，絕對不會。」

29

實在難以相信，那棟建築的一樓，過去曾是便利商店。玻璃破裂，店內灌進大量泥土與瓦礫，層層堆積。一切都染成灰色，光用看的很難看出哪些東西是店內原有的商品。要不是店前掛著骯髒的招牌，他們差點過門而不入。

一腳跨入的瞬間，冬樹踩到某樣東西。感覺上，踩扁的似乎是容器。他把手伸進泥水，撿起那樣東西。是鋁製容器。

「是鋁箔包鍋燒烏龍麵。」他拿給身後的太一看。

「啊？你居然把它踩扁了？」太一露出難過的表情。

「反正裡面的麵條也餿了。」冬樹隨手一扔，四下環視。「好了，能吃的東西在哪裡？」

他用戴著橡膠手套的手摸索身旁的東西，太一也和他一起搜索。

「找到了，是碗裝泡麵。」太一自泥濘中撿起某樣東西，那的確有容器的形狀。但是下一瞬間，他失望地垂落雙肩。「不能吃。容器破了，泥巴都跑進去了。」

「在那附近找找吧，那八成是泡麵的貨架，也許能找到還沒破損的。」

兩人在泥濘中搜尋，逐一找出速食食品。但是那些食品，幾乎都有某處破掉或是容器破裂。勉強判斷應該還能吃的，不到十個。

「費了這麼大的勁，居然連一餐的分量都不夠嗎。太慘了。」太一歪著臉，拍了拍自己的腰。

「能夠保存的食物應該不只是速食食品吧，還有罐頭、真空調理包之類的，應該還有很多別的。你別灰心，再找找看。」

看似不太甘願的太一再次搜尋。不久後，他「噢」了一聲。

「怎麼了？」

「有罐頭，太幸運了。」太一用手撫摸罐頭表面。此時，他本來豁然開朗的臉，又黯淡了下來。「搞什麼，原來是貓飼料。害我搞錯了。」說著憤然扔掉。

冬樹看他那樣，心頭閃過某個念頭。但他沒說出口，繼續搜尋食物。

位於後方的冷藏櫃安然無恙，裡面的寶特瓶裝飲料全都好好的。

「有這麼多飲料，看來暫時不愁沒東西喝了。」冬樹仰望冷藏櫃說。「不管怎樣，先拿水回去吧，榮美子小姐一定會很高興。」

「可樂也可以吧？」太一朝二公升裝的寶特瓶伸手。

「可樂那種玩意，飯店客房不是還有好幾瓶嗎？」

「我懶得爬樓梯嘛。」

「別挑三揀四了。兩人能拿的數量有限，所以應該先拿水。可樂又不能煮飯，也不能煮泡麵喔。」

太一噘起下唇。「知道了啦。」

之後兩人四處翻找，發現了罐頭和香腸、起司，加上泡麵和寶特瓶裝礦泉水，份量還不少。他們將這些食物塞進自備的袋子後，決定回飯店。

「看起來分量很多，可是大家一起吃的話，八成一轉眼就吃光了。」太一語氣沉重地說。

「到時，又得來找食物了。」

「到那時大家應該都已康復了。這樣的話，就可以一起遷移了。」

「對喔。但願下次的落腳地點有充足的糧食。」

「以總理官邸的規模，應該會儲存很多戰備口糧吧。」

「戰備口糧啊。這個字眼，聽起來好像有點掃興呢。既然是總理大臣要吃的，難道不能準備法國菜或是中國菜之類的嗎？」

「就算有食材也沒廚師。總之，你最好別抱期待。」

冬樹邊開玩笑邊趕路。但他心中，某種晦暗的念頭像煙霧一樣，開始蔓延。

山西死後已過了四天。病人們都大有起色，但是體力顯然大不如前。菜菜美說，要讓新流感的病毒完全消滅，恐怕還得再等兩三天。因此，現在必須暫時留在那家飯店。

問題在於食物。真空調理包和罐頭這類保存食品，眼看著就快見底了。水也所剩不多。所以，冬樹和太一才會出去找食物。

這次平安達成目的了。冬樹對這點感到安心，卻也對今後感到不安。天災一再發生，所有建築受的損害比想像中還嚴重。超市和便利商店的食品，恐怕也毀了大半，應該要有這樣的心理準備比較好。

在只能徒步遷徙、道路也斷裂瓦解的現況下，行動範圍有限。從現在的置身之處出發、當天可以來回的範圍內，究竟還剩下多少食物呢？冬樹思索。他覺得為了覓食不得不集體四處流浪的日子，或許已近在眼前了。

他想起太一剛才的行動。太一說那是貓的飼料，隨手就把貓食罐頭扔了。但總有一天，他們或許就不能那樣做了。

連貓食都得視為珍貴糧食的一天，是否會來臨呢？想到這裡，抱著糧食走路的冬樹不免背上一寒。

回到飯店，除了未央所有的人都聚集在餐廳。戶田、小峰、菜菜美、明日香圍桌而坐，誠哉站在一旁。榮美子抱著嬰兒坐在稍遠的椅子，而河瀨坐在更遠的地方抽菸。

「怎麼樣？」誠哉問。

「總之，暫時先拿了這些。」冬樹把肩上扛的袋子放到地上。

「辛苦了。」

「狀況相當不利。今天去的那間便利商店所剩下的食物，幾乎全在這裡了。其他頂多只剩果汁。」

冬樹和太一一起報告店內與商品的受損情況。

本以為大家會很震驚，沒想到反應意外冷淡。或許該說，早在聽兩人報告之前，大家的表情就已很鬱悶了。

「那間店的受損情況，和別處比起來，應該還算是好的吧。」戶田嘀咕。

「這話怎麼說？」冬樹問。

「你聽久我先生說就知道了。」戶田把下巴朝誠哉一努。

冬樹看著誠哉。「出了什麼事嗎？」

誠哉沉著臉點頭。

「為了規劃前往總理官邸的路線，我在四周稍微繞了一圈。地震與颱風造成的損害超乎想像，幾乎所有的道路，都因塌陷和龜裂而中斷。還有大量的泥水溢流，毫無消退的跡象。」

「馬路變得亂七八糟，這我也很清楚。去拿克流感時我就有親身經歷了。」

「好像比那時更糟喔。」遠處冒出一個聲音，是河瀨。

「我也請他在附近查看了一下。」誠哉說。「路面塌陷的地方好像越來越多。」

「怎麼會變成那樣……」

「這是理所當然的。」戶田說。「大雨天天下個不停，而且排水系統已失去功能。雖然表面有水泥看起來好像很堅固，其實現在底下的地基都已吸飽水分了，就像海綿一樣。東京街頭充分利用地下空間，所以地下到處都是空洞，這時候又頻繁發生地震，當然會塌陷。」

「瞧你說得事不關己，其實就是你們幹的好事吧？不就是你們跟政府官員聯手，一起把東京搞成這樣的嗎？」太一插嘴說。

戶田沒否認，他聳聳肩。

「我沒料到會這樣。我是指，大地震與颱風交相來襲、任由排水系統故障、地表龜裂凹陷也無人修復等等情況，我沒料想過。」

「到底為什麼會變成這樣呢？」明日香喃喃自語。「我覺得，好像有某人在欺負我們，彷彿有人一面說『這樣怕了吧這樣怕了吧』，還一面製造讓我們困擾的問題。」

她的話，在冬樹聽來純粹只是抱怨。但小峰抬起頭。

「妳這話說不定意外說中了真相。也許有某種無形的巨大力量，想毀滅這個世界。人類建造的城市太醜陋了，最好統統從這世上消失——說不定擁有那力量的人是這樣想的。」

聽到小峰以晦暗又平淡的語氣說出這些話，大家的表情都黯然了。

「你在胡說八道什麼。要相信神的存在是你的自由，但是拜託你的想法也稍微實際一點好嗎。」戶田不屑地批評。

「我可是非常認真的，經理。況且，怎樣才叫作實際？你是指在過去既有概念的範圍內思考嗎？其他人已經消失了。你不覺得『實際』這個字已經毫無意義了嗎？」

聽到小峰咄咄逼人的反擊，戶田露出驚愕的表情。冬樹也有同感，因為小峰在戶田面前，從來不曾用這麼強烈的語氣說過話。

改變的不只是城市，冬樹想。人心，也確實在變化。

「那個話題現在暫且打住吧，因為我們還有更重要的事要討論。」誠哉出面打圓場。

「要討論什麼？」冬樹問。

「那還用說，當然是什麼時候從這裡出發。」誠哉朝弟弟這麼說完後，轉向眾人。「正如剛才也說過的，狀況正分分秒秒不斷變化。遺憾的是，狀況是朝壞的方向變化。我個人認為，除了盡早出發之外別無選擇，但不知各位怎麼想。」

率先發言的是戶田。

「這個嘛，當然還是要盡早出發囉。總理官邸也有自備發電系統吧？如果能使用電器用品，生活也會大幅改善。」

「但我無法保證大家可以平安無事。」誠哉把醜話說在前頭。

「我想暫時應該不成問題。我曾聽說，總理官邸的防災設備是可因應阪神大地震那種等級的。」也許是為了爭取其他人的同意，戶田一邊環視大家一邊加強語氣。

「其他人的意見呢？——菜菜美小姐，妳有什麼想法？」

菜菜美突然被誠哉點到名，倉皇失措。「你是問……我嗎？」

「有幾個人罹患新流感才剛康復沒多久，如果現在立刻搬遷，妳認為對他們來說危險嗎？」

表情困惑的菜菜美看著小峰與明日香，然後又看向河瀨。接著，她垂頭陷入思考。

「菜菜美小姐，我已經不要緊了。」明日香說。「我的食欲已經恢復了，就算四處走動也完全沒問題。」

「我也是，妳不用擔心我。」小峰也立場一致。

菜菜美仰起臉，迷惘地瞥向河瀨。

「至於那個男人，應該也毫無問題吧。」小峰小聲說。「因為他早就自己到處亂跑了。」

「不，我不放心的是未央。她一直到前天都還有一點發燒，而且身體好像本來就不太好……」

「未央嗎……」小峰沉默了。

「我想，至少再觀察一天或許會比較妥當。」

誠哉聽了菜菜美的意見後，環視眾人。

「還有什麼其他的意見嗎？」

無人發言。誠哉確認這點後繼續說道：

「那麼，就後天早上出發。明天還有一整天時間，大家好好準備。」

冬樹也點頭同意他的意見。

解散後，明日香一邊用手朝臉上搧風，一邊對冬樹說：「你會不會覺得，天氣好像又開始悶熱起來了？」

「是啊。不過仔細想想，也差不多四月了，會有這樣的天氣也是理所當然吧。」

「啊，對喔。已經四月了啊。我對日期，已經完全失去感覺了。」

冬樹也是，就連今天是星期幾都不確定了。想到這點後，某種莫名的不安忽然襲上心頭。

我們這些人，不僅不知道今後會如何演變，就連當下的時間感都將逐漸迷失——他這麼想。

翌日，大家按照預定計畫，做出發前的準備。糧食、替換衣物、生活必需品，這些東西必須盡量多帶，卻又得盡量縮小體積。

「請各位把遷移當作是要去登山。」誠哉對大家說。「如果無法自由使用雙手會很危險。不得不拎著手提包時，也請不要把生活必需品放進包包內，請裝隨時可以放棄的物品。」

每個人都認為這些指示很中肯，但實行起來卻頗為困難。因為今後能得到什麼、不能得到什麼，這點無人知曉。現在擁有的生活用品全都想塞進行李中。

出發的早上，空氣變得更加悶熱了。濕暖的風吹過，雲朵在天空移動。扛著行李出門的他們，不禁小小哀叫了一下。

「八成會滿身大汗。」太一說著把毛巾綁在脖子上。

「總比冷死好吧，走吧。」戶田催促誠哉。

誠哉點頭，向大家吆喝：「那我們出發。」

他們邁步走出幾分鐘後，地面略微晃動了。

30

這趟遷徙極為艱苦。久未出門的人就不用說了，就連曾經外出幾次的冬樹都感到手足無措，因為道路變得非常崎嶇。

如今再也找不到平坦的道路了。在他們面前的，只不過是道路的殘骸。有些地方隆起，有些地方卻龜裂凹陷。道路的碎片化為四面八方的巨大瓦礫，阻擋他們前進。而且，地面也完全被泥水淹沒了。路面的裂縫中，響著湍急的水流聲，令人毛骨悚然。

飯店到總理官邸的這段路，如果以直線距離計算應該只有三公里左右，就算沿著道路走也不過五公里。可是光是走這麼一點距離就已費盡千辛萬苦。要沿著道路走原本就很困難了，現在大家又背負大型行李，隊伍中還有嬰兒和幼童。既不可能將腰部以下泡在泥水中涉水前進，也不可能橫越落差高達數公尺的瓦礫堆。

冬樹一再失去方向感。官廳街❾原本是他熟悉的地方，但是現在即便環視四周，他也完全無法判斷自己身在何處。這種時候，唯一的指標就是東京鐵塔。被塵埃與濃煙弄得渾濁不堪的空氣前方，一片朦朧。

冬樹想起這次事件剛發生時，他曾登上東京鐵塔。當時他用望遠鏡對著街上四處搜尋，好不容易發現的就是白木母女。他試著思索距離那時已過了幾天，但他不確定答案對不對。時間感已完全麻痺了。

冬樹走在一行人的尾端，他發現走在他前面的戶田步履沉重。

「你還好嗎？」冬樹出聲招呼。

戶田皺起臉。

「老實說，相當吃力，剛才腳好像扭到了。一隻腳使不上力，所以對腰部造成負擔。我本以為區區五公里應該走得到，沒想到還得這樣四處迂迴繞路。」戶田拿毛巾抹去額上的汗。

「哥，先停一下。」冬樹朝帶頭的誠哉喊道。

他的聲音令全員止步，背著未央的誠哉也轉過頭。

❾譯註：指中央政府部會集中的霞之關地區。

冬樹走到隊伍前端。
「戶田先生撐不下去了，休息一下吧。其他人也都很累了。」
誠哉表情一沉。
「再走一小段路就能抵達沒有凹陷的馬路。我想盡快通過那裡，因為天氣不大對勁。」
「那條馬路在哪？」
「在那邊。」誠哉指著南方。「大約還有二百公尺。」
「那和總理官邸不是反方向嗎？」
「沒辦法，這已是我能選出的最短路線了。別條路線更危險，不能帶大家走。」
「既然注重安全，就讓大家休息吧。你就算焦急也沒用呀。」
誠哉蹙起眉頭，但終究還是點頭同意了，他轉向眾人。
「我們在這裡暫時休息，順便填飽肚子。」
太好了，太一說。眾人的臉上浮現安心的神色，大家果然都很累了。
「可是，在這裡連坐的地方都沒有。」菜菜美說。
她說得沒錯。不只地面，其他地方也被泥濘覆蓋，根本無處可坐。
「我發現好東西了。」小峰衝了出去，他的目標是公車。那公車前輪卡在人行道上，看樣子沒受到火災波及。
「小峰先生！」誠哉大喊。「請你先確認一下，汽油有沒有漏出來。」
小峰邊搖手邊靠近公車。他在四周繞行一圈後，雙手比出圓圈示意。
「看來好像沒問題。」
誠哉邁步走出，於是大家也跟上。

公車雖然佈滿泥濘，不過車內算是比較乾淨了。或許是因為車窗全都是緊閉的吧。前輪卡在人行道上，所以車身有點傾斜，除此之外，算是很完美的休息站。

「這是我有生以來，頭一次覺得公車的座位很舒適。」明日香用感觸良深的口吻說。「不過要是能這樣一路坐到目的地那就更棒了。」

「要試試看嗎？這輛公車，好像沒有嚴重故障喔。」坐在駕駛座的太一開玩笑地把手伸向車鑰匙。

「絕對不能碰！」誠哉用警告意味濃厚的聲音說。「雖然四周看起來並無汽油外漏，但誰也不知道有沒有在其他地方出問題。萬一起火燃燒，那可是天大的麻煩。再說，就算引擎順利發動也沒有哪條馬路可以通行。」

「我知道啦，我只是開開玩笑嘛。」太一帶畏怯地縮回手。

榮美子把她們在出發前做的飯糰分發給大家。

「仔細想想，古時候的人還真厲害。」戶田說。「連條像樣的路都沒有，一天之內卻可以走上幾十公里。和他們比起來，我們才走幾公里就已叫苦連天。說來還真窩囊。」

「就算是古人，也走不過被土石流淹沒的路呀。」誠哉露出笑容。「碰上地震或颱風就束手無策，這點無論古今我想都是一樣的。」

「說得也是喔。」戶田露出恍然大悟似的表情，接著卻又歪起腦袋。「可是古時候的人碰上這種時候會怎麼做呢？我是說，在旅途中如果進退不得時要怎麼辦？」

眾人陷入短暫的沉默，最後開口的還是誠哉：

「大概只能等待吧。」

「等待？」戶田問。

「默默等待，直到事態好轉為止。他們對這種問題想必早有準備，也具備無論在哪都睡得著的本領吧。」

「原來如此。不過，就算要等待也該有個限度吧，況且還有糧食的問題。難道除了等待之外就別無他法嗎？」

「等了又等還是一籌莫展時，」公車後方傳來聲音，是河瀨。他繼續說：「就會那樣掛掉了。不然還能怎樣。」

小峰憤怒地啐了一聲。「這種節骨眼偏要講這種觸霉頭的話……」

「觸霉頭？怎麼會？我曾經聽說，對古代的人來說旅行也算是在賭命。出門在外客死異鄉，是常有的情形。如果遇上災難，想必只能靜待災難過去吧。但是如果靜待還是不行的話，就只剩死路一條了。古人應該早有這樣的心理準備吧。」

「那又怎樣？你是說我們也得作好這種心理準備嗎？」

「難道不是嗎？我可是早有準備，我知道自己隨時都可能會死。難不成你還沒作好這種心理準備？那你也未免太悠哉了。」

小峰聽到河瀨的挑釁之詞，當下就想站起來。但戶田制止，叫他別那樣。

冬樹後面的位子上，嬰兒開始哭鬧了。榮美子從行李袋取出奶瓶，開始餵他喝奶，那好像是出發前沖泡的。

「奶粉還有嗎？」冬樹問。

「奶粉倒是還有，但我擔心的是無法燒開水，也無法消毒。」

冬樹點點頭看向嬰兒。被取名為勇人的嬰兒，睜著大大的黑眼珠喝奶。他完全不知道這個世界已變成怎樣，露出毫不畏懼未來的表情。冬樹望著那種表情，覺得心頭暖暖的。

水珠滴在玻璃上的聲音響起。回神一看，四周已漸漸昏暗了。

「怎麼又開始下雨了。」太一咳聲嘆氣。

「好險。幸好下雨之前，就能找到躲雨的好地方。」明日香說。

冬樹也有同感。身體如果淋濕會消耗體力。在雨停之前，不如就待在這裡吧。正如剛才誠哉所言，他們只能效法古人，靜待事態好轉。

但這次的狀況，沒有那麼單純。

之後又過了二個小時，天候還是沒有好轉的跡象，眾人無法重新出發。雨越下越大了，大量的水滴打在玻璃上，雨水開始從縫隙滲入。

「這場雨到底是怎麼回事？我覺得雨勢好像前所未有地猛烈。」駕駛座上的太一轉過頭說。

「低氣壓接近了。之前那麼悶熱，就是這個原因。」戶田咕噥。

「你覺得會下到什麼時候？」明日香問冬樹。

他只能歪歪腦袋說聲不知道，他對氣象毫無概念。

「恐怕只能咬牙熬過去吧。看這雨勢，我們根本束手無策。」小峰說。「幸好還有食物，待在這裡面也不會冷。如果只是一晚，應該可以平安熬過去吧。況且不管再怎麼說，這場雨也不可能連下個兩三天。」

大部分的人都點頭贊同他的意見。冬樹也是，除此之外想不出對策。總之，現在不能出去。

誠哉站在公車門口，一打開車門，雨水立刻伴隨激烈的雨聲噴進車內。他連忙把門關上。

太一發出「哇」的一聲哀號。「這下子事情麻煩了。」

「開始進水了。」誠哉俯視車門口的台階。「馬路淹水了。」

「傷腦筋。這下子完全動彈不得了，只能避守在這裡嗎。」小峰嘆息。

「問題是廁所。」太一賊笑。「男生還勉強有辦法解決，對女生來說就有點痛苦了。」
「你這是什麼話。事到如今，我們怎麼可能被那種事難倒。」明日香氣呼呼地噘起嘴。
「啊？那妳要怎麼解決？」
「秘密。不過我先聲明，公車後面的座位要當作女性專用區喔。」
「難不成妳想把後面的座位當成廁所？拜託妳可別隨地撒尿。」
「我怎麼可能那樣做。你白痴啊。」
「要不然，妳打算怎樣？」
「就跟你說那是秘密了。」明日香站起來，朝後方走去。在河瀨面前站定。「你應該聽見了吧？男士請往前移動。」
原本以手撐著臉頰、閉目養神的河瀨，冷冷仰視明日香。但他什麼話也沒說，拎起行李就移到前頭。
「榮美子小姐和菜菜美小姐也到後面來。」明日香喊道。
就在二人站起來準備移動的時候。一直俯視車門口台階的誠哉，忽然朝眾人喊道：「大家聽我說一下，我有個重大提議。」
「什麼提議？」戶田問。
誠哉做了個深呼吸。
「現在，馬上離開這裡。請各位準備出發。」
他的話似乎令眾人啞口無言了，冬樹一時之間也無法理解兄長在說什麼。
「啊？你在說什麼？」頭一個反應過來的是太一。「你什麼意思？」
「就是字面上的意思。立刻離開這輛公車，另尋其他場所安頓。」

「為什麼？這裡不是已經很好了嗎？」小峰問。「如果冒著這麼大的雨出去，一定會渾身濕透。你急著趕路的心情我能體會，但難道就不能等雨小一點再說嗎？剛才你自己不也說過，古時候的人只能等待。」

「即便是古人，一旦發現等待會有危險時，想必也會立刻採取行動。」

「危險？為什麼？」

「水已淹到這台階下方了。」

「就算是這樣，水位應該也不可能再繼續升高幾十公分吧。」

「不。」誠哉搖頭。「恐怕水位就是會升高。」

「怎麼可能。」

「就算這場雨下得再怎麼大，馬路淹成這樣也未免太不正常，最好視為發生了某種問題。」

「你是指什麼問題？」

誠哉沉默了一下之後，似乎才下定決心開口：

「有可能是哪裡的堤防垮了。」

「堤防垮了？那點程度的小事——」

「我看過警視廳的資料。如果大雨造成……比方說荒川的堤防崩塌時，東京都的中心幾乎都會淹水。資料上說，最高甚至可能淹到二公尺。」

「二公尺……」這下子小峰終於噤口不語了。

「現在水位到膝下，但是如果潰堤真的是原因的話，接下來水量將會不斷增加，說不定在幾個小時之內就會超過一公尺。」

有幾人脫口發出細微的驚叫。

「要是變成那樣，我們就會被困在這裡。」戶田環視車內。

「所以必須出發。不，或許該說是逃難比較好。」

「不過話說回來，要冒著這麼大的雨出發……現在又還不確定是否真的潰堤。」小峰的態度還是很消極。

突然間，河瀨抱著行李起身了。他不發一語，逕自走向車門口。

「你想做什麼？」誠哉問。

「出發呀。我看算了吧，不想走的傢伙你管他幹麼。在你忙著說服人家的期間，水位已越來越高了喲。」河瀨朝小峰那邊投以一瞥後，打開車門。「我可不想淹死在這種地方。」

「慢著！河瀨！」

河瀨對誠哉的聲音充耳不聞，逕自衝下公車。水已淹到台階上方了。

「我也要走。」明日香從後面的座位朝車門口走去。

「慢著。分散行動很危險，大家要集體移動。」誠哉說。

「你跟我說這種話有什麼用，就是有人要拖拖拉拉的我也沒辦法呀。」

明日香的話語讓其他人的視線都集中到小峰身上。

小峰嘆了口大氣，直腰起身。

31

眾人都下車後，冬樹也抬腳走下台階。光是現在，水就已淹到腳踝了。水面上升的速度超過預期。

一出公車，滂沱大雨立刻朝全身襲來，轉眼之間連內衣都已濕透了。

「大家集體行動！千萬不可脫隊！」背著未央的誠哉高喊。他的聲音也差點被雨聲掩蓋。

水位已升至冬樹的膝上。就算是高個子的他都舉步維艱，身材矮小又缺乏體力的女孩子們想必更是辛苦，但她們依舊默默前進。

「先進去那棟建築吧。」誠哉指向近在眼前的大樓。「沒時間檢查耐震強度了，不管怎樣先離開水裡再說。」

距離那棟建築僅有十公尺。但這段距離，卻令冬樹感到前所未有的漫長。他的鞋子變得笨重，雙腳動彈不得。濕衣服粘在身上。

這時，腳下地面彷彿突然歪了。冬樹與明日香面面相覷。

「剛才那是……地震？」

「好像是。」

「怎麼偏挑這種節骨眼。」明日香咬唇。

一聲尖叫突然傳來，走到冬樹眼前的榮美子一時間失去平衡了。冬樹在情急之間伸出手臂，穩住她的身體。但她抱著的嬰兒也因此從懷中掉落。

嬰兒落入水中，發出撲通一聲。榮美子放聲尖叫。

下一瞬間，嬰兒保持落水時的姿勢浮了起來，然後開始順水漂流。

所有人都發出驚叫，拔腳就去追嬰兒，但身體不聽使喚。

最後明日香總算追到了，她抱起嬰兒。

「沒事吧！」冬樹衝過來問道。

嬰兒開始哭泣、咳嗽，像是嗆到了。明日香湊近他的小臉檢視，最後嘆出一口大氣。

「好像沒事，好險。」
冬樹從明日香手上接過嬰兒，交給隨後跟來的太一。
「進建築物之前你先抱著。」
「知道了。」太一點點頭，抱著嬰兒邁步走出。
就在冬樹也想跨出步伐的那一刻，身後傳來細微的尖叫。轉身一看，明日香胸部以下的身體都浸在水中。
「怎麼了？」
「洞……底下有一個洞。」
冬樹迅速伸出手，抓住她的手腕。但自己立刻被拉了過去。
「哇！到底是怎麼回事？」
「洞的底部有開口，我會被吸進去。」明日香的臉上浮現恐懼。
冬樹用雙手拉扯她的手臂。但是把她往水中吸的力量很強大，就算再怎麼使盡渾身力氣，還是無法把她拉過來。
「來人……快來個人幫忙！」他大叫。
「不好了！」太一的聲音傳來，大概是他發現這狀況了。
濡濕的手開始打滑了，明日香瞪大雙眼。
「別放手，拜託。」
「我知道。我死也不會放。」
他咬緊牙根，雙腳用力撐地。但是自己也清楚手指和手臂快要沒力氣了。
就在他感到絕望之際，某人的手臂摟住冬樹的身體。

「絕對別放手！」誠哉的聲音在耳邊響起。

河瀨也從旁出現，拉住明日香的另一隻手。三人合力拉扯，總算讓她的身體自水中浮現。

「快離開那個洞！否則又會被吸進去！」誠哉怒吼。

冬樹拉著明日香的手臂沒放，拚命往前走。他這才發現，水流已變得比剛剛湍急了。

「冬樹，你看那個。」明日香指向遠處。

冬樹幾乎懷疑自己看錯了。一道巨浪正逐漸逼近，浪高恐怕有二公尺以上。

「快點……快點爬上建築物的樓梯！」誠哉大叫。

眾人一邊尖叫，一邊衝向建築物的露天樓梯。

「啊！我的行李！」菜菜美忽然停腳往後看。她本來拿著的冰桶被水沖走了，大概是手沒抓緊。

「我去！」冬樹追向冰桶。

「慢著，冬樹，來不及了！」

冬樹有聽到誠哉的喝阻，但他沒停腳。冰桶漂流的速度比想像中還快，要追上頗費時間。好不容易撿起冰桶，正想朝建築物走去時，巨浪已迫近眼前。

他甚至無暇出聲，便被巨浪當頭吞沒了。在壓倒性的力量下，他既站不穩雙腳，也無法逆著水流游泳。他就這麼抓著冰桶，被水沖走了。他在水中拚命掙扎。

最後他撞上某樣東西，好像是路燈。他死命抱緊，連眼睛都睜不開。順水漂來的各種東西不斷撞上他的身體。

也許會死——這是他頭一次有這種感覺。

他不知道這樣過了幾秒。身體忽然變輕了，好像有水滴到臉上。他睜開眼。

水位已退到膝蓋。巨浪似乎過去了。

「快回來！」聲音傳來。

定睛一看，誠哉正在建築物的樓梯上揮舞雙手。明日香和菜菜美也在。

冬樹做個深呼吸，邁步走出。他沒放開冰桶。大雨依然下個不停，但他已不在乎雨滴打到臉上這種小事。

「用跑的！」誠哉的聲音傳來。「浪又要來了。」

冬樹悚然一驚朝遠方望去，發現剛才一樣的巨浪。

他拔腿就跑。濕透的衣服讓他的雙腿邁不開步伐，他的呼吸也很急促。

才剛衝上建築物的樓梯，激流便襲至他的腳下。他的腳被水一沖，差點摔倒，但他還是勉強撐住了。

「沒事吧？」誠哉朝他伸出手。

冬樹抓住那隻手，走上樓梯。「我沒事。」

「不能胡來，這句話到底要我講幾遍你才懂！」

冬樹撇著嘴角，把冰桶朝菜菜美遞上。

「對不起。要是我剛才抓穩冰桶……」

「事情都已這樣了，多說無益。」太一說著低頭往下看。

完全被水淹沒的馬路上，巨浪一波又一波地來襲。

「這到底是怎麼回事？怎會有那種巨浪？」冬樹低聲說。

「是地震的影響。」一旁的小峰說。「潰堤使得河水氾濫再加上地震，大浪才會形成。說穿了，那就是海嘯。」

「沒想到竟然會在東京街頭遇上海嘯。」戶田嘆了一口氣。

冬樹再次環視四周，放眼所及之處都泡在水中。稍微遠一點的地方一片朦朧，看不分明。

「怎麼辦？哥。這樣下去，我們會動彈不得。」冬樹對誠哉說。

「不管怎樣，先檢查一下這棟建築內部吧。我們得找個能讓身體休息的地方，再不快點換衣服大家都會感冒。」

「就算想換衣服，行李袋中的衣服也全都濕透了。」太一無力地說。

他們躲進的建築物好像是一棟集合各種公司行號辦公室的辦公大樓，遺憾的是並無餐飲店進駐。

他們找到不知是哪家公司員工用的置物櫃，把算得上衣物類的東西全都一一扯出來，用來擦拭濕答答的身體。擦乾之後，再隨便找件符合自己身材的衣服穿上。

「我現在已經穿慣男生的寬鬆衣物了。」明日香挑選的，是一件水藍色連身工作服。

換好衣服後，大家決定分頭檢查建築物內部。冬樹和明日香二人走到頂樓，那裡有廣告公司的辦公室。

「電腦和最新式的自動化辦公器材，對現在的我們來說全都毫無用處嘛。」冬樹環視辦公室，抓抓腦袋。

「我發現好東西了。」明日香大聲說。

過去一看，她正要打開一個大紙箱。

「裡面裝的是什麼？」

「活動贈品。」她手上拿著手機吊飾。

「別傻了。那種玩意，能派上什麼用場。」

「其他還有很多種喔。比方說毛巾或面紙，噢，也有T恤。」

這些贈品上都印著「特大號牛排」這搶眼的文字，那是低價供應牛排的餐廳連鎖店店名，衣服好像是配合這個連鎖店舉辦的活動訂製的。雖然覺得設計品味糟得嚇人，但對現在的他們而言，那完全不是問題。

「帶走吧。」冬樹抱起紙箱。

二樓是旅行社的辦公室，裡面的會客空間成了大家的集合場所。

「三樓是設計事務所，四樓是稅務師事務所。我把抽屜和檔案櫃都翻遍了，可惜沒找到什麼像樣的東西。不管怎樣，我先拿了這些東西回來。」小峰把裝在紙袋裡的東西倒在地板上。有拋棄式暖暖包、喉糖、拖鞋、女用開襟外套。

「有這個太好了。」菜菜美拿起拋棄式暖暖包。「喉糖肯定也會需要。沒有其他的藥品嗎？」

「我找過了，但是沒找到。」小峰皺起臉。

「我倒是找到這種東西。」戶田拿出瓶裝威士忌和罐裝啤酒。「不管是哪家公司，一定都會有人在加班時偷偷喝酒。」

「下酒的零食呢？」太一問。

「很遺憾，連一顆花生米都沒找到。」

什麼嘛，太一似乎覺得很可惜。

「那你自己又找到什麼？」

「我找到洗潔劑和洗髮精。」

「那種東西又不能填飽肚子。」

「總會想清洗身體，也會想洗洗頭髮吧。」

「身體和頭髮就算髒了也死不掉，問題是有沒有吃的。」

你自己還不是只找到酒，太一低聲發牢騷。

誠哉回來了，他拎的兩個白色袋子鼓鼓的。

「有什麼收穫嗎？」冬樹問。「如果是食物就最好了。」

「雖然不算太健康，但這種時候，好像也不能太挑剔了。」

誠哉倒出其中一個袋子裡的東西。太一率先發出歡呼，似乎是因為他發現了洋芋片的袋子。除此之外也有零食和巧克力、煎餅等等。

誠哉從另一個袋子取出瓶裝的即溶咖啡和奶精，甚至還有日本茶的茶葉。

「這種東西你是從哪找到的？」冬樹問。

「我把每間辦公室的茶水間都巡視了一下，這些好像是他們休息喝下午茶時的點心。」

「不愧是老大。我之前就想吃這個想得要命。」太一朝洋芋片的袋子伸出手便想打開。但誠哉卻搶先拿走袋子。「待會兒再吃。」

正當太一咳聲嘆氣之際，河瀨進來了。他光著上半身。

「抱歉，來幫我一下。」

「怎麼了？」冬樹問。

「別問那麼多，跟我來就對了。」

河瀨走向樓梯。跟在後面的冬樹看到地板上散落的東西，不禁瞪大雙眼。是大量的碗裝泡麵。

「這些東西是哪來的？」

「我要上樓來這裡時，不經意瞄到一台碗裝泡麵的自動販賣機。」

「自動販賣機？可是一樓……」冬樹瞥向樓梯下方。有一半都已完全淹在水中。「你潛到水裡面了嗎？」

「徒手潛水是我的看家本領，不過敲壞自動販賣機時費了不少工夫。機器裡面本來還有更多泡麵，我拖拖拉拉的，結果全都漂走了。」

太一他們也跑過來，開心地嚷著「太厲害了」。

誠哉走近河瀨。

「要做危險之舉時請先跟我們商量，這我之前應該就說過了。」

「我的事你不用擔心。反正我早有隨時會死的心理準備。今後也一樣，麻煩事由我搞定。」

「你想逞英雄？」

「你說什麼？」

「這跟你是不是有會死的心理準備無關。說得更白一點，我希望你拋開那種心理準備。你如果死了會造成我們的困擾。不只是你，每個人都不要死是最好的。十一個人之中只要有一個人死了，生存力就會變成十一分之十。這點請你不要忘記。」誠哉說完便邁步離開。

河瀨光著上身聳聳肩。

所有的食物都被集中到一個地方。誠哉俯視那些東西後，對大家說：

「單靠這裡的食物，我們要維持一週，請大家作好這樣的心理準備。」

「一週？」太一用拔尖的聲音說。「那麼久，根本不可能。」

「那你可以去看看外面。周遭都淹水了，雨又下個不停，只要有地震就會引發海嘯來襲，這點各位已親身體驗過了。我們現在無法移動，也不可能出去找食物，只能靜待大水退去。」

不會吧，太一抱頭哀號。其他的人默默無語。

32

渾濁泥水發出洶湧的聲響流過，之前大家暫時躲雨的公車還有將近一半的車身泡在水中。從對面大樓正門玄關流入的水，又從別的窗口流出。雖說這幅情景已司空見慣，但還是只能用異常來形容。

水面上漂浮著各式物品，一切都呈現泥土色。從遠處鳥瞰，根本看不出那是什麼。那些東西之中，說不定也混雜著食物。也許防水包裝沒有破損，只要把泥巴抹乾淨就能吃。但冬樹還是把那種想像從腦中揮去了。他知道，那些東西無法企及，就算再怎麼想像也是白費力氣。

「你的手停下來嘍。」

被明日香這麼一喊，他才赫然回神。

「啊，抱歉。」

二人正在樓梯上。欄杆扶手上，掛了好幾把撐開的塑膠傘。把傘中的雨水裝到寶特瓶中就是他倆的工作。

「今天好像沒下什麼雨耶。」明日香一邊工作一邊說。

從傘上收集到的雨水，分量的確比昨天少了很多。

「還有之前的存水，今天暫時應該不成問題吧。不過，如果從明天起一直保持好天氣，那或許就有點不妙了。」

「繼食物之後，也得省水嗎。」明日香說完，突然笑了出來。

「因為連我自己都覺得我說的話自相矛盾。我們就是因為大雨才會困在這裡，如果連續放晴那應該是好事才對。」

「的確。妳說得沒錯。」

「仔細想想，在以前的世界也是如此。不下雨會很傷腦筋，可是自己要出門的日子卻希望老天爺放晴。人哪，還真是任性。」

「這正表示大自然的力量很偉大，大到我們忍不住想對它說出這種任性的話。人類毫無招架之力，因此只能盡量去配合大自然。」

「這也表示，到頭來人類只能這樣活下去嗎。」明日香為之嘆息。

兩人拿著裝雨水的寶特瓶，回到旅行社辦公室。榮美子正在桌上燒開水。後來大家找到幾瓶燃油打火機用的汽油，所以就用棉花沾一沾生火。當然，那種程度的火力無法烹煮所有人的食物。榮美子燒的開水，是給嬰兒泡牛奶的。除此之外，不得用於其他用途。

嬰兒躺在旁邊桌上，明日香把他抱了起來。「噢！他笑了一下。」

「他今天好像心情很好，大概是因為沒有雨聲吧。」

「媽咪，奶粉還有嗎？」明日香問。不知不覺中，她開始喊榮美子媽咪了。

「奶粉倒是不成問題，因為還有一罐沒打開。」

「聽起來，好像有別的東西出了問題。」

「當然是尿片囉，我現在是用毛巾代替。」

「對喔。紙尿片已經用光了。」

「本來還剩一點，可是之前下大雨那天全都泡了水，不能用了。」

「有什麼好笑的？」

「毛巾之類的東西，還有嗎？」
「還有一點……」
水一燒開，榮美子立刻以熟練的手勢開始用奶瓶沖泡牛奶。奶粉溶化後，她再把奶瓶浸在旁邊的水中冷卻。沒想到還挺麻煩的嘛，冬樹暗想。
「髒尿片在哪裡？」冬樹問。
「我放在外面的廁所。」
「那，拿來洗乾淨不就好了，反正應該有洗潔劑。」
抱著嬰兒的明日香一聽，立刻皺起臉。
「就算洗了，如果乾不了還是沒用吧。今天也不知什麼時候又會下起雨。」
「晾在室內不就行了。」
「如果那樣做，會有很多細菌繁殖。一定要曬太陽消毒才行。」
「是這樣嗎。」冬樹側首不解。
「光說水就好，請問哪裡有水可以洗尿片？總不能用泥水洗吧。」
「對喔。」冬樹搔搔腦袋。
「除了毛巾之外還有很多種布，所以我會試著想辦法解決。」榮美子說完，把奶瓶交給明日香。
「你可真好命啊，勇人。可以痛快暢飲牛奶。哪像我，打從昨天就一直餓肚子。」明日香朝嬰兒微笑，開始餵他喝奶。
望著嬰兒喝奶的姿勢，冬樹也忍不住放鬆表情。他彷彿覺得世界已恢復正常了。
「其他的人在哪裡？」

「不知道。」榮美子望著牆上的鐘。「未央一直到剛剛都跟我在一起。我想，等吃飯的時間一到，大家應該就會過來集合了。」

時鐘指向下午二點。早餐是七點，午餐是正午，而晚餐是下午五點。一切都是大家討論之後決定的。

「問這個問題會有種又期待又怕受傷害的複雜心情，但還是讓我問問吧。下一餐的菜色是什麼？」冬樹對榮美子說。

她浮現苦笑。

「蘇打餅乾和起司。是從之前那家飯店拿來的。」

「問題在於片數。」

「這個嘛……一人大概可以分到五片吧。」

「原來如此。」

「你別露出那麼難過的表情好嗎？又不是媽咪的錯。」明日香說。

「我又不是在怪榮美子小姐。」

躲到這棟大樓已是第四天。起初搜集到的食物快速減少，這是理所當然的，畢竟有十個大人要吃。第一天河瀨自水中回收的泡麵，也在昨天晚餐吃光了。雖然知道得設法解決，卻找不出解決之道。

冬樹往旁邊的長椅一躺。既然食物有限，盡量保存體力，已成了唯一的對策。

正如榮美子所言，一到下午五點大家便陸續現身。每張面孔上都彌漫著疲勞與焦躁的神色。

眾人各自領到蘇打餅乾與起司。

「就這麼一點……要撐到早上，根本不可能嘛。」太一都快哭了。

「我想明天早上應該能多提供一些，所以今晚就先吃這個將就一下。好嗎？」榮美子好言安慰。

「接下來，還剩多少食物？」太一問。

這個嘛，榮美子說著站起來，打開牆邊櫃子的門。食物全都收在那裡。

「太一或許別知道比較好。」

「這算什麼嘛。」太一說著，失望地垂落雙肩。

榮美子關上櫃門，把門鎖好。保管鑰匙也是她的職責。

「裝食物的櫃子上鎖這點，好像加倍令人意識到饑餓。」戶田說。

「要拿掉鎖嗎？」榮美子問。

「不，這是大家表決通過的事，還是維持現狀吧。懷疑別人會不會偷吃的滋味更不好受。」

戶田說完後點了點頭，彷彿對自己的意見深有所感。

在凝重的氣氛中，眾人默默吃餅乾和起司。這是不到五分鐘便解決的一頓晚餐。

「與其這樣，當初還不如不要離開那家飯店。」小峰嘟囔。

大家朝他投以注目。菜菜美開口：「為什麼？」

「如果留在那裡，至少還有剩餘的食物。出發後，我們被迫放棄的食物數量相當可觀。起先會放棄是因為聽說目的地有戰備口糧，可是現在無法抵達目的地。這場大雨，又讓將近半數的寶貴行李被水沖走了。弄到最後，才演變現在這種狀況不是嗎？如果留在那家飯店，我想至少還能過比較像樣的生活。」

「你的意思是說出發是錯誤的嗎？」冬樹問。

「就結果來說是錯的。我想其他人應該也是這麼想吧。」小峰環視眾人的面孔。

「如果留在那裡，還有很多可樂呢。」太一低聲發牢騷。

「光有可樂那種東西，也活不下去吧。」明日香瞪視太一。

「還有別的食物。」小峰說。「可以過得比現在更像個人。」

「不，沒有了。」榮美子面色陰沉地搖頭。「是我負責準備吃的，所以我比任何人都清楚。那裡，幾乎已沒有任何食物了。」

「那怎麼可能。不是還有義大利麵和麵粉。」

「那是小峰先生記錯了。就是因為所剩無幾，我們才請冬樹先生和太一出去找食物不是嗎？你忘了？」

「我記得。但我不相信那麼大的飯店會完全沒有食物剩下，不可能有那種事。」小峰說完，恨恨咬唇。

「我看算了吧。事到如今就算說那些又有什麼用？」戶田交抱雙臂，摩挲著長滿鬍碴的下巴。

「我只是想釐清責任歸屬。」

「責任？那是什麼？有沒有搞錯啊？」明日香不屑地說。「什麼事都麻煩誠哉先生，到頭來還好意思說這種話？我真不敢相信。」

唉——河瀨拖長音調大嘆一聲，從後方的椅子起身。他高舉雙手，像是要伸展身體，把脖子左右扭動後，便邁開步伐了。

「好像沒什麼大事要討論，那我就先失陪了，因為我睏了。如果有什麼事再叫我，我在三樓的設計事務所睡覺。」他抓著腦袋離開了。

現場瀰漫尷尬的氣氛。在這種情況下誠哉也站起來，繼河瀨之後準備離開。

「等一下，哥。你倒是說句話呀。」冬樹仰視誠哉。
「說什麼？」
「我是說，你好歹該回答一下小峰先生的疑問吧。人家正在抱怨，說當初應該留在那家飯店才對。」
誠哉臉上寫滿意外，轉身面向小峰。「是這樣嗎？」
「不，沒有啦，其實我也不是在抱怨……」小峰垂下頭。
誠哉環視眾人。
「我現在想的只有一件事，那就是如何從這種狀況脫身。還有，正如我頭一天就說過的，在一週之內我們只能盡量節省食物留在這裡，換句話說，我們還有三天要撐。之後，再決定是要離開，還是繼續留在這裡。對這個想法如果有反對的意見，請不要客氣儘管說出來。若是對未來有什麼好主意更是歡迎之至。」
無人發言。誠哉掃視眾人，像是要確定大家都沒作聲。他最後說「我在四樓」，就離開了。之後，只剩下尷尬的氛圍。眾人不發一語，緩緩站起。
冬樹的床位在頂樓那家廣告公司裡面。他躺在雙人沙發上，蓋著毯子。身體雖然累壞了，卻毫無睡意，因為太餓了。
不斷翻來覆去之後，他終於坐起來。拿著手電筒，下了沙發。
他走到樓梯上，俯視還有潺潺水聲的馬路，頓時發現腳下有動靜。有光在動。是拿著迷你手電筒的明日香。樓下那一層，是女孩子們睡的。
「妳睡不著嗎？」他出聲招呼。
「冬樹你也是？」

「對呀。」冬樹說完聳了聳肩，走下樓梯。

「一想到明天之後的事就會很憂鬱。」

「要是至少有吃的就好了。」

「水位如果能再降低一點，就可以出去覓食了。」

「水還是不退嗎？」

「今天幾乎完全沒下過樓，所以也許已經退了很多。去看看吧。」

二人躡足下樓，水聲漸漸變大。

要從二樓繼續往下走時，冬樹停住腳步了。

「不行。水深好像還到腰部。如果不下雨的狀況繼續維持，也許明天就能出去走動了。」

「看來只能祈禱別下雨嘍。」明日香說完話，準備回樓上。她朝二樓的樓面一瞥，突然發出「咦」的一聲。

「怎麼了？」

「旅行社辦公室裡好像有人，有光在動。」

「可能是榮美子小姐吧，她八成在泡牛奶。」

「不可能。我離開樓上房間時，媽咪明明跟寶寶一起在睡覺。」

冬樹沉吟之後點點頭，走近旅行社辦公室，裡面的確透出了光線。

他隔著玻璃朝裡窺視，有黑影在動。

冬樹把手電筒朝黑影照射。「誰？」

黑影的主人悚然一驚，轉過身來。

光線中浮現的是太一驚慌的面孔。他的嘴角白白的，而他手上拿的是奶粉罐。

時鐘的針指向早晨六點四十分，大家已經習慣這麼早醒來了。

所有人在旅行社辦公室集合。眾人各自找個喜歡的位子坐下，圍成一圈。跪坐在圓圈中心的是太一。

「這太慘了吧。」小峰看著櫃門說。食物櫃的櫃門現在深深凹陷，太一大概曾經試著要撬開它吧。

「簡單說，應該是這麼回事吧。」戶田開口說道。「半夜餓得受不了，所以跑來這裡打算偷吃。沒想到櫃子怎麼也打不開，所以只好拿嬰兒的奶粉——是這樣沒錯吧？」

站在太一旁邊的明日香，雙手扠腰點點頭。

「就是這樣。他打開那罐還沒拆封的奶粉，用量匙……你吃了幾匙？」她用鞋尖踢了踢太一屁股。

七匙，太一細聲回答。

「他說舔了七匙啦。」明日香不屑地說。

「真是夠了。」戶田苦笑。「不是窮苦兒童偷吃充飢，而是偷舔解饞？不過那種東西，也真虧你舔得了七匙。」

「對不起。我本來想說舔一匙就好，可是越舔越停不下來……」太一像烏龜一樣縮起脖子。

「又沒有水，虧你乾舔得下去。」戶田佩服地說。

「問題不在這裡吧。」明日香怒目而視。「他瞞著大家做出這種行為，該怎麼處置？媽咪，妳說呢？」

被問到意見時，榮美子露出不知如何是好的表情。她雖然低下頭，還是說話了：

「勇人和我們不同，他只能喝奶。偷對他而言那麼重要的奶粉，我認為太過分了。這很不好。」

「就是嘛。所以我跟冬樹商量之後，才會覺得應該聽聽大家的意見。」

「而且還有一個問題。」小峰說，「雖然就結果而言受害的只有奶粉，但是櫃子如果開了，他肯定也會對這邊的存糧下手。這個事實不容忽視。」

「那個嘛，的確是個問題。」戶田交抱雙臂。「因為這會影響到彼此之間的信賴關係。我曾發言表示對櫃子上鎖有點排斥，沒想到居然會發生這種事。」

「對不起。真的，我絕對不會再犯了。」太一拚命鞠躬道歉。

「這可不是道歉就能了事的問題。」明日香俯視他。

「我看夠了吧？太一好像也已知道錯了。」替他說情的是菜菜美。「之前太一不也替我們出了很多力，我認為這點小事不妨就放他一馬，別再追究了。」

「這點小事？這種說法聽起來很刺耳喔。」小峰反駁。「剛才他說的話妳也聽到了吧？他說本來打算只舔一匙，最後卻無法控制連舔了七匙。要是明日香他們沒發現，說不定他還會繼續舔下去。不，想必肯定會這樣吧。搞不好，會一直舔到整罐都空了為止。」

我不會那樣啦，太一哀聲哭訴。

「你敢保證？很遺憾，我從你的話中完全感受不到真心。還有，妳可能會覺得我很囉唆，但我還是得提這個櫃子。今天如果他成功撬開了櫃子，妳知道他會吃掉多少東西嗎？說不定我們從今天起的存糧都會被吃光。我認為這不是他道歉就可以原諒的問題。」

「不然，你到底想怎樣呢？太一除了道歉之外，也沒別的辦法吧。」看來菜菜美是鐵了心要挺他到底了。

「恐怕只有請他證明今後絕對不會再犯吧。」小峰語帶冷淡地說。

「沒用的。像這種手腳不乾淨的人，骨子裡永遠戒不掉壞毛病。」戶田說。「以前我們公司會計部，有個挪用公款的男人。那傢伙被開除後，去別的公司上班，在那家公司又做出同樣的事，最後聽說好像被關進牢裡了。這就跟吸大麻一樣，遲早還會故態復萌。」

太一轉向小峰。他雙手撐地，擺出跪地求饒的姿態。

「我絕對不會再犯。對不起，請原諒我。」說完他磕頭不起。

「你對我磕頭又能怎樣。」小峰嘲笑似的歪起臉頰，抓抓腦袋。

於是太一在原地轉圈，一面嚷著「對不起，對不起，對不起」，一面開始朝每個人不停磕頭。

「砰」一聲巨響忽然傳來，是河瀨從椅子上站起來了。他不發一語便想離開，卻被冬樹抓住肩膀。

河瀨轉頭看他。「幹麼？」

「你要上廁所？」

「不是。」河瀨搖頭。「我只是看大家好像不會拿吃的出來，所以打算回樓上睡覺。」

「那可不行。你也看到了，我們正在開會討論。」

「討論？你說這個是討論？」

「不然你有什麼意見嗎？」冬樹睨視河瀨的臉。

「沒錯，這種場面根本不叫作討論。」菜菜美說。「這根本只是大家聯合起來欺負太一嘛。」

「是他自己做錯事，當然該受到譴責。」明日香不服氣地嘟嘴。
冬樹看著河瀨。
「你也想這麼說嗎？你也覺得這只是在欺負他？」
「並沒有。」河瀨聳聳肩。「要欺負他也沒什麼不行，要是那樣能讓你們滿意的話。雖然我覺得那樣做也是白費力氣。」
「白費力氣？」
「對，就是白費力氣。到頭來，說穿了其實就是誰也無法信任對吧？這種事，我幾百年前就知道了。所以，我無意責怪那小子，也懶得討論今後該怎麼做。勉強要說的話，我也只會記住那個胖子留下了偷吃的前科紀錄，然後，我絕對不會再信任他，這樣就夠了。所以這件事對我來說已經解決了，與我無關。我才說要去睡覺。」河瀨甩開冬樹放在肩上的手。「失陪了，吃飯時再叫我。」
冬樹默默目送河瀨離去，然後轉向誠哉。他發覺誠哉一直沒發言。
「哥你的看法呢？」冬樹試問。
眾人的視線頓時集中到誠哉身上。人人都很好奇他在想什麼。
「基本上我跟那傢伙的想法一樣。」誠哉說。
「哪個傢伙？」
「河瀨。我也無意責怪太一。」
「為什麼？」明日香尖聲嚷道。「他偷了奶粉耶。這樣為什麼不用譴責他？是因為受害者是小寶寶，與誠哉先生無關？」
「我沒那樣說。」

「可是——」

「我之前不是說過了，在原來那個世界的善惡是非概念已經行不通。就連何者為善何者為惡，都得靠我們自己決定。」

「你是說太一的行為不算錯？他偷了寶寶的食物耶。」

「那我倒要問妳，無法喝奶導致寶寶餓死，和太一營養失調不支倒下，對我們來說哪個損失比較大？」

明日香瞪大眼睛。

「有必要說得那麼極端嗎？太一就算不舔奶粉，也不會病倒。」

「這個妳無法確定，我也無法確定。餓著肚子有多痛苦，只有他自己才知道。」誠哉指著太一。「如果舔奶粉，可以讓太一發揮比之前更大的功用，那就不能單純認定這是壞事。」

「這種說法太奇怪了吧。就算真是這樣，也該先經過我們的同意。」戶田說。

「如果來不及徵求大家同意呢？或者，如果料定大家不可能同意，所以只好自作主張呢？」

「那可不行，這是不可饒恕的行為。」小峰發言。

「為什麼？」

「這還用得著問嗎，這樣豈不是會搞得秩序大亂，到時將會為了食物你爭我奪。」

「如果他明知如此還是豁出去決定這樣做呢？」誠哉再次指向太一。「如果他事先就料到會變成這樣，情況卻很急迫，急到他非偷奶粉不可的話呢？若以他的生存為優先考量的話，他的行為應該是善而非惡吧？」

「當然，對太一來說或許很好，但對我們來說可不是好事。是天大的壞事。」

聽到明日香這麼說，誠哉表情舒緩了下來。

「我想說的正是這個。縱使對太一來說是善，對其他人卻是惡。我們共有十一人，所以是十比一。但是，不能因為他是少數派就加以忽視。因為十一分之一這個比率絕不算少。」誠哉站起來，環視眾人的臉。「如果用十一個人去想或許難以理解，那就請各位假想有十一個國家吧。有個世界就是由這十一個國家構成的，為了共生共存，各國之間會簽定協議。假設其中有一條規定，是不得奪取別國物品。但是某國的國王很煩惱。因為他的國家很貧窮，食物也日漸稀少。於是國王痛下決定，要侵略鄰國，奪取糧食。他的國民因此得以躲過饑荒。請問，這個國王的行為是善還是惡？」

誠哉瞥向呆立原地的明日香。「妳認為呢？」

「那樣是不對的。就算救了自己國家的國民，如果對別國造成困擾，我認為那終究還是惡。」

「但是對那個國家的國民來說國王應該是英雄吧。」

「也許是這樣沒錯，但是他那樣做，會遭到其他國家的聯合抵制。這等於是與所有國家為敵。」

「國王作決定時或許早有這樣的心理準備。抱著打仗的覺悟拯救餓死者，或是眼看著國民餓死也要堅守與別國的友好關係，很難說何者為善何者為惡吧？所以我才會這麼說。太一的事只有太一自己知道。站在我們的立場，只能靜觀他的行動，再各自判斷今後要怎麼和他相處。」

聽到這裡，冬樹這才赫然發現，誠哉並沒有袒護太一。不僅沒有，甚至他還暗示了拋棄太一的可能性。

這點，看樣子太一自己似乎也察覺了。只見他臉色大變，仰視誠哉。

「我保證，絕對不會再做這種事。所以，我求求你們，請不要把我排除在外。求求你們，求求你們。」

「你用不著磕頭求饒。現在討論的並非原不原諒的問題，況且，這樣做也無法挽回你的信用。」

誠哉的聲音，遠比小峰和明日香他們痛斥太一時的聲音聽來更加冷酷。全場都為之屏息了。

「我的意見到此為止。」誠哉轉向冬樹。「一個國家不會有制裁別國的法律，同樣的，這裡也沒有法律。所以做這種類似公審的舉動也毫無意義，不是嗎？」

「你是說，不對太一做任何處分嗎？」

「我是說那樣做毫無意義，別讓我一再重述。」誠哉環視眾人，對榮美子說：「差不多該準備早餐了吧，馬上就要七點了。」

「啊，對喔。」榮美子起身。

還有——誠哉又補上一句：

「從今以後，別再給櫃子上鎖了。如果有人想偷，就讓他去偷好了。」

知道了，榮美子小聲回答。在場無人反對。

太一頭也沒抬，就開始哇哇大哭了。

之後又過了兩天。被陽光叫醒的冬樹，像往常一樣走到樓梯那邊，俯視馬路，忍不住發出驚呼。因為水幾乎已全退了。

他立刻通知誠哉。誠哉拿望遠鏡確認遠方情況後，緩緩點頭。

「吃完飯後，準備出發。」

「遵命！」冬樹行個舉手禮。

這天早上吃的，是義大利麵配濃湯，堪稱豪華大餐。要比預定日期早出發，所以誠哉指示大家好好吃飽，多儲存一些走路的體力。

「就天空的樣子看來，今天應該不會下雨。我擔心的是地震，但那是我們無從預測的。只能祈求地震不要發生了。」誠哉對大家說。

「最好不要因為水退了就過於安心。」戶田發言。「這次淹水情況那麼嚴重，最好把地面底下視為吸飽水分的海綿，而且是品質很差的海綿，到處都有空洞。萬一地面塌陷，掉進去後就救不回來囉。我不是在危言聳聽。」

「大家別心急，小心前進。沒問題，就算慢慢走，下午應該也能抵達總理官邸。」誠哉鼓勵大家。

上午九點過後，眾人拾級下樓。馬路上雖然還有一些地方積水，但是走路應該不成問題。

「媽咪，寶寶讓我來抱吧。」太一對榮美子說。

「啊？可以嗎？」

「因為行李已經少很多了。」

寶寶被人裹在一塊大布中。太一把布的兩端打個結，綁在自己的脖子上。

「讓他做這點事或許也是應該的。畢竟，他可是偷了奶粉。」戶田皮笑肉不笑地說。

「那麼，我們出發。」誠哉這麼說，然後邁向濕漉漉的馬路。

34

洪水造成的毀傷超乎想像，所經之處都有道路塌陷或是隆起。縱使看似平坦之處，路面也有無數細小裂縫交織如網，每踩下一步都有水自裂縫滲出。

一行人的步伐變得極端緩慢，因為人人都得拿著充當枴杖之物，一邊敲擊地面一邊前進才行。什麼地方會在什麼時候陷落，完全無法預測。

「萬一再來個大地震就真的沒戲唱了。」戶田低著頭邊往前走邊說。

「你是說馬路會崩塌嗎？」冬樹問。

「不只是馬路，建築物的地基想必也已受到相當大的損害。說得極端點，就算這一刻還好端端的大樓突然開始崩塌也不足為奇。」

媽呀，太一發出慘叫。

「你別嚇唬人好嗎，大叔。」

「這不是嚇唬人，是在陳述事實。我想說的是，沒有任何建築在蓋的時候預先設想過這種狀況。」

出發超過二小時後，眾人總算看到眼熟的建築物在右方出現了。那是專利廳。在那個轉角右轉，筆直前進就會抵達總理官邸前。

「真受不了，總算走到這裡了啊。」戶田咳聲嘆氣。

眾人右轉，筆直前進一段路後就僵在原地動彈不得了。前方延展的景象，幾乎令冬樹頭暈了起來。

為數眾多的報廢汽車完全堵住馬路了。大型卡車、自用汽車、公車、各式各樣的車子撞在一起，層層堆疊。找不出任何人類可以穿過的縫隙，要翻越過去恐怕也很困難。

冬樹回想起過去世界正常時的情景。這個十字路口的交通量總是很龐大，在那些人消失的瞬間，失去主人的車輛一再暴衝、撞擊，終於堆疊成阻擋冬樹等人去路的高牆。

「都已走到這裡了，難道又要繞路嗎？」

小峰恨聲說道，但是其他的人既未出聲贊同，也沒有安慰他。看樣子，大家都已習慣諸事不順的狀況了。

誠哉朝別的方向跨出步伐，大家默默跟在後面。

走到溜池的十字路口附近，終於有地方可以過馬路了。眾人在撞毀的汽車之間鑽來鑽去，越過馬路。

誠哉忽然止步，轉身面對大家。

「在這一帶稍微休息吧。」

「在這裡？不是只剩一點路就到了嗎？一口氣走完比較好吧？」明日香說。

「我也這麼覺得。趁著沒地震，還是趕緊往前走吧。」小峰也附和。

「不，這一路走來完全沒休息，大家應該都相當累了。的確只剩一點路就到了，但那段路是相當陡的上坡路，所以還是休息一下比較好。況且，現在也不確定總理官邸的存糧現況如何。我認為應該趁現在先填飽肚子。」

「這樣也許比較好吧。」戶田說。「我想到一個爬樹高手的故事。大意是說：爬樹最危險的一段，就是從樹上爬下來，離地面只剩一點距離的那段，所以一定要小心，不要勉強硬撐，在這裡先喘口氣也不壞。問題是，我們要在哪裡休息？」

「就選那裡吧。」

誠哉說著指的方向有一棟大樓，裡頭開了幾間餐廳。

不發一語、率先邁步走去的，是抱著寶寶的太一。

「那小子真是……」

戶田苦笑，大家也跟著放鬆表情。

大樓的三樓，有一家連鎖的西式居酒屋。選中那間店的是太一，因為他說這種店較常使用真空調理包。果然，眾人仔細一找不僅發現咖哩和番茄肉醬，連蔬菜濃湯和紅酒燴牛肉的調理包都有。漢堡也以真空包裝的狀態保存。

「這個如果能熱來吃一定很幸福。」太一凝視裝在盤子裡的漢堡。「難得有瓦斯……」這間店的廚房是用液化石油氣點火的。因此，瓦斯爐只要沒故障，應該可以使用。

「算我拜託你，你可別說要試試看喔。」小峰說。「我可不想在你轉動開關的瞬間，被『砰』的一聲轟到老遠的地方。」

「對，大地震之後，不做任何檢查就使用瓦斯是自殺行為。」誠哉也補上一槍。

太一露出悲慘的表情，開始吃漢堡。

「雖然已經習慣吃冷冰冰的調理包食品，可是沒有白飯或麵包配著吃還是很痛苦。」小峰一邊咬香腸一邊說。

「若是啤酒，倒是多得可以拿來賣。」戶田心有不甘地說。「這還是我頭一次進來居酒屋卻沒喝啤酒。」

「請再忍一下，總理官邸內想必也有啤酒。」誠哉說。

「這個我知道。其實我也不是在抱怨，只是說這種經驗很難得。」

明日香與菜菜美把白蘆筍澆上沙拉醬沾著吃，他們說找到了蘆筍罐頭。

「不曉得有幾天沒吃沙拉了，超好吃的。」明日香邊說邊伸出兩指，比出勝利手勢。

榮美子正在拿出發前沖泡的牛奶餵嬰兒，未央吃著布丁。河瀨打開油漬沙丁魚罐頭，放在蘇打餅乾上吃。

冬樹覺得，好像很久沒看過大家這麼快樂的笑容了。吃飯受到限制，又得在封閉空間內過上很多天——不管是誰面臨這種狀況都會發瘋。他暗忖，雖然吃的是冰冷的菜餚，但能夠自由進食的這點就足以讓大家心情寬慰了吧。

花了一個小時吃飯後，他們再次出發。和吃飯前相比，大家的表情都變得格外開朗，步伐也很輕快。

「好吧，到了以後去坐坐總理大臣的寶座好了。」戶田邊走邊說。

「欸，我之前就想問你了。」明日香小聲向冬樹發問。

「問什麼？」

「那個總理官邸，到底是幹麼的？」

「人家真的不清楚嘛。是總理大臣的家？」

走在前面的小峰忍不住噗哧一笑，轉過身來。「妳一路朝那裡走卻不知那是什麼？」

「總理大臣住的房子叫作總理公館。官邸是用來執行公務的地方，也就是總理工作的地方。」冬樹解釋。「不過，兩者其實都位於同一個地方。」

「噢？聽起來那樣好像挺複雜的。上班的地方離家近雖然不錯，但是感覺有點太近了。這樣內心根本不會有擺脫工作的感覺嘛。」

「那當然。」小峰說完再次轉過頭。

「總理大臣是一國之首，也是最高領導者。他如果擺脫工作那我們才要傷腦筋呢。」

「沒錯，放大膽子盡量壓榨他就對了。」戶田也從旁插嘴。

冬樹聽著大家的對話暗想：不只是腳步輕了，連嘴巴都輕浮起來了。肯定是即將抵達目的地的念頭令大家心情昂揚。

「好了，從這裡走上去就到總理官邸前了。」誠哉說。

「太好了。加油！」太一高喊一聲，拔腿就跑。

下一秒，他腳下站的地方破碎了。

不是崩塌，也不是裂開，那種情景只能用破碎來形容。太一站的那塊地面忽然急速下凹，接著就像厚布破裂般開始塌陷。

那個裂縫在轉眼之間擴大，到達冬樹他們的腳下。他甚至來不及出聲。他發現後立刻失去平衡，趴倒在馬路上。馬路像溜滑梯一樣傾斜。放眼四顧的他愣在那裡，誇張的事發生了。

他在凹陷的馬路中央。不僅是他，小峰和明日香、戶田也在。太一在傾斜如溜滑梯的馬路末端，他的前方就是滾滾流水。轟隆隆的詭異聲響傳來。

「快點爬上來！」誠哉的聲音自上方傳來，他好像僥倖沒掉下去。

繩子自上頭拋下。大概是河瀨上次拿回來的繩子吧。明日香和小峰以及戶田抓住繩子，爬了上去。

冬樹抓住繩子後，朝下方的太一看去。他僅靠右手抓住馬路的裂縫，勉強撐著沒滑下去。左手不能用，是因為那隻手抱著嬰兒。

「太一，加油！我現在就過去救你。」

冬樹抓著繩子往下走，水花濺到臉上。本以為水退了，但馬路底下其實還潛藏著駭人的激流。

只差一點就能構到太一身體時，繩子的長度不夠了。冬樹朝上方大吼：「再多放一點繩子下來！」

之後誠哉的上半身出現了。他把繩子纏在自己身上，試圖盡量探出身體。想必有人抓著他的下半身吧。

繩子因此變長了一些，手快要可以碰到太一身體了。

「太一，伸出左手！」冬樹高喊。

「不行，如果那樣做，寶寶掉下去就糟了。」

「那，右手呢？」

太一搖頭。

「如果放開右手，會直接掉下去。」

冬樹咬唇，往上看。真希望繩子再長一點，但是顯然這已是極限了。

「冬樹先生，你先把寶寶抱上去。」

太一把抱著嬰兒的左手緩緩伸長。雖說是小嬰兒，重量也將近十公斤。這動作需要很大的力氣。

冬樹拚命伸長手臂，一把抓住包裹嬰兒的毛巾。確定不會把嬰兒弄掉後，他朝太一點頭。

「行了，可以了。」

冬樹一手抱著嬰兒，一手抓著繩子走上坡道。菜菜美伸長雙手。他把嬰兒交到她的手上。

「換我來。」河瀨對他說。

「不，沒那個時間了。我去。」冬樹抓著繩子，再次下去。

太一兩手並用，攀著馬路邊緣。他的下半身完全泡在水中，強大的水流正要把他拉向深邃的裂縫。

「把你的手給我！快點！」冬樹大喊。

太一仰起臉，他的臉色蒼白。不僅是因為泡在水中，想必也因為剛才使盡了渾身力氣吧。

他的雙唇蠕動，似乎在說：不行了。他的眼中浮現絕望。

「撐下去！只要伸出一隻手就好。我會拉你上來。」

太一右手抓著地面，緩緩舉起左手，接著朝冬樹伸來。二人的手只差幾公分應該就能碰到了。

就在這時，某種東西打到太一的臉。他「哇」一聲向後仰了。同時，他緊抓馬路裂縫的右手鬆開了。太一驚愕的臉孔轉向冬樹。他瞪大雙眼，嘴巴也張成O形。

他的額頭流血了，也許是被小石頭打中的。

太一不停揮舞雙手，彷彿在游笨拙的仰式。他的身影在冬樹眼中宛如慢動作鏡頭。冬樹覺得時間的流逝很緩慢。

也許是無法理解自己發生了什麼事，太一被吸入水中時還是一臉無辜。直到最後那一刻，他仍張大雙眼和嘴巴。在他消失後，四周只剩下深濃的闇黑。水嘩啦啦地朝著那闇黑汩汩流去。

「太一！」冬樹高叫，他叫得嗓子都啞了。他叫喊的同時，聽見夾雜尖叫與怒吼的聲音。是上面的那些人發出的。

冬樹仰頭向上。「放開繩子，我要從這裡垂下繩子試試看。」

但誠哉搖了搖頭。

「你上來。」

「可是——」

「如果我們這邊鬆開繩子，你會爬不上來。快點，你上來。」

「太一他——」

「我知道！所以你快上來。算我拜託你，照我的話做。」

冬樹咬緊臼齒。他再次凝視太一消失其中的黑暗深淵後，低著頭開始往上爬。

淚水奪眶而出，完全無法遏止。雖想壓抑卻還是痛哭失聲。

紅色箭頭在腦海浮現。能夠遇見太一，是因為他在街上畫滿了那個箭頭。箭頭前方的他吃著壽司，他也請冬樹他們一同大快朵頤。無論處於任何局面，太一總是保持幽默，讓大家放鬆心情。

他救不了那樣的太一，讓太一死了——

上去之後他與誠哉四目相接。誠哉也雙眼充血。他的臉頰緊繃，太陽穴暴起血管。

「我讓他死了……」冬樹低喃。

「我知道，我全都看見了。」

「為什麼會這樣？為什麼，會變成這樣？」

爬到地上後，冬樹蹲了下來。菜菜美和明日香都在號泣，榮美子和未央也哭了。小峰和戶田，甚至河瀨，全都頹然垂首。

「因為，那是這個世界的規則……也許吧。」誠哉說。

「規則？什麼？」

「這個世界，是為了合理化數學悖論才創造出來的。所以說，人類消滅掉是最好，對整個宇宙來說。」

總理官邸與公館乍看之下似乎毫髮無傷，想必是耐震結構發揮了效果，但最重要的，或許還是蓋在高處這點，它因此沒有遭到洪水淹沒。

「好厲害喔，連一片玻璃都沒破。」榮美子仰望整片玻璃牆面說。

「這可是國土交通省——應該說是以前的建設省自豪的建築。」戶田回應。「但願發電設備也未受損。」

「看這情況應該是好好的吧。太陽能電池出乎意料地堅固耐用，我還聽說這裡也有燃料電池的設備。」小峰轉向榮美子。「應該也有使用電力的廚具，總算可以吃到睽違已久的熱食了。」

但是他的發言無人回應。這是當然的，冬樹暗想。一聽到吃這個字眼，大家不由得想起太一。不，就算沒聽到那字眼，大家的腦海肯定還是會被他的回憶占據。他被吸進深洞，還是短短幾十分鐘前的事，明日香與菜菜美她們仍然紅著眼，誠哉背負的末央，也依舊含著眼淚。

要是誠哉沒有激勵大家，大家現在想必仍在那個地方動彈不得吧。即便是冬樹也一樣，連站起來的力氣都沒有。在這種情況下，他們仍能朝官邸前進，都是因為誠哉那句別有意味的話。

這個世界是為了合理化數學悖論才製造的——誠哉當時這麼說。

當冬樹問他這是什麼意思時，誠哉搖頭。

「現在我無法在此說明，等去了官邸再說。」

「為何要到官邸再說？」冬樹又追問。

「因為我也是在官邸得知的，一切秘密都在那裡。我之所以提議大家去官邸，不僅是為了活下去，同時也是因為我認為，要讓大家知道真相，那裡是最佳地點。我也曾想過隱瞞大家，但最後我還是認定隱瞞是不可原諒的。」

誠哉沒有再多做詳盡解釋。他說他沒把握能夠好好說明，就算能夠說出來，他也不認為大家會相信。

正因為才剛親眼目睹太一死亡的悲劇，渴望了解為何會發生這種荒謬事態的念頭也變得更加強烈了。其他人似乎也和冬樹有同樣想法，他們依照誠哉的指示，拖著沉重的步伐朝官邸走去。

「各位，請大家跟我來。」誠哉朝官邸入口邁步走去。

「如果要留下來生活，應該住公館比較好吧？」小峰說道。「公館那邊應該也有完善的緊急應變設備。」

誠哉止步，轉身回顧。

「你說得沒錯，所以，今後的生活應該可以以公館為據點。但在那之前有些事必須先向大家說明。就是剛才我說的那件事。」

「你說要告訴我們這個世界的秘密。」冬樹說。

「沒錯。」誠哉點頭。

走吧，冬樹朝大夥吆喝一聲，之後便邁開步子。

令人驚訝的是，玄關門廳竟然亮著燈。所有的人都叫了出來。

「沒想到燈光竟然會如此令人懷念。」菜菜美不勝唏噓地說。

「這下子總算可以過得像個人了。」戶田環視門廳內部。「不過這裡蓋得還真豪華。就算大地震來襲，想必也穩如泰山吧。」

小峰操作電梯按鍵，但門毫無開啟的跡象。

「我知道了，一定是地震讓安全裝置開始運作了。只要解除裝置重新啟動，應該就能使用了。」

「沒必要使用電梯，我們要去的是地下室。」誠哉指向下方。「走樓梯就行了。請大家跟我來。」

他話還沒說完就朝樓梯走去了，冬樹等人只好追上。

眾人下樓，沿著亮起緊急逃生燈的走廊前進。拜高級地毯所賜，幾乎沒有腳步聲響起。

誠哉在貼有「非相關人士禁止進入」一紙的門前停下腳步。

「這裡面藏有一切秘密。」他打開門。

室內一片漆黑。誠哉打開牆上開關，白光在房間內延展開。

這裡好像是會議室。裡頭排列著長條形桌子，後方放了一台大型液晶螢幕。

「這是搞什麼。」冬樹嘀咕。

誠哉從桌上拿起冊子，給冬樹看。

「是P-13現象應變總部。」

他展示的手冊封面印有「P-13現象應變說明書」，好像是內閣府印製的。

「這個P-13現象是什麼？」冬樹問。

誠哉流露沉痛的表情後，環視其他人。

「請各位也看看這本手冊，桌上放了很多本。這是我們的內閣總理大臣也看過的手冊。」

小峰率先衝過去，拉開椅子坐下。戶田緊跟在後，其他人最後也走近桌子。

「你也看一下，之後我再解釋。」誠哉把他手上的那本冊子遞給冬樹。

冬樹在明日香旁邊坐下，她坐的好像是大月首相的位子。

翻開小冊子。裡面是一行又一行的艱深字眼。要理解意義，必須把同一個地方反覆看上好幾遍。

最後，他只知道，政府相關人員早知道三月十三日十三點十三分十三秒將會發生某件事，首相他們好像下令各部會擬定各種對策方案。他們對警視廳也下達指令了，要求警方高層盡量別讓警員執行危險任務。

問題在於發生了什麼事，但這個部分冬樹就無法理解了。冊子裡的字眼本身就意義不明。

「這是什麼鬼，我一點也看不懂。」一旁的明日香說。「我只知道裡面寫了什麼黑洞、時間跳躍之類有如科幻小說的東西。到底是怎麼一回事？」

菜菜美與榮美子搖搖頭，似乎投降了。

河瀨把冊子一扔，用指尖按著雙眼眼瞼。或許他本就不喜歡閱讀小字。

「老實說，我也不太懂。這是怎麼回事？」冬樹對誠哉說。

誠哉俯視一臉認真專心閱讀的小峰。

「小峰先生，怎麼樣？你看得懂嗎？」

他從小冊子抬起臉。

「多多少少。簡而言之，由於黑洞的影響，超級巨大的能量波襲擊了地球——看起來好像是這樣吧。」

「好像是。」誠哉回答。

「然後，那能量波造成的影響，似乎是十三秒的時間跳躍。」

「時間跳躍是什麼意思？」戶田問。

「就是字面上的意思，時間跳過了一段。自十三點十三分十三秒起，跳躍了十三秒的時間。」

「有可能發生那種事嗎？」

「有可能，這上面就是這麼寫的。」

「等一下。那太奇怪了。」冬樹說。「我們不是檢視過便利商店的監視器畫面嗎？雖然我不記得詳細時間了，但我印象中，人們是在十三點十三分十三秒消失的，可是之後時間還是正常流逝。十三分十三秒之後，是十三分十四秒。如果跳躍了十三秒，十三分十三秒之後，應該突然變成十三分二十六秒才對吧？」

「結果好像並非如此。」誠哉說。

「這到底是怎麼回事？」

「我也不是完全理解。我只是試圖根據上面所寫的內容做出解釋而已，這樣也行嗎？」

「什麼意見都行，你說明一下吧。」

誠哉應了一聲點點頭後，環視周遭。他的目光停留在塑膠繩上。那好像是用來捆綁文件之類的東西。

「各位不妨把這個當作時間之流。然後，假設這裡是出問題的三月十三日十三點十三分十三秒。」誠哉在繩子的中段，用手邊的麥克筆做個記號。接著又在距離那裡五公分之處同樣做上記號。「第二個記號是十三秒後。按照常理，應該是十三點十三分二十六秒。到這裡為止能夠理解嗎？」

所有人都盯著他的手點頭。

「呃，不曉得有沒有剪刀？另外，要是有膠帶就更理想了。」

「剪刀這裡有。膠帶雖然沒有，不過倒是有這個。」菜菜美拿出剪刀和ＯＫ繃。

誠哉把手上的繩子猛力扯直。

「如果什麼事也沒發生，時間之流就只是在這條直線上移動。但是如果發生P-13現象會變成怎樣呢？首先現象之前什麼也沒變，時間正常流逝。到了十三點十三分十三秒，那一瞬間來臨了。」他用手指拈起繩子上的第一個記號。「從這裡開始的十三秒鐘，就是最終會消失的時間。」

冬樹搖頭。「我不懂。」

「在這個時刻，時間還是正常流逝。」誠哉的手指在繩上滑過，然後停在第二個記號之處。「到這裡變成十三分二十六秒。」他拿起剪刀，從那裡剪斷。被剪斷的繩子掉在地上。

「在這一瞬間，之前那十三秒鐘將會消失。」誠哉在第一個記號的地方動刀，長約數公分的繩子掉落地上。

誠哉把第一截掉落的繩子撿起來，用OK繃將它和手頭剩下的繩子粘在一起。

「十三秒的時間跳躍就像是這樣，中間那段時間似乎就這麼被抽掉了。」

「那麼，不就跟我說的一樣嗎？十三秒後的世界突然就開始了。」

「不對。應該視為十三點十三分二十六秒的世界瞬間移動到十三秒前。」

「瞬間移動？」

「無論是物質上，或精神上，這個世界的所有東西都回到十三秒前。在那十三秒之內走動的時鐘，將指針倒回十三秒鐘。光和電磁波，以及其他肉眼看不見的能量，一切的一切都退回十三秒前的位置。附帶一提，甚至人類的記憶也是。」誠哉一鼓作氣說完後，呼出一口氣，望向冬樹。「這個世上的所有東西都一起倒退，所以實際上也就等於沒有發生任何事。」

「這怎麼可能！」戶田大嚷。「沒有發生任何事……明明不就發生了？除了我們之外的人類都消失了。這又該怎麼解釋？」

誠哉露出沉痛的表情，垂落視線，他似乎在遲疑什麼。冬樹看他這樣就知道了。誠哉不是無法回答戶田的問題，他是不想回答。

「到底是怎麼回事？哥，你說話呀。」冬樹說。

誠哉緩緩仰起臉。他咬著唇，默默思考。

冬樹拉著兄長的雙肩猛力搖晃。

「你幹麼不吭聲？你不是說要全部告訴我們嗎？」

就在這時，小峰忽然大叫一聲。他正在看小冊子。

「你怎麼了？」戶田問。

「這本冊子，最後一頁……」小峰的聲音在顫抖。

冬樹拿起小冊子，翻到最後一頁。上面寫的文章，標有「P-13現象可能引發的問題」這個標題。

他一邊按捺心中焦躁，一邊快速瀏覽。文中依舊有一大堆艱深難懂的字眼，即便如此，接下來這段文章還是抓住了他的心。

「最大的問題是，P-13現象發生時存在的人事物，在十三秒後不見得仍然存在。不存在的人事物無法成為時間跳躍的對象，因此在數學上無法與十三秒前一致。這時，為了避免數學上的矛盾（Paradox），可能會發生某種現象。微量粒子層級的數學悖論之影響，幾乎可完全忽視，因為微量粒子存在於數學連續性之中。最該警戒的，是『不具備數學連續性的事物在那十三秒之內消失』的情況。德國的漢努艾森博士舉出『動物知性』做為這種事物的代表範例。」

冬樹把那部分看了好幾遍。動物的知性，這個名詞令他大受震撼。

「該不會，是指這個吧？」他凝視誠哉。「哥，你之前說過吧。太一死時，你說這個世界是為了合理化數學悖論才製造的。那句話，就是指這個吧？」

誠哉用力做個深呼吸。他一再眨眼，最後微微縮緊下巴。

「是的。我那句話，就是根據這篇文章說的。」

「慢著。就算真的發生了這種奇怪的現象好了，為什麼只有我們幾個非得被留在這樣的世界不可？」

喀鏘聲傳來。是菜菜美站了起來，她用力過猛讓椅子倒下了。

她的眼神透出虛無。

「我知道了。雖然我無法理解高深的原理，但我知道自己發生了什麼事。也知道為何身在此地……」

「我也知道了。」小峰抱頭。「原來是這麼回事。」

「什麼啊。你們到底知道什麼了？」冬樹來回看著二人後，逼近誠哉。他一把抓起誠哉的領口。「你快說呀。你知道吧？」

誠哉舔唇，終於開口。

「所謂動物的知性，指的是動物存活時的意識。換言之，知性消失，也就表示動物死亡了。在那關鍵的十三秒之內死掉的動物，不可能再回到原來的時間。」

「等一下。照你這麼說，難道我們……」

「是的。」誠哉定定凝視冬樹的雙眼。「我們已經是死人了——在原來的世界裡。」

36

一幅情景在冬樹腦海重現。

他聽到槍聲回頭時，看到誠哉的胸口染上一片血紅。兄長在他眼中就像是在慢動作鏡頭下，緩緩倒地。

對了，就在那時——

誠哉遇害了，他想起來了。明明是親眼目睹的，這段記憶卻被他趕到腦海的角落，直到此刻。他後來看到活生生的誠哉，才逼自己認定那一切都只不過是自己的錯覺。

「那時候，哥你果然被殺了嗎……」冬樹的聲音顫抖。

「我記得自己中彈。」誠哉回答。「發現自己沒死，我本來感到很不可思議。不過周遭的人全都莫名消失了，這事態更嚴重，所以我滿腦子只顧著思考這件事。」

「可是，這怎麼可能發生……」

「我也一樣不敢相信。老實說，至今我仍半信半疑。但是，如果不接受這個說法，就無法解釋現在的狀況了。這也是不爭的事實。」

冬樹搖頭。

「那麼荒唐的事不可能是真的。那，你是說這裡是死後的世界嗎？是地獄嗎？」

「就某種意味而言的確是。」誠哉的聲音冷然響起。「但在數學意義上，並非如此。我們已經死了，可是我們死掉的過去被P-13現象抹除了。換言之，我們變成沒有死，卻無法前往未來的個體。為了解決這數學悖論，這個世界才會被創造出來。」

冬樹一面盯著兄長的臉，一面後退。他的腰撞到桌子，身體一晃，連忙用手撐著桌子。

「我無法相信……」

冬樹雖然嘴上這麼說，他同時也察覺自己正慢慢在接受這個荒謬的說法了。理由無他：他自己也有遇害的記憶。

當時他緊巴在敞篷車尾部。開車的男人轉過身，男人手上有槍，槍口對準他，噴出火花——

「那時，我已死了嗎？」他不由得說。

「你中彈了？」誠哉問。「在我被殺之後。」

冬樹微微點頭。

「駕車的男人朝我開了槍，打中我哪裡就不知道了。」

誠哉把手放在自己胸口。

「我記得我是胸前中彈。沒錯吧？」

對於兄長的問題，冬樹答是。

「原來如此。」在稍遠的位子打量小冊子的河瀨，伸了個大大的懶腰。「這麼說來，我也已經死了嗎？對了，當時我在事務所下將棋，突然聽到巨響，好像有人闖進來。那八成是別的幫派的人吧，我心裡有數。哼，原來如此，我中彈了啊。」他抓抓頭。「傷腦筋。」

這明明是令人震驚之事，但河瀨說起話來卻有點溫吞。不知道是在逞強，還是衝擊過大，令他一時之間反應不過來。

「鋼筋掉到我旁邊。」菜菜美冷不防開口了。「當時我正在走路，我察覺時，鋼筋已經掉在腳邊了。我記得前一秒明明沒有那種東西的。當時太一好像也在附近，他也說過同樣的話，那根鋼筋是突然出現的。」

她坐著用雙手蒙住臉。

「我想起來了，旁邊正在蓋大樓，每天都有起重機吊起一根又一根的鋼筋。是其中一根掉下來了。我和太一，八成被壓在下面……」啜泣聲傳來。

「我……沒有那種印象耶。」明日香猛搖頭。「我當時就是在走路而已。我什麼也沒做，所以我不可能會死。那套理論太奇怪了，我根本就沒有死。」她說起話來像是在念咒。

戶田站起來，走到小峰身旁，俯視著他。

「小峰，當時的事你記得嗎？」

本來一直抱著頭的小峰，緩緩仰起臉。

「多多少少……」

「是嗎。我現在清楚回想起來了，當時你在講手機吧。你用單手控制方向盤，一邊和對方交談，車開得相當快。我心裡覺得這樣有點危險。結果開到十字路口時，你沒留意紅綠燈。明明是紅燈，你卻沒煞車就想直接闖越。」

小峰瞪大雙眼。「怎麼可能……」

「沒錯，我親眼看到的，你的確闖了紅燈。正因如此，大卡車才會從旁衝上來，你不記得對方猛按喇叭嗎？」

小峰的表情變得空洞，大概正在回想當時的情景吧。最後，他似乎察覺了什麼，臉頰抽動。

「怎樣，想起來了嗎？八成是你發現快被卡車攔腰撞上，情急之下猛轉方向盤吧。」戶田憎惡地說。

小峰伸手捂嘴，開始眨眼眨個不停。

「被你這麼一說，好像是……」

「虧你還好意思說得好像事不關己。」戶田一把揪起小峰的衣服前襟。「你讓車子朝人行道衝過去，連續撞倒好幾個路人，最後撞上牆壁。直到撞牆前一秒為止，所有的事我都記得清清楚楚。」

明日香霍然站起，沉著臉瞪視二人。

「慢著。那是怎麼一回事？當時我就在你們的車子旁邊吧。然後呢？你們的車子撞到人？連續撞倒好幾個路人？那句話是什麼意思？我也被你們撞上了？被你們活活撞死了？」

她的臉頰迅速泛起紅潮。兩眼也充滿血絲，眼中溢出淚水。

「不只是我，還有老爺爺老奶奶，都是被你們的車子撞死的？那算什麼？我真不敢相信。」

「如果要恨，就恨這傢伙吧！」戶田猛然推開小峰。「我也是被這傢伙害死的，被這個笨蛋。」

小峰從椅子上跌落。「痛死了……」他一邊咕噥一邊起身。跌倒時好像傷到了，嘴唇上有點出血。

「你那是什麼表情？難道你有什麼不滿嗎？」戶田瞪眼。

「這是我一個人害的嗎？」小峰的眼珠往上一轉，露出大量眼白，回瞪過去的上司。

「你這話是什麼意思？開車的可是你。都是因為你開車不專心，才會變成這樣。」

「叫我打電話問路的不就是戶田先生你嗎？我本來想先找個地方暫時停車打電話，你卻說不能遲到所以叫我別停車。如果不用打電話，我才不會分心！」

「自己無能不說，卻想把責任推給別人嗎？就算邊開車邊打電話，一般人還是可以開得好好的。」

「若真是這樣道路交通法就不會禁止開車打電話了吧。話說回來，你自己打電話不就好了。

因為，那是你要辦的事啊。是你自己搞錯約定時間，在上班時間去剪什麼頭髮，所以才會太晚離開公司。為什麼非要叫我打電話去找藉口解釋？法律明明規定開車時不能使用手機，你為何無視法律，叫我代你跟人家道歉？這太奇怪了吧。」

「那麼你當時這麼說不就好了。」

「我怎麼可能說得出口！」小峰臉孔扭曲，一腳把旁邊的椅子踹開。「那時可不像現在。你是高級主管，我是小職員。如果，我叫你自己打電話，你會怎樣？八成會生氣吧，肯定會氣得頭頂冒煙。你大概會大吼，說小職員還敢這麼跩。小職員哪敢頂撞大主管啊？你叫我開車，我就非開不可。你叫我打電話，我就非打不可，管他違法不違法。那種事你自己應該最清楚才對！」

「臭小子，你竟敢用這種語氣跟我說話。」

「不行嗎？你已經不是什麼狗屁上司了，只是個不中用的糟老頭。我看你自己才該反省一下說話的語氣吧。如果想在這裡活下去，最好努力討好年輕人喔。」小峰輕戳戶田的肩膀。

「混蛋……」盛怒的戶田一拳揮過去，二人立刻纏成一團。

誠哉衝過去，插入二人之間。冬樹看了，也從小峰身後扣住他的雙臂。

「你們兩個都冷靜點。為了這種小事吵架究竟又能怎樣呢？」誠哉教訓他們。

「這種小事？這傢伙害得我連命都沒了，難道你還叫我一笑置之嗎！」戶田大吼。

「所以我不是說了嗎？那件事你也有責任。你還不懂嗎？你才是笨蛋。你去死！」小峰雖被冬樹架住，嘴上還是不停怒罵。

「夠了沒啊！」明日香大叫。「你們就算吵翻天也於事無補，就算最後認定是誰的錯，那又怎樣？我能起死回生嗎？什麼也不會改變吧？既然如此，拜託你們不要白費力氣好嗎？有那種體力的話，應該先向我道歉。你們兩個都該下跪謝罪。至少，我沒有任何過錯。怎樣？我說的話，冬樹可以感覺到，小峰的身體在發飆之後已頹然無力。冬樹一放開手，他就直接跪倒在地了。

戶田也垂頭喪氣，一屁股跌坐在椅子上。

唯有明日香依舊站著。她低著頭，身體微微顫抖，腳下被淚水濡濕。

誠哉把手放在她肩上。「坐吧。」

明日香微微點頭，乖乖坐下。就這麼趴在桌上。

誠哉環視眾人。

「的確，我們在之前那個世界已經死了。不，實際上並未死成。我們的存在變成一種矛盾，所以才會被踢到這種地方來。但重要的是，在這裡，我們千真萬確地活著。山西夫妻和太一的死並不是什麼幻想，而是千真萬確的事實。既然如此，我們只能好好珍惜現在在這裡的生命，只能盡力思考在這個世界如何活下去。」

他的聲音尚未完全消失，戶田已無力地吐出一句「那是不可能的」。

「這段日子能夠勉強努力到現在，是因為還抱著期待，覺得也許有機會回到原來世界。如果毫無指望，那我們到底該抱著什麼期待活下去？」

「這個……只能靠自己去發現了。」

對於誠哉的回答，戶田又說了一次不可能。

沉默占領了會議室，大家只聽得見空氣清淨機的聲音。這個房間的空氣越來越令人喘不過氣了。

老實說，冬樹和戶田有同樣想法。今後，事態毫無好轉的可能性，也許還會遇到新的「死者」，但人數可想而知。即便真的發生那種事，他們恐怕也沒有對策。換言之，只能保持目前這種狀況，就此結束一生。

嬰兒的聲音傳來，好像要哭了。榮美子慌忙開始哄他。

「那孩子也死了嗎……」菜菜美細聲說道。

所有人的視線都集中到嬰兒身上。

榮美子抱著嬰兒，溫柔地輕拍他那小小的背部。她停下手，轉身面對大家。

「是的，這孩子也死了。是被他母親……殺死的。」

眾人同時屏住呼吸，誠哉脫口說不會吧。

「是真的。在發現這孩子的公寓中，留有遺書。」

「遺書？」

「內容大意是說，實在找不出活下去的希望了，所以決定帶著孩子一起死。做母親的是單身媽媽，對方那個男人好像有老婆。我想大概是被那個男人拋棄，變得自暴自棄吧。」

「於是做母親的，就在那關鍵十三秒內殺了這孩子嗎？」誠哉說。

「我想應該是這樣。」

戶田嘆了一口大氣。

「做母親的會為了這種事下毒手殺孩子？」

榮美子聽了，微微咧唇。但她的眼中，隱隱泛出難以言喻的悲哀光芒。

「就是下得了手喔。世上就是有這種會殺死孩子的笨母親，因為……我自己就是。」

榮美子輕輕放下嬰兒，走近在房間角落抱膝而坐的未央。未央用看不出感情的雙眼仰望母親，榮美子緊摟住她。

「那天，我抱著這孩子從大樓頂上跳下。只是因為缺錢很痛苦，就奪走了這孩子的生命。這孩子發不出聲音，就是從那時開始的。其實我早就隱約猜到了，我曾想過這裡也許是死後世界。因為，只要想到自己做過的事，我覺得會待在這種地方是很合理的。我是一個縱使被打落地獄也無話可說的人。」

37

在房間中央伸長手腳躺成大字形，就會聞到榻榻米的味道。那是令人懷念的氣味，給人經過漫長旅行後終於回到家的感覺。不過，冬樹以前住的房間其實是西式小套房。背部的觸感很柔軟，如果閉上眼，似乎立刻就會墜入夢鄉。

冬樹凝視天花板。那是檜木材質嗎？自然的木紋很美麗。

一行人已遷至總理公館。內部狀況已檢查過了，發電設備果然像他們想的一樣，正常運轉著，只要盡量省電，生活應該不成問題。把官邸和公館的水與食物加起來，分量應該足夠應付未來一個月所需。

問題在於，今後該怎麼辦？要以此地為據點度過人生，還是要另尋他途？他們遲早得作出決定。

但是冬樹自己現在並不想思考那問題。一想到在原來的世界自己已不存在，也無法再見到那邊的親朋好友，他就感到異常空虛。

好像有人進房間了。在冬樹仰望天花板的視野中，明日香的臉孔出現了。

「你在睡午覺？」她問。

「不，只是在發呆。妳怎麼來了？」

「他們說要吃飯了。」

「是嗎。」冬樹直起身子，盤腿而坐。他再次放眼眺望室內。這好像是用來款待外國賓客的和室，簷廊外有個整理得非常漂亮的庭園。

「這裡真是好房間。」明日香在他身旁端正跪坐。隱約飄來洗髮精的香氣。她好像洗過澡。

「世界上，原來也有人住在這種地方啊。」

冬樹這句話，令她嗤嗤笑。

「有什麼好笑的？」

「因為你這句話毫無意義。實際上，根本沒有人會住在這裡，也沒有人住過這裡。話說回來，對於現在的我們來說，什麼叫作『世界上』？」

冬樹聳聳肩。

「……說得也是。那，去吃飯吧。」

餐廳裡，其他人早已開始用餐。菜色是奶油濃湯配馬鈴薯沙拉和炸雞。

「這也吃得太豪華了吧。」冬樹一邊就座一邊說。「不省著點吃沒關係嗎？」

「誠哉先生說至少頭一天要吃得豐盛一點。」榮美子替冬樹和明日香把飯菜擺好。「不過這種程度就叫豐盛好像也有點讓人心寒。」

「不，想到昨日為止的種種簡直就像作夢，我可是感激不盡。」戶田滿面通紅地說，他正在喝啤酒。

冬樹把炸雞放進嘴裡，酥脆的口感令人感動。他決定現在別多想，專心享受大餐就好。

「怎麼了？身體不舒服嗎？」誠哉問菜菜美。

她的盤子幾乎原封不動。

「那倒不是，只是沒什麼胃口……」菜菜美喝光杯中的水，便推開椅子起身。「我看，我晚一點再吃。榮美子小姐，廚房有保鮮膜吧？」

「妳放著沒關係，我來弄就好。」

「不，那怎麼好意思。」

菜菜美把自己的盤子端去廚房，之後就這麼直接走出餐廳了。

「唉，她的心情我很能體會。」戶田說。「也難怪她沒胃口。不如說，像這樣狼吞虎嚥的我們才是不正常吧。她八成是因為難以置信的事情實在太多，神經都已麻痺了吧。」他一邊這麼說，一邊咀嚼炸雞，猛灌啤酒。

桌子最角落的位子，河瀨正在看一本很厚的裝訂文件，不時，還拿原子筆在上面寫東西。

「河瀨先生，那是什麼？」冬樹問。

河瀨放下原子筆。

「沒事好做，所以我正在研究。」

「研究？研究什麼？」

河瀨把封面朝向冬樹。

「P-13現象與數學上的不連續性之相關研究報告——標題倒是又臭又長。」

「哼，事到如今看那個有屁用。」戶田嗤之以鼻。

「好像很深奧。」冬樹對河瀨說。

「的確很深奧。這裡面寫的東西我連一半都看不懂。不過，不可否認的是的確有很多地方令人恍然大悟，比方說樹木花草為何沒消失。」

「樹木花草？」

「我之前一直感到很不可思議。不僅是人，小貓小狗和魚類也全都不見了對吧？換言之動物全部消失了。可是像櫻樹或是附近的草皮卻沒消失，也就是說植物並未消失。所以我就在想，動物消失植物卻未消失的現象到底是怎麼回事。兩者都是生物對吧？在學校，老師是這麼教的。」

「真的耶，沒錯。」明日香從盤中抬起臉。「的確很不可思議。」

看吧，河瀨說著一臉開心。

「那，你現在知道原因了？」

「我只是自己猜想的。」河瀨翻開文件。「如果用深奧的字眼來說，好像是因為植物具有數學上的連續性，但動物沒有。換個淺顯的說法，也就是說假設現在有一種植物，我們可以預測它之後會變成怎樣，但是無法預測動物。」

「那是什麼意思？這樣解釋我還是不懂。」

「簡而言之，花不會自己亂動對吧？被風吹雨打時雖然會搖晃，但那種大自然造成的外力，是可以用數學方式計算的。還有，花瓣綻放或是枯萎的現象，也都是以那棵植物天生具備的生物基因為依據，所以可以用數學方式預測。但如果是動物，就沒這麼容易了。比方說一隻狗在下一瞬間會做什麼，這個誰也無法預測吧？連上帝也辦不到。這好像就叫做數學上的不連續。」

河瀨的解讀方式是否正確姑且存疑，但是聽著他的敘述，冬樹多多少少理解了。也許是心有同感吧，明日香也點點頭。

「然後，最有趣的，是對動物的定義。」河瀨看著文件繼續說。「舉例而言，我們說人類人類，從哪到哪才叫作人類？」

冬樹聽不懂他在問什麼，只歪了歪頭表示不解。倒是明日香回答了：

「那還用說，不就是指這個身體全體嗎？」
「所謂的全體，是從哪到哪？」河瀨問。
「從腳尖到頭頂，總之就是身體全部。」
「頭髮也算在內嗎？」
「當然算在內。」
「掉落的頭髮呢。」
「那就不能算，因為已經離開身體了。」
「指甲呢？」
「算。」
「像妳這種年輕女孩現在流行做指甲彩繪粘貼假指甲就不算嘍？」
「那當然，因為那是假的嘛。」
「那麼，皮脂呢？身體表面的油脂。」
「那個嘛……」明日香側首。「不算。從身體排出的，已經不能算是身體的一部分。」
「那麼大便呢？還沒排出，積在肚子裡。」
明日香的臉扭曲了。「拜託，我還在吃飯耶。」
「那，假設有人受了傷正在流血吧。從哪到哪算是他的一部分，從哪開始不算在內？」
這個問題令明日香陷入緘默。她把臉轉向冬樹，像是要求救。
「這問題的答案，河瀨先生知道嗎？」他問。
「倒不是我知道，而是這上面就有寫。我直接念文章給你們聽。嗯……啊，在這裡——這種情況下，受到人類知性影響，因而無法保持數學連續性的部分也算是『人』——怎樣，聽得懂嗎？」

「完全聽不懂。」明日香噘起嘴。

「我剛才不也說過了，無法預測未來會變成怎樣，就叫作數學上的不連續。比方說現在，我這樣拿著叉子。」河瀨抓起叉子。「如果我把它放在桌上，叉子不會有任何變化。可是如果我這樣拿著，誰也無法預測下一瞬間這玩意會變成怎樣。對吧？」

明日香點頭後，吃驚地瞪大雙眼。

「那你是說，那根叉子也算人的一部分？」

「簡而言之就是這樣。」

「啊？那樣太奇怪了吧。照你這樣說的話，舉凡身體接觸到的東西全部都等於人的一部分了。就連空氣也有接觸，間接來說等於統統都有接觸。」

「小姐，妳頭腦挺聰明的嘛。沒錯，我也是對這點耿耿於懷。不過，這上面針對這點也有明確說明。我從剛才不就一直使用『下一瞬間』這個說法嗎？重點就在這裡。這根叉子是金屬做的所以很硬，但是假設這玩意像橡皮一樣柔軟好了。我如果拿著這橡皮叉子來回揮舞，請問叉子會照我的意思擺動嗎？」

明日香想了一下，然後才回答：「不會。」

「為什麼？」

「因為那已變得軟趴趴的了，是吧？就算拿起來揮舞，我想也會慢半拍才動。」

河瀨放下叉子，彈了一下手指。

「就像妳說的，它會比我的意思慢半拍。換言之，它不會隨我的意志改變，也就表示那個部分不算是我的一部分。因此，我才用下一瞬間這個說法。這裡所說的瞬間，指的是極短的時間，在物理上好像與光的速度有關，但那方面太深奧了，我可不懂。總而言之，人類在那極短時間內可用知性管理的部分，都算是人類的一部分。比方說身上穿的衣服，好像也算是人類的一部分。」

原來如此，冬樹不禁脫口而出。

「所以我們身上還穿著衣服，而從這個世界消失的人連衣服也一起消失了。」

「衣服如果不算是人類的一部分，妳們幾位小姐八成會以非常性感的姿態出現喔。」河瀨看著明日香，嘻嘻賊笑。

「你要滿腦子色情幻想是你的自由，但假如人消失時是像我們現在一樣坐在椅子上呢？這把椅子的哪裡到哪裡算是人類的一部分？」

「這個嘛，好像會因材質或接觸方式而異。我再拿叉子打個比方吧，如果是這樣又硬又小的東西，整個都算是人的一部分。可是如果是像橡皮那種東西，只有手抓到的部分才算。」

對了，誠哉突然出聲。

「難怪車子座椅貼合屁股的部分會消失，方向盤表面被手握過的部分也會消失，還有便利商店的購物籃握把也有這種情形。原來是因為在數學，被視為人體的一部分了。」

冬樹記得自己也看過那樣的情景。

「看吧，還挺有用處的吧？」河瀨把文件一扔。「不過話說回來，我能理解的也僅止於此。剩下的，我看得一頭霧水。上面在寫什麼，我是有看沒有懂。」

「光是這樣就已很厲害了，換作是我，根本看不下去。」冬樹咕噥。

「那怎麼可能。不過，別看我這樣，小時候我可是科幻小說迷，我還看過艾西莫夫⑩的作品呢。」

「噢？真看不出來。」明日香嘴上這麼說，卻還是朝河瀨投以敬佩的眼神。
小峰猛然起身，發出巨響。
「無聊透頂。就算現在弄清楚這種事，也派不上任何用場，我們還是一樣逃不出這個世界。」
「應該是吧。」河瀨說。「但是老子就是不爽，我可不想一頭霧水地死去——不過這次是先死掉才一頭霧水的。總之我只是想知道到底發生了什麼事，如果得罪了你，那我不會再提這種事了。」
「並沒有……你愛說什麼隨便你。」小峰走出餐廳。
這晚，冬樹睡在睽違多日的墊被上，被窩鋪在賓客用的和室裡。大家可以各自挑選喜歡的房間休息，所以除了他以外，使用這個房間的只有誠哉與戶田。不知道小峰與河瀨睡在哪裡。女孩子們和小嬰兒好像在另一間和室。
戶田的鼾聲傳來。雖然冬樹並不介意，卻還是遲遲無法入眠。時間已過了晚間七點，通常這時候他已經睡著了。連日來都是在過於克難的狀況下入睡，現在這柔軟的被窩反而令神經亢奮了也說不定。
誠哉也還沒睡。他鋪好被窩便走出房間，到現在還沒回來。
冬樹鑽出被窩。他穿上衣服，走出房間。
會客室透出燈光。他探頭一看，誠哉坐在沙發上，正在喝威士忌。

⑩譯註：Isaac Asimov，一九二〇～一九九二年，生於莫斯科的美國作家兼生物化學教授，被尊為科幻小說大師。

「睡不著嗎？」冬樹出聲說。
誠哉有點驚訝地轉過臉。
「那倒不是，只是有點事想一個人思考。」
「那，我在這會打擾你嘍？」
「不，已經沒事了。你要不要也來一杯？」
「嗯，那就來一杯吧。」
誠哉從放杯子的托盤取來巴卡拉（Baccarat）高級水晶杯，放在冬樹面前，替他注入威士忌。
謝謝，冬樹說。

38

一手拿著裝有威士忌的杯子，冬樹環視室內。
「好安靜。在這麼安靜、空蕩蕩的室內，總理都在想些什麼呢？」
誠哉倏地咧開嘴角。
「總理大臣應該不可能一個人待在這間屋子吧。只有客人來訪時才會用。」
「啊……對喔。」
「總理在官邸有間辦公室。聽說演講稿之類的東西，都是在那邊寫的。」
「寫稿子的應該是秘書吧？」
「也有那種總理。但我聽說，大月總理的確都是親自執筆的。碰到重要場合，他好像更會堅持要自己寫。」

冬樹想起只在電視上看過的大月面孔。大月很上鏡頭，經常被人揶揄，說他只是擅長靠作秀討國民歡心來維持支持率的政治家。

「不用說總理了，就連大臣和官員們，顯然也早就知道P-13現象的事。」冬樹說。

「正因如此，才會在官邸會議室成立應變總部。」

「可是，國民並未被通知。你覺得這是為什麼？」

「理由不是已經寫在小冊子上了嗎？時間跳躍將會發生，但是不會因此造成任何改變，為了防止混亂發生才視為最高機密。也不是每個政府官員都知情吧，想必大部分都不知情，知道的，只有極少數的高級官員。說到這個，河瀨之前說過黑社會的幫派首腦們早就聽到風聲。也許是從來往密切的官員那裡聽說的。」

「總理他們早就知道在那十三秒之內如果有人死掉會很麻煩，但他們卻秘而不宣。」

誠哉淺啜威士忌，嘴角下抿。

「身為一國元首這是理所當然的處置。如果隨便公開消息，必然會引起恐慌。你想想，那影響可能會造成損害。」

「在那十三秒內死亡的人就不用考慮嗎？」

「就是因為考慮到了，才會採取各種對策。比方說防衛省和警視廳，他們已下達指令，要下屬避免在那十三秒之內執行危險任務。那項指令我也有收到。」

冬樹仰起臉，凝視兄長。

「你已接獲指令，卻還是將逮捕犯人視為第一優先？」

「因為上面並未透露詳情，想必刑事部長自己也不知道吧。也沒說明理由，只丟下一句『不得執行危險任務』的命令，我怎麼可能光聽這些就眼睜睜看著眼前的犯人溜走。」

「如果，你當時知道箇中詳情呢？就算知道死了會發生數學悖論，被踢到這個荒謬世界，你還是會以逮捕犯人為優先嗎？」

這個問題，令曾是警視廳管理官的男人陷入沉默。他歪起腦袋，蹙緊眉頭之後才開口。

「事到如今我也不知道。我無法確定那時自己是否會相信這種超自然的說法。也許我無法相信，最後還是會採取逮捕行動。別看我這樣，想立功的念頭不比別人少。結果，我不就遇害來到這裡了嗎。不管事前有沒有接獲通知，我的情況其實都不會改變。」

冬樹把玻璃杯往桌上一放，雙手撐在膝頭挺直腰背。

「哥的判斷沒錯。你根本不會管什麼P-13現象，總之你絕對不會讓部下涉險。當然，你也會好好保護自己的。而且，你想必已經擬好以安全為前提的犯人逮捕計畫了。」

「所以呢？」

「哥之所以會在這裡……」冬樹深呼吸之後繼續說，「是我害的。哥你自己，應該也是這麼想吧？」

「你胡說什麼。」

「本來就是。都是因為我擅自跳上犯人的車，在你們面前出現，才逼得你不得不出面。結果……才會中彈。」

「那件事，過去就算了。」

「不能算了！」冬樹拍桌。「要是我沒有多事插手，事情就不會變成那樣。我被殺是自作自受，可是哥你——」

「我不是說算了嗎。」誠哉沉著臉轉向他。「事到如今再說那些又能怎樣？能解決什麼？」

「是不能解決什麼……但我心裡很過意不去。」

「過意不去又怎樣？你能替我做什麼？能讓我回到原來的世界嗎？」
誠哉的話令冬樹黯然垂首。
「我當然做不到……」
「既然如此，就不要再做這種無聊的懺悔了，我不想聽你的反省之詞，對你是否過意不去也絲毫不感興趣。有閒工夫煩惱那種事，還不如想想今後該怎麼辦。我們能夠得到的只有未來，過去已經消滅了。」
誠哉的低沉嗓音震動了室內空氣，也撼動了冬樹的心。他再次被迫面對自己的愚昧，內心沉痛。明明從小就一直被人提醒要珍惜生命，但他現在才發現他其實一點也不了解這句話的意思。
聽到誠哉嘆息冬樹仰起臉，不禁一驚，因為兄長的表情竟然出乎意料地平穩。
「老實說，我並沒有大家那麼悲觀。變成這種局面束手無策是事實，但就某種角度而言我還是認為我們其實很幸運。」
「幸運？」
「你想想看，我們本來應該已經死了，也不可能像現在這樣，兄弟倆一起喝酒聊天。可是結果呢？我們卻活著。拜P-13現象所賜，我們得以如此存活。這不叫幸運叫什麼？這個世界的確很艱苦，但絕非死後的世界，更不是地獄。這裡是我們掌握未來的場所。你不這麼覺得嗎？」
冬樹凝視誠哉的臉，不由得笑了出來。
「哥的強悍真是令我甘拜下風，我實在無法像你這樣想。」
「這跟強悍無關，我只是討厭後悔罷了。」
冬樹很想說這就叫作強悍，但最後他決定保持緘默。
杯中的威士忌喝完了。冬樹起身。

「你要去睡了嗎？」誠哉問。
「嗯。哥你呢？」
「我還要再喝一會，要想的事情還有很多。」
知道了，冬樹說著走向門口時，外面傳來小跑步的足音。
開門一看，榮美子正好經過。
「出了什麼事？」
「啊，你出現得正好。菜菜美小姐沒回來。」榮美子氣喘吁吁。
「沒回來？」
「她離開房間了，我本來以為她是去上廁所，可是我想起之前她曾打開冰桶，忽然有點不放心，於是就檢查了一下，結果發現裡面的針筒少了。我記得應該還剩五支可是現在只有四支……」
「是什麼時候發生的事？」誠哉自冬樹身後發問。
「我想應該是二十分鐘前，我和明日香正在分頭找她。」
「我們也去找吧。」冬樹對誠哉說。
「不，這裡交給她們，你跟我一起來。」
「要去哪裡？」
「她之前，不是也曾失蹤過一次嗎？她的去處只有那裡。」
這句話令冬樹恍然大悟地點頭。「她以前上班的醫院是吧。」
「以她的腳力應該還走不了多遠，我們快去追。」
「知道了。」

冬樹與誠哉把公館內部交給榮美子等人照顧，之後便走出了庭園。前方是一片無垠的黑暗，更遠處是荒涼的廢墟。馬路早已面目全非，連哪裡潛藏著致命坑洞都看不出來。

他們按捺想要往前狂奔的衝動，一面小心翼翼確認腳下狀況，一面前進。他們先以皇居為目標。因為沿著內堀大道北上，是通往菜菜美以前任職的醫院最簡單的路線，走這條路的話，皇居會出現在他們右手邊。

「醫院裡好像有她的男友在。」誠哉邊走邊說。「據說是醫生。」

「所以她才去醫院……」

「失去生存希望的最大原因，就是喪失愛情的感覺。」

冬樹一邊用手電筒照亮前方一邊點頭，他深有同感。

走到內堀大道並未耗費太多時間。因為官邸周邊的車輛不多，地震和洪水造成的損害也不大。但內堀大道不同，這裡平常是東京都內交通流量最大的道路之一。果然，故障的車輛層層相疊，而且還堆積著被洪水沖來的各種物品，就連橫越馬路恐怕都不容易。

二人沒越過內堀大道，繼續往北走。最後，前方終於隱約出現微弱燈光了。

「哥，你看那邊。」

嗯，誠哉應聲。他似乎早已察覺。

菜菜美就在半藏門附近。那裡有通往新宿方面的道路朝西延伸，但是報廢的車輛沿著馬路形成高牆，人無法橫越馬路。

菜菜美小姐，誠哉出聲喊她。她把手電筒轉向這邊，露出恍惚的表情。

冬樹二人一走近，她便扔開手電筒，從口袋取出某樣東西。她似乎很快地做了某個動作，但是看不出是在做什麼。

二人靠得更近了。

「不要再過來！」菜菜美高喊。

誠哉把手電筒對準她。她的袖子是捲起來的，另一隻手上拿的好像是針筒。裡面的藥物，想必是沙克辛。

「菜菜美小姐，我們回去吧。」誠哉說。

「為什麼……」菜菜美痛苦地皺眉。「為什麼要追來？」

「因為我們擔心妳，這是當然的吧。這段日子，只要有人失蹤我們就會去找。如果知道他的去處就會去追。」

「請你們別管我。」

「這可不行，妳也是我們的重要夥伴。」

菜菜美搖頭。

「已經不用當我是夥伴了，請你們忘了我。就算少我一個也不要緊吧？我能做的事，任何人都做得到。算我求你，請你別管我。拜託。我求你。」

「就算有人可以接替護士的工作，也沒有任何人可以取代妳。因為世上只有一個妳。」

「那麼，我的心情又該怎麼辦？我必須為了大家活下去嗎？就算活下去，也沒有任何指望。我跟他再也不能見面了吧？誠哉先生，我記得你之前說過，只要活著就能打開生路。你說其他人是突然消失的，所以或許也會再突然出現。可是，那已經不可能發生了對吧？既然如此，我為什麼還得活下去？我為什麼不能死？」

她那悲痛的吶喊，令冬樹的心頭一緊。在目前的狀況下，他的確也覺得教人活下去還更殘酷。

「我並沒有說妳不能死。」

這句話讓菜菜美瞪大眼睛，冬樹也忍不住望向兄長的側臉。

「雖然我個人認為自殺是不好的行為，但我無意把這個想法強加於妳身上。因為在這裡，我們必須拋開一切既成概念。所以這並非命令，而是出於我個人的懇求。我是在懇求妳，請妳跟我們一起活下去。」

菜菜美拿著針筒，悲痛地別開臉。

「活著做什麼？這樣活下去，能有什麼好處？」

「我不知道。但我能夠肯定的，就是現在妳如果死了，我們絕對會很傷心。我可以斷言，那樣做才真的是沒有任何好處。我是在求妳別讓我們傷心。」

「就算少了我這種人——」

「我會傷心。」誠哉用洪亮的聲音斬釘截鐵地說。「我不想失去妳。到時候我一定會像失去情人的妳一樣，陷入絕望的。」

菜菜美表情扭曲，痛苦地扭動身體。

「你這樣……太奸詐了。誠哉先生，你太奸詐了。」

「求求妳。」誠哉朝她低頭懇求。「請妳再稍微努力一下就好。妳有尋死的權利，妳隨時都能死。可是，請妳現在不要死。為了我，請妳不要死。」

誠哉傾吐的話語中，隱含著對菜菜美的感情。冬樹不知道那算不算是愛情。但是，從誠哉全身散發出的氛圍可以窺知，那絕非僅只是為了阻止菜菜美自殺才說出的話。

菜菜美低著頭，拿針筒的手頹然垂落。

誠哉緩緩走近，伸出右手，「把那個給我。」他說。

「太奸詐了……」菜菜美呢喃著遞上針筒。

39

醒來後，冬樹把面向庭園的拉門全部拉開。玻璃門外的光景和昨日早晨一樣：天空是灰色的，雨下個不停。被雨打濕的樹木顏色顯得深濃，石燈籠黑亮光滑。

「今天又是雨天啊。」

身後傳來聲音。轉身一看，河瀨正咬著牙刷走進來，他穿著背心內衣。

「這雨已經連續下了四天了，到底要下到什麼時候？」冬樹說。

「誰知道。這只能問老天爺。」河瀨來到冬樹身旁，仰望烏黑的天空。「不過這雨可真會下。看樣子，下面又要鬧洪水了。」

雖然他說得輕描淡寫，但冬樹一聽到洪水這兩個字就心情一沉。太一被濁流吞噬的那一幕，至今仍在腦海盤旋不去。

冬樹一去餐廳，便感覺到廚房有人在。榮美子的身影忽隱忽現，未央出來了。她捧著盤子，開始逐一放到桌上。她抬頭看到冬樹，乖乖鞠了個躬。這還是她頭一次做出這種反應。

早安，他出聲招呼。未央嘴角動了一下，旋即跑進廚房。那大概算是她的笑容吧，冬樹決定這麼解釋。

隔壁起居室內，誠哉正攤開地圖。一旁放著咖啡杯。

「你在查什麼？」冬樹問。

噢，誠哉說著抬起頭。

「我在查東京都內的標高。這樣看起來，這裡其實也不算是什麼高地。」

「你幹麼查那種東西？」冬樹在他對面坐下。

「因為這場雨，下面八成又開始淹水了。」誠哉瞥向窗外。

「你認為這裡遲早也會淹水嗎？」

「不知道。不過有備無患。」

「還要做什麼準備？現在有糧食，也有發電設備，這裡已經很完美了。」冬樹張開雙手。

「你所謂的完美是指什麼？意思是說能夠永久保障我們的生活嗎？」

「雖然談不上永久，至少暫時不成問題吧。」

「你所謂的暫時是多久？這裡儲存的糧食頂多只能撐一個月。」

「能撐上一個月不就足夠了嗎？」

於是誠哉手肘撐在桌上托腮，朝冬樹凝視。

「萬一在那一個月當中水都沒退怎麼辦？沒人能保證雨會停。到時難道要在泥水中游泳嗎？」

「這……如果連這種事都要操心豈不是沒完沒了。」

「沒完沒了又怎樣？所以就走一步算一步，到時才想辦法嗎？」

見冬樹緘默不語，誠哉指著他的臉。

「我告訴你現實吧。如果水不退，我們會被困在這裡。當然也不會有人來救我們。等到存糧吃光了我們只能活活餓死，所有的人都會死。」

冬樹屏息。

「難道你是說，我們又要從這裡遷離？」

「有必要的話。」

「不是已經又開始淹水了嗎？要怎麼離開？再說，我們還能去哪裡？」

「這個我正在想。」誠哉回答後，目光射向冬樹的背後。「早。」

冬樹轉身向後。身穿運動服的明日香正要走進來，她也小聲道了一聲早安。

「菜菜美小姐的情況如何？」誠哉問。

明日香做個聳肩的動作。「感覺上還是老樣子。」

「也就是說，還是無精打采嗎？」

「她一直窩在被窩裡，早餐也說不想吃。」

「她昨晚應該也沒吃。」冬樹說。「是不是該說她幾句比較好？」

誠哉皺起眉頭，陷入沉思。哥，冬樹催他回應。

「我能說什麼？硬逼她吃東西，命令她表現出很有活力的樣子嗎？她現在迷失了生存目標，正在痛苦掙扎。但是至少她沒有選擇自殺就夠了，目前只能先隨她去。」

「可是看她那樣子，誰知道幾時又會想不開做傻事。」明日香說。

「不過，就算是這樣我們也不能整天監視她吧。不管怎樣，她都只能靠她自己的力量去克服。」

「一般人根本做不到，又不是人人都像誠哉先生那麼堅強。就拿我來說吧，老實說有時候連我都想死了算了。」

冬樹嚇了一跳，凝視明日香。她皺起臉，揮揮手。

「抱歉，我胡說八道。我不會尋死的，你放心吧。」她一邊抓頭一邊走進餐廳去了。

到了早餐煮好的時刻，河瀨與戶田也在餐廳現身。戶田的腳步有點踉蹌，經過冬樹身旁時，散發出酒味。

「真是幸福啊。打從我上小學之後，就再沒有每天早上好好吃飯的經驗了。」河瀨一邊就座一邊說。盤子裡放著火腿和煎蛋、沙拉。

但戶田沒在椅子坐下，他走進廚房。開關冰箱的聲音響起沒多久，他就雙手拿著罐裝啤酒走出來了。他在餐桌末端的位子坐下，拉開拉環，灌了一大口後，大聲打嗝。

「戶田先生。」誠哉對他說。「你好像喝太多了吧？」

戶田兩眼發直，瞪視誠哉。「不行嗎？」

「我應該已經拜託過你，盡量在睡前才喝酒。」

戶田嗤之以鼻。

「那是之前的規矩吧？因為不知幾時會遇到危險，所以才叫我們在天黑之前盡量保持清醒。可是現在不是已經毫無問題了嗎？有吃的，也能睡在被窩裡。區區幾罐啤酒，你就讓我喝個過癮吧。」

「只喝一點倒是無所謂，但你顯然喝太多了。你那種喝法會把身體搞壞。」

但戶田露出淺笑。

「所以呢？搞壞身體又怎樣？就算保持身體健康，又能有什麼好處？什麼也沒有。縱使長命百歲，也沒有任何好處，只會讓自己痛苦。既然如此，還不如趁著活的時候為所欲為，愛喝多少酒就喝多少，如果能夠在喝醉時直接死掉，那我求之不得。我才感到奇怪咧，在這種情況下，你們居然還能保持清醒地活下去。」說完，他又繼續喝啤酒。

誠哉沉默不語，似乎放棄要勸他了，自己回頭用餐。冬樹對面的河瀨正一邊冷笑一邊吃煎蛋。

冬樹他們快吃完早餐時，小峰才起床。他身上還穿著睡衣，渾濁的雙眼掃過桌面後，便在椅子坐下。咖啡，他說。

榮美子應了一聲便想起身，卻被誠哉抬手制止。

「咖啡煮了一大壺，請你自己去拿。榮美子小姐幫我們煮飯純粹是出於好意，她既非我們的女傭，更不是你的老婆。」

小峰瞪誠哉一眼後，滿臉不耐煩地站起來，走向廚房。

誠哉起立，環視眾人。

「可以耽誤大家一下嗎？我有話想說。」

「喲，好久沒聆聽警視大人的教誨了。」

誠哉看了插科打諢的河瀨一眼後，開口說道：

「我想說的不是別的，正是今後的事。剛才，我也跟我弟談過了，由於陰雨連綿，周遭極有可能淹水。低窪的地方已變成河川了，這點各位想必也都知道。另一方面，以存糧來考慮的話，我們能待在這裡的時間大約還有一個月。能否請大家利用這段期間想想看該怎麼辦？」

「什麼怎麼辦？是指哪方面該怎麼辦？」河瀨問道，他已恢復正經了。

「我哥的意見是，要不要趁著四周完全淹水之前，遷至更安全的場所。」冬樹說。

「還會有比這裡更安全的場所嗎？」河瀨晃動身體。

「四周淹水後，如果水一直不退就完了。」誠哉說。

「所以說，我們又要離開這裡？好不容易才安頓下來耶。」明日香蹙眉。

「我反對。」小峰拿著咖啡杯，自廚房走出。「算了吧，我已經不想移動了。」

「我也有同感。」戶田說著打開第二罐啤酒。「有一個月的時間，不就足夠了嗎？這段期間，我們就悠哉、隨興地過日子。既然橫豎都是死路一條，這樣就夠了。反正已經死過一次了。即使勉強活著，也沒什麼意思。」

「只要繼續活下去，也可能看到光明。」

誠哉這句話，令戶田不屑地訕笑。

「光明？什麼光明？只有死人的世界，能照進什麼光？你老是說這種不負責任的話。我可不會再吃你那套了。」

「我哥什麼時候說過不負責任的話了？」冬樹說。

「他明明就說了。老是說些令人期待的話，結果最後全部落空。如果他說這種話時毫不知情，那也就算了。問題是他早就知道了。他明知這裡是只有死人的世界，明知我們再也回不了原來的世界，他卻隱瞞這個真相，還繼續指使我們做這個做那個。他只是想壓榨我們的勞力。」

冬樹搖頭。

「我哥才不是為了那種理由隱瞞真相。這點最起碼的道理，你自己應該也明白吧？我哥，只是想讓大家活下去。他只是不想讓大家失去生存希望。」

「可是到頭來還是沒希望。害我們不斷繞路跋涉，最後抵達的目的地卻是這副德行。早知如此，他應該早點告訴我們真相才對。那樣的話，我也不會忍受那些痛苦，試圖活下去。」

「你是說你寧願在哪一死了之嗎？」

「對，我寧願那樣。要是能乾脆死掉，不知會有多輕鬆。」戶田說著仰頭猛灌啤酒。

河瀨默默走進廚房，出來時手上拿著菜刀。他筆直走向戶田，拉起他的睡衣前襟。

「你想做什麼？」戶田的臉上閃過怯色。

「既然你這麼想死，那我就成全你。你不是後悔沒有早點死掉嗎？那你現在應該沒什麼好抱怨的，甚至該感激我才對。我呢，也早就想殺個人試試了。可惜，在以前的世界我沒這種機會。來吧，把你的手拿開，我會一刀刺進你的胸口。或者你覺得喉嚨更好？你希望我一刀割斷喉嚨嗎？你要選哪個？」河瀨在戶田的臉孔前面比畫著菜刀。

榮美子發出尖叫，緊緊摟住身旁的未央。

「河瀨！」誠哉怒聲喝阻。

戶田渾身抖個不停。河瀨看了，一把推開戶田。

「搞什麼。虧你嘴上說得自己好像多鬱悶似的，結果你根本不想死嘛。既然如此，就不要找人家麻煩挑這種可笑的毛病。」

「什、什……什麼時候要死……我自己會決定。」戶田結巴了。

「那好，等你決定了再通知我，我會幫你一刀了斷。這樣你也不用擔心死不成，應該比較好吧？」

眼看河瀨的菜刀尖端還對著戶田，小峰默默靠近他。

「幹麼，你有什麼意見嗎？」河瀨說。

「你砍我好了。」小峰發出平板的聲音。「你想殺人對吧？那麼，你不如殺我。我不會逃，也不會抵抗。交換條件是，請你下手時盡量別讓我痛。」

「你瘋了嗎？」

「我當然沒瘋。我可不是像他那樣只會嘴上說說。如果你能殺了我我會很感激。」小峰面無表情。他用宛如玻璃珠的眼睛看著河瀨。「來吧，快點殺我。難不成，你還是不敢殺人？」

河瀨扯起一邊臉頰笑了。

「老兄，你在威脅我？我可要先聲明，我沒殺過人，不過拿刀捅別人的經驗倒是很多，差別只在於是否瞄準要害，對我來說那根本是小兒科。」
「既然如此，那你還不動手。」小峰解開襯衫鈕釦，露出肋骨突起的胸膛。
河瀨的嘴角一歪，即便從冬樹的位置也能清楚看見他重新握緊菜刀了。
「有意思。那我可要動手嘍。」
就在河瀨舉起菜刀的瞬間，不知何時靠過來的誠哉拉住了他的手臂。
「住手，河瀨。」
「放手！」
「這樣對誰都沒好處，只會證明你是個頭腦單純的人。」
聽到誠哉這麼說，河瀨說聲「知道了」便放鬆全身力氣。誠哉從他手上奪過菜刀。
小峰的眼神依舊冰冷，他扣好襯衫鈕釦，走向出口。走到一半他停下腳，轉身看著誠哉。
「我記得你曾說過。是非善惡，今後必須由我們自己決定。那麼，殺人是善是惡也等於尚未定論。此時此地，我可以告訴你答案。對於一心求死的人而言，那肯定是善。」

40

勝負雖已分曉，但遊戲仍在繼續。明日香持白棋的手，伸向最後一個可落子的地方。放下白棋後，她用纖細的手指將黑棋逐一翻面。統統翻完時她抬起頭，面無表情。
「要數嗎？」
「應該沒那個必要吧，是我輸了。」冬樹嘛起下唇，開始收棋子。「我一勝三敗嗎，沒想到妳這麼強。」

「應該說是你太弱了。我以前和朋友玩黑白棋，獲勝的機會可不多喔。」
「那是因為我還不太懂得訣竅，要再玩一局嗎？」
「抱歉，我不玩了。」明日香倚著沙發，啜飲放在一旁的果汁。
冬樹動手把棋盤和棋子收回盒子。是他在客廳櫃子找到的，想必是首相一家人的娛樂之一。
「喂，這種生活到底要持續到什麼時候？」
誰知道，冬樹只能歪起腦袋。
「誠哉先生好像認為最近就得離開這裡耶。冬樹你的看法呢？」
「我哥既然那麼說，應該就得那麼做吧。」
聽到冬樹的回答，明日香怒目相視。
「你這樣算什麼？難道你都沒有自己的想法嗎？什麼事都聽誠哉先生的意思？」
「沒那回事，我只是覺得我能理解我哥的意思。」
「那你就這麼直說不就得了。你剛才那樣說，好像誠哉先生叫你往右你就往右，叫你往左你就往左。」
「就跟妳說沒那回事。其實，我也曾多次違抗我哥的意思。妳應該也很清楚才對。」
「之前是這樣沒錯，可是我總覺得你現在好像對他言聽計從。我懷疑你是因為現在情況變得非常艱難，所以才打算今後一切交由誠哉先生決定。」
「才不是。」冬樹用力搖頭後，又微微點頭。「不，老實說，或許的確有這種成分。我不像我哥那麼聰明，所以碰到這種生死關頭，我本來就沒有他那種長遠的目光。我哥聰明又冷靜，我的確認為只要交由我哥去判斷應該不會出錯。但是，我並沒有打算事事依賴他，我也覺得自己該有自己的盤算。只是，另一方面卻又不便違抗他。」

「不便違抗他？為什麼？」

「因為，害我哥落入這種窘境的人是我。」冬樹仰起臉。「是我搞砸了任務，才會害死我哥。」

他把在原來世界發生的事告訴明日香。她蹙起眉頭，一邊聆聽一邊還不時點頭。

「原來如此。你們負責同一個案件，本來要一起逮捕犯人啊。」

冬樹搖頭。

「他是總局的人，我是轄區分局。在逮人時並沒有知會我，是我擅自插手的。我搞砸了我哥他們的作戰計畫，像笨蛋一樣莽撞出手，結果我倆都被犯罪集團的人開槍擊中。我覺得很丟人。」

「雖然我能夠理解你說的意思，但事到如今你就算耿耿於懷也沒用吧？我相信誠哉先生也不會對你懷恨在心。」

「這跟我哥怎麼想無關，是我無法原諒我自己。所以，演變成這種局面我無話可說。我會忍不住質疑自己有什麼資格去批評我哥的做法。」

「不是批評，而是要表達意見，表達你自己的意見。誠哉先生也一樣是凡人，所以不見得每次的選擇都是正確的。像這種時候，其他人如果不說出意見，那我們所有人才真的會完蛋，到時我們統統會死喔。過去的事就把它忘了，只要去想從明天起該怎麼辦就好。」

凝視著明日香熱切勸說的面孔，冬樹露出苦笑。

「你那是什麼表情。我說的話，很好笑嗎？」明日香嘟起嘴。

「不是的。我只是覺得妳的強悍，和我哥不相上下。這也許就是所謂的年輕吧。」

冬樹的話令明日香噗哧一笑。

「你在說什麼傻話啊，你跟我也不過才差了十歲。」

「我該向妳看齊。不只是我，如果其他的人也能有妳一半堅強……」冬樹搔搔腦袋。「大家好像都完全喪失求生意志了，包括菜菜美小姐和小峰先生，還有經理。」

「但願他們能盡快振作起來。」

明日香低語時，入口那邊傳來動靜。不久後，門開了一條縫。有人朝房內窺視。

「誰？」

冬樹猛然站起，把門整個拉開。發出細細尖叫的是菜菜美。

「菜菜美小姐……妳怎麼了？」

她的臉色蒼白，運動外套的拉鍊拉得緊緊的，手還揪著領口。仔細一看，她正在微微顫抖。

明日香也過來了。

「妳怎麼了？出了什麼事？」

菜菜美的嘴唇顫動，她用氣音說了些什麼，但只聽得見「進房間」這幾個字。

「房間？房間怎麼了？」

「……我在睡覺……結果有人……進房間。」

冬樹立刻就明白發生什麼事了，他立刻走向樓梯。菜菜美她們的房間在二樓。

他衝上樓梯。菜菜美的房門是敞開的。冬樹探頭往裡一看，愣住了。因為有人坐在床上，露出乾瘦的裸背。一看體型就知道那人是誰了。

「小峰先生，你到底做了什麼……」冬樹走近。

小峰保持跪坐的姿勢垂著頭。

「你倒是說句話呀，小峰先生。」冬樹站在床旁。

小峰全身上下只有一條內褲。他維持跪坐的姿勢，小聲說了一句「為什麼」。

「你說什麼？」

「她為什麼要逃？又沒什麼關係。這點小事，有什麼大不了的。」他像念經一樣低聲說道。

「喂，你剛才想對菜菜美小姐做什麼？」冬樹說。「不過就算你不說，我也大致猜得出來。」

小峰終於抬起頭，面對冬樹。他的眼睛死氣沉沉，感受不到絲毫活力。

「不行嗎？反正今後就算活著也毫無意義了。既然如此，就算上床也沒關係吧？反正彼此都已經是死人了，她憑什麼有理由拒絕？我沒有叫她替我做什麼，她只要乖乖躺著別動就行了。我會自行解決，也會收拾善後。這樣為什麼不可以？那個女人不是很想自殺嗎？她不是覺得活著也沒意思嗎？她不是對自己的身體已經毫不在乎了嗎？既然如此，她何必計較？為什麼必須逃走？這太奇怪了吧？」

「奇怪的是你才對！」明日香的聲音自後方冒出。她大步走進來，狠狠瞪視小峰的背部。「不管任何時候，做這種事都必須雙方同意才行，這是比犯不犯法更基本的問題吧。真不敢相信。你是不是腦袋有毛病啊？」

小峰忽然噗哧一聲笑出來。

「還是你們好命，已經有對象了。」

「對象？這話是什麼意思？」冬樹問。

「你就別裝傻了，我清楚得很。你們兩個情投意合吧？瞧你們成天形影不離的，你們一定幹過很多次了吧。真好命，可以和高中女生幹個過癮。那樣的話，處於任何狀況的確都不會沮喪。」

冬樹很困惑，不由得與明日香面面相覷。她立刻避開目光。
「喂，你胡說什麼，我們之間是清白的。」
「對呀，你不要胡亂栽贓。」明日香也噘起嘴。
小峰慢慢來回審視二人的面孔。
「你們還沒做過？可是遲早會做吧？真令人羨慕。」
「你在自己亂想什麼、亂嫉妒什麼啊。現在應該不是扯這種事的時候吧。你幹了什麼好事，你知道嗎？」
「我當然知道，我只是做我想做的事罷了。那樣哪裡有錯？想性交也沒有對象的人，只能用這種方式解決。不然要怎樣？難道妳願意讓我上嗎？」小峰轉向明日香。
「開什麼玩笑！」她扯高嗓門。
一陣雜沓的腳步聲接近，最後誠哉進來了。
「你們在吵什麼？」
「這傢伙居然想強暴菜菜美小姐。」明日香回答。
誠哉的臉頰在抽搐，冬樹很確定。他暗忖，哥果然是真心喜歡菜菜美的。
「沒得逞嗎？」
「我想應該是。我和冬樹正在客廳說話，菜菜美小姐忽然出現，說有人進她房間……」
「然後，菜菜美小姐呢？」
「現在在客廳。」
「妳去看看她的情況，別讓她一個人。」
「可是——」

「快去！」

在誠哉的催促下，明日香走出房間。誠哉的眼睛，死盯著小峰。小峰再次深深垂首。

「冬樹，叫大家到餐廳集合。」誠哉說。

在餐廳的長桌前，七名男女就座。小峰被安置在牆邊的椅子上，他穿著運動褲和白襯衫。失去情感的雙眼，空洞地瞥向斜下方。

「這絕對不可原諒，和舔奶粉的太一根本不能相提並論。這是強暴耶。這傢伙是強暴犯。要我跟這種人一起生活，我絕對辦不到！門都沒有！」明日香大聲咆哮。

菜菜美坐在明日香和榮美子中間，她一直垂著頭。

「好了，妳先別激動，我們冷靜討論。」誠哉伸出右手，像是要安撫她。

「誰冷靜得下來啊。不會吧？難道你們這些臭男人都要幫這傢伙說話？你想說你可以體諒他想找人上床的心情？」明日香猛然站起。

「那怎麼可能，總之妳先別激動。」

聽到冬樹的話，明日香板著臉坐下。這時，河瀨交疊雙臂露出笑意。明日香瞪著微笑的他。

「幹麼？有什麼好笑的？我說了什麼奇怪的話嗎？」

「說話奇怪的，不是妳，是這邊這位老兄。」河瀨看著冬樹，勾起唇角。

冬樹蹙眉。「你說我？」

「本來就是。雖然我不是要替小峰撐腰，但他的心情的確可以體諒，至少我就能體會。我也想，老實說，我恨不得現在就找人上床。只不過我忍住了，你自己應該也是如此吧。」

冬樹緊咬臼齒。他的怒火沸騰，卻說不出話。

「這就是人性。」河瀨正經起來，低聲說道。「既然要討論，那就說真話。如果死要面子故作清高，那樣毫無意義。」

對於無力反駁的冬樹，明日香投以嚴厲視線。

「我真不敢相信，是這樣嗎？」

冬樹搖頭。

「我可不想強暴別人。」

「你別竄改我說的話。」河瀨皺起臉。「我也沒說我想強暴別人吧，我只是說如果有人願意讓我發洩，那我很想做。這點無論任何男人都一樣，這是天生本能誰也沒辦法。」

「太過分了，強詞奪理。」明日香說。

「小姐，妳應該也不可能對男人的本能一無所知吧，事到如今就別裝什麼清純玉女了。所以我說警視大人啊。」河瀨轉向誠哉。「要怎麼處置這個強暴混蛋是小問題，男性本能這種麻煩的玩意該怎麼解決才是重點吧。」

「那種事跟我們又沒有關係。既然是男人的事，男人自己去解決就好，總之把問題推到我們身上——」

「妳這小丫頭真囉唆。」河瀨皺起眉頭，發出低沉的怒喝。「妳想說什麼我都知道。拜託妳安靜一下好嗎，這樣大人怎麼說話。」

明日香一臉意外地瞪大雙眼，但她緊閉著嘴沒吭聲。

誠哉保持緘默，一直閉著眼。大家的視線都集中在他身上。這時，他似乎察覺到眾人注目，睜開眼了。

「首先我要先聲明，我請各位過來集合，不是為了對小峰先生興師問罪，而是因為我認為，這是思索今後我們該如何活下去的好機會。我想和大家討論我們的未來。」

一直默默喝罐裝啤酒的戶田，這時嗤嗤笑了出來。

「未來？那種玩意在哪裡？世界都已經毀滅了。」

誠哉站起來環視眾人，繼續說道：

「我們的確已失去以前的世界了，但我們還活著。這是不爭的事實。如果要在這種狀況下思考未來，該做的事只有一樁，那就是建造新世界。」

41

「你這話，是什麼意思？什麼新世界？」冬樹問誠哉。

「由我們親手打造的世界。忘記以前的事，從零開始。不僅是要活下去，我希望大家一起努力，追尋那種能夠切實感受人生的生存方式。」

「在這種狀況下，要怎麼感受人生？我們是靠著殘餘的存糧，才勉強苟活下來的。」戶田用微醺的口吻說。

「我們要脫離這種生活。目前，我們的確只是靠著以前世界的殘餘物資維生。我們恐怕遲早得四處流浪，尋找食物。為了避免那種情形，我認為我們應該打造屬於我們的世界。」

「所以，要怎麼做？」冬樹問。

誠哉做個深呼吸，朝大家望去。

「請忘記過去在文明設備環繞下的日子。要擺脫以殘餘物資維生的生活，只能靠自己親手製造食物。無論是白米、麵包或蔬菜，一切都靠自己動手。」

正要喝罐裝啤酒的戶田，有點嗆到了。

「你是叫我們當農夫？」

誠哉搖頭。

「我指的不是職業，只是去做必要的事，讓自己活下去。古時候的人都是自己培育作物的，他們甚至沒懷疑過那種生活方式。這並不難，只是回歸人類本來的生活方式罷了。」

「那真的做得到嗎？」冬樹咕噥。

「沒問題。雖然我剛才說要從零開始，其實並非如此。只要去郊外，應該會有以前世界的某人耕種的田地，田裡想必會有作物吧，因為植物似乎不會受到P-13現象影響。我們只要繼承那些田地就行了。當然農業並不簡單，但是要尋找寫有耕種方法的書籍並不難。只要大家同心協力，一邊學習，一邊逐步熟悉技術就行了。我相信一定會成功的。」誠哉的聲音帶著熱切。

眾人陷入沉默，大家似乎各自在思考誠哉的提議。冬樹也暗自想像自己栽培農作物的情景。具體而言，他完全不了解要做些什麼，但他覺得被送到這個絕望的世界後，這是他頭一次試圖正面思考。

「我可以說句話嗎？」明日香舉手。

「什麼事？」誠哉問。

「誠哉先生的意思我都明白了，我也認為今後恐怕只能那樣生活。但是，那件事和那傢伙的行為有什麼關係？」明日香指著小峰。「大家如果要同心協力，有那種人在，豈不是糟糕到不行嗎？因為，我們完全無法放心，自然也提不起勁同心協力。」

誠哉對小峰投以一瞥後，目光再次回到明日香身上。

「剛才，我說要打造新世界，但那並不只是要務農。我們必須制定各種方針。這裡沒有政府也沒有公務員，所有事情都得靠我們自己決定。說穿了，我們等於是一個村子。為了讓村子永續經營，大家必須發揮智慧。」

所以呢？明日香納悶地歪起腦袋。

「村民們該想的，不只是自己的事。不，有時甚至必須拋開私事以村子的發展為優先。讓村子發展就是要增加人口，建立讓下一代能夠安心生活的運作系統。」

誠哉的話，令眾人再次沉默。但是情況和剛才不同，大家是對他吐出的某個字眼感到困惑。

「增加人口？」冬樹說。「你說的該不會是……」

「也就是要生小孩。這是當然的吧？」

戶田嗤之以鼻。

「我本來以為你很聰明，結果也不怎樣嘛。就我們這幾個人，要怎麼增加小孩？女人才三個，加上小娃兒未央也不過四個。就算結為四對夫妻，生出孩子，再讓彼此的小孩結婚，遲早也會變成近親交配。那種做法的侷限性，早就有世界各地的小村落證明給我們看了。」

「的確會有那種問題。但是，在『有血緣關係的人必須結婚』的局面來臨前，還有相當多的時間。在那之前，也許我們已發現什麼好對策，也說不定能夠遇到除了我們以外的人。再者，就算女性只有四人，也不代表只能結為四對夫妻。」

聽到這句話，連冬樹都懷疑自己是不是聽錯了。他凝視兄長的側臉。「你說什麼？」

「慢著。你這句話是什麼意思？」明日香立刻反擊。「是指結了婚也有離婚之後再婚的可能性？若是這樣我還能理解，總不至於是要叫一個女人同時和好幾個男人上床吧？」

「不，一定是這樣。」之前一直悶不吭聲的榮美子，這時頭一次發言。「誠哉先生說，他想以增加人口為第一優先，所以當然是要叫女人生越多小孩越好。可是對象如果只有一個男人的話遺傳基因會不均衡，所以必須和好幾名男性生小孩……」

「騙人！我不相信。你是說真的？」明日香睜大眼睛瞪著誠哉。

誠哉似乎很痛苦地咬著嘴唇，垂落視線。

「這是為了將來。我知道這樣很難受，但妳難道不能用客觀超然的態度，把它視為維持人類生存不可或缺的生殖行為，而不要當作確認彼此愛情的做愛嘛？」

「開什麼玩笑！」明日香雙手拍桌。「我終於明白你想說什麼了。難怪你會包庇這個強暴犯混蛋。原來你的意思是，為了將來，男人高興的時候就可以抓女人上床，管他是強暴還是怎樣都行。」

「我並非認同強暴。那是另一個問題。只是，關於性交的解釋，和過去的世界——」

「夠了！」明日香怒吼。「你愛怎麼說都隨便你。我本來還以為你是個善解人意的人，我對你很失望。你這樣踐踏每個人的心情，就算讓人類得以發展也毫無意義。媽咪，菜菜美小姐，我們走。這種話題沒什麼好談的了。」

明日香勾住菜菜美的手臂，把她拉起來，一路把她拉到門口。經過誠哉身旁時，菜菜美瞄了他一眼。但他就只是低著頭。

繼她們之後，榮美子也準備離開。但她在踏上走廊前轉過身來。

「我不認為誠哉先生過分，我想你是為了大家……為了人類的將來，所以壓抑自己的痛苦說出這番話。說不定……不，我想你的意見應該是正確的。但我終究還是無法客觀看待，我想我做不到。不過，像我這種老女人就算提出反駁，或許也只會招來恥笑罷了。」榮美子擠出笑容，行個禮後出去了。

女孩子們都離開後，留下凝重的氣氛。誠哉在椅子坐下，雙手抱頭。

「傷腦筋。」河瀨嘆口氣說。「這下麻煩了。不過，也難怪那個年輕女孩生氣。又不是風塵女郎，忽然教她跟不喜歡的男人上床，有哪個女人會乖乖點頭。」

「喲，閣下有資格說這種話嗎。」戶田口齒不清地說。「你們不是最喜歡拿債務把年輕女孩逼到走投無路，最後把人家賣給特種行業嗎？完全無視於當事人自己的意願。」

河瀨的臉色完全沒有改變。

「我的同夥之中，的確有人做過這種事。但那是為了賺錢，不是為了滿足性慾。我的意思是說，就算逼那些小姐效法風塵女郎也毫無意義。」

「不是風塵女郎。」誠哉低聲說。「我只是希望她們扮演人類繁衍生命的重要角色。說穿了，也就是夏娃。我希望她們變成亞當與夏娃的夏娃，並不是教她們替我們男人解決性慾問題。」

「我說警視大人，那麼高尚深奧的說法，你在這種狀況下說出來也沒人能理解。今後，自己會怎樣都不確定了，誰還有那個閒工夫去思考人類的將來。」

「可是，這是遲早都必須思考的問題。」

「就跟你說現在講那個沒用了，又不是人人都像你一樣能夠冷靜思考。與其討論那些，我倒覺得應該制定一個更淺顯易懂的規矩。」

「什麼淺顯易懂的規矩？」冬樹問。

「讓小姐們可以接受的規矩。說得更直接也就是準備一套類似交換條件的東西。她們幾個也知道，如果不仰賴男人，今後沒辦法活下去。所以我的意思是，不如仗著這點跟她們交涉看看。」

「交涉？」

「沒錯。也就是建立各取所需的關係。她們得以保障生活，我們能夠解決男性本能的問題。這樣不是皆大歡喜嗎？」

「辦不到。」誠哉抬起頭，睨視河瀨。「我絕不容許這種傷害她們尊嚴的行為。」

河瀨聽了滿臉不可思議地攤開雙手。

「為什麼？教她們撇開愛情純粹性交的人可是你，你提出的條件是人類未來這種令人摸不著頭緒的說法。那樣沒人聽得懂，所以我才說不如用目前的生活保障當作交換條件。你的提議和我的提議，到底有哪點不同？」

「完全不同。」誠哉搖頭。「我並沒有向她們提出交換條件，我只是請求她們為了人類存續貢獻力量。我們這些男人要確保她們生活安全，但不該要求回報。我不是說過她們不是風塵女郎嗎？提出條件，也就等於是買她們的身體。對她們來說，沒有比這更大的侮辱了。」

「那個要看你從什麼角度去想吧。最後想做的事情還不是都一樣。」

「不一樣，我堅決反對你那種提議。」

河瀨彷彿被誠哉強烈的語氣震懾了，他噤口不語。最後他搔搔腦袋起身。

「大概是我不夠聰明吧，我實在無法理解警視大人說的意思。既然如此，那就照你的意思，做到你滿意為止吧。你去求那些女人顧全人類未來大局好了。雖然我不認為這樣可以讓她們點頭答應。」

河瀨發出重重的腳步聲走出去。

戶田也臉色尷尬地起身。

「這個問題的確複雜啊……」他的語氣有點事不關己，說完便走向出口。

誠哉用手撐著腮幫子，發出嘆息。在冬樹看來，他非常疲憊。

「哥，你的意思我多少能理解。我雖然不是榮美子小姐，但我覺得你或許是對的。」

「只是要教女孩子們客觀看待是不可能的——你是不是想這麼說？」

「這也是莫可奈何的事。畢竟，大家在不久以前都還是普通人，過著普通的生活，為普通的事情哭泣、歡笑。突然要教她們思考人類的未來太為難她們了，光是思考自己現在的處境就已忙不過來了呀。」

誠哉皺起臉，指尖按壓兩眼的眼頭，彷彿想說「你說的我也知道」。

喀答聲響傳來，小峰從椅子上站了起來。

「那個……我該怎麼辦？」

冬樹與誠哉面面相覷，誠哉有氣無力地歪起嘴角。

「我一時鬼迷心竅，才做出那種事……是我糊塗了，我保證絕不再犯，請相信我。所以，拜託，請讓我跟你們在一起，求求你。」小峰拚命鞠躬哈腰。

「你這些話不該跟我們說。」誠哉說。「聽了剛才那些對話，我想你應該也清楚，你的行為已嚴重傷害到那些女性了。今後是否要接納你，她們有權利決定。」

小峰頹然垂首。事到如今，他似乎才明白自己做出多麼愚蠢的行為。

「要不然，我去道歉……還是該跪地磕頭比較好？」

「不過，我稍微鬆了一口氣。原來大家都一樣。」

誠哉默然不語，冬樹也想不出該說什麼。

小峰這句話，令誠哉訝異地皺眉。

「一樣？」

「對。你想想看，男女同居一室，又已經沒別的人類了，不管怎樣都會想到那方面吧。我是說性的問題。況且，那些女人又還年輕……」

下一瞬間，誠哉猛然站起。他轉身面向小峰，揪起他的領口，一把將他推到牆上，再用力拽起。小峰只能踮起腳尖站立，他的臉上浮現恐懼。

「哥！」冬樹喊道。

「你真的明白自己行為的意義嗎？」誠哉說。「聽著，我不殺你，是因為這個世界只有十個人。因為我認為你這種人的遺傳基因也很寶貴。如果你的遺傳基因跟我一樣，我早就毫不手軟地殺了你。」

小峰一臉畏怯地點頭。

「如果你下次再做出同樣的事，那時我可不會放過你，我會當作打從一開始就沒有你這種男人的遺傳基因，這點你最好別忘記。」

「……我知道了。」

聽到小峰細聲回答，誠哉才鬆手。小峰當場癱坐在地。

就在那一刻，冬樹聽到轟隆聲逼近。當他還在猜想那是什麼的時候，地板已開始劇烈搖晃

42

他根本站不住。冬樹想抓住些什麼的時候，就摔倒在地了。巨大的餐桌滑行，重重撞上牆壁。水晶吊燈搖晃，架子上的東西逐一掉落。

有完善耐震設計的公館，這會兒卻發出驚人的傾軋聲，彷彿整座宅邸都在發出悲鳴。誠哉大喊保護頭部，但就連他的叫聲也幾乎被掩蓋了。

這場地震規模之大非同小可——冬樹想。之前雖也多次發生地震，但在他們來到這座公館時，並未看到顯眼的損害。可是現在，這次地震卻讓這棟耐震建築也陷入危機。換言之，這是到目前為止規模最大的地震。

冬樹在地上滾來滾去。他無法按照自己的意思行動。他覺得自己像是被老天爺放在掌上玩弄。

晃動終於平息了。應該不到一分鐘，感覺卻似乎非常漫長。冬樹一時之間動彈不得。他的頭腦混亂，失去平衡感。甚至無法判斷自己聽到什麼、看到什麼。

「沒事吧？」誠哉的聲音傳來。

冬樹緩緩挺起上半身。他環視四周，發現自己已經滾到廚房入口了。

誠哉躲在餐桌下，小峰蹲在牆邊。

「沒受傷嗎？」誠哉再次問道。

「好像沒事。」冬樹微微搖頭，他還有點頭暈。

「你幫我看看廚房，檢查一下瓦斯爐和家電用品的狀態。不過，千萬不要隨便打開開關，用看的就好。」

「知道了。」

冬樹扶牆站起。彷彿剛走下雲霄飛車，兩腿哆嗦發軟。

幸運的是，烹調用具似乎都沒有異狀。他確認之後走出廚房，看到誠哉坐在地板上。他的面前放著空調的遙控器。背面的蓋子掀開，電池被取了出來。

「你在做什麼？」冬樹問。

「你看這個。」誠哉說完，把手上的電池放到地板上。

三號電池旋即開始緩緩滾動，而且沒有停止，一路滾到牆邊。

「看出來了嗎？」誠哉說。

「地板好像傾斜了。」

「好像是。就連地基堅固、經過耐震設計的宅邸都變成這副德行，其他場所的受損情況顯然不只如此。之前勉強在地震和颱風後屹立不搖的建築，這次也極有可能會倒塌。」

「其他建築的事，應該不用在這時候考慮吧。反正我們也不可能用到。」

「我指的不是建築物。我的意思是，如果損壞那麼嚴重，街上和馬路的狀況想必更加惡化。你應該還記得我們一路抵達這裡的過程吧？我是怕要遷移時，會比那時候更困難。」

「我想路面八成到處都有塌陷。」小峰說。「也許，我們該忘記以前的地圖……」

冬樹與誠哉面面相覷。

「無論如何，先檢查一下官邸境內的受損情況。小峰先生，你要一起來吧？」

「啊，好……」

剛剛還遭到誠哉威脅的小峰，縮著身子點點頭。他雖然畏縮，但是之前那種喪失生存希望的態度已經不見了，反而給人強烈求生的印象。也許是因為觸及為了打造新世界必須要求女性扮演夏娃這種沉重的問題，使他深切感受到自己的膚淺渺小。也可能是地震這個壓倒性的大自然力量再度喚醒他對死亡的恐懼。想必兩者都有吧，冬樹猜想。因為他自己就是如此。

「冬樹，你幫我去看看其他人的狀況。不管怎樣，叫大家先到客廳集合。」

知道了，冬樹說完走出餐廳。

冬樹走向樓梯時，河瀨正好自對面走來。

「剛才晃得好厲害。」

「我正在檢查受損狀況，有沒有什麼不對勁？」
「我這邊倒是沒什麼，頂多只有架子上的東西掉下來砸壞。」
「你幫我去看看戶田先生。如果沒有異狀，你們兩個就直接去客廳。」語畢，冬樹快步上樓。
到了二樓，明日香站在走廊上。
「妳還好嗎？沒受傷吧？」冬樹問。
「還好。未央和寶寶也平安無事。」
「是嗎。快去客廳集合。」
但明日香沒有立刻回應。她抿著嘴，垂落視線。
「怎麼了？有什麼問題嗎？」
她抬起頭，筆直凝視冬樹。
「對不起，我們要待在這裡。我們不會去你們那邊。」
「為什麼？」
冬樹問，明日香微微歪了一下頭，一臉意外。
「難道你忘了之前的對話？我們已經決定今後盡量不依賴男人，要靠自己活下去。因為如果依賴你們，你們也許會要求我們用性交做為交換條件，所以我們決定不暴露弱點。」
冬樹朝自己的大腿用力一拍，原地跺腳。
「現在不是爭論那種事的時候吧，這次地震連周遭變成什麼情況都不曉得。」
「反正不管怎樣，街上都已毀了。就算比現在毀壞得更嚴重甚至消失，也沒什麼太大的差別。這件事比那更重要，至少對我們女生來說是這樣。所以很抱歉，我們不會過去。」

「明日香……」

「你可別誤會，我無意與你為敵。只是，我們已經決定不再聽你們男人的了。今後該怎麼做，我們也會自己思考。」

明日香打開房門，又說了一次對不起後，便進去了。房門用力關上。

下一瞬間，衝擊再度傳來，腳底突然傳來往一晃的感覺，冬樹不得不蹲下。劇烈的晃動持續了十秒左右，似乎是餘震。房間裡傳來女孩子們的尖叫。

「沒事吧！」他大喊。

房門開啟，明日香探出頭來。

「沒事，你別擔心。」

「拜託妳們跟我一起走，我不能讓妳們這些女孩子獨自行動。」

「這我們自己會判斷。冬樹，你回大家那邊去吧。」明日香說完不等冬樹回答，便把門關上。

冬樹嘆口氣，邁步下樓。走到一半，又晃了一下。

他到客廳時，誠哉他們已經回來了。戶田也坐在沙發上，眼中略帶醉意。

冬樹轉述了明日香的話。河瀨抓抓腦袋，露出苦笑。

「傷腦筋，看來我們完全失去信用了。不過，有人趁夜摸上床，也不能怪她們這樣吧。」

小峰惶恐地縮肩而坐。

「怎麼辦？」冬樹問誠哉。

「今天就姑且隨她們去吧。外面一片漆黑，就算大家都集合了也不能做什麼。不管怎樣，先等到天亮再說吧。」誠哉說。

「天亮之後呢？」

「首先，調查一下附近變成什麼狀況。一切之後再說。」

「就那樣放著她們不管沒關係嗎？」

「我會再去找她們談一次。」

「怎麼談？拜託她們扮演夏娃？這種狀況下，我想那種說法是行不通的。她們根本不可能冷靜聽你說。」

「正因為是這種狀況，所以她們非理解不可。如果不先決定我們為何而活、今後要步向什麼樣的人生，絕對不可能脫離這個危機狀況。」

「不見得吧，我倒覺得和解才是當前要務。」

「表面上的和解毫無意義，也無法左右人心。現在是人類生死存亡的緊要關頭。」

「人類？太誇張了吧。」

「會嗎？那我問你，在我們全都死光後，你能保證這個世界還有人類嗎？至少我不能。」

突然間，戶田起身了。放在桌上的罐裝啤酒被他順勢撞倒。

「好沉重，實在太沉重了。這種話題拜託別說給我聽。何必想那麼多呢。頂多……對了，頂多想像自己身在無人島就行了嘛。死了就結束了，這樣不就好了。」

「活著就只是吃飯睡覺，東西吃光了就餓死。那樣的人生真的好嗎？」誠哉問。

「那樣就好，我不在乎。拜託別再叫我背負重擔了。」

戶田腳步踉蹌地走向門口，就這麼離開房間。

在一片沉默中，河瀨起身了。

「好了，那我也該去睡了。有什麼事再叫我。」但他在門前停下腳步，轉過身來。「對了。

這裡面有人精通英文嗎？」

「英文？做什麼？」冬樹問。

「那個P-13現象的資料啊，後面的部分是用英文寫的，好像是補充資料，我一頭霧水看不懂半個字，所以想請人翻譯一下。」

「英文我倒是懂一點，但若是這種東西就困難了。」誠哉說。「想必會出現許多科學技術的用語。小峰先生，你呢？你可以嗎？」

小峰吃驚地仰起臉。

「談不上精通，不過如果只是看資料的話……」

「那，就拜託你了。你來幫我翻譯。」河瀨招手。

「現在立刻翻譯嗎？」

「沒錯，這種事越快越好。怎麼，你有別的事要忙？」

「不，那倒沒有……」

「那就好，拜託你現在就譯出來。我好奇得要命。」

小峰滿臉困惑地起身，跟在河瀨後頭走出房間。

誠哉交抱雙臂，深深窩進沙發。

「你呢？還不休息嗎？」

「哥你呢？」

「我在這裡再待一會，我有事要想。」

「是女孩子們的事嗎？」

「那也會想。」

「哥，雖然我不認為你的想法有錯，但是任何事應該都有所謂的順序吧。」

誠哉訝異地歪起腦袋。「順序？」

「要讓村子發展必須生小孩。這個道理我懂。但是，就算是這樣，忽然教一個女人陪好幾個男人上床還是太強人所難了。首先，應該尊重當事人的意願，讓人家自己挑選喜歡的對象才對吧。」

「你是在說明日香嗎？如果是她，八成會選你吧。」

「我不是說這個。不——」冬樹調整呼吸，點點頭。「老實說，那也是部分原因。我的確很喜歡她。」

「你倒是難得這麼爽快地承認。」

「但不只是我們，菜菜美小姐也喜歡你喔，我猜啦。哥，你也喜歡她吧？她企圖自殺時，你不是明白說過不想失去她嗎？」

誠哉突然垂下視線，緩緩開口，似乎很謹慎地在思考遣詞用字。

「我不想失去的不僅是她。這裡所有的人，不，連也許正留在某處的人，我全都不想失去。當時我說的是這個意思。」

「那麼，你敢說你對菜菜美小姐沒有愛意嗎？你老實回答我。」

誠哉仰望天花板，做個深呼吸。

「這種事我盡量不去想。如果萌生愛意，就會產生占有慾。像現在的你這樣。對於打造新世界的目的而言，那絕對沒有好處。」

冬樹凝視兄長，大大搖頭。

「人能夠那樣思考嗎？喜歡上某人應該不是這樣吧？哥，你這只是在自欺欺人。」

「也許是，但有時不這麼做不行。」

「我可做不到。自己喜歡的女人讓別的男人抱在懷裡，光是用想像的我都受不了。如果得忍受那種滋味，我寧願讓所有人毀滅。」

「你會那樣想，是因為在以前的世界這行為被定義為善。可是在這裡一切都得回歸白紙。不過話說回來，我也無意強求，無論是對你，或對那些女人。」誠哉說。「但是，我會繼續努力爭取大家的理解。在現階段，我認為那是我的使命。」

「使命……是嗎。」

「因為沒有使命的人生很空虛。」誠哉說著站起來，隔著玻璃門向外望。「吹起討厭的風了，又有暴風雨要來嗎……」

地板立刻又開始搖晃。

43

最後，冬樹是和誠哉在客廳裡一同迎接黎明來臨的。因為餘震不斷造訪，每次都造成一陣緊張。就算待在其他房間，想必也無法安心入睡。

看到誠哉準備出門，冬樹問他：「你要上哪去？」

「去看看四周情況。就算這裡平安無事，別處也不見得是如此。」

「我也去。」冬樹站起來。

離開公館時，玄關的門發出傾軋聲，而且門關不緊。

「房子結構出問題了。」冬樹咕噥。

「地板都傾斜成那樣了，就算門關不上也不足為奇。問題在於，其他建築變成怎樣了。」

他們從公館來到官邸。由於官邸蓋在斜坡上，他們所在之處等於是官邸的二樓。二人一邊環視室內一邊下樓，好像沒什麼異狀。

到了一樓，他們走向西邊後門。途中，誠哉忽然止步。他在仰望天空。

「有什麼不對勁嗎？」冬樹問。

「雲飄得很快。」誠哉說。「看來，果然還會再下雨。」

「地震與不合時節的颱風嗎。這兩種現象不斷輪番來襲，到底是怎麼回事？」

「不知道。說不定，宇宙想毀滅我們。」

「宇宙？太一死時，哥你也說過那種話。」

「我們本來應該已經不存在了。對時間和空間來說，我們的知性意識很礙事。」

「瞧你說的，時間和空間又不可能有自我意識。」

「那當然。但是時間和空間如果和精神環環相扣怎麼辦？假使在不該存在的地方有知性存在，時間和空間就會開始運作，加以消滅——也許真有那樣的法則。」

「你是認真說的嗎？」冬樹凝視兄長的臉孔。

「當然是說真的。要是不這麼想，我根本無法接受這麼誇張的異常氣候和地殼變動。不過，我還有下文。」誠哉轉過身。「我不會因此放棄。無論有什麼法則，我都要活下去給它看，我也要讓大家活下去。我認為，這個世上有生命誕生是一種奇蹟。這個宇宙本來應該是只受時間與空間支配，可是生命的誕生帶來了數學無法解釋的知性。那對時間和空間而言，是非常嚴重的失誤。那現在應該也能讓誤算再發生一次啊。有那樣的期待應該不為過吧？」

望著兄長熱切傾訴的面孔，冬樹不禁苦笑。

「有什麼可笑的？」誠哉目露訝異。

「不，不是覺得可笑。我只是在想，究竟要到什麼時候哥你才會灰心放棄。」

「我不是說過了嗎，我絕不放棄。」誠哉說完話，邁步走出。

二人走出後門。但是從那裡沒走多遠，他們就不得不停下腳步了。眼前的景象，令冬樹啞口無言。

道路消失了。

過去被稱為外堀大道的大馬路已完全塌陷。無處可去的雨水流入那裡，匯集成一條泥河。

「這底下本來有地下鐵銀座線經過。」誠哉說。「所以路面才會塌陷。不過話說回來，地震的力量真可怕。」

「如果這裡都塌陷了……」冬樹總算擠出聲音。

誠哉似乎明白弟弟想說什麼了，他點點頭。

「其他地方……舉凡地下有地下鐵行經之處最好視為全部毀滅。問題是，東京的道路下方，到處都有地下鐵經過。」

二人開始沿著凹陷的路旁步行。銀座線與南北線交叉，南北線上方的道路也崩塌了；此外南北線也與千代田線交會。總理大臣官邸，就是被這三條地下鐵線路圍繞的。

「不能一直待在這種地方。」誠哉說。「正因有道路都市才便利，一旦沒了道路，都市就成為最難遷移的場所。弄得不好甚至會遭到孤立，哪裡也去不成。」

「你是說要離開？」

「那是唯一的辦法。在這種狀態下如果暴風雨再度來襲，到時我們就真的完全走不掉了。」

二人回到公館。去餐廳一看，三名女性正在將罐頭和真空調理包的食物放到桌上。

「妳們在做什麼？」冬樹問明日香。

「清點食物的庫存量。東西不可能取之不竭，所以我們想掌握數量。」

「原來如此，這個主意不錯。」

「數量一旦確定，就能算出每人能吃多少。那算是目前各自的財產。」

「財產？」冬樹回視明日香。「妳這話，是什麼意思？」

「就是字面上的意思。你想想看，自己能取用的分量如果不確定一定會不安吧。從哪到哪算是共有，從哪開始算是個人所有，不如趁這機會弄清楚。」明日香來回看著冬樹與誠哉說。

「現在不是考慮個人財產的時候。」誠哉說。「一切都要共享，無論是食物工具或衣服。」

「身體也是？」明日香瞪著誠哉。「性交也要共享？」

誠哉嘆氣。

「原來如此。所以妳們才開始對個人財產耿耿於懷？」

「這話怎麼說？」冬樹問兄長。

「她們的意思是：她們不見得非得跟我們結為命運共同體。一旦到了緊要關頭有可能分道揚鑣，所以才得趁現在先分配食物這項財產。」

冬樹看著明日香。

「光靠女人，妳真以為能在這樣的世界活下去？」

明日香搖頭。

「並非只有活下去才是目標，這是自尊的問題。我們想聲明，我們並非生孩子的工具。」

「又沒人這麼想。」

「不。誠哉先生就是這麼想。」明日香指著誠哉。「否則，他不會叫我們拋開個人喜惡，為不喜歡的男人生小孩。」

「我沒把妳們當成工具。」誠哉平靜地回答。「我只是希望妳們扮演夏娃。」

「那只不過是換個好聽的說法罷了，要求的還是同一件事。」明日香鄙夷地淺笑，聳聳肩膀。「總之，我認為先搞清楚各人的取用分量最重要。因為難保哪天你們不會對我們說，如果想要食物就乖乖聽話。」

「我們怎麼可能說那種話。」冬樹皺起臉。

「我知道你不會說。」明日香垂下頭。

一旁的菜菜美和榮美子，默不吭聲地繼續忙碌。她們好像打算把所有的食物分成十份。未央姑且不論，連小嬰兒也視為一人計算，似乎顯示出她們的堅持。

「趁這機會，不妨跟妳們說清楚。」誠哉上前一步。「妳們必須拋開個人這種想法。因為，在這裡不可能靠自己活下去。唯有十人團結合作，才能勉強存活。這點我希望妳們能明白。」

「所以呢？」明日香低著頭說。

「又不是只有活下去才重要。」

「自尊更重要嗎？那，勇人怎麼辦？他無法自力更生。要讓他活下去，我們就得先保住性命。妳們可以把自尊和生命放在天秤上衡量，但是，誰也沒資格把別人的生命放在天秤上。不是嗎？」誠哉靠近菜菜美，凝視她的側臉。「我並沒有叫妳們立刻當夏娃，但我希望妳們不要誤會。我只是不希望人類滅亡。等勇人長大時，我不希望在他身邊一個夥伴也沒有。」

「不可能。」菜菜美小聲說。

「妳說什麼？」

「我說那是不可能的。勇人根本不可能長大。因為，在那之前我們全都會死。我們根本不可能在這種世界活下去。」

「我絕對不會讓大家死。」

「絕對？你憑什麼敢說出這種話？山西先生夫婦，還有太一，不是都死了嗎？你根本無能為力。」

菜菜美的反擊，令誠哉露出倉皇失措的表情。冬樹很少看到兄長這種樣子，因此不禁愣住了。

「對不起。」菜菜美細聲道歉。「責怪誠哉先生太沒道理了。因為誠哉先生並沒有錯，況且他又為了大家這麼努力……」

她的眼眶越來越紅。她低頭試圖掩飾，離開了原本所在之處。

菜菜美前腳剛走，戶田緊跟著現身。他還是一樣喝得滿臉通紅。

「怎麼了？」大概是察覺氣氛凝重，戶田問冬樹他們。

「我們要離開這裡。」誠哉說。

「啊？離開？這是怎麼回事？」戶田瞪大雙眼。

「我是說要離開這座公館。我跟我弟去看過附近情況了，地震一再發生，使得所有的道路幾乎都無法通行。如果繼續待在這裡，遲早會再也無法脫身。趁情況還沒變成那樣，我們要移往更寬闊的土地。」

戶田厭煩地歪起臉。

「你是說要去鄉下成立村子嗎？你還在認真想那種事啊？」

「我應該說過了。除此之外我們沒有求生之路。」

戶田慢吞吞地搖頭，在椅子坐下。

「我敬謝不敏，我可沒辦法再配合那種計畫。我要待在這裡。」

「你沒聽見我剛才說的話嗎？就算待在這種地方，也沒有未來。」

「我已經說了我不在乎。」戶田仰望誠哉。「你還年輕所以想必對於活著還有執著，可我已經這把歲數了。今後，就算再怎麼長壽，剩下的時間也掐指可數。我本來打算等屆齡退休後，每天做自己喜歡的事情過日子，如果不能實現那個心願，幾時死掉都無所謂，我已經累了。所以，如果要離開你們自己離開就行了，我要留下。」

「戶田先生……」誠哉露出困惑的表情。

「既然如此，那正好。」明日香說。「戶田先生，我們現在，正要按人數分配這裡的糧食。戶田先生也有一份，我希望你自己保管。」

「慢著。這種事妳不要自己擅自決定。」冬樹對明日香說。

「為什麼不行？戶田先生應該也需要糧食吧？難不成，戶田先生留在這裡，我們卻要把所有的糧食都帶走？」

「我沒那樣說。」

「那你就不要找碴，我只是想維護戶田先生理應擁有的權利。不僅是戶田先生，說不定還有人想採取別的行動，所以我認為還是必須先把糧食分配一下。」

「那可不行。」誠哉說。「不能各自行動。戶田先生，你的心情我明白，但是請你跟我們一起行動。拜託。」

「這我就不懂了。為什麼？跟我這種老頭子在一起，應該沒有任何好處吧？」

誠哉搖頭。

「我記得之前也對山西先生說過同樣的話。沒有任何人是多餘的，兩個人勝過一個人、三個人比起兩個人更能提升生存能力。我們，僅有十個人，如果分散行動，很快就會全軍覆沒。」

「所以我不是說我不在乎嗎。」

「就算你不在乎，我也絕對不容許！」

就在誠哉說完猛拍桌面的下一秒，雷聲低沉地響起了，彷彿在暗示他們的前途多難。

冬樹瞥向窗外。雖是早晨，外面卻一片漆黑。不久便開始下雨了。

「看來又會是場大雨……」榮美子低語。

「以那種道路狀態看來，如果再像上次淹水時下起那種豪雨，這裡將會被完全孤立。」誠哉面色沉痛地說。「如果不盡快離開這裡的話……」

這時，一陣響亮的腳步聲雜沓傳來。門被粗魯推開，河瀨進來了。他的身後跟著小峰。

「全員到齊啊，這下子正好。」河瀨略帶亢奮地說。

「怎麼了？」誠哉問。

「那段英文翻譯出來了，不過當然不是我譯的。」河瀨伸出大拇指，比向身後的小峰。

「有什麼收穫嗎？」冬樹試問。

「何止是收穫，上面寫的東西可驚人了。」河瀨朝小峰轉身。「喂，你來說明。」

小峰臉色僵硬地走上前。

「簡而言之一句話，那將會再度發生。」

「再度？什麼東西？」冬樹說。

小峰做個深呼吸後，才鄭重開口。

「當然就是P-13現象。在頭一次現象發生的三十六天之後，會再度發生。」

44

冬樹懷疑自己聽錯了。其他人似乎也一樣，好一陣子無人出聲。

河瀨嘻笑。

「很驚訝吧？我頭一次聽說時也呆掉了。所以我還一再向小峰確認，問他那究竟是不是真的。」

冬樹看著小峰。

「不會錯嗎？P-13現象，會再度發生的說法……」

小峰眼神認真地收緊下顎。

「我想應該不會錯。文章使用的英文並不艱深，況且，不懂的單字我也立刻查字典確認過了。那上面說，自三月十三日算起的第三十六天，也就是四月十八日十三點十三分十三秒，引發該現象的能量波，將會再次籠罩地球。文章裡說，『那是一種類似迴盪（swinging back）的現象』。」

「迴盪？」冬樹試圖想像，但腦中一片空白。因為他連P-13這個現象本身都無法理解。

「如果那種現象再度發生，會變成怎樣？」明日香質問。

「基本上，好像和之前的P-13現象一樣。」小峰回答。「數學上會發生時空跳躍。但是，在實質上不會有任何變化。」

「那麼應該用不著這麼興奮吧。」

「咦，是嗎？」河瀨瞠目。「如果什麼也不做的確可能不會有任何變化，但是我們現在已經知道P-13現象的利用方法了。」

「使用方法？什麼意思？」冬樹問。

河瀨舔舌。

「這還用說嗎。我當然是想知道，在下次發生P-13現象的十三秒內，我們如果死了會怎樣。」

「你說什麼……」

「上次發生P-13現象時，我們在那關鍵的十三秒之內死了，所以現在才會在這個世界。我想知道，如果再做一次同樣的事會怎樣。」

「難道你是說，如果在那個時間點死掉就可以回到原來的世界？」

「答對了，就是這樣。」河瀨打個響指。

冬樹屏息。可以回到原來的世界——他們對此本來已經絕望了。

「等一下！」誠哉銳聲說。「別隨便說那種話。」

「為什麼？這可是好消息。」

「這算哪門子好消息？只不過是憑空畫大餅擾亂人心罷了。你憑什麼妄下斷語，說一定能回到原來的世界。」

「我才沒有妄下斷語，我只是說有這種可能性。」

誠哉搖頭。「不可能。」

河瀨的眉毛倏然一抖。

「你叫人家別妄下斷語，自己卻好意思一開口就說不可能？」

「因為我是有根據的。我們姑且假設，P-13現象真的會再度發生好了。在那個時間點死掉，也許的確會再次跳到另一個平行世界。但是那不會是原來的世界，而是這個世界的平行世界。那裡的城市已被地震和暴風雨摧毀，除了我們再也找不到人類，這點還是一樣不會變。」

對於誠哉的說法，冬樹不得不同意。如果上次的現象再次發生，只會移動到以現在這個世界為原點的平行世界罷了。

「問題是，你說的不完全是對的吧。」河瀨說。「你剛才的說法，我和小峰也考慮過。我不是說過嗎？別看我這樣，我以前可是科幻小說迷咧。在你挑毛病之前，不如先聽聽小峰的說法。」

誠哉把視線移向小峰。

「這是怎麼回事？」

大家可以感覺到小峰在猛吞口水。

「就像一開始說過的，再度發生的P-13現象是一種迴盪。在數學上，會表現為第一次現象的逆轉。因此，時間和空間將會朝『解除第一次現象造成的扭曲』這個大方向作用。」

「解除扭曲？」誠哉側首不解。

「就像你知道的，第一次P-13現象是十三秒鐘的時間跳躍，因此消滅了十三秒的歷史。這次的消滅使得時空產生扭曲，而下次發生的P-13現象將會糾正那個扭曲。」

「所謂的糾正，是用什麼方式糾正？」

「問題就在這裡。」小峰露出困惑的表情。「這並沒有詳細記述。基本上P-13現象發生時，學者本來就不知道時空會為了迴避數學矛盾而產生什麼變化。死者被彈到宛如地獄的平行世界，這種狀況是他們完全料想不到的。他們只知道，在那十三秒之內絕對不能死。」

誠哉睨視小峰。

「如此說來，下次現象發生時死掉就能回到原來世界的這個說法並無根據。」

「也沒有根據可以斷定回不去呀。」河瀨雙手抱胸。「至少，學者們可以保證，上次的P-13現象和第二次P-13現象是不一樣的，在數學上是相反的。既然如此，我們期待發生和上次相反的現象又有什麼不對。」

「半吊子的期待只會擾亂人心，難道要為了那種東西賭命嗎？」

河瀨向後仰身，動作誇張。

「又沒人叫你賭命。你不想做就別做，隨你高興。我只是說，我自己想賭賭看罷了。」

誠哉睨視河瀨。「你是認真的嗎？」

「當然認真。在這裡就算活著，也毫無恢復原狀的可能。機率是零。那麼，就算機率很小，我也要賭有可能的那一方。」

「說不定只是枉送性命喔。」

「也許吧。那個到時再說，總之我不會後悔的。」河瀨說完，牽動嘴角露出笑容。「反正早就死了，也沒什麼狗屁後悔可言。」

誠哉搖頭，然後注視小峰。「你也抱持同樣想法嗎？」

小峰微微點頭。

「縱使無法回到原來的世界，至少狀況應該不會比現在更糟。我完全沒有在這個世界生存的信心。反正都要死，那麼就算機率極低，我也想賭一賭回去的可能性。」

誠哉不耐煩地拍桌子。

「你們那種想法是錯的。現在既然活在這裡，就該珍惜這條生命。」

「我們又沒有說不珍惜。」河瀨回答。「我知道這是一場豪賭。」

誠哉重重嘆氣，雙手扠腰。他似乎正在思索該如何說服他們。

這時明日香發話了：「那個，死在哪裡都沒關係嗎？」

冬樹嚇了一跳，凝視她的臉。

「明日香……」

她應該注意到他的視線了，卻不肯與他四目相接。她表情不自在地看著小峰，繼續發問：「比方說，是不是得跟上次死時的地點一樣，有沒有這樣的規則？」

小峰搖頭。

「我說過了，詳情毫無所悉。說不定真的有什麼規則。在現階段，連不遵守那個規則會怎樣都不得而知。」

「明日香。」誠哉用諄諄告誡的語氣說，「妳可別胡思亂想。」

但她沒吭聲，就只是低著頭。她顯然已被河瀨二人的提議吸引了。

「那個提議好像可以試試看。」戶田突然說。「否則這樣下去，遲早也是死。既然如此，賭賭運氣也不賴。」

「經理也有這個意願嗎？」河瀨高興地說。「這下子有三個人已經決定了。小妹妹妳呢？如果有女子高中生一同行動，倒是很能夠振奮士氣。」

「你不要太過分！」誠哉尖銳地駁斥。「像你們這樣不叫作賭命，純粹只是在糟蹋生命。你們為什麼就是不肯試著在這個世界活下去？雖說的確苦難不斷，但我們不也一路克服過來了嗎？今後，想必一定也會有活路的。你們不能自暴自棄，要冷靜。」

「我才沒有自暴自棄。」河瀨低聲說。「這是我自己想了很久之後才歸納出的答案。我啊，不喜歡『只要活著就好』的想法。要是能接受那樣的人生，一開始我就不會去混什麼黑道了。」

「如果渴望生存意義，這個世界一樣也有。」

「成立村子嗎？對你來說那樣或許就夠了。但我不同。如果錯過這次機會，我到死都會後悔。我一定會翻來覆去地想，那時為什麼沒有豁出去賭一把。那樣比死更討厭。」

對於河瀨的反駁，誠哉陷入沉默。這時，外面的聲音開始引人注意了。不知不覺中雨已經下起來，而且雨勢極大。

「今天，是幾月幾日？」明日香幽幽地說。

「剛才，我看過附帶月曆查詢功能的錶了。」小峰回答。「今天是四月十一日。距離第二次P-13現象，正好還有一星期。」

「一星期嗎。那樣的話，就沒必要隨便移動了。」

冬樹赫然一驚。

「妳是說要留在這裡？妳不走了？」

「對呀，因為那樣做也沒意義嘛。還剩一星期，只要努力撐過這段時間就行了。」

「對喔，原來如此。」戶田兩手一拍。「這裡有食物，也用不著淋雨受凍。剩下一星期，只要在這裡盡情度過就行了。這倒好。」

說完他立刻進廚房，目的八成是罐裝啤酒。

「妳真的要這麼做嗎？」冬樹對明日香說。「真的要在一週後自殺嗎？」

迷惘的她將頭微微偏向一邊。

「現在我還不能確定。有點怕，可是又有點想試試看。冬樹，你一點都不會想試試嗎？」

「我……」冬樹說不出話，他忍不住窺視誠哉的表情。

「看樣子，如果有我在你們好像無法說真心話。」誠哉說。「那我先離開吧，你們可以好好談談。不過，唯有一件事我要先聲明。自己的生命只屬於自己一人所有的想法是錯的。我強調很多次了，人數越少，倖存者的生存就會越困難。例如勇人，如果沒有其他人在他就活不下去。但是，他不能像你們一樣主動尋死。話說回來，也沒人有這個權利殺他。換言之，他只能留在這個世界。我不要把他單獨撇下，光是為了這個理由，我就要選擇留在這裡。我絕不會逃走。」

冬樹默默目送誠哉走出房間。

河瀨聳肩。「你老哥也未免太熱血了吧。」

「可是，我的確沒顧慮到勇人。」明日香說。「說得也是。我們如果都不在了，那孩子絕對活不下去。」

「大家一起死掉不就行了。」戶田一手拿著罐裝啤酒說。「沒必要想得太複雜。那個小嬰兒，反正在這裡也活不久。」

「因為這樣，我們就有權利殺死他嗎？」冬樹問。

「不是要殺他，是帶他走，去另一個世界。」河瀨回答。

「但我們並不知道是否真的去得成。縱使去得成，也無法保證那裡不會比這裡更艱苦。我們自作自受倒還無所謂，可是誰要來對勇人負責？怎麼負責？」

「我看應該不必考慮什麼責任吧，到時再看著辦。」

「但我哥卻試圖負起責任，他認為在前途未卜的情況下讓勇人死掉很不負責任。關於這點我也有同感。」

「那我就愛莫能助了，你們就做到自己滿意為止吧，我利用P-13現象，跟這個世界說拜拜。」

河瀨走出房間，小峰和戶田也隨後離開。

冬樹拉開椅子坐下。

「這下子麻煩了，大家各有各的想法。」

「冬樹你呢？你還是認為，誠哉先生是對的？」

「我認為我哥沒錯。在這種局面下他還能關照到寶寶，這點令我很佩服。不過，河瀨他們的心情我也能體會。不，老實說，其實連我也想賭賭看。如果能回到原來的世界我也想回去，況且我也沒把握能在這個世界活下去。」

「這是因為你我都是凡人吧。」

「應該是吧，我想。不過，撇開河瀨姑且不談，戶田先生和小峰先生真的死得成嗎？他們不會怕嗎？」

「誰知道……搞不好到時候臨陣退縮。」明日香露出笑容後，轉向榮美子。「媽咪妳呢？」

榮美子抬起鬱鬱寡歡的臉。「我啊……」她才剛啟齒便打住，凝視房門。是未央進來了。

「未央，早餐還沒好喔。」榮美子柔聲對女兒說。「煮好了我會叫妳，妳在房間再待一會。」

未央點點頭，步向走廊。

「未央和以前比起來開朗多了。」冬樹說。

「大概是因為我說出了自殺的事吧。那或許讓那孩子從痛苦中解脫了。」榮美子雙手蒙著臉。「從樓頂上跳下時的情景，我至今還記得。那孩子，一直目不轉睛地看著我的臉。與其說是害怕，應該是驚訝吧，大概也非常傷心。這是當然的，她一定作夢也沒想到會被親生母親殺死。」

她用指尖按住雙眼。

「要讓那孩子再承受一次那種滋味，我實在做不到。也許能回到原來的世界所以一起去死吧

——這種話我說不出口。」

45

雨勢越來越大了。眾人等了又等，天空依舊一片烏黑，毫無暫時放晴的跡象。而且，詭異的餘震依舊不時來襲。

誠哉在會客室，啜飲杯中的白蘭地。在他的腦中，只有如何確保安全住處這個念頭。他甚至認為繼續待在這座首相公館等於自尋死路。雖然周遭淹水，但水如果很快就會退倒也還好，問題是沒有任何跡象能夠保證事態會如此演變。公館剩下的糧食，頂多也只夠吃一個月。吃完之後如果水還是不退，就是死路一條了。

但是在現在的狀況下，他可以預料沒人會接受他的提議。當初抵達這裡就已費盡千辛萬苦，現在肯定再也沒有那種力氣，可以一邊忍受滿身泥濘，一邊漫無目標地在瓦礫堆中前進。

就連誠哉也覺得，大家會想投向河瀨他們的假說是理所當然的，回到原來的世界也是他自己的心願。

但是不管怎麼想，他都不認為會有那麼有利的結果。他們這些人在以前的世界已經死了，所以才會置身此地。這樣的人還能回到原來的世界嗎？那樣不會令時間與空間產生新的數學矛盾嗎？

誠哉搖搖頭，在杯中注入白蘭地。

無論怎麼試圖勸說，要讓大家捨棄「也許能夠回到原來世界」的美夢恐怕還是很難吧。河瀨與小峰，還有戶田，都不畏懼這個世界的死亡。

正當他大口吞下白蘭地之際，入口傳來動靜。是菜菜美開門站在那裡。

這裡還有一名憧憬死亡的女人——誠哉看著她想。

「妳怎麼來了？」誠哉問。

菜菜美戰戰兢兢地走近。

「我是聽明日香說的。那個……她說大家也許可以回到原來的世界。」

「那是毫無根據的說法。河瀨和小峰先生他們，只是把超自然現象往有利的方向解釋，那不過是過度膨脹想像罷了。」

「可是的確有可能發生什麼吧？如果在那個時刻死掉的話。」

「沒人能保證那個『什麼』可以帶來幸福。」

菜菜美走到沙發旁。「我可以坐下嗎？」

「當然。請坐。」

她穿著運動服。這幾天，她看起來似乎更瘦了，臉頰凹陷，下巴都尖了。

「聽你這種說法，你顯然什麼都不打算做。縱使P-13現象真的發生的話。」

「我的確不打算採取任何行動。上次發生那種現象時，如果我聽從上司的命令按兵不動，也不至於來到這個世界。所以這次，我想聽從那個指令。」

「這樣嗎。可是，河瀨先生他們打算自殺吧？」

誠哉嘆氣。

「我現在就是在煩惱這點，在想該怎麼做才能說服他們。」

「你打算阻止他們？」

「我認為那是我的義務，就像之前阻止妳也是我的義務。只是，他們要做的分明等於是自殺，他們自己卻把這個舉動視為某種積極正面之舉。所以才麻煩。」誠哉啜飲白蘭地，拿著杯子看向菜菜美。「妳也打算贊同他們的行動嗎？」

誠哉本以為她一定會立刻點頭，沒想到她並未馬上回答。

「我不知道。的確，我一直很想死。但那是因為我對這個世界絕望了。因為我認為活著也沒用。這個想法，至今應該還是沒什麼改變。所以，為了在另一個世界生存而自殺，該怎麼說呢，我總覺得不大能接受。因為，我已經不想活了。」

「即使……也許能回到原來的世界？」

菜菜美回視誠哉。

「可是，誠哉先生不是認為已經回不去了嗎？」

「我是認為，不可能發生那麼剛好的事。」

「說得也是。我也有同感。一想到也許會被送進比現在更不想活的世界，我就害怕。」她垂下眼簾，然後再次抬眼。「況且，那裡不會有誠哉先生吧？」

那傾慕的視線，令誠哉在一瞬間心猿意馬。但他努力不表現在臉上，只是微微點頭。

「因為我不想莽撞地賭命。」

「那我也放棄。萬一不僅不能回到原來世界，身邊又只有他們那幾個人的話，光是想到那種情景我就會渾身哆嗦……」菜菜美用右手摩挲左手上臂。

到此，誠哉終於理解她的想法了。她的意思是，如果誠哉要自殺，那她也願意賭上性命。這也可以視為她想與他生死與共的告白。

「這樣的話，正好一半。」誠哉說。

「一半？」

「十人之中的一半，有五人宣稱不願莽撞地賭命。不，正確說來宣言的只有三人，另外二人必須由我們負責。榮美子小姐說，她再也不想帶著未央自殺。至於勇人，我一定會保護他。然後，再加上妳總共五人。」

「冬樹先生呢？」

「他好像還在猶豫。我想，明日香應該也是吧。」

「我想也是。她把河瀨先生他們的計畫告訴我時，她自己好像還沒拿定主意要怎樣。」

「他倆應該會做出相同的答案。會是哪種答案，連我都無法預測，但是現在沒時間等他們答覆了。最好現在立刻開始準備出發。」

誠哉這句話，令菜菜美驚愕地瞪大雙眼。

「出發？去哪裡？」

「我還沒決定，不過我想盡量找海拔較高的地方，最好是離開東京吧。如果往北走冬天會很辛苦，所以還是往西——」說到這裡誠哉忽然打住，因為菜菜美表情沉鬱地垂著頭。「妳怎麼了？身體不舒服嗎？」

她維持低頭的姿勢，緩緩搖頭。

「那就算了。」

「算了？妳在說什麼？」

「請別把我算在人數內。不是五人是四人。我無意和河瀨先生他們一起行動，但是，我也不想在這個世界繼續活下去。」

「菜菜美小姐……」

「對不起。看來，我好像令誠哉先生產生錯誤的期待了。」她站起來，走向房門。離開房間之前她轉過身。「把我丟下沒關係，反正我也派不上用場。」
目送她行禮離開後，誠哉頹然垂首。

二人隔著黑白棋的棋盤而坐，卻都無意放下棋子。冬樹突然發出笑聲。
「看來實在沒有下棋的心情。」
「明明是你自己主動邀我的。」明日香嘟起嘴。
「我本來以為換個心情比較好，因為怎麼理都理不清思緒。」
「你還沒下定決心是吧？」
冬樹皺起臉點點頭。
「我作夢也沒想到，有一天竟然得自己決定要不要死。那麼，妳呢？妳已經選好邊了嗎？」
「還沒，坦白說完全沒辦法。」明日香聳肩。「剛聽到時，我本來打算冒險一試。因為我覺得這樣下去反正也活不久。可是再實際想想，還是會害怕死亡這件事。我會懷疑說不定到時就只是死掉而已。」
「我有同感，我也不想死。即便在這種世界，只要努力活下去說不定還是會有好事發生。」
「那，你要放棄？」
冬樹交疊雙臂，苦惱地沉吟。
「可是話說回來，一想到也許有機會回到原來的世界，我還是會猶豫。如果河瀨先生他們成功了，我想我一定會後悔。」
「說得也是。就算河瀨先生他們成功了，P-13現象可不會再次發生，所以到時也不可能再效法他們了。」

「機會僅此一次……嗎？」

「喂，我剛才忽然想到，如果成功了，河瀨先生他們不知會怎樣？」

「那當然是……回到原來的世界吧。」

「我不是說這個，我是說在這個世界會怎樣。他們的身體，會在我們的眼前忽然消失嗎？」

冬樹弄清楚明日香在問什麼後，不禁歪了歪頭。

「也許吧。上次發生P-13現象時，是人們自我們的周遭消失，或許會跟那時一樣吧。」

但明日香卻露出無法釋然的表情。

「那時不是周遭的人們消失，是我們被帶到這個無人世界。我覺得不太一樣。」

「啊，對喔。換言之，重點在於以前世界的其他人是怎麼看待我們的。我們是消失了，還是……」冬樹猛然亂抓腦袋。「不行，我想不出來。」

「那麼，你就睜大眼睛仔細瞧，看到時會變成怎樣吧。」突然間，門口傳來聲音。是河瀨站在那裡。「打擾到你們了？」

「不，不會。」冬樹說。「你是來找酒的嗎？」

「酒我房間有。其實，是有點問題，想找你們商量看看。」河瀨走過來，在沙發坐下。

「你會主動找我們商量還真難得。」

河瀨浮現苦笑。

「畢竟，這可是一生一次的大賭注，當然會在各方面格外謹慎，否則一旦出錯就完蛋了。」

「要商量什麼？」

「時鐘。」

「時鐘？」冬樹與明日香面面相覷。

「四月十八日十三點十三分十三秒將會再次發生P-13現象。這是很好啦，但我發現一個重大問題。就是我們沒有準確的時鐘可以顯示那個時刻。」

「啊。」冬樹叫了一聲。

河瀨歪起嘴角。

「時鐘當然有，官邸也有那種電波鐘。可是，沒人能保證那些鐘是準確的。小峰說，現在好像已經沒有發射顯示時間的電波了，想必發射台也遭到損毀了。沒有電波發射，電波鐘也跟普通的石英鐘沒兩樣了。」

原來如此，冬樹恍然大悟地點頭。

「換言之，現在這樣，無法掌握P-13現象發生的時間點。」

「沒有電視，也沒有電話報時。連唯一仰賴的標準電波也不再發射。沒有任何方法可以正確知道現在是幾點幾分。」

「原來如此。」

冬樹聽著河瀨敘述，不由得再次體認到：時間說穿了，不過是人類製造出來的。一旦全世界的鐘錶都壞掉，時刻本身也會隨之消失。

「我們已經失去所謂的時刻了……」他不禁低語。

「那麼，要怎麼辦？」明日香問河瀨。

「沒有就是沒有，誰也沒辦法，只能將就現有的東西。雖然已淪為普通的石英鐘，但最準確的畢竟還是電波鐘。雖不知道最後一次收到對時電波是什麼時候，但在那時候想必分秒不差。問題在於，後來又經過了多久，時間已經出現多少誤差。據小峰表示，就算是石英鐘一個月也會有十秒左右的誤差。這個誤差關係重大。弄得不好，會害我們死不成。所以——」河瀨舔唇，豎起食指。「我們決定取平均值。」
「平均值？」
「盡量搜集越多電波鐘越好，再把那些鐘的時間加以平均，視為現在的時刻。怎樣，這樣應該有希望吧？」
冬樹的腦海浮現成排時鐘並列的情景。
「好像行得通……我也不確定。」
「既然沒別的方法，也只能這麼做了。所以，接下來就是要找你們商量的部分。我想請你們幫忙。」
「該不會，是叫我們幫忙搜集時鐘吧？」
聽到冬樹的回答，河瀨彈了一下手指。
「果然厲害，你猜對了。正如我剛剛說的，我想盡量多搜集一些時鐘。五、六個無法安心，我的目標是二十個以上。」
「現在，有幾個了？」
「兩個。」河瀨伸指一比。「其實本來還有一個，但是被小峰拿去重新設定了，他要確定電波有無發射。」
「那兩個鐘的時刻，真的略有差異嗎？」
「對。差了大約五秒。」
冬樹搖頭。
「那等於是說，現在就已不確定時間了。」
「沒錯。所以才得多找一些鐘。」

「可是，我們還沒決定要怎麼做。」明日香說。「如果不在P-13現象發生時自殺，就算不知道正確時間也沒關係。」

河瀨當下看著她，冷然一笑。

「如果妳不願幫忙，那也行。不過，等妳改口說還是決定要自殺時，我可不會告訴妳時間喔。唯有幫忙搜集時鐘的人，才有權利知道時間。這是我們決定的規矩。」

46

上樓的途中，他們又感到地面略有搖晃。冬樹停下腳步，朝尾隨身後的明日香轉身。她雖然神色不安，但還是點點頭像在強調自己沒事。

「搖得也太頻繁了吧。不會是建築物的關係吧？」

「應該不是。我總覺得，搖晃的間隔好像越來越短了。」

「會不會再來一次大地震呢？」

「有可能。」

二人正在官邸內。他們從與公館相連的二樓進入，在各樓層走動。

一上頂樓，也就是五樓，冬樹便拿手電筒照亮走廊。發電設備好像停了，緊急照明燈已經熄滅。

他看到官房長官⓫辦公室這個牌子。冬樹打開那扇房門，走進去。室內有股濕氣。

這是個單調的房間，只有桌子和一套簡單的會客沙發。冬樹想起常在電視上看到的官房長官，和他那張公務員面孔。記者會前，他就是在這裡寫那些糊弄媒體記者的講稿。

桌上有個小型座鐘。冬樹拿起來。

「怎樣？」明日香問。

「沒問題，是電波鐘。」

真走運，她小聲咕噥。

「官房長官如果遲到就不得了了。」冬樹邊說邊環視室內。沒找到別的鐘。他拉開桌子抽屜碰運氣，可惜沒收穫。

官房長官辦公室的隔壁是官房副長官辦公室。那邊他也找過，只有兩個普通的石英鐘。

「好了，終於輪到這裡了。」冬樹指的，是總理大臣辦公室的門。

開門一看正面有張大桌子，周圍排放著沙發。

後方有一張厚重的桌子，冬樹再看過去不禁愣住了。因為誠哉坐在椅子上。

「哥，你在這種地方做什麼……」

「那你們又在幹什麼？」

「我們……在找時鐘。」

「時鐘？」

「電波鐘。」

冬樹把他與河瀨的對話說出來，誠哉表情冷漠地點頭。

「原來如此。正確時刻也成了交易的材料嗎。不愧是混過黑道的人。那麼，這表示你們也加入自殺陣營了？」

「這個還沒決定。只是，我覺得掌握正確時刻也不壞。」

⓫譯註：輔佐總理大臣的秘書長。

誠哉翻眼仰望冬樹。

「時刻這種東西，畢竟是人制定出來的。古時候的人，根據月亮的盈缺和太陽的移動來掌握日期與時間。要生活，這樣就足夠了。」

「哥，你還沒放棄打造新世界的夢想嗎？」

「我沒理由放棄。只要還活著，我就要抱持目標。」

「P-13現象後，河瀨他們會消失，僅剩幾個人能做什麼？」

「天助自助者。」誠哉說。

「你說什麼？」

「想得到幸運，首先就得盡自己最大的努力。盡力而為之後我會接受結果。前方只剩死路一條的時候，我才會認命。但在那之前我絕不放棄。我對生命有所執著。」

「河瀨他們也一樣執著。」

誠哉聽了搖搖頭。

「那不叫做執著。他們想得到的只不過是重新來過。」

「重新來過？」

「只要利用P-13現象，也許又能產生新的平行世界。但是切不可忘記，死人無法移動到那裡。我們很容易以為，自己是從以前的世界移至此地的，但是實際上並非如此。我們是在這個世界誕生的同時，被製造出來的。時空為了避免矛盾產生製造出平行世界。如此說來，現在身在此地的我們，就不可能回到原來的世界了，因為那樣只會產生更複雜的矛盾。」

「不然，你認為會變成怎樣？」

「若某人在P-13現象發生時死去，與此人一模一樣的人，也許會在某一個平行世界誕生。

但那個人並不是原來的人。不管任何人說什麼，原來的人已經死了。這個事實不可動搖。」

聽了誠哉的說法，冬樹感到如夢初醒。他認為兄長說得一點也沒錯。他們並非移動到平行世界。

「你過來。」誠哉站起來。

他站在窗邊，那裡放著望遠鏡。他拿起來，朝冬樹遞上。

「你用這個看看街上。東京變成怎樣了，你可以親眼確認。」

冬樹走到誠哉身旁。他將目光轉向窗外，當場愣在那裡。

眼前鋪展開來的景色完全變成單一色調了。那是濃灰色——畫水彩畫時，洗畫筆用的水最後都會變成同樣的顏色。就是那種顏色。

一切都是同一色調的。由於大雨不停，街景也變得模糊難辨。

冬樹把望遠鏡貼在眼上，對準焦距。首先竄入眼簾的，是泡在泥水中的紅綠燈。過去本為道路之處，如今只見濁流滾滾流過。水的流向很複雜，在每個地方形成漩渦。

「淹水的情況變得很嚴重……」冬樹咕噥。

「沒錯。就我調查所見，現階段能夠脫身的路線只有一條。而且如果水位再上升五十公分，就會完全走不了。」

「豪雨的確下個不停，但怎會嚴重到這種地步……」

「是地震的影響。」誠哉說。「地盤正在下沉。規模大的地方甚至下沉了將近二公尺。大雨不斷再加上地面下陷，當然會淹水。」

「原來是這樣……」

「這意味著什麼，你懂嗎？」

誠哉的問題令冬樹歪了歪腦袋。

「什麼意思？」

「你們或許還在期待，雨一停水就會立刻退去，但是那種可能性很低。地盤如果繼續下沉，甚至有可能低到海拔零度以下，到時水還沒退恐怕食物就先吃光了。」

「那麼慘？不會吧。」

「有什麼根據可以樂觀認定這種事不會發生？」

冬樹噤口不語。他毫無根據。

「如果想活下去，現在就該離開這裡。當然，我會這麼做。榮美子小姐早已在著手準備，我們也會帶著未央和勇人。現在已不容片刻猶豫。」

「在這樣的天氣離開？」

「今後天氣如果有可能好轉，那當然可以等。問題是情況並非如此。」

「菜菜美小姐呢？」

誠哉的臉色一沉。

「不管怎樣我都打算帶她走。她已失去生存意志。如果我們走了，她也許會自殺。」誠哉說完再次來回審視冬樹與明日香的臉孔。「我說這些是為你們好，所以你們也聽我的吧。跟我一起離開這裡，否則絕對活不下去的。這不是忠告，就當是我個人的請求吧。我已說過很多次了，你們是否願意一起行動，會改變我們的生存機率。」

冬樹與明日香面面相覷。她垂下眼瞼。

「給我一點時間。」冬樹說。「我想再考慮一天。」

誠哉不耐煩地搖頭。

「在那一天當中，我無法預測事態會惡化到何種程度，所以才這麼急著走。」

「到明天早上就好，我不會讓你等更久。」
誠哉嘆氣。
「真拿你沒辦法。那就明早出發，我絕不會再延期。如果你想一起走，在那之前自己先做好準備。」
知道了，冬樹回答。
從冬樹手裡接下電波鐘，和其他的鐘放在一起，河瀨浮現滿足的笑容。
「這樣就有六個了。走得最快的鐘和最慢的鐘，大約相差二十秒。假設正確時刻就在那二十秒之中，大致上應該不會錯。」
「時鐘搜集得越多，指針的差距就會越大。還是你覺得只要取平均值應該不成問題？」冬樹問。
「我沒說那不是問題。不過，也沒別的辦法了。」
「我可以問個問題嗎？」
「什麼？」
「你打算怎麼死？」
「你還是會好奇嗎？」
聽到冬樹的疑問，河瀨賊笑。
「我想你自己也很清楚，一定得在那關鍵的十三秒內氣絕身亡。」
「沒錯。如果還剩一口氣就會失敗，換句話說必須當場死亡。這樣的話就不可能用刀子。如果砍頭應該會馬上死掉，可惜找不到斷頭台那種東西。所以，我準備了這個。」河瀨取出的，是手槍。它閃著令人毛骨悚然的黑光。

「你從哪弄來的？」

「小事一樁。我在官邸找鐘時發現的，裡面連子彈都有喔。我也試射過了。把這玩意這樣子——」河瀨做個把槍身塞進嘴裡的動作。「之後只要扣扳機就好。肯定會當場死亡。」

「小峰先生你們也要用同樣的方法嗎？」冬樹問一旁的小峰與戶田。

二人不知為何沒回答。這時，「我叫他們想想別的方法。」河瀨說。

「等我用完再換他們，可能會來不及。別的不說，他們本就沒有開過槍。要找穩當的方法多得是，最省事的就是跳樓。如果從官邸樓頂跳下去，保證可以當場死亡。」

冬樹終於明白小峰和戶田愁眉苦臉的原因，他們還沒想好該怎麼死。

「你們真的不打算回心轉意了嗎？」冬樹對小峰等人說。「正如我剛才也說過的，從這裡不可能去別的世界。如果在這個世界死了，在這裡的人生就此結束。在別的世界，或許會出現與你們一模一樣的人，但那並不是現在的你們。這樣你們也不在乎嗎？」

小峰轉向冬樹。

「這種事，我們自己也想過，想過之後才作出決定的。所以，請你不要再管我們了好嗎？」

「簡而言之，你還在遲疑吧？」河瀨對冬樹說。「因為自己遲疑，所以忍不住想跟已作出決定的人刻意作對。難道不是嗎？」

冬樹瞪了河瀨，但立刻轉開視線。

「也許吧。」

河瀨露出驚訝的神色，冬樹這樣乾脆承認似乎令他很意外。

走出河瀨他們的房間後，冬樹前往餐廳。結果只有明日香一個人坐在那裡，手裡捧著茶杯。

「有茶，要喝嗎？」

「不了，我不喝。」冬樹在她對面坐下。「有答案了嗎？」

她點點頭。

「我放棄。我不跟誠哉先生走，我要和河瀨先生他們做一樣的事。」

「在P-13現象發生時死去？」

她小小地「嗯」了一聲。

「我做不到。我沒辦法打造什麼新世界，也當不成夏娃。老實說我投降。對不起。」

「妳沒必要向我道歉。」

「冬樹你下定決心了嗎？」

「不……我還在猶豫。不過，基本上為了出發準備的行李已經打包好了。」

明日香垂眼，雙手包覆茶杯。

「老實說，我也曾想過如果你要走的話我願意跟你一起走。雖然我沒有當夏娃的心理準備，但若是跟你一起，我想應該過得下去。只是，事情一定沒有那麼容易吧，我想。誠哉先生構想的新世界建造計畫，一定更艱難。所以我雖然喜歡你，但我還是做不到，只能夠選擇逃走。」

明日香的聲音在顫抖，淚水開始滴滴答答地落在桌上。

冬樹的心頭一陣激盪，他再也按捺不住了。他突然站起來，繞到桌子對面，把手放在明日香的肩上。

她主動握住他那隻手。

「對不起……」她再次重複。

「不要緊，這樣很好。」冬樹說。「妳不用勉強。我哥說的只是理想論，況且什麼才是對的，誰也不知道。更何況是在這種世界，這是個沒有善惡是非的世界，應該把自己的心情放在優先考量。」

「謝謝。」她仰起臉。眼中蒙上一層水霧。「我和你，再也見不到了嗎？」

「如果我和我哥一起走，想必應該是吧。」他說。「但是，我不走。我，就在現在，終於決定了。難為妳肯開口向我表白，所以我也要坦白說出心聲。我無法把妳留在這裡，自己出發。我也要留下。」

明日香搖頭。

「那樣不好。我等於是絆住了你。」

「妳沒有絆住我。我留下，是我自己決定的，妳不用在意。」

冬樹反握她的手。

47

濕暖的風吹來，雨倒是停了。但那八成也只是暫時的。天都已亮了，西方天空卻佈滿濃密的烏雲。

誠哉在貴賓室，他正從窗口眺望外面的情況。在他身旁，放了大型背包以及其他幾個旅行袋，裡面裝的幾乎都是食物。不知得花上幾天才能找到新的安住之地，所以現在能塞多少就盡量塞。

「誠哉先生。」背後響起聲音。

他轉身一看，是榮美子站在門口。

「我把菜菜美小姐帶來了。」

「太好了。」誠哉露出笑容。「請讓她進來。」

在榮美子的催促下，菜菜美走進房間。她一直低著頭，刻意不看他的臉。

「那我先失陪了。」榮美子說。

誠哉默默點頭。榮美子離開後，房門關上，他才重新凝視菜菜美。她依舊垂著頭。

「現在，我打算出發了。」誠哉說。「留在這裡很危險。拜託，請妳也跟我一起走。」

菜菜美略微退後。

「之前我不是說過了，我一點也不想活下去。就算勉強苟活，也不會有任何好處。」

「那種事沒人知道，只有活著才知道，請妳別放棄。」

菜菜美搖頭。

「請你別管我這種人，我只會礙手礙腳。」

「沒那回事。老實說，妳不肯同行會令我們很困擾。同行者之中也有像勇人和未央那樣，必須靠人保護才活得下去的人。我們需要妳的力量，請助我們一臂之力。」誠哉屈膝跪下，接著兩手撐地，磕頭懇求。「拜託。」

「……請你不要這樣，你在為難我。」

「我只是想讓妳明白我的心情。」

「不是還有冬樹先生和明日香在嗎？」

「我弟他們會不會跟我們一起行動都還不知道。如果少了他們，各種負擔就會落到榮美子小姐一個人身上。無論如何，我都希望避免這種情形。」

「冬樹先生他們不肯走的話，就算有我同行，總共也只有五人。而且其中還有二人是嬰兒和幼童……這樣要怎麼活下去？」

「不知道。但是，如果妳肯一起走，不管怎樣我都會保護大家。縱使賭上我這條命。」

菜菜美的臉孔扭曲，搖搖頭。

「就算活得下去，人數這麼少，遲早大家都會死。那樣子到底有什麼意義呢？」

「如果要這樣說，在任何世界都一樣。現在活著的，遲早都會死。重要的，我想應該是怎麼活。要知道生命的意義，只能不斷努力求生。」

「對我來說，那種意義已無關緊要了。雖然我很同情勇人與未央……」

「不僅是勇人與未央。」誠哉抬起頭。「我自己也很需要妳。如果是與妳同行，我覺得自己應該能發揮比原來更大的力量。」

菜菜美露出夾雜困惑與苦悶的表情。

「你何苦說這種話……」

「如果，妳和河瀨他們一樣，決定在P-13現象發生時自殺，我絕對不會這樣苦苦勸說。因為就連我自己，也不知道哪邊才是正確的。但是如果妳並非如此，僅只是要選擇死亡，那就請妳和我們一起離開這裡，把妳的那條命交給我。」

菜菜美的眼中流露迷惘。

「無論去何處，一樣都是與死亡為鄰。既然如此，身邊有人陪著不是比較好嗎？」誠哉誠心誠意地說。「我想和妳在一起，我不想一個人死。」

菜菜美的肩膀驀然放鬆了。

「像我這種人……真的可以嗎？」

「非妳莫屬，拜託。」誠哉凝視她的臉。

菜菜美緩緩閉眼，就這麼靜止不動。最後她開口了：

「那我就……再多活一陣子吧。」

「請妳務必如此。謝謝。」

誠哉說完，她睜開眼，輕聲笑了。

「都是誠哉先生，害我遲遲無法下定決心。我本來想早點輕鬆解脫的。」

「我不能讓妳死。」誠哉站起來。

就在這時，地板猛然一晃。菜菜美細聲尖叫，朝誠哉撲倒過來。誠哉扶住她的身體，雙腳用力站穩。房間到處傳來傾軋聲。

晃動不久便停了。對不起，菜菜美說著離開他。

「妳快去準備。只要換上輕便耐用的服裝就好，食物和生活必需品我們都已經打包好了。」

「知道了。」菜菜美說完離開房間。

明明是早晨，外面卻一片昏暗，有如骯髒棉絮的雲團形成漩渦。

公館前，冬樹與誠哉等人面對面，誠哉身旁是榮美子與菜菜美。誠哉背著大背包，兩手提著旅行袋。榮美子牽著未央的小手，菜菜美背著勇人。

「哥，抱歉。」冬樹對兄長說。「事情就是這樣。」

誠哉微微點頭。

「沒辦法。本來想再多討論一下，可惜時間有限。」

「嗯。」冬樹回應。

「小峰先生說過：就算是耐震建築也快撐不下去了。下次如果再來個大地震，不知會怎樣。如果打算在這個世界活下去，最好盡快遷往其他場所。」

「距離下次P-13現象……」誠哉垂眼看自己的手錶。「還有兩天多一點嗎？我很想親眼目睹，可惜辦不到。」

「誠哉先生。」站在冬樹身旁的明日香說，「對不起。早知如此，應該更早答覆你才對。這樣的話，你們也可以早點出發……」

誠哉搖頭。

「妳不用在意那個。更重要的是，還有兩天，一定要想辦法撐過去。如果在P-13現象之前送命，那就毫無意義了。」這番話的後半段，是對冬樹說的。

「那當然，這種事我知道。」

「能夠掌握正確時刻嗎？」

「就照河瀨的方式。我們已經蒐集到十個鐘了。」

誠哉點點頭，解下自己的手錶。

「這個你也拿去。我想你也知道，我在逮捕犯人之前一定會對時。我是邊聽報時邊對秒的，所以應該相當準確，也許能派上什麼用場。」

「哥你不用嗎？」

被冬樹這麼一問，誠哉笑了。

「時刻那種東西，對於活在這個世界的我們來說毫無必要。」

「好吧。」冬樹接下手錶，立刻戴在自己的手上。

「那，我們要走了。」誠哉說。

冬樹凝視兄長的臉，再把視線移向他身後的菜菜美與榮美子等人。她們並未試圖掩飾臉上的不安與畏怯。要踏上前途未卜的旅程，這是理所當然的反應。況且前方沒有可供他們輕鬆步行的道路，也沒有熱誠歡迎他們的旅舍，無論到哪都只有宛如蠻荒叢林的廢墟。

冬樹突然暗忖：她們不知又是怎麼看待自己這派人的？期待著不知是否會發生的奇蹟，試圖放棄在這個世界的生命，在她們看來終究是愚蠢的嗎？

「怎麼了？」誠哉問。

「不，沒什麼——哥，你保重。一路小心。」

「你也是。」

雖然就這次分別後，兩人永無重逢之日，冬樹的心中卻毫無感傷之情。連他自己也知道，那是因為已經沒那種閒工夫了。

誠哉轉身，邁步前行。二名女子和未央也跟著他走。一想到備極艱辛的旅途，就會覺得她們的步伐未免顯得太稚弱了。

他們的身影消失後，冬樹才與明日香回到公館內。玄關的門是敞開的。因為建築物的傾斜越來越嚴重，門已經完全無法開關。不只這扇門，所到之處都是歪的。

河瀨、戶田、小峰三人正在餐廳。戶田還是老樣子，一早就開始喝啤酒，簡直像要趁著醉意自殺。

至於河瀨與小峰，正在打量並排放在桌上的鐘。小峰在紙上做紀錄。

「那些人已經走了嗎？」河瀨問道。

對，冬樹點點頭。

「帶著女人和小孩，要在這個毀壞的世界活下去嗎？那位警視大人真是令我甘拜下風。」

「我哥也一樣，我想他同樣無法理解我們的行為。」

「好像是吧。不過，兩者都是在賭命，這點倒是一樣。噢，小兄弟，你那手錶哪來的？」眼尖的河瀨看著冬樹的手腕。
「我哥給我的。不過，這不是電波錶。」
「那樣的話，就派不上用場了。誰知道上次是什麼時候對時的。」
「不，可以確定是在P-13現象發生之前。他說連秒針都對過。」
「嗯……給我看看。」
冬樹拿下來交給河瀨，他興味盎然地看著手錶。但和桌上其他的時鐘比對後，立刻皺起臉。
「搞什麼，果然相當不準確。」
「不準確？那應該不可能吧。」
「不，真的不準。你自己看。比起其他的鐘，大約慢了一分鐘左右。」
冬樹檢視其他時鐘的指針。河瀨說得沒錯，和誠哉的手錶相較，其他的鐘的確快了一分鐘。
「這就怪了，怎麼會這樣。」
「這應該沒什麼好奇怪的吧，只是警視大人沒調準時間而已。」
「我不相信我哥會犯那種錯誤。他當時正要逮捕犯人，應該很緊張才對。」
「那麼，就是這支手錶不準了。不管怎樣，就是不能用了。」
「不，等一下。」小峰湊過來，拿起那支手錶。「難道說……」
「幹麼？你在擔心什麼？」
小峰沒有馬上回答，露出猶豫的神色。
喂，河瀨不悅地喊他。
「這支手錶——」小峰低喃。「或許才是準確的。」
「你說什麼？這是什麼意思？」

「電波鐘比起過去的鐘錶壓倒性地準確，那是因為電波鐘會定期接收標準電波校正時刻。可是如果標準電波本身出錯，接收電波的電波鐘當然也會顯示不正確的時間……」

「電波出錯？怎麼可能有那種事？」

「那還用說，如果電波發射局出了某種問題，當然有可能發生這種事。在這個世界，不管發生什麼都不足為奇。沒人能保證，發射局在停擺之前還發射過正確的標準電波。」

聽了小峰的說明，河瀨憤怒地「嘖」了一聲。

「如果要那樣說就沒完沒了了。現在就看是要相信警視大人的舊式手錶，還是相信最新式的十個電波鐘了。」

小峰搖頭。

「標準電波如果有誤，電波鐘全都會不準確，數量再多也一樣。」

河瀨胡亂搔頭。他從小峰的手裡搶過手錶，朝冬樹遞去。

「這個你自己拿著，別給我們看。就某種意義而言，那會毒害眼睛。在自己正要自我了斷之際如果意志動搖那還像話嗎。」

冬樹接下手錶後，河瀨指著小峰鼻子。

「時刻就以電波鐘為準。就這麼決定，沒意見吧？」

小峰臉色鐵青，點了兩下頭。

就在下一秒。冬樹感到一股自下往上頂的衝擊力道。實際上，他的身體甚至在一瞬間彈到半空中了。隨後，他以背部著地。

首先映入眼簾的，是天花板上劇烈晃動的水晶吊燈。

鈍重的衝擊聲斷續響起。接著，屋內到處都傳來木材相互摩擦的聲音。

「危險！」小峰高叫。「快逃！快逃！房子要塌了！」

冬樹握住明日香的手，試圖奔向房門。但是搖晃太厲害了，他們甚至無法站起來。他們在地板爬行，二人一起鑽到大理石桌子底下。

下一瞬間，轟隆一響，世界傾頹了。冬樹緊緊抱住明日香的身體。

48

衝擊襲向全身，宛如置身在猛烈敲擊的巨鼓中。冬樹抱著明日香，身體一再彈起。但他還是拚命撐住，不讓二人自桌下滾出去。

這樣過了多久，他不知道。他緊閉雙眼，嘴也閉著。頻頻響起的轟隆巨響，令聽覺似乎也已麻痺了。

他甚至暗想，也許會這樣死掉。冬樹覺得，有某種東西——超越人類智慧的某種壓倒性力量，正企圖要消滅他們。

在幾乎所有感覺都停擺的情況下，首先復甦的是嗅覺。冬樹在塵埃的氣味中，隱約感到一股甜香。是洗髮精的香氣。

接著，明日香的秀髮觸及自己臉頰的感覺也甦醒了，同時感到她的體溫。

他輕喚明日香。他的聲音變得異常沙啞。「妳沒事吧？」

她的腦袋微微前後晃了一下，好像是在點頭。

冬樹睜開眼，但一片漆黑什麼也看不見。

他呈現趴在地上的架式。明日香被他壓在底下。

他想站起，卻吃了一驚。因為周遭被瓦礫和木材環繞，手腳動彈不得。

「怎麼了？」明日香問。

冬樹沒回答，拚命試圖伸長手臂。但是倒在身旁、疑似柱子殘骸的木材一動也不動。

「冬樹……」

「我們被困住了。」

「啊？」

「房子好像垮了，所以，我們大概是被崩塌的天花板或牆壁壓在下面了。如果不是躲在大理石桌子底下，現在我倆八成都被壓扁了。」

「……怎麼辦？」

冬樹很焦急。他知道必須說出一個對策，卻什麼主意也想不到。

「我們倆，會一直困在這裡出不去嗎？」

「那怎麼可能。」

「為什麼不可能？現在都動彈不得了。」

冬樹舔唇，然後放聲大吼：「河瀨！」

明日香的身體猛然一抖，大概是被嚇到了。

「啊，抱歉。只要一下就好，妳忍一忍。」

「嗯，沒關係。」

冬樹再次呼喊河瀨的名字。繼而又喊：「戶田先生！小峰先生！」但是到處都沒人應答。也許他們三人都被活埋了。

「沒回應耶。」明日香說。「這裡沒有消防隊和警察也沒醫院，所以不會有人來救我們。」

「妳也太快放棄了吧。」
冬樹擠出渾身力氣，試圖搬動周遭的東西。但是他姿勢不對，無法順利使力。
「算了，冬樹。不用勉強。其實，我也不是真的放棄了。」
「……這話怎麼說？」
「冬樹，你看得見手錶嗎？會不會太暗看不見？」
「手錶？不，我想應該沒問題。」
冬樹保持雙臂環繞在明日香脖子上的姿勢，用右手指尖按下左手手錶的按鍵。淡淡的小光點亮起，錶面數字盤浮現。指針指向八點四十五分。當然，是上午。
說出時間後，明日香嘆了一聲幸好。
「只要知道時間就沒問題了。」
「為什麼？」
「因為，我們只要靜候下一次的P-13現象來臨就好啦。雖然可能會肚子餓，但兩天時間應該還挺得住吧？」
冬樹這下也明白她的言外之意了。
「妳是說，要以這種姿勢迎接P-13現象的來臨？」
「不然也沒別的辦法了。如果這樣僵著不動，我們只有死路一條。可是，我們本來就打算要死，對吧？就當作是提早準備不就好了？」
聽到明日香這麼說，冬樹嘆氣。
「的確沒錯。就算保持這個姿勢迎接P-13現象，也毫無問題。這種節骨眼，妳還能想到這個真是太厲害了。妳果然很強。」

明日香在他懷中搖頭。

「我一點也不強，所以才會沒跟誠哉先生一起走。我還是覺得死亡是一種逃避，所以至少我不想害怕死亡。況且好不容易才跟你在一起。」

「說得也是。我也會試著這麼想。」冬樹摟抱明日香的手臂更用力了。

「不過，還有幾個問題。」

「妳是指手錶吧？這支錶比電波鐘慢了一分鐘。我們不知該怎麼決定時間。」

「那固然也是問題，但是還有更大的問題。」

「是什麼？」

「方法。」明日香說。「死的方法。以我們這種姿勢，要怎麼死掉。」

冬樹再次緘默。這個問題的確嚴重。雖然想了幾個方法，但每種方法都有困難之處。

「慢慢想吧，反正時間還很充裕。」

冬樹說，明日香也開朗地應了一聲「也對」。

黑暗中，二人緊緊相擁，只能靜待時間流逝。他們聊起彼此的過往回憶，訴說感想，不時還一起笑出來。冬樹突然暗想，這該不會是來到這個世界以後，頭一次感到這麼安詳吧。他一直維持同樣的姿勢。所以肉體上有點痛苦，但在精神上卻幾乎毫不疲累。

他不時確認時刻，有時感到時間過得很快，也有時覺得很慢。渴望盡快逃離這種狀態時，會感到時間過得慢。意識到種種問題，想把作決定的時間盡量往後延時，好像就會感到時間過得特別快。

「冬樹，如果脖子被緊緊掐住就會當場死亡嗎？」明日香忽然問道。

「不會。」冬樹回答。「窒息死亡，需要一定程度的時間。」

「一定程度是多久？」

「這個很難說。也許是一分鐘，也許是三十秒。」

「那，如果在P-13現象發生前不久開始掐脖子……是不可能成功的吧。」

「應該是不可能。」冬樹雖然極力抑制聲音的起伏，內心卻波濤洶湧。明日香似乎打算叫他掐她的脖子。

「還是想個可以馬上死掉的——」

正想繼續說完手段二字時，明日香忽然嚷道：「好冷！」

冬樹立刻明白她這話的意思，因為他感覺到手臂泡在水中了。

「是水……」冬樹低語。「進水了。」

「為什麼？為什麼這種地方會進水？」

「不知道是怎麼回事。說不定，剛才的地震又引發了大規模的地盤下沉。」

「那，這水不會退嘍？會越來越多？」

「這很難說……」

即便在黑暗中，也能清楚感到水位逐漸上升。再這樣下去明日香的頭就要被水淹沒了。不，不僅如此，冬樹自己恐怕也會吧。

「冬樹，我的背已經完全浸在水裡了。」

「我知道。」

他拚命試圖移動身體。如果不設法站起來，二人都會溺死。

明日香緊抓著他。冬樹抱著她的頭，拚命想拖延水淹過她頭的時間。但水位上升的速度令他的希望完全落空。水位已升至她的耳朵了。

「我們兩個已經沒救了吧。」明日香說。她的話語無力。「也趕不上P-13現象了，一旦死掉就完了。」

「現在還不確定。」

「算了，我放棄了。所以我想拜託你，吻我。反正都得死，那我希望在冬樹的親吻中死去。」

見冬樹不吭聲，她又說了一次拜託。

已經沒救了吧，冬樹也暗想。他轉動身體，想與明日香接吻。

就在這時，她本來完全沒入黑暗的臉孔，竟突然浮現了。原來是某處有光照了過來。

「冬樹！」呼喊聲傳來。在那一瞬間，他以為自己聽錯了。但是接著他又聽到有人喊「明日香！」沒錯，是誠哉的聲音。

「哥！」冬樹大叫。「哥，我們在這裡。快救我們。」

接著，冬樹不斷發出「喂、喂」的喊聲。其間，水位繼續上升，明日香只能勉強讓嘴巴露出水面，她的雙眼已緊閉。

「在這底下！」誠哉的聲音響起。「搬開這根柱子。小心腳下。」

看樣子誠哉好像不是單獨一人，大概是某種原因讓他們一行人又回來了。

崩落的巨響傳來，壓在冬樹二人身上的東西被移除了。同時，他感覺到雨水打在背上。

「冬樹，你沒事吧？」

冬樹聽到呼喚便回頭。誠哉站在旁邊，他的衣服沾滿泥濘。菜菜美和小峰也在。

冬樹扶起明日香的上半身。幸好，她似乎完全沒喝到水。咳了幾次後，她哭著撲向他懷中。

「已經沒事了。」對明日香這麼說後，冬樹仰望誠哉。「哥，你怎麼會在這裡？」

誠哉搖頭。「果然，為時已晚。」

「為時已晚？」

「你站起來，看看四周。」

被誠哉這麼一說，冬樹緩緩直起膝蓋。由於長時間保持同樣姿勢，他現在一動關節就會痛。

他站起來，掃視周遭。他愣在原地了。眼前呈現的光景，遠遠超乎他的想像。

街頭幾成水鄉澤國，幾乎所有建築都已倒塌或傾斜，波浪自四面八方湧來，在各種地方濺起水花。

「是我的判斷有誤。我們太晚離開了，現在已沒有辦法移往其他場所。」誠哉說。

「所以你們就回來了？」

「除了這麼做別無選擇。不過，公館倒塌令我很驚訝。我立刻就發現河瀨和小峰先生，但是卻一直找不到你倆。再加上又有戶田先生的狀況，我本來已有某種程度的心理準備了。」

「戶田先生他怎麼了嗎？」

冬樹這麼一問，小峰與菜菜美都垂下頭，誠哉頓了一下才開口。

「他死了，被塌下的天花板壓死的。」

冬樹倒抽一口氣。戶田喝醉時的通紅面孔在腦海浮現。

明日香再次放聲哭泣。

其他人都已躲到官邸避難。河瀨也獲救了，但是腿部骨折。

就連這棟建築，也沒人知道能撐到什麼時候。三樓以下都泡在水中了，九人聚集在四樓的會客室。

「事到如今，已經別無選擇了吧。」冬樹說。「只能等待P-13現象發生，大家一起自殺。這是唯一的辦法吧。」

有幾人默默點頭，菜菜美與榮美子也在其中。
誠哉沒回答。他一直在定睛凝視窗外。
「現在幾點了？」小峰問冬樹。
「剛過下午三點。距離P-13現象，還有二十二小時。」
明日香吐出一口氣。「還有那麼久……」
她的話，顯然道出大家的心聲。冬樹自己也祈求時間能快點過去。
這時，建築物又開始劇烈搖晃了。牆壁與柱子發出細微的傾軋聲，女孩子們失聲尖叫。搖晃很厲害，大家全都趴下了。河瀨從沙發滾落，痛得發出呻吟。
晃動終於平息，建築物似乎還稱得上平安無事。
「這座官邸要是垮了，我們也完蛋了。」小峰嘟囔。
就在下一秒。一直望著窗外的誠哉，忽然大聲說：「大家快往樓上走！巨浪要來了，水也許會淹到這裡。」
在誠哉身後的冬樹也看到了。覆蓋街頭的泥色水面，正一邊膨脹一邊逼近，那高度足以吞沒小型樓房。
所有的人腳步蹣跚地走向樓梯。誠哉讓河瀨搭著他的肩步行。
「算了，警視大人，你別管我了，我會自己想辦法。」
「你都不能走了還逞什麼強。冬樹，過來幫忙。」
冬樹協助誠哉，扶河瀨上樓。就在即將抵達樓上時，建築物大幅晃動。是波浪撞上建築物了。
水柱自樓梯下方襲來。水勢洶湧，一瞬間，已到達冬樹等人的腳下。
「大家都沒事嗎！」上樓之後誠哉大吼。

「菜菜美小姐呢？菜菜美小姐不見了！」明日香高叫。

49

正欲下樓的冬樹被誠哉一把拉住肩膀。

「慢著！你想做什麼？」

「這還用說，當然是去找菜菜美小姐。她被剛才的水柱捲走了。」

「我去。你帶大家去避難。」

「可是——」

「接下來還會有巨浪來襲。每次恐怕都會掀起剛才那樣的水柱。我游泳遠比你拿手。」

誠哉的話令冬樹無法反駁。誠哉在學生時代是游泳隊的，而且還擁有救生員資格。

誠哉脫掉上衣，走下樓梯。但他走到一半便停下腳步，轉身仰望冬樹。

「大家就交給你了。絕對不能妥協。俗話說，天助自助者。無意求生的人，身上是不會發生奇蹟的。」

「知道了。」

聽到冬樹大聲回答，誠哉這才點點頭衝下樓。冬樹目送他離去後，轉身面對眾人。

「大家去首相的辦公室。快點！」

他如此高聲叫喊之後，整棟建築物立刻又大幅震動了一下。正如誠哉所言，巨浪一波又一波地襲向這座建築。

確定其他人都已逃進辦公室後，殿後的冬樹也準備走進門口。就在這時，背後傳來轟隆巨響，水花也當頭罩下，簡直就像巨浪拍岩。

他探頭朝樓梯下方窺看。樓下的水勢相當湍急，水位已升至樓梯的中段。

「哥！」冬樹大喊。「你在哪裡？哥！菜菜美小姐！」

某種吱呀作響的傾軋聲傳來，其中夾雜著水聲，彷彿是建築物正發出悲鳴。

「冬樹！」一個聲音響起，是誠哉的聲音。

不久後，誠哉自走廊轉角現身。他脖子以下全部泡在水中，手拉著面朝後方的菜菜美。她似乎昏迷了。

「沒事吧？」冬樹問。

「我的腳受傷動不了。我的袋子裡有繩子，你讓它順水漂過來。」

「知道了。」

冬樹衝進辦公室。翻開誠哉的背包一找，果真有舊繩子。那是之前河瀨救出冬樹與明日香時使用的繩子。

「怎麼了？誠哉先生呢？」明日香問。

「沒事。我要用繩子拉他。」冬樹說著衝出房間。

他拿著繩子下樓，水位好像比剛才更高了。

冬樹緩緩將繩子放入水中，繩索前端順著水流漂到了誠哉的身邊。

誠哉抓住繩子，把它綁在菜菜美的身上。

「好了，你拉吧。」

冬樹輪流用兩手拉動繩子，緩緩將繩索收回來。水流強勁，需要相當大的力氣。不知何時，明日香與小峰也來到他身後，幫他一起拉了。

最後，菜菜美的身體終於來到冬樹伸手可及之處。

「立刻把她抱回房間。」誠哉大聲說。「給她做人工呼吸和心臟按摩，再不快點就來不及了。」

小峰抱起菜菜美，上樓去了。

冬樹再次把繩索放入水中。誠哉打從剛才就幾乎沒動過。從他臉上雖然看不出，但他的腳傷似乎很嚴重。

確定誠哉抓住繩子後，冬樹開始收繩。

「你的腿，斷了嗎？」

「好像是。虧我還自誇泳技過人，結果搞成這副德行。」

正當誠哉如此自嘲時，爆炸聲傳來了。建築物開始搖晃。晃動漸漸變大，最後連冬樹也站不住了。

水勢洶湧湍急，朝樓下奔騰而去，畫面讓人聯想到水池底部突然開了個洞。誠哉的身體被沖走了。冬樹使盡渾身力氣才抓住繩子。身後雖有明日香也幫忙拉著繩子，卻無法把誠哉的身體拉回來。

「明日香，把繩子纏在我身上。記得打死結免得鬆開。」

「知道了。」

明日香把繩子的剩餘部分纏繞在冬樹的腰上。

然而下一瞬間，難以置信的事情發生了。

天花板的一部分發出巨響，掉落下來，把連繫冬樹與誠哉的繩索壓在底下了。那衝擊甚至還將誠哉的身體拉過去，他就快被沖走了。

冬樹咬緊牙關，使出渾身力氣踩穩雙腳。但拉扯繩子的力道更強。繩子纏在冬樹腰上，再這樣下去連他自己都要被拖進水裡了。

這時，他與誠哉四目相接了。

放手吧——兄長對弟弟如此說道。再這樣下去你也會被拖累。

我死也不放——弟弟以目光回答。

強烈的力道施加在繩子上，冬樹的身體被拖到水中了。已經不行了，他想。但是下一秒拉扯繩子的力量消失了。他拚命掙扎，回到樓梯處。

他把繩子拉回來。本該握緊繩子末端的誠哉已不見蹤影。

「哥！」——他大叫卻沒有回應。

水急速退去。冬樹下樓。遭到破壞的建築物部分殘骸堆在一塊，誠哉倒臥一旁。他的身體被看似建築材料的扁平木板刺中，幾乎貫穿身體了。

「哥……」冬樹抱住誠哉。

誠哉微微睜眼，他的臉上毫無生氣。但他在呢喃，他正試圖告訴弟弟什麼，可惜他發不出聲音，甚至無法呼吸。

烏雲蔽空，陽光被遮住了，過去被稱為東京的城市殘骸沉入黑暗中。雲層不時會發出詭異的聲響閃出光芒，是閃電。唯有那一瞬間，城市慘不忍睹的模樣才會暴露出來。

建築物仍在繼續搖晃。是因為地震，還是波浪的衝擊，抑或是自己的錯覺，現在已無人知曉了。

冬樹瞥向手錶，那是誠哉給他的錶。

「已過了清晨五點。」他一邊向後轉身一邊說。

「還有八個小時嗎。」小峰嘆息。「好漫長……」

無人附和，大家沒那個力氣。河瀨由於骨折的影響，一直癱軟無力。菜菜美在人工呼吸和心臟按摩下雖然恢復呼吸了，身體卻無法動彈。得知誠哉的死訊後，更是大受打擊。之前一直以母親的強悍守護未央與勇人的榮美子，似乎在肉體與精神上也已疲憊不堪了。而明日香也抱膝而坐，一動也不動。

現在支撐他們的，唯有應將再度造訪的P-13現象。只要能熬到那時候，死也無妨——不，他們已決定要在那時死去。

還真奇妙，冬樹想。死期已定的這件事，竟然成了現在活下去的唯一活力來源。

冬樹在首相用過的椅子上坐下，閉上眼。誠哉死前的情景歷歷在目。

他本該悲傷的，現在卻沒有失落感。在這個苛酷的世界生存本身就像是一種奇蹟，死亡或許反倒變得更理所當然。或者，他是因為知道自己遲早也會步上同樣的命運，誠哉只是提早幾個小時先死，所以才能在不知不覺中以客觀看待哥哥的死亡。

突然間，地鳴般的聲音響起了。冬樹睜眼，從椅子起身。

明日香仰起臉。「這次又是什麼？」

冬樹看著窗外。下一瞬間，強烈的光芒伴隨爆炸聲竄入眼簾。是雷擊，就落在旁邊。

接著，機關槍似的聲音自四面八方傳來。癱坐的明日香立刻跳起來。「這是什麼？」

冬樹朝外一看不禁愕然。外面正下著巨大冰雹。他看看掉在窗框外的冰，有些直徑甚至長達十公分。

是冰雹，他告訴大家。

「傷腦筋，打雷之後又來個冰雹嗎。」河瀨躺著嘀咕。「只能苦笑以對了。」

冰雹砸到建築物的聲音越來越大。明日香嘴裡嚷著什麼，但冬樹聽不見。

地板猛然傾斜，但和之前的搖晃不同，是朝一定的方向不斷傾斜。

房子要垮了，冬樹立刻明白。這座官邸終於也將瓦解。

轟隆巨響傳來，強烈且不規則的震動也開始了。可以想像建築物一點一點瓦解的情況。

牆壁大幅變形。那是因為建築物傾斜，產生了歪曲。

「各位，保護腦袋！」冬樹大吼，但他不認為眾人聽得見。建築物遭到破壞的聲音實在太驚天動地了。

有東西自上落下，是逐漸塌陷的天花板。冬樹躲到桌下。

地獄般的時間持續了好幾個小時。一再發生的地震，令官邸的地基變得脆弱無力。洪水與巨浪不停晃動如此脆弱的官邸。屋頂坍落，樑柱折斷，牆壁倒塌。雖然沒有整個瓦解，但官邸已不再是保護人類的空間。

然而，冬樹他們還活著。他們聚集在頂樓一角，躲過至今仍下個不停的冰雹和大雨。

地板依然大幅傾斜。因此，大家都緊貼牆邊蹲著。但他們知道牆壁的另一頭已完全崩落了。

「一點！」冬樹看著錶大叫。「現在，已經過一點了！」

「還剩十三分鐘嗎。」河瀨勉強擠出聲音說。

「不，是十二分。」小峰說。「那支錶慢了一分鐘。」

「是嗎。只要再等十二分鐘，然後從這裡跳下去就行了。」

「這樣就能輕鬆死掉嗎？」明日香問。

「大概吧。下面可是水泥地。就算有水在流好了，如果頭部先著地還是會一命嗚呼。」

「會那麼順利嗎？」

「如果失敗了再看著辦，現在也只能豁出去了。」河瀨的聲音中帶有幾分開朗，大概是因為他覺得一切終於要結束了吧。

冬樹看著其他人。榮美子表情哀傷地抱緊女兒。她顯然還舉棋不定，不知道該不該再次殺死女兒。而未央完全沒有察覺到母親的心情，就只是滿臉畏怯地緊貼著母親。

菜菜美抱著勇人。勇人幾乎已奄奄一息，過去這幾個小時，他不僅沒哭連手腳都不動了。就算放著不管應該也會死吧，這是菜菜美的見解。就是這句話，令大家下定決心帶嬰兒一起自殺。

冬樹看了手錶，又過了五分鐘。就在他正想告訴大家之際，大地傳來咆哮般鈍重低沉的聲音。事已至此，到底還會發生什麼——才剛閃過這個念頭，冬樹便感到自己的身體在一瞬間浮起了，那就像飛機進入空中氣渦（air pocket）時的感覺。

但是數秒後，他感受到猛烈的衝擊。地板更加傾斜了，身體倚靠的牆壁開始瓦解。

冬樹往下看，眼前是一片可怕的景象。地面裂開，將要吞噬一切了。

他不經意想起誠哉有一次說過的話：當知性在不該存在的地方存在時，時間與空間會試圖加以消滅——

他覺得事情也許正是如此吧。本來非死不可的知性，由於P-13現象造成的數學悖論而存在。宇宙也許正試圖要抹滅這個矛盾。

若真是如此，那個排除行動將持續到幾時？可有期限？

下一次的P-13現象——那就是期限嗎？宇宙試圖在現象來臨之前排除知性。那麼，如果撐下去的話會怎樣呢？「矛盾」該不會再次產生吧？那該不會正是誠哉說的「奇蹟」吧。

有人拉住冬樹的手腕。是小峰，他在看手錶。

「還有一分鐘！」他大叫。「只要再忍耐一分鐘，就可以死掉了。」

「慢著，也許並非如此。P-13現象或許是知性存在的臨界點。若真是如此，我們應該盡量設法活下去才對。」

「事到如今，你在胡說什麼！」

建築物進一步瓦解了，崩塌的部分被吸進裂開的地面。大家擠出最後一點力氣，抓住各種東西，努力不讓自己掉下去。

「時間到了！」小峰放聲大叫，跳了下去。冬樹可以看見他翩翩飄落。小峰的身體撞到某些東西，彈飛出去。就這麼與瓦礫混在一塊。

「死了……」冬樹低喃。「什麼也沒發生，P-13現象還沒開始。」

他看著手錶，指針顯示現在是十三點十三分。

大地發出咆哮，劇烈起伏。這已經不只是所謂的地震了。冬樹被拋向半空中。同時，一切聲音消失了。接著，光也消失了。

最後連他的意識也消失了。在消失的前一刻，他想到的是：哥哥手錶顯示的時間很準確。

50

槍聲自背後傳來。冬樹緊抓著敞篷車的後座，轉頭向後看。

他愣住了。因為誠哉倒地不起，胸口流血。

「哥！」他大喊，同時放開手。這時槍聲再次響起，可是方向截然不同，比剛才近得多。而且，他感覺到有東西掠過耳旁。

從車上跌落的冬樹，情急之下擺出柔道的受身姿勢⓬，滾倒在柏油路上。他的腳在流血，也許有哪裡受傷了，但他顧不得這個。迅速站起後，他沒有朝敞篷車駛離的方向跑去，而是朝誠哉靠近。

光頭男子已被探員們扣押了，賓士轎車上的二名男子也遭到包圍。但對冬樹而言，那種事已無關緊要。

誠哉依舊躺在路上。身旁的一名探員正在打手機，八成是在呼叫救護車和支援吧。

「哥！」冬樹衝過去。

「最好別搬動他。」

雖被探員制止，冬樹還是甩開他的手，抱起誠哉。不知為何，直覺告訴他，哥哥已回天乏術，不，已不在這個人世了。

誠哉的臉毫無生氣，眼皮半開，瞳孔瞪視虛空。

突然間，深刻的失落感襲來。失去這個同父異母的兄長是多麼悲痛、不幸，他直到現在才明白。

「怎會這樣？都是我的錯，是我多事插手才會害死哥。」

冬樹不避諱旁人眼光，就這麼哭叫起來。

往前踏出一步後，榮美子做了一次深呼吸。她牽著女兒的手，站在大樓的樓頂天台上。她站的地方欄杆特別低。

除此之外別無選擇了——她這麼告訴自己。

丈夫在一年前病死，之後，全靠她一個人撫養未央，但她覺得再也撐不下去了。榮美子任職的公司在三個月前破產，她還欠了一大筆債，是當初為了丈夫的醫療費和住院費而積欠的。單憑打工兼職，頂多只夠母女倆當天餬口，連債款的利息都付不起。房租也一直拖欠，不動產業者已下達最後通牒，要求她們在這週之內搬出公寓。

帶著女兒自殺令她很痛心。可是如果自己單獨尋死，留下未央一個人只會更痛苦。除此之外別無選擇了——她再次，在心中默念。然後打算往前邁步。

「媽媽。」未央喊道。

榮美子俯視女兒，未央指著腳下。

「媽媽，有螞蟻。」

「啊？」

朝未央指的地方一看，的確有幾隻螞蟻爬來爬去。

「這些螞蟻好厲害喔，可以爬到這麼高的地方。身體這麼小，好厲害喔。」未央雙眼發亮。

榮美子凝視著那張小小的臉，覆蓋心頭的烏雲漸漸散去，像被風吹走了。她覺得沉重的壓力已消失。

自己還有這孩子，這樣不就夠了嗎，她想。縱使被奪去了一切，至少這孩子還是屬於自己的。如果有一天連這孩子也失去了，那時再離開這個世界也不遲。

榮美子朝女兒笑了。

「外面好冷，我們進去吧。」

嗯，未央含笑點頭。

⑫譯註：被對手拋出或壓倒時，為避免受傷以手臂撞地緩和衝擊的倒臥姿勢。

河瀨從棋子中選出桂馬⑬，放在棋盤上。看到對面的拓志愁眉苦臉，河瀨不禁嗤笑。
「看來勝負已定，你就別再做無謂的掙扎了，趕快掏出皮夾來。」
「不，再讓我撐一下嘛。」拓志交疊雙臂，瞪視棋盤。
河瀨看著牆上的鐘，時間是十三點十三分。
突然，門外一陣騷動，一群男人的怒吼傳來。
河瀨拉開旁邊的桌子抽屜，因為那裡藏著槍。拿起手槍的動作和門被推開幾乎發生在同一時間。
河瀨在瞬間蹲下來。子彈擦過頭頂，打到牆上。
進來的是戴著全罩式安全帽的男人。
「喂，你是荒卷會的內奸吧。」河瀨拿槍對著他，扣下扳機。
但子彈沒有發射。他又試了好幾次，還是一樣。
「怎麼會沒子彈！」河瀨臉孔扭曲了。
安全帽男子再次把槍口對準他。
只見拓志面向河瀨，冷然一笑。
「不，慢著……」
槍口噴火了。

大型螢幕斜下角的數字已顯示出000。
負責人確認自己的手錶後，朝大月那邊點點頭。
「P-13現象應該平安度過了。」

會議室中瀰漫一股安心感，各部會首長也露出笑容。

大月仰望田上。

「快去調查一下，在那關鍵十三秒內有無死亡意外或案件發生。」

「知道了。」

大月看著田上與警視廳的人商談，之後交疊雙臂，閉起眼。似乎沒有發生天地異變的重大事件，但現在還不能安心。根據專家們的說明，在P-13現象發生期間若有知性消滅——換言之，如果有人死亡，恐怕會產生時間上的數學矛盾，造成部分歷史改變，但那會是什麼程度似乎無人能確定。

「總理。」

耳邊響起聲音，大月睜開眼。田上已來到身旁。

「目前能確定的有二件。案件與意外事故各一件。」

「是什麼案件？」

「追捕強盜殺人犯的警官不幸殉職，據說是警視廳的管理官。」

「警視廳？怎麼偏偏是警官。」大月歪起嘴角。「至於意外，是車禍嗎？」

「是的。在中野區，某公司職員駕駛的汽車衝上人行道，車上的二名職員，和人行道上的老夫妻都死了。」

「如此說來，全部共有五人嗎。不過這也沒辦法。」

這時警視廳的人走近，在田上耳邊囁嚅一番。大月看到田上沉下了臉。

⑬譯註：相當於西洋棋中的knight，走法是空一格朝斜前方左右移動。

「怎麼了？」

「據說又有一件意外事故，在飯田橋的工地，據說是鋼筋掉下來了。有一個人被壓死，好像是年輕男性。」

「傷腦筋。」大月撩起額前髮絲。「那就是六個人了。最好能夠到此為止。不過死了六個人，好像也沒什麼特別影響，所謂的時間矛盾該不會根本沒發生吧？」

「不，現在還很難說。」來自JAXA的負責人說。「正如之前也向您報告過的，P-13現象的迴盪會在一個月後來臨。在那現象過去之前。無法做出結論。」

「迴盪嗎？那時也不能有人死掉是吧？」

「是這樣沒錯。」負責人點頭。「下次P-13現象發生後，應該就能明白這次數學矛盾造成的影響。」

刑事部長的眉間從頭到尾一直皺著。冬樹想盡量不去看，但被質問時就會忍不住朝那裡望去。每次一看，都讓他深深體認到自己犯下了極大的過失。冬樹感覺得到：不只是刑事部長，連搜查一課課長和理事官也對失去久我誠哉深感遺憾。

冬樹人在警視廳，因為與誠哉殉職有關的全體探員都得接受訊問調查。那天，在那個地點發生的事，冬樹一五一十地全說了。當然，他已有遭到某種處分的心理準備。

「你的敘述我大致明白了，和其他探員的說法也很一致。」刑事部長說。「關於本案，我沒有其他問題了。但是，有件事我想問你。事實上，我聽說你們兄弟倆的感情不太好。那是真的嗎？還有，那和這次的悲劇有關係嗎？希望你老實回答我。」

冬樹垂下眼，然後再次回視刑事部長。

「我承認過去我並不理解家兄的想法，才會導致這次的失誤。但我一直很尊敬家兄，不僅是因為他身為警官的表現良好，也因為他的人格高尚。而且我相信家兄也很愛護我。」

刑事部長微微點頭，說聲「那就好」。

冬樹走出房間，沿著走廊前行，名為上野的探員自對面走來。他原本是誠哉的部下，也是接受訊問調查的其中一人。

「好像結束了吧？」上野問。

「結束了，就是不知道會有什麼處分。」

「我倒覺得你應該不會受到處分。」上野歪起腦袋，然後瞥向冬樹的左耳。「你那個傷怎麼樣了？」

「我今天會去醫院，預定要拆線。」

「那就好。」上野取出手機檢視簡訊。「抱歉，我要失陪了。」

「有案子嗎？你好像很忙。」

上野嘴角一歪，露出嫌惡的表情。

「很討厭的案子，是強迫自殺。做母親的帶著出生三個月大的嬰兒一起自殺，母親雖被送往醫院急救，卻陷入昏迷。」

「嬰兒死了嗎？」

「沒有。」上野搖頭。「好像是被勒住脖子，卻奇蹟地起死回生。聽說現在活得好好的。」

「噢？」

想到那個嬰兒今後的人生就心情晦暗，的確是個討厭的案子。

走出警視廳後，他前往位於飯田橋的帝都醫院。途中，他順道去書店買了運動雜誌，打算待會在候診室看。
耳朵是在誠哉遇害那起案件中受傷的。當時駕駛敞篷車的男人開槍擊中了他，但是前一秒冬樹才從車上摔落，所以子彈只是險險擦過他的左耳。雖說最後縫了五針，但在別人提醒他他在流血之前，他完全沒注意到那個傷口。因為他滿腦子只想著誠哉。
帝都醫院的對面正在蓋大樓，不過工地今天停工。一問之下，好像是發生了鋼筋掉落的意外，而且據說有一名青年不幸被壓死。
冬樹經過時，一名護士打扮的年輕女子，正在疑似意外現場的地方獻花。冬樹看著看著，最後和她四目相接。她臉色尷尬地點點頭。
「不幸過世的那個人，妳認識嗎？」他忍不住問道。
「不，完全不認識。只是，那時我也在這裡。」
「妳也在場？」
「對。說不定，被壓死的本來應該是我。」
「這話怎麼說？」
「當時我正走在這裡，那位先生，忽然一邊大喊危險，一邊把我推開。我因此撿回一命。可是相對的，那位先生卻……」她垂下頭。「所以那位先生是我的救命恩人。」
「原來如此。」
「對不起。跟您說這種奇怪的話——您要去我們醫院嗎？」她看著冬樹的左耳問。大概是因為那裡包了紗布，又用繃帶固定吧。
「是的。我要去整形外科。」
「知道地方嗎？」

「知道。這是第三次就診了。」
「是嗎。請多保重。」
「謝謝。」
冬樹和她道別後走進醫院，在窗口掛號，然後去了整形外科的候診室。他之前便預約過了。
候診室裡，有三名病人，其中一人是個看似高中生的女孩。毛線帽戴得很低幾乎把眉毛都蓋住了，看來帽子底下包著繃帶。冬樹在她身旁坐下，開始翻閱運動雜誌。
過了一會兒，冬樹發覺那名高中女生探頭在看他的雜誌。
「妳對這本雜誌有興趣？」他問。
「那是我們學姐。」她說。
冬樹垂眼看雜誌，上面有女子足球選手的專題報導。
「同學，妳是足球隊的？」
「室內五人制足球。請問，可以借我看一下嗎？」
可以呀，正當他這麼回答時，旁邊的門開了，護士探頭出來。
「中原小姐，中原明日香小姐。」
來了——高中女生一邊回答一邊用懊惱的神情看著冬樹。
他回以一笑，遞上雜誌。「妳拿去吧。」
「真的嗎？謝謝。」她喜孜孜地接下。「我一定會報答你的。」
「不用了，小意思。」
她走進診療室去了。冬樹凝視關上的門，心裡暗忖，今後來這間醫院有樂趣了。

東野圭吾作品集

黎明破曉的街道

渡部的公司來了一個派遣社員，名叫秋葉。她外貌年輕，但實際上已經三十一歲了。兩人的感情急速升溫，最後跨越了不該跨越的界線。秋葉的家庭很複雜：雙親離婚，母親已自殺。將近十五年前，父親的外遇對象在她橫濱的老家遇害了。倒臥在犯罪現場的秋葉被視為嫌疑犯，但她保持沉默，不為自己辯護。究竟秋葉是不是罪犯呢？該起事件就快滿十五年了，到時候法律追溯期就會過去……

偵探俱樂部

大型超市社長上吊自殺了，社長的秘書、預定要和社長完婚的第三任妻子、社長的女婿決定製造「社長是自然死亡」的假像，雖然這個目的是一致的，但三人各懷鬼胎……

美幸回家後發現母親被殺害了，警方懷疑第一個發現犯罪現場的人，也就是美幸的父親，他卻有案發時的不在場證明。美幸覺得父親還是很可疑，便委託偵探俱樂部調查。

偵探俱樂部是只為 VIP 會員進行調查的機構，他們接受的會員都是財政界重要人物。本作是描寫他們辦案活動的短篇小說集。

鳥人計畫

榆井是日本跳台滑雪界的王牌，綽號鳥人的他竟然被人毒殺了。調查過程萬般不順利，這時有封告密信寄到警察那裡，說榆井的教練峰岸就是犯人。遭到拘留的峰岸於是開始推理，尋找告密者。「計畫明明是完美的，告密的人到底是誰？」隨著警察搜查作業和峰岸推理的進行，可怕的計劃逐漸浮上檯面。

大澤在昌作品集

SHINJUKU
ZAME

新宿鮫

●榮獲「吉川英治文學新人賞」、「推理作家協會賞」!
●榮登「這本推理小說真厲害!」年度10大推理小說第1名!
●改編拍成電影,由性格巨星真田廣之主演!

鮫島是在頸背上挨了一刀之後,才明瞭自己的「警察魂」並沒有死盡……
在總共六百名員工的新宿警署裡,防犯課的鮫島警部是個從天而降的偶像,跟著他的竊竊耳語從來沒有停過。而在這之前他曾是警視廳看好的明日之星,但是一場臥底者被出賣慘死、同僚以日本刀攻擊他的事件,卻徹底粉碎了他對組織的看法,而他身上背負的秘密更成了一顆能從根底動搖整個警察體系的不定時炸彈!
高層對鮫島施加威脅、收買,卻都無法逼他辭去警職,於是只好將他降職踢到新宿街頭。雖然備受打壓,卻激發出鮫島維護正義的怒氣,也因為他總是悄無聲息、攻其不備的鯊魚式出擊,不但締造破紀錄的罪犯逮捕率,還被道上封了「新宿鮫」的名號!
就在此時,新宿街頭發生了槍殺警察的事件,使得原本早已緊繃的各方街頭勢力,面臨一觸即爆的失控邊緣!但鮫島卻發現這一切都跟他正在追蹤的改造槍械高手木津有關。然而,當他深入木津的巢穴時才明白,即使是一匹孤狼,也有不該單打獨鬥的時候……

與宮部美幸、京極夏彥齊名的大澤在昌,以《新宿鮫》系列勇奪日本文壇最高榮譽「直木賞」,並成為家喻戶曉的暢銷天王!他擅長放大灰色地帶的人性衝突,以及突顯受挫心靈的危險反擊。筆下猶如獵鯊般的鮫島警部與兇手、同僚之間的鬥智過程機鋒處處,展現大膽而精鍊的邏輯視角,也成為讀者心目中的最佳作品!

乙一作品集

GOTH リストカット事件

GOTH 斷掌事件

無數讀者引頸期待的夢幻經典名作，台灣終於推出中文版！
天才乙一兼具黑色美學與純白情感的名作，迷人到令人心痛！

● 榮獲第3屆「本格推理小說大賞」！ ● 週刊文春2002年度10大推理小說！
● 探偵小說研究會2003年度10大本格推理小說！
●「這本推理小說真厲害！」2003年度10大推理小說第2名！
●「YAHOO！Japan」讀者票選2002年度最佳推理小說第1名！

誰知道呢？也許在嘈雜的人群裡、在教室的對角線上，我和森野夜便是受內心的野獸牽引著，向彼此靠近。
對人性所謂光明不屑一顧，直直探入光線照不到的黑暗角落——像我和森野這類人，有人稱為「GOTH」。當然，我們並不會實際去傷人或故意被傷，但對於與屍體有關的事件，特別是愈陰森、愈駭人聽聞、愈被形容為「變態」的事件，我們反而愈感興趣。尤其，森野身上似乎分泌了某種特別會吸引變態狂的荷爾蒙。也許就是因為她？一次又一次，我幸運地有了親臨犯罪現場，甚至比死者更迫近死亡的機會。不可解的是，有時死亡令人傷痛，有時死亡反而是解脫；有時候，讓人害怕的不是死亡，而是失去所擁有的。望著森野那修長纖細、幾乎不像有血液流動的白皙雙手，使我想到第一次和她起了連結的那樁「斷掌」事件。如果那些突然被截斷、莫名與過往永別了的手掌會說話，它們究竟會對我說什麼呢？……

看似合群、其實如爬蟲般冷血的「我」，和擁有魔幻氣質的暗黑系美少女森野，純憑興趣刨挖人性的罪惡深淵，卻掘出了一頭頭渾身是傷、森然喘息的野獸……明明寫的是一個個「天生如此」的駭人怪物、一篇篇令人冷汗直流的驚悚故事，自乙一筆尖滲出的，卻是一滴滴直直蝕入靈魂的眼淚！
誰知道呢？如果那些斷掌會說話，它們恐怕會說：「乙一，你真是個要命的天才！」

謎人俱樂部

歡迎加入**謎人俱樂部**！為了感謝您對皇冠出版的推理、驚悚小說的支持，我們特別規劃推出讀者回饋活動，您只要按照規定數量蒐集每本書書封後摺口上的印花（影印無效），貼在書內所附的專用兌換回函卡上，並詳填個人資料後寄回，便可免費兌換謎人俱樂部的專屬贈品！詳細辦法請參見【謎人俱樂部】活動官網。

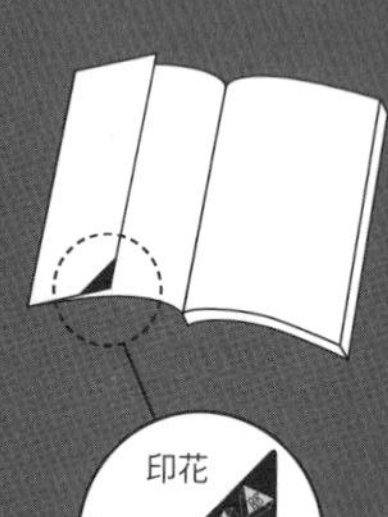

【謎人俱樂部】臉書粉絲團
www.facebook.com/mimibearclub

□集滿 4 個印花贈品（二款任選其一）：

A：【推理謎】LOGO 皮質燙銀典藏書套一個

（黑色，25 開本適用，限量 1000 個）

B：【推理謎】吉祥物『獨角獸』圖案皮質燙金典藏書套一個

（咖啡色，25 開本適用，限量 1000 個）

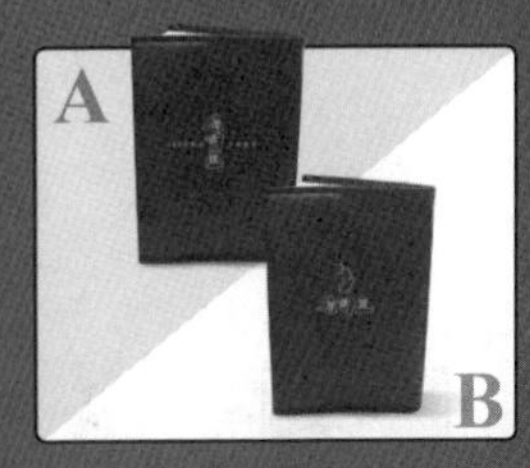

□集滿 8 個印花贈品（二款任選其一）：

C：【推理謎】LOGO 皮質燙金證件名片夾一個

（紅色，11.5cm x 8.6cm，限量 500 個）

D：【推理謎】吉祥物『獨角獸』圖案環保購物袋一個

（米色，不織布材質，41.5cm x 38.6cm，限量 1000 個）

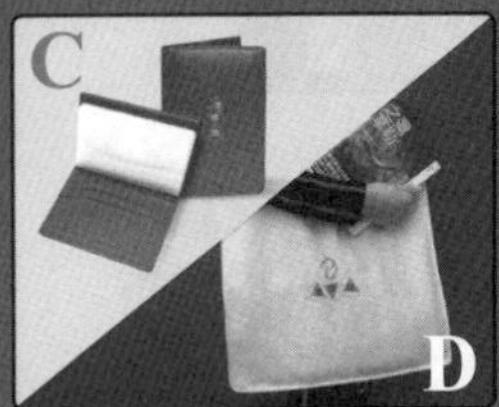

□集滿 12 個印花贈品（二款任選其一）：

E：【推理謎】LOGO 不鏽鋼繩鑰匙圈一個

（限量 500 個）

F：【推理謎】吉祥物『獨角獸』圖案馬克杯一個

（白色，320cc 容量，限量 500 個）

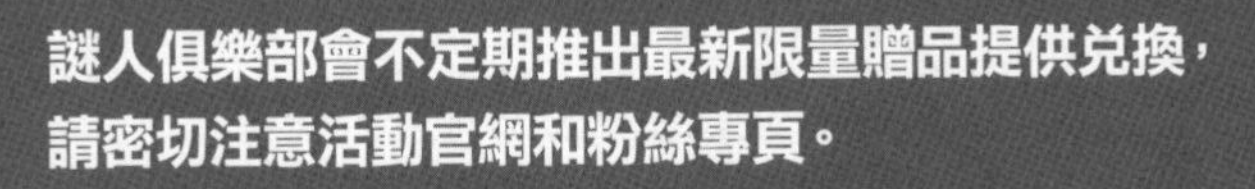

謎人俱樂部會不定期推出最新限量贈品提供兌換，
請密切注意活動官網和粉絲專頁。

【注意事項】

◎本活動僅限台灣地區讀者參加。

◎贈品兌換期限自即日起至 2019 年 12 月 31 日止（以郵戳為憑）。

◎贈品圖片僅供參考，所有贈品應以實物為準。

◎所有贈品數量有限，送完為止。如讀者欲兌換的贈品已送完，皇冠文化集團有權直接改換其他贈品，不另徵求同意和通知。贈品存量將定期在【謎人俱樂部】活動官網上公佈，請讀者在兌換前先行查閱或直接致電:（02）27168888 分機 114、303 讀者服務部確認。

◎皇冠文化集團保留修改或取消謎人俱樂部活動辦法的權利。辦法如有更動，將隨時在【謎人俱樂部】活動官網上公佈。

國家圖書館出版品預行編目資料

異變13秒 / 東野圭吾著；劉子倩譯. -- 初版.
-- 臺北市：皇冠, 2010.09　面；公分. --
(皇冠叢書；第4018種　東野圭吾作品集；7)
譯自：パラドックス13
ISBN 978-957-33-2708-0 (平裝)

861.57　　99015460

皇冠叢書第4018種
東野圭吾作品集 7

異變13秒

パラドックス13

作　　者—東野圭吾
譯　　者—劉子倩
發 行 人—平雲
出版發行—皇冠文化出版有限公司
台北市敦化北路120巷50號
電話◎02-27168888
郵撥帳號◎15261516號
皇冠出版社(香港)有限公司
香港上環文咸東街50號寶恒商業中心
23樓2301-3室
電話◎2529-1778　傳真◎2527-0904
印　　務—林佳燕
校　　對—熊啟萍・劉素芬・周丹蘋
著作完成日期—2009年
初版一刷日期—2010年09月
初版五刷日期—2018年07月
法律顧問—王惠光律師

讀者服務傳真專線◎02-27150507
電腦編號◎527004
ISBN◎978-957-33-2708-0
Printed in Taiwan
本書定價◎新台幣320元/港幣107元

謎人俱樂部贈品兌換卡

我要選擇以下贈品（須符合印花數量）：☐A ☐B ☐C ☐D ☐E ☐F

1	2	3	4
5	6	7	8
9	10	11	12

【個人資料蒐集、利用及處理同意條款】

您所填寫的個人資料，依個人資料保護法之規定，皇冠文化集團將對您的個人資料予以保密，並採取必要之安全措施以免資料外洩。您對於您的個人資料可隨時查詢、補充、更正，並得要求將您的個人資料刪除或停止使用。

本人同意皇冠文化集團得使用以下本人之個人資料建立該集團旗下各事業單位之讀者資料庫，做為寄送出版或活動相關資訊、相關廣告，以及與本人連繫之用。本人並同意皇冠文化集團可依據本人之個人資料做成讀者統計資料，在不涉及揭露本人之個人資料下，皇冠文化集團可就該統計資料進行合法地使用以及公布。

☐同意　☐不同意

我的基本資料

姓名：＿＿＿＿＿＿＿＿

出生：＿＿＿＿年＿＿＿＿月＿＿＿＿日　性別：☐男 ☐女

職業：☐學生 ☐軍公教 ☐工 ☐商 ☐服務業

☐家管 ☐自由業 ☐其他＿＿＿＿＿＿＿＿

地址：☐☐☐☐☐＿＿＿＿＿＿＿＿

電話：（家）＿＿＿＿＿＿＿＿（公司）＿＿＿＿＿＿＿＿

手機：＿＿＿＿＿＿＿＿

e-mail：＿＿＿＿＿＿＿＿

我對【東野圭吾作品集】系列的建議：

寄件人：

地址：□□□□□

北區郵政管理局登
記證北台字1648號
免 貼 郵 票
〔限國內讀者使用〕

10547
台北市敦化北路120巷50號
皇冠文化出版有限公司　收